原创文学门户
起点中文网
www.qidian.com

蝴蝶蓝 著

全职高手

长江出版传媒 | 湖北少年儿童出版社

鄂新登字 04 号

图书在版编目（CIP）数据

草根战队 / 蝴蝶蓝著. —武汉：湖北少年儿童出版社，2013.7
(全职高手；9)
ISBN 978-7-5353-9027-1

Ⅰ.①草… Ⅱ.①蝴… Ⅲ.①长篇小说—中国—当代
Ⅳ.①I247.5

中国版本图书馆 CIP 数据核字（2013）第 141544 号

书　　名	草根战队		
©	蝴蝶蓝　著		
出版发行	湖北少年儿童出版社	业务电话	（027）87679199 （027）87679179
网　　址	http://www.hbcp.com.cn	电子邮件	hbcp@vip.sina.com
承 印 厂	武汉中科兴业印务有限公司		
经　　销	新华书店湖北发行所		
印　　数	26 001-29 000	印张	18.25
印　　次	2013 年 7 月第 1 版，2016 年 3 月第 4 次印刷		
规　　格	680 毫米×980 毫米	开本	16 开
书　　号	ISBN 978-7-5353-9027-1	定价	25.00 元

本书如有印装质量问题　可向承印厂调换

强力MT

你那身装备，被打一下就完蛋了，会马上OT的。
不让他打到不就完了？
理所当然
我去开怪……
好大的口气！
不爽
他以为自己是谁啊？
扛不住扛不住，啊，抗住了？走位很风骚啊，之前看到一团雾……现在打成啥样了？看不清……无敌最俊朗的血条呢？血条没有下降……什么？血条没有下降？
快失手！！
快让我们加血！
牧师团的呐喊！

你们这个本的纪录……牧师都在划水吗？
我和我的小伙伴们都要惊呆了。
不是这样的！

卧底大神的风骚站位

刀锋峡谷，野图 boss 刀锋剑客朗锐所在地，今天迎来了三家公会的角逐。其中霸气雄图公会实力最为强劲。
蒋游，游戏ID：游峰电，霸气雄图公会总会长，网友世界的巅峰人物之一。
虽然轮回今年风头很足，但在网游这块，还是我们三家公会最为豪门，三界六道怕了吧。
……
那个
你身后的人是谁？
啥？
BOSS在哪呢？赶紧开始啊！
快，快回到队伍里来！
四分会会长
你！
咋啦？
那个人一定是职业选手！
这种气度！
霸图战队的骑士——难道是郑乘风
可恶，居然请职业选手来帮忙！
叽叽喳喳
叽叽喳喳

那个高手是叶秋

可恶，四分会来了个高手！
高手为什么不去总部，非要待在四分会？
他家副本纪录最近可嚣张了。
因为那个高手——
是叶秋。
叶秋……
霸图战队头号敌人。
既然这样！那更不能放过他了！
要让他拼死拼活、做牛做马给我们打副本。
你们！
就是，该我们几家轮流了。
叶秋已经帮你们下好多本了！
你们，不要为了叶秋给你们打副本吵起来啊！
可恶，难道分化我们公会就是叶秋的目的吗？

加入兴欣战队吧！

介绍一下你们的情况和规划吧！比如除了叶秋以外其他的人员构成。比如战队会有多大的投资额度，发展的方向和目标怎样，什么待遇水平，签几年合同，有没有三险一金或五险一金，包不包吃住……
冷静客观
我、我的水平还不够，真的可以吗？
慌慌张张
组队？好呀！
1秒
老板娘我来报到啦！
上次我还没说完……包子你知道什么是职业联赛吗？
那是什么？

要是张佳乐大神也能来就好了。
不管怎样，我们的战队至少组起来了。
别想他

副本——游戏中独有的私人空间，玩家可以邀请其他人一同进入一个副本。此副本里存在的玩家仅仅是你和你的队友。其他任何人都不能进入此副本。这样可让你在探索时不会受到外来的干扰。

组队——与其他玩家组成团队，同一团队的玩家，相互之间的攻击不会造成伤害。

NPC——非玩家控制角色，如游戏内系统设置的角色、玩家游戏过程中击杀的怪物等。

任务——有目的地指引玩家进行游戏活动，并在玩家达到要求的条件后给予相应的奖励。

属性——能力的数值反映。

生命——角色生命力的数值体现，为0时，角色死亡。

法力——角色施展技能时所需要消耗的能量，每种技能都需要消耗相应数量的法力来支持。

攻击力——角色杀伤目标生命的伤害数值，根据攻击方式的不同，分物理攻击和法术攻击。

防御力——角色抵抗的伤害数值，根据防御攻击方式的不同，分物理防御和法术防御。

攻击速度——角色攻击的速度，简称“攻速”。

移动速度——角色进行移动的速度，简称“移速”。

负重——每一种物品都有重量，负量决定了可携带物品的多少。

◎ 极品——属性极其优秀，非常难得的装备物品。

◎ BOSS——游戏中NPC的一种，意指头目、头领，战斗能力强悍，耐打，不容易被击杀。但是一旦击杀成功，就会得到更多的奖励。

◎ 经验——通过击杀敌人、完成任务，或者其他手段让角色获得成长的数值体现。当积累达到要求后，角色会因此而升级，获得更高的属性，从而提升能力。

◎ 仇恨——决定怪物攻击目标是谁。

◎ MT——主动吸引怪物仇恨、让怪物统统攻击自己的角色。

◎ DPS、输出——通常负责制造大量伤害的角色。

◎ 治疗——通常指能恢复生命的角色。

◎ OT——仇恨失控，导致怪物的攻击目标转换，处置不当将产生一系列连锁反应，导致局面混乱、危险，甚至无法收拾而团灭。

◎ 团灭——队伍全军覆没。

◎ 操作——控制游戏角色的能力。

◎ 手速——玩家进行操作的速度。

◎ 微操——针对某一细节的细微操作。

◎ 公会——由玩家自发组织、聚集在一起的团体。

◎ 冷却——物品在使用后，通常在接下来的一段时间内无法使用，而这"一段时间"，就被称为冷却，简称为"CD"。

CONTENTS
目录

CONTENTS
目录

1

CHAPTER

让人尴尬的MT

四个石像就要斩击到5T的一瞬间，突然一起掉转了身形，齐齐冲向了另一个目标：以MT自居的无敌最俊朗。这一瞬间，实在没有人还有工夫去介意这家伙的自以为是了，所有人都很清楚这个时候什么最重要。

“快输出！”他们心目中的MT七叶一枝花，还有团队的队长喜之羊都在一起呐喊着。

众输出哪敢怠慢，收官时刻也不计较什么控制仇恨、控制法力、控制冷却之类的技巧了，反正攻击最高的技能，操作出来丢出去就是。

道路顿时被各种技能攻击的光影效果包裹着，四个身影身陷其中却行动如箭。石像拥有很强的抗性，所以许多控制类的技能对它们都是无效的，此时众人只想着赶紧耗尽它们最后一丝生命。

“轰！”终于，一座石像崩碎成了石块，轰然倒地。紧接着，第二个、第三个，也先后步了它的后尘，碎得比铺路的鹅卵石没大到哪去。

只有第四个石像！由于两边输出并不对等，所以生命耗尽的进度并不一样，第四个石像还有些许生命，依旧狂冲向了无敌最俊朗。

但是，危机已过，只是一个石像，根本没什么大不了。无敌最俊朗先前也已经单扛过一个石像，貌似没什么大问题。原本还想用一个“挑衅”再让这个石像空跑一遭的七叶一枝花，转瞬也意识到没有这个必要，随即也就没有再用“挑衅”，迈步就冲上来助阵。结果却见庞大的技能攻势，瞬间把第四个石像和与它战在一起的无敌最俊朗一起给吞没了。

七叶一枝花怔了怔。虽然无敌最俊朗有伤害豁免，这样也伤不到他。但问题是，这样的攻击很影响MT的视野和判断，通常情况下都会有意避免的。不过想到现在已经是战斗的尾声，倒是不需要这样计较，七叶一枝花想了想后终于也没有说什么。

厚道的七叶一枝花哪里想得到，这波攻击，代表的是怨念！虽然攻击不可能把无敌最俊朗轰死，但轰到这家伙的身上过过干瘾总是好的吧？

“砰！”又是一声响，众人就见那堆绚烂的光影中一团东西飞了出来，转眼落地，撞了个粉碎。跟着技能的光影褪去，第四个石像肩膀上却已经没了脑袋，摇晃了两下，轰然倒地。

众人长出了一口气。虽然在前三个石像倒下时，可以说危机已经度过，但真正喘息的时刻，总是要到所有事都终结的那一瞬。所有人把已经跳到嗓子眼的小心肝放回胸腔后，这才一起朝着无敌最俊朗怒目而视。

当然，目光来自坐在电脑前的真人，游戏里是感觉不到的。游戏里可以看到的，就是所有角色的视角齐齐朝向了无敌最俊朗，也挺壮观的。

“同志们辛苦了。”无敌最俊朗转了一圈身子，朝着众玩家挥了挥手，这都是操作做出来的动作。

“靠！”众人齐叫。

“继续前进！”无敌最俊朗剑指前方，跟着就要冲出去了。

喜之羊一看，众人的视角都开始对准自己了，这要再不上前说话，这团长哪还有脸干？于是连忙一边追上一边唤住：“兄弟先等一下。”

“嗯？叫我吗？”无敌最俊朗转视角扫了身后一眼，脚下没停。

“是的是的，叫你，先别上。”喜之羊叫道。

“哦？”无敌最俊朗停下，看到其他人都没有动，视角齐齐指向他这边。

“难道你反悔，准备不走左边了？”无敌最俊朗问。

“不是。”喜之羊连忙道，“是这样的，兄弟你慢点，不要一下开四个石像，压力有点大。”

“不是挺顺利的吗？”无敌最俊朗说。

喜之羊顿时卡了一下。这一阵看起来，的确有惊无险，但过程实在是让他们心惊肉跳。一旦没有达到理想的控场效果，四个石像，几个骑士分头去扛的话，牧师这边压力一下子就大起来了。T这东西，有奶就是神，没奶就是瓜。T成了瓜，那全队就成了瓜田，只能任人采摘了。所以像刚才这样开四个石像一起杀，喜之羊觉得风险太大，不，应该说整个团队的玩家都是这样觉得的。

“这个，万一有一个不小心控制不好，不就糟糕了？”喜之羊说。

“有我呢！”无敌最俊朗说。

就是有你才有这么多事啊！喜之羊泪流满面地想着，结果这时已经有别人插口：“你？这是你一个人就控制得过来的吗？”

“由我打好基础，一切就变得简单了。”无敌最俊朗说着。

这水平劣点的，都没明白这话的意思。七叶一枝花却立即领会，过来道：“‘弧线冲锋’聚怪，兄弟很有把握吗？”

“小菜一碟。”无敌最俊朗说着。

周围嘘声一片，只有七叶一枝花诚恳地说了一句“佩服”。

“多练练，你也行的。”无敌最俊朗勉励七叶一枝花。于是嘘声更大了。七叶一枝花是老好人啊！在团队里人缘那自然没得说，是那种你可以不喜欢他，但也绝对无法讨厌的人。这时无敌最俊朗一副点拨他的模样，顿时不少人都替七叶一枝花感到不平，正想帮七叶一枝花说话，却听到七叶一枝花自己说道：“我不行，练了很久，还是掌握不好。”

“嗯……这也没办法，这个没什么技巧性的东西在里面，全凭经验和意识去判断，到最后基本就是靠直觉。你要是像数据党那样还精算一番，那都是来不及的。”无敌最俊朗说着。

“是的是的，就是这样。”七叶一枝花连连应声说着。

众人看到七叶一枝花对这无敌最俊朗一副相见恨晚的模样，一个个都呆了。喜之羊还想交待无敌最俊朗接下来按着他们一贯的打法来，结果就见这货带着他们公会老实的七叶同志渐行渐远，渐行渐远；片刻后，带了四个石像回来了……

“靠！”众人齐叫，但俩骑士转眼已经带着石像快到他们阵中了。

“这四个石像是战斗法师，和刚才那四个剑客又不一样了，这就是掌握好‘弧线冲锋’最麻烦的地方，因为总得根据目标的不同做出调整。其实现在的局面还算是简单的。你说要是几个属性天差地别的目标，那很可能就无法用‘弧线冲锋’一网打尽。这种时候就要做好判断，用的话，一定要保证不留破绽。一旦有了破绽，遇了高手，中间给你来一下，那就打断了，前功尽弃。”两人奔回，无敌最俊朗在那喋喋不休地说着。

“对对对，说得太对了。”七叶一枝花一副感触良多的模样。

众人这时候已经无语了，还能说什么呢？怪都开来了，准备好就上吧！结果这时突然听到无敌最俊朗大叫一声：“坏了！”

“怎么了？”七叶一枝花问。

“技能冷却忘了！‘骑士精神’CD还没好呢！”无敌最俊朗叫道。

“哎哟！”七叶一枝花立刻也意识到了问题的严重性，“骑士精神”没有，“冲锋”就是普通版，只有“英勇冲锋”才能达到之前那样的聚怪效果。全团听了，顿时目瞪口呆泪流满面，这，是要团灭了吗？

“严峻的时刻来了，同志们！”无敌最俊朗喊道。

“都是你害的！”众人齐声回应。

“是我的错，我忘了等技能CD了。”七叶一枝花开始了一贯的自我批评。

“先每人拉一个！”无敌最俊朗对众骑士喊道。

“治疗会跟不上的！”喜之羊急叫。

“先撑一会儿！”

“这样很容易OT……”喜之羊郁闷啊！平时几个牧师一起照顾一个MT，这样做也未必就是必须几个牧师一起出手才照顾得过来。这其实也包含了控制仇恨的技巧在里面。面对BOSS的超高伤害，如果只是一个、两个牧师在那儿疯狂加血，那可以万无一失地说，牧师治疗产生的仇恨一定会OT。

打个简单的比方来说，就好像一个输出一下打出了仿佛BOSS攻击力一般的伤害，这么高的伤害，溢出的仇恨不OT才怪了。

治疗产生的仇恨和输出产生的仇恨算法虽然有区别，但道理上也是相通的。BOSS攻击强，伤害大，治疗职业要挽回这么大的伤害，做出的治疗就多，产生的仇恨自然就大。而这时候牧师多的话，大家分担压力的同时，仇恨也分到每个人身上。一旦全让一个牧师来承担，先不说能不能把血加住，就算把血加住了，也肯定会OT。治疗死了，T就是瓜，T瓜了，全队就瓜了……所以，这叫一个团队。

“不怕，能坚持一会儿就行，我CD就好了！大家拉怪时注意站位，方便我一会‘冲锋’出手。”无敌最俊朗叫道。

“要不你就不要上了吧？”喜之羊一看无敌最俊朗也要上去拉一个，连忙叫道。

“怎么？”

“你那身装备，被打一下的话……我看真的马上就会OT的。”喜之羊说道。

“那不让它打到，不就完了？”无敌最俊朗笑着说了一句，转身上去，一剑就劈了一个石像过来。这次的四个石像职业是战斗法师，手持石矛，被无敌最俊朗劈的这个，立刻返身就是一记“龙牙”。无敌最俊朗好像早已算到，身形早拉到一边，盾牌砸去，给了这石像重重一下。

先前一波中，无敌最俊朗挑衅引开了一个石像，给那些挤不进去的近战职业们输出。当时许多牧师围着无敌最俊朗伺候，对于无敌最俊朗吃对方一下攻击会有怎样的折伤心中倒挺有数，这才有了喜之羊此时这样的担忧。

听到无敌最俊朗如此表态，好多人又开始翻白眼了。但此时众骑士早已和石像接战，转眼几个回合过去。以七叶一枝花为首的几个骑士，跟在他们身后的牧师早都已经刷刷忙碌上了。倒是无敌最俊朗这边，喜之羊分配了可以挤出来的所有牧师严阵以待，此时却都举着法杖面面相觑。

为啥？没事干啊！那边几个骑士扛着石像的攻击与其肉搏，血下得哗哗的。但无敌最俊朗这边，这么久下来还没被对方击中呢！

七叶一枝花几位骑士身上都是白光泛滥，牧师们忙碌得很。无敌最俊朗身上一片清静，围在他身边的几个牧师闲得可以开一桌麻将了。

“这个……这个……”所有人张口结舌，这个实在是找不出词来形容了。这是要怎么着？这样打下去还需要其他人干啥？他一个人不就单挑掉了？

众人正诧异呢，忽然噗一声响，无敌最俊朗到底还是被石像手中的石矛给扫了一下。看到这一击命中，众人竟然有种松了一口气的感觉。这要是真的一路闪避不让石像给击中，那未免强大到不应该在网游里混了吧？

无敌最俊朗身边的牧师连忙开始工作。虽只是吃了一击，但无敌最俊朗确实装备不济，被这中等难度的百人副本小怪扫一下也挺疼。不过三个牧师一起出手，却轻松地把无敌最俊朗的生命维持在了安全线以上。

而无敌最俊朗也没有持续地被攻击下去，接下来石像的一击又被他闪掉了。身子左躲右闪，没有一刻是安稳站着的，所有人这下算是全看明白了，无敌最俊朗的打法不是正常的骑士站桩扛怪，他把这当成了PK，努力用闪避将对方的攻击无效化。

这种打法，对牧师压力的缓解自然不言而喻，此时三个牧师照顾无敌最俊朗，明显多余，三人已经数次出现治疗溢出的情况。治疗溢出，意思就是回复的生命量超过了目标的掉血量。出现这种情况，既浪费法力又制造多余仇恨，相当不划算。

跟着无敌最俊朗这边的输出也很郁闷。因为无敌最俊朗不停地走位，这石像当然也基本没在原地待着，于是近身输出们也得不停地跟着移动，远程输出们却总得判断一下提前量。

但不管怎么样，无敌最俊朗到底单扛住了石像。众人担心的事情都没有发生，凭借的自然是更为繁复的操作。

但是既然是靠操作达到的效果，那就意味着有风险。一旦操作失误，牧师这边一个狂加，有可能瞬间就OT了。所以虽然三个牧师跟在无敌最俊朗身边有些悠闲，但是他们的注意力还是非常集中。

而众人此时的心理，连他们自己都有些搞不清楚了。

他们当然挺怕无敌最俊朗失误，一旦失误，很可能就会连累死几个牧师。牧师这要是壮烈上几个，那今天这本基本也就清清小怪了，遇到BOSS的时候牧师不够是很难顶住的。

可这家伙要是不失误呢？那就说明这家伙是真有两下子的，绝大多数人怕是都没有这样的水平。于是一个素来被人轻视的家伙，忽然一下被发现其实远比你要强，这种感觉，那也是很要命的。

说白了，还是物以类聚，人以群分的问题。太弱的，会被轻视；太强的，会被排挤。只有档次差不多的，才能真正和谐与共。

而一个被轻视的弱者，至少还能当做一个乐子，但面对一个高端的强者，排挤对方，心里也是酸溜溜的。这样看来，说到内心深处的话，显然绝大多数人都希望别人比自己弱，而不是强。

所以眼下喜之羊团队的大多数人，心里悄悄期待的还是无敌最俊朗会坚持不住。结果事与愿违。无敌最俊朗这边还没怎么样呢，4T同志那里却出了险情。

“加不过来了！加不过来了！”突然大叫的是照顾4T的牧师。

要说这几位骑士的实力，就算招架不住，也不至于这么快就有扑街的危险。但是4T同志因为过分关注无敌最俊朗而走神了，有一击盾牌没有挡好，被石像一矛扎到了身上。这一下生命的损伤超过了牧师的预期，眼瞅石像的攻势更猛，牧师立刻感觉到压力倍增，急忙就大叫了。

5T闻声连忙留意上了这边。算上无敌最俊朗，团队一共有五个骑士。排到5T的这位此时当然没怪可拉，做好奔赴前线准备的他原本以为需要帮无敌最俊朗去搞一下接力，没想到却是4T这边先出了岔子。

“看着点那边啊！都死盯着我干什么？”叶修此时发话了，他这儿跟着三个牧师，但三人并不怎么忙碌。为防治疗溢出，三人甚至商量着建立起一套轮班制度。结果那边 4T 出了危险，三人还在愣神呢。

三个牧师如梦初醒，连忙支援 4T 那边。这也不过就是举手间的事，他们这些牧师的站位，本来就是要把技能范围笼罩全局的，尤其是要笼罩所有的 T。

这一援手，4T 的情况很快好转了。无敌最俊朗呢？也完全没有因为突然失了照顾发生什么意外。

《荣耀》的各种数据统计中，同样还有治疗量、被治疗量之类的列表。此时有心人翻开被治疗列表看了看，这无敌最俊朗所受的治疗量，赫然和其他三位扛怪的骑士差不多，甚至还要低一点。

要知道无敌最俊朗的装备比这三位可都要差远了，石像攻击他一下造成的伤害和攻击到那些人身上完全不是一个数据。而现在他受的治疗量还要略低一些，那说明无敌最俊朗被攻击到的次数要少得多。他不断地闪避很有成效，硬是弥补了装备的防御不足。

但是这种情况却并不足以持续到将石像击杀，从整体上来说，几位骑士的生命还在不断下滑。否则一次开四个石像，团队玩家们有必要如此大惊小怪吗？

而现在一直死撑的目的，就是等无敌最俊朗的“骑士精神”冷却完毕，然后用“英勇冲锋”的效果来聚怪。利用强大的控制，达到一次多杀的目的。

但是，无敌最俊朗这“冲锋”用的可是“弧线冲锋”，这是相当有悬念的。当中的问题就是之前无敌最俊朗给七叶一枝花分析过的。而现在，这一趟副本的成败居然就要赌在这么一个极有悬念的操作上了。看明白这一点的人，此时心情都无比紧张。

“骑士精神”的冷却要多久？这些数据都是公开的，有心的玩家都会记得。此时心中默默计算时间的，并不是叶修一个人。

“好像快了……”很多人心中正在默想时，忽然就听到一个声音叫了出来：“注意走位，注意走位！我的‘骑士精神’冷却马上就要结束了。”

七叶一枝花闻声看了一下无敌最俊朗的位置，立刻引着自己控制好仇恨的骑士过来摆好。其他几位骑士对于无敌最俊朗原本不怎么放在眼里的，但是现在无敌最俊朗穿着比他们差得多的装备，却做到了和他们一样的事，甚至做得还要好，这样的事实，让他们可以讨厌无敌最俊朗，却无法再轻视他。

尤其是看到他们极为信服的七叶一枝花对于无敌最俊朗心悦诚服的样子，他们更无话可说了。毕竟七叶一枝花一直以来都是他们几个骑士最信服的人,他们信服的人都很服气的家伙,他们还有什么可说的?

3T、4T 看到七叶一枝花已经去配合无敌最俊朗的指示了,虽然心里尚有丝丝不情愿,却还是照样拉着石像开始走位了。

"好好好！刚刚好,站稳不要动。"看着三人的走位,无敌最俊朗突然叫了一声。

七叶一枝花一直在努力摸索提高技术,此时听到无敌最俊朗的叫声立即左右观察了一下,而后疑惑道:"还差点吧？"

"你们三个已经可以了,我来动！"无敌最俊朗喊着,随后主动迎合起了三人此时的站位。

最终四名骑士的位置各不相同,但是四人所招呼的石像却都站成了一条直线。无敌最俊朗身上也终于泛起了"骑士精神"的圣洁白光,大叫一声"来了","冲锋"出手!

有意配合后摆好的位置,根本就不需要什么"弧线冲锋"。直接站准了一道直冲,砰砰砰砰四声连响,四个石像立刻被这记"英勇冲锋"顶在了一起,情况和之前四个剑客石像如出一辙。

这一次,输出玩家们早已经意识到位。四个石像东倒西歪地往那站台下一撞的时候,大家就已经齐齐出手。

不用控制输出,不用担心 OT。因为这一套路的打法,控制的不是仇恨,而是场面。是利用连续攻击的技能效果,将目标控制在无法还击的状态下。这种状态下,仇恨在哪里？这完全不重要。

一个"公正的英勇跳跃"落下后,无敌最俊朗照旧拉了一个石像出来。他的身后,七叶一枝花等几个骑士的"骑士精神"冷却时序却也刚刚好,此时已经排好队,准备一个接一个地上去"冲锋",再用"英勇跳跃"了。时机倒是不难掌握,"骑士精神"的冷却成了此时他们这个配合最精准的时钟。

一切都是重复,而且相比之前的第一次,这一次所有人都已经从精神上完全领会意图了,执行起来虽不能说完美,但肯定比第一次要强上许多。

无敌最俊朗？这时又单扛着一个石像,又是一堆牧师围上来伺候。第一次时是不知道,现在已经领教了无敌最俊朗靠技术弥补装备不足的能耐,牧师们都不紧张了。结果他们不紧张,无敌最俊朗也不紧张了,完全不像之前单扛时那么用心地去闪避,也改为最朴素的站桩式硬扛打法。

结果无敌最俊朗凭借其"出众"的低档装备,很快就让众牧师重新紧张起来，众牧师郁闷得想去撞墙。但是现在的无敌最俊朗已经让大家都见识到了绝对出色的 MT 能力，他们也不敢怠慢了。更何况他们也都清楚，之前那种打法，极耗操作，肯定是很累的。关键时刻用用就行，没必要的时候省省力气也是无可厚非的。

众牧师发力，无敌最俊朗就是站桩也没什么险情。其他骑士和输出们越来越娴熟的配合明显强化了输出。这一拨的四个石像比上一拨灭得更快，至少再没轮到无敌最俊朗还要出一个"吼叫"。

四个石像倒下，所有人再度长出一口气，而这一次，团长喜之羊的心情却大不一样。这一波之后，他对无敌最俊朗的好感度提升了不少。

就因为在聚怪的时候，无敌最俊朗没有采用"弧线冲锋"，而是组织大家站位，把四个石像拉成了一排，而后简简单单的一个"直线冲锋"。

无敌最俊朗没有选择去秀自己的技术，而是选择组织配合，执行最安全简单易行的方案，喜之羊欣赏的就是这一点。一团之长，多从团队角度考虑，最讨厌的就是喜欢逞个人英雄的家伙。

而且这次这么一打之后，喜之羊更发现，无敌最俊朗帮他们开创了一种新打法，而且这种打法并不需要依赖他本人。引怪站直线，直线"英勇冲锋"，任何一个骑士都可以做到。这套打法，可以说相当有实用性。

而后的几拨石像怪，果然几个骑士都可以当这一聚怪的角色。

石像小怪一共有 24 个，每四个同一职业，所以玩家们习惯把四个视为一组。六组石像，会是哪六个职业，那都是每次进副本时才会随机决定的。

喜之羊团队经过一番惊心动魄后，顺利通过了两组，而且有了一套并不算难的新打法。之后的四组，七叶一枝花和 3T、4T、5T 刚好一人当了一次那个聚怪的核心角色，都完成得相当成功。

随着一组又一组石像倒下，所有人都渐渐意识到了无敌最俊朗的不简单。无敌最俊朗再说什么时，终于没有什么嘘声了。有嘘声，也只能默默地在肚子里嘘，因为无敌最俊朗强是事实。

通过了石像长廊，又走过了一段机关，终于到了第一个 BOSS 守护的机关旁。

此时只要一碰机关，BOSS 就会现身阻拦。而这个触碰机关的玩家，会被 BOSS 视为仇恨目标，而且仇恨颇高。"空中陵墓"副本，对九个小 BOSS 的仇恨建立算是超级简单。MT 上来碰一下机关，那产生的仇恨就已经很不得了。

单这一下,MT建立的仇恨就已经足够稳固,输出从BOSS现身的一刻起就可以开始发动攻击了。

“空中陵墓”这个百人副本,显然并不是一个在仇恨上制造难度的副本。这个副本,难度在于从BOSS到小怪的普遍高攻击,所以在一般玩家眼里,这是一个很吃装备的副本。当玩家装备水平逐步提升后,这个副本中技巧性的难度却不太多,所以“空中陵墓”只被评定为了中等难度。

也正是因为这副本很吃装备,所以无敌最俊朗那一身明显有些低端的70级装备,才会在众人眼中是那样不靠谱。

于是现在,无敌最俊朗以MT的身份站到第一个机关之前,等待大家休整的时候,虽然众人已经认可了无敌最俊朗的实力,但依然还是有人发出了质疑的声音。“你来扛?”有人问着。

“当然。”

“能行?”

“不行就换人上呗!”无敌最俊朗轻松道。

众人皆倒。这痛快的答复,实在是让人找不出不让他上的理由。

“就你来吧!”喜之羊作为团长发话了,他也想通过BOSS来再检验一下这个无敌最俊朗的实力到底有多强。

团长发话,众人自然再无异议。一个个休整完毕,表示OK后,喜之羊示意可以开怪,无敌最俊朗立刻摸了一下第一机关。一号BOSS立即现身,毫不拖泥带水地对无敌最俊朗发动了强有力的一击。

一号BOSS这第一击的威势,喜之羊团队的每个玩家都心知肚明,但是在无敌最俊朗面前,终究还是化成了浮云。因为他躲掉了!

只要能躲避,那么一切攻击都是浮云。

BOSS的行动自然远比那些石像迅捷,众玩家紧张地盯着,转眼几个回合已经过去。而在这期间,牧师们提着他们的十字架,举起来,放下,举起来,放下,终于还是一个技能都没放出来。

无敌最俊朗至今还没被打中。和在面对石像时一样,开场的时候,无敌最俊朗的注意力似乎最为集中,能凭借闪避坚持好一会儿。但现在面对的可是BOSS,不止攻击狠,而且行动更快的BOSS。无敌最俊朗依然能这样闪避掉数个回合,那就不只是集中力的问题,手速也达到一定程度了。

但是牧师们依然紧张,因为他们清楚一旦无敌最俊朗被击中一下,他们的回复就必须跟上。那货的装备,不会有多少喘息的机会。

“开杀！”忽地所有人听到有人喊了一声,随即才反应过来这是无敌最俊朗招呼大家可以开始输出了。所有人看得忘乎所以,把正事都忘了。

回过神来的众输出连忙冲上攻击,而一直干紧张却没事干的牧师们,此时也开始忙碌。因为BOSS的攻击并不是那么稳定的1对1,攻击的过程中总会有一些连带的攻势。结果被攻击的正主无敌最俊朗都闪过了,这些抵抗副作用的近身输出们却纷纷中招。如此中招大家本来都已经习以为常了,但在今天,如此中招立刻引发了破天荒的事情。

牧师们的治疗回复,还没给MT用过呢,倒是先给他们服务上了。

于是在此时被治疗列表的分段统计上,就见一个又一个输出玩家排队上榜,无敌最俊朗这个MT石沉大海,看得大家真是满面羞愧。

“这个真是……”团队中有空窃声议论的玩家,很努力也没找到什么合适的词来形容。而牧师们此时看了看治疗列表的分段统计后也无语了。由于无敌最俊朗的过分表现,导致他们的工作量严重下滑。毕竟治疗回复主要还是服务于MT的,那些输出们都是些轻伤微伤,差不多的时候丢一个技能过去给他们就行。

结果现在他们只搞这种工作,此时治疗列表上众治疗的数据低得让人觉得不可思议。这要是拿出去给别人看了,肯定会以为他们这一团队的牧师集体在划水。可事实的真相是:他们倒是不想划水,可没这个机会啊!

纠结啊！真的好纠结,这副本下得让人很是尴尬啊!

“都盯紧点！”喜之羊却怕这样的情况让大家松懈,连忙提醒着众牧师。

终于,身为MT的无敌最俊朗被BOSS击中了一下,所有人都喜极而泣啊！牧师们蜂拥着扑上来给无敌最俊朗回复。不给MT回血的BOSS战,他们实在适应不了。

而无敌最俊朗的集中力也似乎在此时开始下降了,之后遭受的攻击不断。不过,在他依然坚持的闪避下,总算没给牧师制造出太大压力。

一句话,即使面对BOSS,他的操作依然可以弥补他装备上的不足。

但是,这打BOSS,可不像打石像的时候会有聚怪的转折让他彻底放松,BOSS,需要他一直单扛到底,而且就得将这样的操作继续下去。坚持完一整个BOSS,这家伙也没有问题吗？所有人疑惑着。

2
CHAPTER

这才是强力MT

随着一号BOSS最终倒下，答案终于揭晓。无敌最俊朗居然真的凭借操作，用闪避降低伤害，完成了这一场尴尬的BOSS战。

最终从各项数据统计的列表倒是看不出太大的名堂，但是参与了这一场战斗的人却个个心知肚明。因为以无敌最俊朗的装备而论，打出这样一份和平时差不多的数据，这本身就是很不平常的事。

而且，打BOSS这样漫长的过程，他居然能一直坚持这样的操作，这似乎说明对这样的操作他是行有余力。这，还不是他的极限。

喜之羊团队的玩家三五成群，窃窃私语着，无一不是在小声议论着这个无敌最俊朗。大家甚至都忘了关心一下刚刚倒下的一号BOSS掉出的是什么装备。倒是无敌最俊朗本人还是那么镇定自若。干掉了BOSS后，随手就砸了一边的机关，转过来问众人："继续？"

"继续……"团长喜之羊应了一声。一号BOSS掉出的装备他默默地拣了起来，默默地发在团队频道里给大家看，然后，所有人好像都心不在焉。这件装备至少有三个人盼了很久，此时居然都没有应声。

而后通往二号BOSS的路上，再没有人对无敌最俊朗的实力产生怀疑。此时所有人心中已经有一个念头：这样的装备，都能在"空中陵墓"当MT，如果给他更强的装备，那会是一番什么样的景象呢？是不是就可以通关整个"空中陵墓"了？

这正是MT在团队中核心地位的体现。他一个人实力的提升，就可以让整个团队的能力上升一截。所以任何一个团队中，优先打造成型的，肯定是MT。让MT快些强力起来，是让一个团队实力提升最有效率的方式。

而现在的喜之羊团队，不需要来打造了，一个强力的MT直接掉到了他们身边。只是因为装备问题限制了他的实力，一旦装备更新换代，那么这个MT可以帮助他们团队提升到什么样的程度，简直无法想象啊！

随后一路的碾压，几乎就是在给众人验证这个念头。虽然队伍依然是喜之羊在指挥，但是总会因为无敌最俊朗的表现，让他们的打法有一些调整。这种调整的初期大家会心惊肉跳，就像是第一次面对四个石像齐出时的情景，但是，在适应下来之后，战斗就变得简单而又有效率。

二号BOSS。

三号BOSS。

这两场BOSS战也和一号BOSS大同小异，无敌最俊朗继续用技术弥补装备差距，完成单扛壮举。三个BOSS过完，众人看了看时间，终于意识到无敌最俊朗刚进入团队时的那句“有我，效率更高”赫然是一句大实话。此时推完三个BOSS用的时间比他们以往真的少了许多。

随后又斩杀了一路小怪，终于到了第四个机关处。

“怎么样？有没有人借我装备啊？”清完了小怪后，无敌最俊朗问着。

众人微微一怔，随即想起，最初的时候无敌最俊朗确实说过，有那么几个BOSS，如果仍要由他来扛，那他需要装备的支持。

“说过第四个吗？”

“好像说过吧？”

“说过，我记得说过，除了第四个，还有最终BOSS。”

“不止，还有呢，好像是第五个，我记得是连着的两个？”

众玩家嘀咕着。显然那时候他们对于无敌最俊朗相当轻视，所以无敌最俊朗说的话也完全没有人放在心上，杀到现在，早都忘了。

“我的装备借你！”七叶一枝花痛快地站了出来。他身上的装备都是他个人所有，并不是从公会仓库里凭借公会贡献度借出来的，所以是可以交易的。对于这种团队中的主力MT，各大公会都是比较花心思笼络的。

一看七叶一枝花又在做好人，团队里好多和他交好的玩家都有些急了。这借装备毕竟不是小事，和这无敌最俊朗认识才多久？除了名字无耻和技术了得，其他一概不知。万一这人是个骗子呢？就是凭借这样的方式，干脆利落地骗一身装备呢？许多人阴暗面爆发，突然就生出了这样的推断。仔细想一想，无敌最俊朗只是跟着他们走了三个BOSS，然后就能骗到一身装备的话，那也称得上是低投入，高回报了。虽然一直还没听说过这种技术流的骗子手法，但凡事不都有个第一次吗？

这话大家不好明说，都在私下里狂密七叶一枝花，劝他不要随便就相信这个陌生的家伙。结果七叶一枝花却不以为然。

“他这样的技术，装备还用得着骗？”七叶一枝花如此说着。

“就是利用你这样的心态啊！”朋友苦口婆心。

结果七叶一枝花还是一意孤行。朋友这边还劝着呢，他就已经一身装备都和无敌最俊朗交易完毕了。

“我这身你先穿着挡挡啊！”无敌最俊朗把他那身弱爆了的装备交给了七叶一枝花。“好！”七叶一枝花随手就把这一身穿上，那边的无敌最俊朗也转眼就是一身七叶一枝花的打扮。

那些深表怀疑的玩家，此时都把心提在嗓子眼上。交易已经完成了，是骗子的话，这会儿直接就退队闪了，不用再浪费时间。

然而，他们看到的却是无敌最俊朗走上前去，触动了机关。

四号 BOSS 开出，开打！

第四个 BOSS 为什么无敌最俊朗忽然就需要装备了？这个问题并没有人去质疑，因为在看过无敌最俊朗对前几个 BOSS 的应对，再想想第四个 BOSS 的特点后，这些非菜鸟玩家心中其实都是有数的。

这第四个 BOSS 是一个会召唤的 BOSS。它召唤出的死灵生物都是它忠实的附庸，以主人的安危为己任，将个人安危完全抛之脑后。翻译成游戏术语就是：这些召唤出的死灵生物的仇恨完全是 BOSS 仇恨的翻版，BOSS 的仇恨在谁身上，它们的仇恨就在谁身上。所以在召唤出它们之后，MT 立刻会被团团围住。如果无敌最俊朗还是那一身低档次装备，这一瞬间，很可能会支撑不住。

因为这些召唤出的死灵生物自身是不会产生仇恨的，对它们的攻击哪怕再猛烈，它们依然只是盯着 BOSS 仇恨的那个目标攻击，所以想把它们拉开，只能是用如“挑衅”、“吼叫”这一类的强制性技能。

利用这些技能，将它们引开，然后输出抓紧时间猛烈轰杀。

所以这一环节，可以说对全队每一个成员的要求都很高。众骑士的反应必须快，你那磨磨蹭蹭的，等着这些死灵生物出来都打几回合了才动手，那 MT 早倒下了。而输出们的火力一定要猛，事先就要对这个阶段有所准备，当召唤生物们出现时，立刻倾泻出自己的最强火力。毕竟骑士那些强制拉怪的技能持续起来也就几秒，必须在这几秒内就把这些召唤生物击杀。

这样高要求的打法，以无敌最俊朗原来的一身装备，那容错率就显得太低了。而如果换作七叶一枝花的装备，这一时刻却可以允许大家不用这么紧张。开始拉召唤生物，慢个半拍、一拍也不要紧，他坚持得住。而短时间内没灭干净，让召唤生物再围回来攻击个几下，他也挺得过去。

想明白这一点后，喜之羊团队的玩家其实又挺尴尬的，感觉这无敌最俊朗需要装备来支持，支持的不是他自己，而是他们这帮家伙，是为了允许他们在这种情况下无法达到完美配合……

虽明白这一点，众人却也无话可说。因为这样的完美配合，确实太难了。怎么打，所有人都清楚，但打不打得出来是另一回事。在以往他们团队装备还没起来的时候，这个环节几乎就是在撞人品。每一次召唤生物出来时，能不能过，全看运气。运气来运气去的，随着大家装备提升，MT 更能坚持了，输出更加猛烈了，这一环节也就稀里糊涂的没有太大问题了。

而无敌最俊朗那一身原装装备，实在是对他们人品的挑战，而且是大挑战。现在换一身装备，那实在还是为他们着想的举动啊！

不过，换也可以换人嘛！这里让七叶一枝花去扛，大家一样能过。结果现在，这七叶一枝花痛快地把装备借给了无敌最俊朗，让心理阴暗的家伙平白担心了一遭。直至现在 BOSS 被开出，这帮家伙才放下心来，该干什么干什么。

而这无敌最俊朗换了七叶一枝花的装备，立刻也洒脱了，也不像之前那样又躲又闪了，一手剑一手盾，正对着四号 BOSS 猛砸，像个输出一样暴力。

一声尖啸！累积伤害达到一定程度的 BOSS 终于进行了第一次召唤。

"怎么做不用我说吧？"无敌最俊朗大喊。

"不用！"七叶一枝花应声道。

七叶你要不要这么老实啊？所有人泪流满面。成了副 T 的七叶一枝花一点怨言都没有，又是借装备又是积极配合。本来为人就厚道的七叶一枝花，碰到一个让他真心佩服的主，殷勤得让众人都看不下去了。

飞快的一个"挑衅"，刚刚出来的召唤小怪还没来得及朝无敌最俊朗攻击，就已经被拖走了一只。3T、4T、5T 也不敢怠慢。虽然无敌最俊朗换成了七叶一枝花的装备，但这个地方七叶一枝花的装备也没强到无视群怪的围攻可以淡定从容坚持到底，也还是需要众人配合的。

众骑士这边拉小怪，众输出那边已经疯狂输出，众治疗更是紧张地盯紧几个骑士的生命。

平时这里七叶一枝花为 MT 的时候，他们就是这样的打法，如今已经没什么压力了。现在换成无敌最俊朗，也是大同小异。不过由于无敌最俊朗借装备一事，所有人心中都在做一个考量：如果这里无敌最俊朗是那身低档次装备，众人的配合能不能帮到他？答案比较尴尬，因为似乎不能。

首先众骑士的配合就不怎么好。七叶一枝花反应最快，其他几位却有先有后，有两人出手已经不是第一时间，让小怪攻击到了无敌最俊朗。

不过几人的分工至少还很明确，没发生两个人挑衅到一个怪身上的事情。

而这之后，输出的攻击却是乱哄哄的。众人都是就近找个小怪就出大招，完全没有什么明确的配合。但发生这种情况，骑士们也有一些责任。他们拖出了召唤小怪，但是没能让众小怪摆出最合适输出们发挥的位置。有些近身输出好不容易挤到目标身边的时候，“挑衅”时间都过去了……

“挑衅”技能一结束，众小怪立刻掉头回杀无敌最俊朗。众骑士又是手忙脚乱地你吼叫完我吼叫，排序倒是挺明确，没有发生撞车惨剧。一直守着 BOSS 的无敌最俊朗，面对此情此景终于还是点评了一句：“够乱的。”

众人惭愧啊！这个地方他们延续了他们杀不过去的那个时期的手忙脚乱。后来因为装备的提升，稀里糊涂就能挺过去了，所以并没有在技术配合上有什么变更，也就是骑士略略搞明白了分工和次序。小怪出来了大家就忙活，输出们自由发挥，反正就这么过去了，还要讲究啥？

结果现在被高手一句话点评为“够乱”，众人都觉颜面无光。

但过关至少还是没问题的。第一拨召唤小怪被清理完的时候，乱归乱，至少没出什么岔子。只不过一个事实被他们验证了：这里无敌最俊朗如果不换装备，绝对找死……

除了这一句“够乱”，无敌最俊朗也再没说什么。众玩家接下来倒是想不乱的，但召唤小怪一出的时候，那习惯性的乱劲就又上来了。被无敌最俊朗如此说过后，众人都从这个角度一观察，看完也都个个点头：是够乱的。

众人很想打得有章法点，但直到四号 BOSS 倒下，他们也没能玩出个什么漂亮秩序来。能过就行嘛！众人只好在心里默默安慰着自己。

“能过就行了。”结果无敌最俊朗直接说了出来。这让众人一听，顿时又觉得不是安慰，而是讽刺了。大家真想再有一次机会，好好表现，只可惜这样的机会一星期只可能有一次。

击败四号BOSS,继续前进。接下来的五号BOSS,无敌最俊朗同样提出了需要装备。只是这一位为什么需要装备,众人却还不大明了。

直至战斗开始,打了一会儿后,众人这才从实战中发觉。

和五号 BOSS 的战斗是发生在数个耸立半空的石柱之上的。这样的位置空间有限,无敌最俊朗那种需要频繁走位闪避攻击的扛怪方式本就大受影响。更关键的是,这个BOSS会在几个石柱上自由传送,而传送中的这一时刻,BOSS是无视仇恨,自由攻击的。

这对队伍自然又是一个极严峻的考验。没和BOSS站在一个石柱上的,那自然都是些牧师和远程职业,BOSS猛然传送到他们身边,对他们发动攻击,这简直就是系统无视规则硬搞出个OT来让玩家应对。

喜之羊团的做法是分散的石柱上都留有骑士,BOSS一传送出来的时候,立刻由骑士上去掩护。"挑衅"、"吼叫"什么的,反正尽可能地撑过这个无耻的无视仇恨的OT期。

而现在的无敌最俊朗呢?他会追着 BOSS 一起传送,而且速度可没比BOSS慢多少。再然后,本来分担给其他骑士来做的事,他一肩挑了。

但在这个OT期,BOSS是无脑攻击的。除非用了"挑衅"这类技能,否则谁也不知道BOSS会突然对谁进行攻击。所以骑士在这时期能做的,其实就是当肉盾。看到BOSS要攻击哪位,就冲到那人前面去帮人抵挡。

这个活儿,对于其他几位骑士来说都很辛苦。

因为这不同于平时的MT扛怪。平时扛怪,怪是明确攻击骑士的,骑士不做任何操作,那也算是扛了。而现在,根本不知道BOSS要攻击哪里,要观察BOSS的举动来作判断然后去掩护。五号BOSS的这一环节,喜之羊团迄今为止还没有无损过关过。这一关或许不是他们折损最大的一关,但却是他们肯定要折损的一关。无论之前四关多完美,零折损,第五关一过,百人团向来人数不够百。

但是有了无敌最俊朗,一切立即不一样了。无敌最俊朗紧追BOSS的步伐,而且判断精准,拦截准确。无脑攻击的BOSS,绝大多数攻击依然落到了无敌最俊朗身上,而这,全是他主动送上去的。

这样当肉盾的方式,他那身低档次的防御装当然不行。那身装备,他是要闪避BOSS的部分攻击来降低伤害的,但现在,他需要主动撞到BOSS的攻击上去拦截伤害。哪怕他穿着七叶一枝花的装备，牧师们都感觉到了莫大的压力。

平时这个部分，可是没有一个人能集中拦下BOSS攻击的。BOSS一到传送OT期，确定了传送石柱后，所有骑士会一起过来当肉盾，你拦我拦大家拦，于是牧师们的治疗是很分散的。

而现在无敌最俊朗一个人拦了大家的活，而且比众人合力干得还要出色，拦得这么彻底，一个石柱上跟上一两个牧师，那根本就不够用！

好在喜之羊及时做出了调整，他们牧师团也开始紧随无敌最俊朗，所有人都把无敌最俊朗随时锁在自己的治疗范围内。

当五号BOSS倒下的时候，喜之羊赫然发现团队有了一个新的突破。他们终于以无损的形式通过了这一关。100名团队成员，在五号BOSS这里没有一人死亡。

做到这一点，说是团队的努力？喜之羊实在有些不好意思。这一关他们的团队一直很努力，但从来没有做到过这一点，是因为无敌最俊朗的出现，他出色的判断保护意识，才会在这一关抢下许多原本可能死在BOSS手下的角色。"漂亮！"喜之羊郑重地对无敌最俊朗提出了精神表彰。

"必须的。"无敌最俊朗说。

众骑士羞愧万分。以往他们四个人一起做的事，却还没有无敌最俊朗一个人做得好。

创造了历史的团队，士气大振，势如破竹突破了六号、七号、八号BOSS。依旧没有任何折损。无敌最俊朗拉怪拉得极稳，有任何突发状况，判断精准，保护及时，有这样的MT坐镇，想死还真不是件容易的事。莫大的幸福感渐渐包围着整个团队，终于，团队杀到了九号BOSS，最后一个镇守机关的BOSS，同时也是喜之羊团队在"空中陵墓"的极限。到目前为止，他们尚不能突破的就是这一关。而这一次，他们居然满员站到了第九关跟前，更有无敌最俊朗这样一个强力MT。

"怎么打？"这里喜之羊终于没有轻易做出布置了，而是在战前跑去征询无敌最俊朗的意思。

"怎么打？"无敌最俊朗像是听到了什么不该问的问题，以反问的口气质疑了一下，随后好像思考了一下后，这才道，"我扛怪，输出们输出，治疗们回复。"

万众期待的打法居然就是这样，众人泪奔。这难道就是万变不离其宗的至高境界？话说只要是有铁三角配合模式的网游，杀怪灭BOSS都是这么个打法吧？团长喜之羊哼哼唧唧了半天，居然硬是没能接句话上去。

“都准备好了吗？我开了啊！”无敌最俊朗说道。

“等会儿等会儿。”喜之羊忙阻止。

“嗯？”

“这里我们灭过很多次。”喜之羊说。

“哦？”

“目前我们团队的进度就是到这里了。”喜之羊说。

“恭喜你啊！”无敌最俊朗说，“今天你们就要有突破了。”

“……”

“我开了啊？”

“等会儿等会儿！”喜之羊还没摸清这家伙到底是什么打算呢，心里实在没底。难得今天满员杀到九号BOSS面前，这样的机会可得好好把握啊！

“怎么？”

“你准备怎么扛怪啊？”喜之羊问。

“你们以前扛不住怪是吧？”无敌最俊朗的视角落到了七叶一枝花等人身上。众骑士不得不承认这个残酷的事实。

“伤害很大，治疗也跟不上。”喜之羊说道，“可能装备还不够。”

“装备够。”无敌最俊朗说，“是技术有些跟不上，这里是水战，靠技术的话，难度确实大了一些。”

“水战你也懂？”喜之羊发现无敌最俊朗信心的来源了。

“略懂。”无敌最俊朗好像谦虚了一下，但听起来怎么还是这么欠抽呢？

“空中陵墓”的第九个BOSS是水战。

水战对于绝大多数玩家来说都是异常生疏的，也正是因为这个原因，“空中陵墓”的第九个BOSS，已经被评价为难度在最终BOSS之上。

水里打BOSS，那和水里PK是另外一回事了。

水中PK，对于双方来说都是公平的。角色在水中因阻力所起的变化，会发生在每个人的头上。但是面对BOSS就是另外一回事了。BOSS这种无耻的生物，有了系统无耻的撑腰以后，在水里可就不会遵照常规设定了。

试想玩家在水中大受阻力困扰，动作节奏变慢，但BOSS却是生龙活虎得仿佛在天空自由翱翔一样。这样的对手,不难才怪了。

七叶一枝花这些骑士扛不住水战BOSS,叶修并不意外。

骑士扛怪,最基本最频繁的一个操作,就是攻击来了的时候,要举盾去迎。盾牌的作用,是无论如何也要发挥出来的。骑士这T的身份,可说一半就在盾牌的防御力伤害削弱效果减免上。

可是在水战中,面对BOSS会有巨大的速度差。这种差距会让玩家掌握不好节奏,就连这最简单的举盾防御的操作,都做不太好。

发挥不出盾牌的作用,那骑士也是脆生生的,治疗当然会加不过来。

这要是装备强了,或许不用盾牌,站在那儿靠身上的板甲就能硬挺下来,但七叶一枝花他们还在攻克这个本呢!装备哪里会到这种碾压的程度?“空中陵墓”的九号BOSS,说吃装备,那不太合适。装备要搞到碾压才能过,没有哪个副本会有这么过分的要求。九号BOSS,实际上吃的是技术,水战的技术。

这个技术甚至都不复杂,只要能在水战中做到BOSS攻击的时候,能用盾牌挡,那就可以了。

但问题是以玩家对水战的生疏,以及BOSS在水中无视阻力影响的无耻,让太多的玩家连这个在陆地上轻而易举的小操作都做不到了。

但这样一个小操作,对于叶修这样的水平而言,真的只是“略懂”级别。更高明更犀利的水战技术,这里根本不用施展。只是举盾相迎,以七叶一枝花的装备就足够过了。当然,要是穿无敌最俊朗那套低档次的,就是叶修也会有些压力。那样就得依靠走位闪避来扛BOSS。水里玩家动作慢,BOSS却无影响,闪避比硬扛要难上许多。

所以九号BOSS,也是叶修列出的需要装备的BOSS之一。

现在装备在手,叶修一点不觉得这BOSS有难度,就是最最普通的站桩式打法,自己站着扛怪,该输出的输出,该治疗的治疗就完了。这喜之羊追着问他怎么打,叶修真的不知该怎么说了,就是基本打法啊,有什么可说的?

这也是喜之羊团队频频团灭在这里,却拿不出什么解决办法的原因所在。因为这里不存在什么战术性的东西。BOSS也没什么过分的变态大招。只是水里双方的速度差,以及玩家对水战疏于练习的缘故。这再多灭个几次,让MT掌握到其中的节奏,这BOSS可能不知不觉间就轻松灭掉了。

“放心吧!跟着我上就行了!”叶修一句话后,干脆没再理会喜之羊的意见,直接就把机关给开了。

机关一动，场景四面闭合，开始有水漫出。待把众人统统淹没后，BOSS说着他的台词闪亮登场。在此团灭无数次的喜之羊团员个个手心里都是汗，紧张地注视着。结果无敌最俊朗早冲上去了，一个“冲锋”，破浪而开，直击BOSS。战斗开始。

BOSS的实力一如既往，喜之羊团这边呢？MT的装备没变，变的只是这身装备下的人。两人的攻防卷起的水泡浪花让众人连无敌最俊朗的名字都看不到了。众牧师从团队列表里死盯无敌最俊朗的生命。

这货说得挺自信，可别上来没几下就被干掉了啊！这样的事不是没发生过。经常MT刚开了怪，自己没闹明白，大家没闹明白，就已经浮尸了。

但是无敌最俊朗呢？太多的水泡让大家看不太清他是怎么做的，只是可以看到，他的生命在下降，但是绝不快。水花翻动中，有沉闷的撞击声传来，双方显然战到了一团，但是无敌最俊朗却扛住了BOSS的攻击。

“他能挡住！”七叶一枝花等骑士立刻发现了问题所在。面对这BOSS，他们一个个排着队地仆过，原因自己都是知道的，就是盾牌成了摆设，总是拦不住BOSS的攻击。这问题很硬性，不是他们注意到，就能解决的，他们一直在努力摸索，但是今天，终于看到有人简简单单就做到了。

“加血！”无敌最俊朗给出指示，牧师们开始活动。

“输出！”无敌最俊朗再给出指示，输出们开始活动。

“结束！”无敌最俊朗说着，BOSS浮尸。

完了？难住大家数星期之久的一个BOSS，就这么平淡无奇地倒下了？

没有惊险没有刺激没有波折，还不如刚进副本时看到长矛机关从地里钻出来要扎无敌最俊朗时让人惊心。喜之羊团的玩家们都沉默了。

难得让他们头破血流的一个BOSS，就以这样平凡的方式跪了，他们实在不能接受。这一战应该惊心动魄，应该惊叫连连，应该险象环生，应该充斥着无数可歌可泣的细节，应该在往后的日子里，带着新人再过这个BOSS的时候，可以唾沫横飞、千言万语地描述这一战的惊天动地。

但是没有，什么都没有。这个BOSS的击杀过程中，连个指挥都没有。这一路上随便杀哪个小怪的地方，都比这一波热闹。

让全队上下都头疼无比的一个BOSS，就这么苍白地被击杀了。

BOSS倒下，机关毁去，场景中的积水泄去。整个“空中陵墓”起了一阵地动山摇的变化。喜之羊团队至今还没见过的最终 BOSS 的声音开始回荡在场景中的每一处，地动山摇，像是从四面八方发出来的，可算是把发呆的众人全都给惊醒了。

“最终BOSS了。”无敌最俊朗正在招呼着他们开路。

众人麻木地跟着，走出去都两分钟了，有人突然回过神来：“团长，装备捡了吗？”

“哎哟，我靠！”喜之羊连忙回头，九号BOSS掉的装备都没拣就走了，这已经是发呆到一定的境界了。

最终BOSS，这是喜之羊团还没有面对过的，可以说是一次开荒。本该是很紧张，很没有把握的。但是，号称难度最大的九号BOSS都这么平凡地被干掉了，最终BOSS那也就是浮云吧？

已经没有人对最终BOSS抱什么期待了，大家麻木地跟在无敌最俊朗身后，输出、治疗，层层推进，终于来到了最终BOSS面前。

“你们的进度只到第九个，那这个BOSS没杀过吧？”无敌最俊朗说话了。

“没有。”喜之羊说。

“那攻略看过没有？”

“攻略……”喜之羊微一怔，攻略看是看过，但是，还没有研究过。因为他们一直卡在九号BOSS，一周一周又一周，最终BOSS都还没来得及思考呢！

“那我简单说一下吧？”无敌最俊朗说。

“你扛怪，输出们输出，治疗们治疗是吧？我懂的。”喜之羊说。

“哪有这么简单。”无敌最俊朗鄙视了一句，跟着一二三四，把最终BOSS需要注意的几大问题简单明了地叙述了一下。

“这么复杂？”众人惊叹。最终BOSS的攻略他们看过，但太久没到这一环节，没人去详细研究，这时也忘得差不多了。

“怎么听起来比九号BOSS还要难？”有人说。

“废话，最终BOSS当然要比小BOSS难。”无敌最俊朗说。

“不是说九号BOSS最难吗？”有人疑惑。

“不懂水战的人才会这么说。”无敌最俊朗说。

“水战，那东西谁会懂啊……”众人纷纷道。

“我啊！”

“你不就是略懂吗？”

“那是谦词懂不懂？”

“略懂……”众人泪流满面。

“刚说的，都记得了吧？”这时无敌最俊朗询问众人对刚才自己所教的东西领会了没有。

“记住了。”众人答，答完了觉得不对劲。他们可是霸气雄图四分会的百人副本团啊，怎么现在像个菜鸟一样被人在这儿教导？

不过话说回来，面对没打过的副本没打过的BOSS，他们也的确算是菜鸟。但问题是，眼前这人好像也是临下副本前才去看的攻略吧？进门后连机关怎么走都不知道的货，怎么突然间就像个高手一样对他们开始指指点点的？

“没问题那我就开了！”

没等众人质疑呢，这边无敌最俊朗已经一个“冲锋”开BOSS了。

真是太雷厉风行了，众人连忙跟上。

“阵形站开，站扇形！正面90度的区域不要留人，不是记住了吗？”这才刚开始，无敌最俊朗就已经训上了。

众人泪奔，这不是还没看清BOSS的脸朝哪边吗？要不要这么严格啊！

“那个牧师怎么回事？站我后面找死啊！站到侧面，90度扇面以外的区域。”

众人一看，沉默了。站他后面的是喜之羊啊！连团长都被训得跟狗一样，这才是强力MT的气场啊！说起来，大家好像太习惯七叶一枝花老好人的风格了。

“90度算不清楚吗？那以BOSS为顶点，我和BOSS所处直线为轴，左右各偏两点钟的扇面以外吧！”

众人默默注视着，心中悲戚。团长大人，您争点气啊！动作这么慢，数学还这么差，真是丢人死了！

3
CHAPTER

死对头

这无敌最俊朗很自然地就取代喜之羊成了团队的指挥，而且说话的口气也变了，上来挨训的就是团队的团长喜之羊。

不少人心里都很是不忿。虽然说他们还没杀过这个BOSS，但是这无敌最俊朗也不过是进副本前10分钟看了一下攻略的家伙，凭什么就这么严厉地指挥上了？照着攻略念词吗？那谁不会啊！

有人忍不住想嘲讽两句，突见这最终BOSS，“空中陵墓”的守墓人艾姆谢特突然举起他手中那把不像是守墓倒像是盗墓用的铁锹，一下子拍砸在了地上。地上顿时起了一道道裂纹，裂纹中还有光线流转，看起来似乎是什么法力的波动，瞬时就从裂纹中钻出，十分狰狞地一阵飞舞之后，刚刚想要说话的人全都闭嘴了。

因为他们赫然看到，动作迟缓遭到无敌最俊朗呵斥的喜之羊，一个瞬间就被这些从地表裂纹中钻出的法力波动给绞杀了，连个尸体都没留下。

“都动起来！”众人这还惊诧呢，指挥声又到。团长被灭没有引起无敌最俊朗的丝毫动摇，他在守墓人拍下铁锹的时候就已经横身一个走位走到了守墓人的右侧，那些飞舞的法力波动一点也没有碰到他。

这仇恨目标动了，BOSS自然也跟着连忙转身。众人哪敢怠慢，争先恐后全往BOSS的正背后站。他们可看清了，那一铁锹砸下去拍出的裂纹正好是以BOSS为顶点，左右扩散出来的一个大约90度的直角。无敌最俊朗上来一再提醒呵斥，喜之羊动作不够快，这不立刻就被拍没了吗？

不过团长的牺牲也算很有价值，至少让所有人见识到了这一技能的恐怖。这种切身的感受，却不是看视频看攻略所能感受到的。攻略上也顶多就是提到这个技能是什么范围，要怎么躲什么的，只是旁观，不会觉得有什么了不起，只有到了临场才会发现这技能如此快地发动,躲避可没那么容易。喜之羊已经被无敌最俊朗呵斥快走了,结果技能一出,依然没逃出范围,直接就给秒掉了。

"近战职业不要挤!中距离、近距离攻击技能配合前后走位轮流使用,站位保持空间,近身技能用完自觉退后。"无敌最俊朗继续指挥着。

百人副本为了这么多的玩家可以铺开来打,所以BOSS的体型通常都比较威武,以便近身可以多围几个,不至于打个BOSS还要排队输出。但像守墓人艾姆谢特这样有变态技能的,一下子就把四分之一的区域搞成了无人禁区,近战职业立刻显得空间不足。这艾姆谢特是比较高大,但是也没像个巨龙一样可以直接让几十人围着。此时众玩家又见识了那一技能的恐怖,何止在躲90度,干脆是往180度上躲。于是所有人拥在BOSS背后,远程职业倒没什么,近战职业此时可就有些施展不开手脚了。

此时虽然得了叶修这边的提点,但只是一句话还是让众人有些摸不着门道,近战职业们混乱依旧,倒是远程的枪手、法师之类发挥得如鱼得水。

正输出得爽,结果却被无敌最俊朗点到:"远程的站太远了,那么远走位幅度太大,会来不及!"

这些事项其实就是开打前叶修一二三四总结交待过的。只是实战到来大伙总是难免顾此失彼,光操作技能输出就够忙碌了,一时间就把一些交待都忘记了。此时听到指挥说远,众远程连忙又朝前凑。

这时BOSS又出大招,手中铁锹朝地上一铲,身子一拧就要转圈圈。

"逆时针转圈跑,快快快!"无敌最俊朗连忙叫道,众人就见那铁锹划拉过的地方几乎挖出了条沟,内里泛出的光线和之前裂纹中渗出的如出一辙,只是此时的声势更显澎湃。

众人魂飞魄散,连忙照无敌最俊朗所说的方向转着跑去。此时有人自作聪明,不转圈跑,却想朝远退开。结果铁锹划过,那沟中冲起的法力波动瞬时就将左右的玩家角色给卷了进去,管你什么职业,瞬间吞没消失。

只这一下,喜之羊团又挂了六个人,余下的哪里还敢怠慢。他们这才知道无敌最俊朗的每一句指挥都不是没道理的。让你转圈你就转圈,不听话的,看,团长和这六位就是下场!当然,喜之羊那是开始反应稍慢了一点,至于这六位才是真的自作聪明不听话。

铁锹划地,也就走了一个半圆。远程职业此时也终于明白为什么不能站太远。站太远，半径就大，跑圈时要走的圆周就长，就有可能速度没有铁锹快。这个技能要躲显然就是要跑在铁锹前面。只要一落后，就算没接触到攻击，也会被那沟中喷出的光华给吞没。

接连两个大招，招招有人挂，喜之羊团的玩家越发紧张起来。虽然大家早知道最终 BOSS 绝不可能是傻傻的站桩式打法就能通过的，但真实出现的难度之大还是超出众人的意料。比如刚刚这个转圈，要不是有无敌最俊朗提前喊了一声，根本就没人会意识到 BOSS 要出这大招了，可能现在已经团灭了……

“离开三位格！牧师们注意了，看好所有人的血！”众玩家还没缓过劲来呢，无敌最俊朗的提醒又到，众人顿知 BOSS 又要放大招了。

离开三位格！这个听起来不甚明了的指示，却是之前无敌最俊朗详细解释过的，三位格的意思是指BOSS身边第三个身位格的位置。这个时候，BOSS身边第三个身位格这一圈是不能有人的。此外注意所有人的血，这指示，也让众人依稀想起这 BOSS 要做什么，毕竟没吃过猪肉还是看过猪跑的。

无敌最俊朗的话音刚落，BOSS的铁锹已经转着圈地朝地上连铲，铲起就是一下又一下地朝空中乱扬，而这被铲下的位置，正是他身边三个身位格的地方。众玩家虽然得了指示，但只是片刻间，却有人没有判断清楚这第三个身位格是多远，甚至有稀里糊涂本来没事，却判断着反倒走上来的。

结果铁锹铲下直接铲死的，有；铁锹扬起直接把人铲飞的，也有。

一片惊叫之后，被铲起的泥土这才纷扬着落下。泥土隐隐也带着法力波动，看起来气势并不太强，只是被这么乱扬一番后，铺天盖地四下乱撒下来，BOSS 身遭 360 度到处都是。玩家这时候想退出这个范围根本不可能。这 BOSS 转瞬之间已经完成了这样的动作。

看到泥土撒下，众人慌忙就想闪避，结果脑中却依稀记得还有个什么重要事项来着！

“注意躲开三位格！”还好提示声立到，那些犯迷糊的玩家一个激灵，眼看自己走位的方向貌似就是三位格的地方，惊出了一身冷汗。再一看，就有那些提醒都没来得及注意的玩家，一接近三位格，又是澎湃的法力波动，直接被卷住击杀。众玩家此时算是明白了，这守墓人艾姆谢特要按《荣耀》24 职业来划分，应该是盗贼职业，是玩陷阱的！他这大招基本就是群丢陷阱啊！这货到底是守墓人还是盗墓人啊？

这时候，众人根本顾不上计较这种细节了。纷扬而下的泥土根本就躲不干净，好在这泥土的伤害不是那么可怕，牧师们注意力倒是集中，飞快地把一个个下降的生命给扯了回来。忙碌的牧师在这一刻甚至都忘记了一个他们本该注意到的问题。

MT！

本该无时无刻不在少血、无时无刻不需要牧师们盯着的MT，在这一紧张的时刻，却根本没需要他们的援手。众牧师在团队列表中看着生命条点击名字，却始终没有点到过无敌最俊朗的头上。

直至所有泥土落完，这一波打击完毕，所有玩家角色的生命回复完毕，牧师们自然而然地开始继续关注MT，却还是没有注意到这个问题。

因为他们并不是一个人。

即使一段时间里自己没有给MT加血，但这并不意味着其他牧师也没有加，所以此时看到安然无恙的无敌最俊朗，根本就没人想到这一段时间这个MT竟然是在没有牧师的看护下自己撑过来的。

“不要乱，BOSS的大招就是这三铁锹，集中注意力，很容易躲过！”

三个大招卷过，喜之羊团挂了14人，其中包括他们的团长，但是他们并不知道，作为一个初次面对最终BOSS的开荒团，他们的损失已经算轻的了。

事实上任何一个团队，在面对守墓人艾姆谢特的第三个大招时都不会有喜之羊团这么轻松，因为他们没有叶修这种水平的MT。

一般的团队，第三大招的时候，牧师们又要看护好MT，又要照顾整个团队，压力极大，一旦忙不过来，挂起来那是一片一片的。而喜之羊团幸运地有了叶修这种水平的MT，在那个时刻根本就不需要牧师来看护。牧师全都腾出手去照顾团队其他玩家，这才有惊无险地把这一环节撑了下来。这要换作七叶一枝花他们这些MT，这一招下倒掉一半人都不值得惊讶。

最终BOSS战继续。在把守墓人艾姆谢特的三铁锹绝技一一领教之后，喜之羊团队的玩家哪里还敢有半秒钟的工夫分神？除了认真打好这一仗，此时所有人心中只有一个共同的念想：出去后一定要找到那些说九号BOSS比最终BOSS更难的家伙们好好算一账。

就那九号BOSS，连艾姆谢特三铁锹中的随便一招都比不了啊！

“空中陵墓”的传送阵处，喜之羊那叫一个焦虑。

最终BOSS战的艰难他有所预感，但是自己居然第一个挂出来，这是他未曾想到的。自己这不主要是无损伤杀到最终BOSS，内心激动，找人分享一下快乐吗？结果打字耽误了一点时间，开局走位慢了一点点。谁知道这BOSS居然这么生猛，直接一铁锹就把他给拍出来了。喜之羊那个懊恼啊！这才只是刚刚BOSS开打，又不是通关了，自己得瑟个什么劲啊？

副本死亡，倒是不爆装备，但是经验损失却是照扣。此外鉴于“神之领域”的环境凶险，所以副本死亡复活在入口处时，却是给予满血状态。

“空中陵墓”浮于半空，入口是“神之领域”大陆上的数个传送阵。喜之羊复活后被丢在了他们进入的那一个。这画面一恢复，喜之羊立刻发现自己被丢在了人群当中，顾不得其他就先戒备上了，这可是在“神之领域”生存的基本要义。扔在人堆里，和扔在怪堆里是一样凶险的。

不过很快，喜之羊看清了这帮人头顶的称谓，稍稍松了一口气。

这些人头顶的称谓是霸气雄图五分会，也是一整个团队的人。此时或坐或站地聚在这个传送阵口，也没人说话，看起来并不怎么精神。

喜之羊是四分会，这些人是五分会，说起来也是本家，当然不必担心这些人会打他身上装备的主意。只是，在看清这一团队几个人的名字后，喜之羊却也没高兴到哪去。尤其是对方当中的一个骑士，看到喜之羊突然复活到了他们人堆里，立刻起身，晃晃悠悠地走过来，绕着喜之羊转了几个圈。

“干吗！”喜之羊喝道，但喝问的口气听起来怎么也有点色厉内荏的味道。

“我没看错吧？”这骑士转了几圈，听到喜之羊的呵斥后站住了脚步，“这不是喜之羊大团长吗？我好像听说你们是一个人没挂杀到‘空中陵墓’最终BOSS面前的啊？怎么会这么巧在这里看到你？我看看……现在距离你和我说这话，靠，居然有半分钟耶，BOSS是被您喜大团长直接秒掉了吗？”

喜之羊泪流满面啊！这正是他无法高兴起来的原因。因为这么巧，这家伙正是刚刚他“分享快乐”的对象：霸气雄图五分会狼之团的团长狼头蒜。

虽然四分会五分会从系统承认的角度来说不是一个公会，但大家都顶着霸气雄图的名号，都是霸图战队的粉丝，所以从玩家角度来说都把对方视作自己人的。不过这分会之间、团队之间却比较喜欢攀比，就好像同一公司下不同业务小组的业绩竞争一样，这副本进度当然是竞争的主要“业务”之一。

喜之羊团和这狼之团，两个团的副本进度从很早开始就比较接近，目前也是一起卡在了“空中陵墓”，所以一直以来就互视为最直接的对手。今天喜之羊得了无敌最俊朗这个编外骑士相助，居然一人没挂就杀到了最终BOSS

面前，他相信这绝对是一个令人惊艳的壮举，所以就想和这个一直以来的竞争对手分享一下。谁知道今天真是一个创造历史的好日子，喜之羊团队成立以来第一次团长第一个阵亡，居然就发生在了今天。而且不偏不斜，自己死出来之后刚刚好掉到这狼之团里来了。

自己刚刚发给狼头蒜“分享快乐”的消息都不知道这家伙看完没有，结果自己咣当一下直接从副本里死到人家面前来，喜之羊这会儿说真的其实是想立刻下线遁的，但终究还是惦记着副本情况，咬着牙也要坚持到这副本杀个结果出来啊！

面对狼头蒜的质问，喜之羊干脆冷酷到底，冷哼了一下后，避而不答转移话题：“你们这是怎么着，是准备进副本了，还是准备出副本了啊？”

这话当然是在揭人的伤疤。今天是“空中陵墓”CD 刷新的日子。杀到这副本的团队，都会在今天展开新 CD 的研究。这个时间聚集在副本入口的，那基本都是死出来的而不是准备进的。更何况这狼之团是喜之羊多年的对手，风格他还是了解的。

“哼，你别得意，你这大团长都挂出来了，我看你们团也差不多了吧？全团无伤、最终 BOSS，切……”狼头蒜怪声怪调地把喜之羊发来和他“分享快乐”消息里的几个关键字重复了一下。

“切，我看你们在这儿也蹲好久了吧？除了我，有看到我们团的其他人吗？”喜之羊冷笑。

这话倒是很实际。从哪个入口进，死的时候就在哪个入口外复活。狼之团的玩家确实在这有一会儿了，又一次“空中陵墓”没通关团灭，他们正郁闷总结呢，结果喜之羊发来消息得瑟。狼头蒜正想骂街，结果这货直接死到自己面前来了，开始还是一怔，等反应过来后，差点没爽爆自己的眼球。

此时喜之羊提到这个问题，狼头蒜确实无法回答，因为他们真的只看到喜之羊死出来而已，但几乎就在这话刚说完的同时，啪啪啪啪啪啪！喜之羊团干净利落地来了六个人报到。

“哎哟！”狼头蒜那叫一个喜出望外，立刻迎了上去，“来了？”

六人刚死出来，还茫然呢，听人问候，傻乎乎地就应了一句：“来了。”

喜之羊再度泪流满面，今个这是怎么了，各种主角待遇啊！能有的巧合全往自己身上来。但人家主角遇的巧合都是鸿运当头啊！自己这霉运，估计穿越一下都是穿到食人族的烧烤架上。

六人傻乎乎地应对完狼头蒜，回头就见他们团长，连忙打招呼。喜之羊也顾不得去理会狼头蒜，连忙就问："怎么样了？"

"还能怎么样，挂了呗！"狼头蒜抢答。

喜之羊深吸口气，不理，结果这六人却都点了点头："是挂了。"

"废话……"喜之羊没好气，"我当然知道你们是挂了，我说BOSS杀得怎么样了，局面稳不稳？"

"局面稳还能挂？"狼头蒜抢答又成功了。

"第九个BOSS都过不了的人一边去！"喜之羊喝道。这话换上个星期还说不了，今天可算是理直气壮了。

狼头蒜立刻被喝了个哑口无言，他们确实卡在第九个BOSS上，而且这一次的CD表现更糟糕，九号BOSS都没见着就全灭了。

"切，你们又能好到哪去？偶尔过一次九号BOSS，你看把你得瑟的，遇了最终BOSS还不是要歇菜。我说，这九号BOSS的难度可是比最终BOSS还要大啊！你们一人没挂过了九号，最终BOSS上来就把团长扑了出来？我怎么觉得有点不对啊！你检查一下你发的消息，是不是有什么地方写错了？是九号吗？你确定不是八号、七号、六号？"狼头蒜喋喋不休地说着。

喜之羊都快要被气死了。但问题是发生的事实十分不给力啊！自己正得瑟，咣，自己死出来。自己正说只是自己死出来而已，咣咣咣咣咣咣，出来六个。这要再装牛逼，一下子全团灭出来，自己这脸可就真没处搁了。

喜之羊谨慎对待，不敢再说什么。狼之团的人本来已经没什么事了。这副本灭出来，经验也是要被扣的，这种时候一般都是赶紧练级把这些经验补回来。结果现在一看有竞争对手的笑话可看，集体驻留此处，以队为单位，整齐围观。结果真没让他们失望，这还没过一会儿，喜之羊团又出来了数人。狼头蒜哈哈大笑，完了还要说一句："我只是笑，不说话。"

喜之羊脸色铁青，也顾不上理会，连忙问新出来的几个："里面怎么样？"

这问题本来可以直接消息问还在里面的人，但怕BOSS战紧张，自己去消息反而耽误，所以喜之羊只是问这些比起他在里面多待了片刻的。

"如果那家伙指挥的东西大家都能做到，应该没问题。"新出来的人觉得自己的回答相当聪明，结果说出来以后喜之羊和先前六位都直翻白眼。他们都误会了，以为这家伙在讽刺他们，因为他们很明显就是没听从指挥才挂出来的。他们哪知道这一次死出来的，却是真因为无敌最俊朗指挥的躲开三位格没数清、没做到才壮烈的。

“照你们这个进度，我们再围观个两分钟就够了，倒是不耽误啊！”狼头蒜又在吐槽了。

喜之羊就是个牧师，他要不是，估计早找狼头蒜单挑去了。

“我说大头蒜你都已经团灭了还在这儿得瑟什么？赶紧找个地方刷经验去！”喜之羊没答话，这边一个团队成员倒是回了一句。

“那不急，等会儿你们的人都出来了，咱们一起去，顺便交流一下友谊嘛，哈哈哈哈！”

喜之羊被死对头看足了笑话，只想吐血。偏偏事实又一次不争气，喜之羊团突然又死出来两个人。喜之羊叹了口气，都不想再问什么了，结果这两个倒是喜气洋洋地过来和他们打招呼。

“局面不错呢！已经稳定住了！”

“局面不错？”喜之羊虽然高兴，但说实话他心里还是很忐忑的，而且心理和狼头蒜是极度类似：局面不错，怎么人挂起来跟潮水似的，一拨跟着一拨的？

“是的，很不错！”结果这番出来的两个玩家却肯定地说着，“开始大家有些生疏，但死了几拨以后就基本搞清楚了。那家伙每次提醒得都非常及时，只要能照做，就肯定安然无恙。”

这话说得喜之羊又是脸一红，末了问道：“那你们两个怎么回事？”

“难免还是有点意外的嘛……”这两人也脸红了。

“哦哦。”喜之羊表示理解。弄清楚情况的喜之羊腰杆立刻直起来了，视角转过来开始直视狼头蒜，“等等也好，正好一会儿出来让你们见识见识你们还没有见过的装备。”

“行了吧老羊，你就别在这儿蒙了。你吹牛也看看时间，现在才几点，你们都杀到最终 BOSS 了？我怎么不知道你们的团队都有冲击副本纪录的实力了啊？”狼头蒜这边很是不屑地说着，对于喜之羊拙劣的谎言义无反顾地嘲笑着。

“副本纪录？”喜之羊一怔。

这个词很陌生，因为对于他们这种开荒到“空中陵墓”的副本队来说，创造纪录和他们通关副本好像是件风马牛不相及的事。此时狼头蒜这样一说，喜之羊猛然惊觉，连忙留意了一下时间，而后又翻副本纪录榜。

结果倒是团队另一玩家的手更快，此时已经翻完，很是遗憾道："已经没有机会了啊！"

喜之羊这时也翻到了纪录榜，一看纪录，再估计了一下他们的时间，确实，就现在已经超了。但是现在他们却也已经杀到了最终 BOSS，那已经是副本的最后一步，算起来也可以说是比较接近榜单纪录，这也相当了不起啊！要知道他们的团队只是个"空中陵墓"的开荒队，和那种从这副本毕业许久，早在挑战最高端副本的大公会核心精英团完全不在一个层次。就这样，他们还能杀出这样的成绩，那要是大家装备再上一个台阶，难道真有机会一冲副本纪录？

喜之羊一时间有点失神了，虽然已经是霸气雄图这等大公会分会的一团之长，但也从未想过自己居然有接触到这字眼的机会。无论论技术，还是论装备，他们全团上下都还差得远呢！忽然之间竟然有了这样的成绩，什么原因？一目了然啊！就是因为他们团队新增了一位骑士：无敌最俊朗。

这个装备一团糟的骑士，竟然可以将他们的团队提升到如此程度？这要是换在下副本之前，打死喜之羊他都不可能相信。但现在，事实就摆在他的眼前。团队一下子变得如此出色，而无敌最俊朗的加入是唯一的变化，原因不在这人身上，还能是什么？

喜之羊一时间念头一大堆。一边对有这样的高人相助感到庆幸，另一方面，却立刻意识到了这高人可不算是他们团队的一分子，这时猛然又想起这是会长交待下来的使命，他总不能说这无敌最俊朗只是垃圾一个，然后悄悄留在自己团吧，这也太容易穿帮了。

无敌最俊朗的实力，终究还是要报告给会长的。而他这样的表现、这样的价值，公会怎么可能还让他留在他们喜之羊团队？进分会主力团？那恐怕都不够吧！直接进总公会的主力团还差不多！至于这家伙短板的装备，真要是被总公会的主力团选中，装备问题根本就是浮云。以总公会的实力武装起来一个 MT 不过是分分钟的事。

喜之羊一会儿这一会儿那，转眼就是无数念头浮上心头，归根结底留下的就是惆怅。从最初对无敌最俊朗的不屑，到此时意识到此人的价值，却又知道这价值自己恐怕也只有这一次体验的机会，喜之羊一时间惆怅得连引发他这惆怅的狼头蒜的挑衅都忘记理会了。

"我说你们不是吧？还真幻想起副本纪录来了？别装了行不行啊！"狼

头蒜这边又叫起来了。

“装？我们这副本成绩是实打实的，你倒是装一个我看看。”喜之羊回过神来，立刻直接反驳。相比起开始时的底气不足，此时声音可是壮了许多。

“哈哈哈，还嘴硬，我说你吹牛真是不打草稿啊？就让哥来帮你数数你有多少漏洞。”狼头蒜说着，“首先，这副本的新CD刷出来距离现在才多久啊？你就说你们已经杀到了最终BOSS？老羊，你哄没下过‘空中陵墓’的菜鸟吧？

“第二，空中陵墓最难的是九号BOSS，你居然说你们没人死就过了九号，结果现在打到最终BOSS倒是死起来没完，你真以为我会相信？”

“呵呵，你爱信不信，至少你全团扑这儿的时候，我们的绝大部分人还在副本里拼命。”喜之羊说。

“哈哈，今天我们打得是不好，这我承认，不过你编个这么幼稚的谎言出来就想引我妒忌，也太天真了吧？”狼头蒜说。

“你今天还真得妒忌，我们这马上就要通关了。”喜之羊现在全然不顾这万一最终BOSS还是没过这脸往哪搁，实在是被狼头蒜一而再，再而三地挤兑，有些失了耐心，再加上想到这么一个可以帮助团队提升的骑士自己团队却没机会留住，心情惆怅，喜之羊叫板得也越来越凶。

“是吗，那我就等着，等你给我个妒忌的机会。”狼头蒜继续表示不屑。

喜之羊也不再理会这家伙，和团队其他兄弟一起等着消息。

时间一分一秒过去，除去刚刚挂出来的两人以外，一直不断死出人的情况终于停顿了。喜之羊团的人自然喜上眉梢，这说明情况真的控制住了。狼头蒜这边看到喜之羊团半天没有人挂，心里突然也忐忑起来。原本他觉得自己分析的几点理由是非常站得住脚的，不过刚才听喜之羊他们的谈话，似乎喜之羊团今天有什么高人相助？

但问题是喜之羊的实力到什么程度狼头蒜很清楚，这得是什么高人相助了一把，才能把团队带到这种程度？狼头蒜一百个不相信。他依然觉得喜之羊今天顶多就是副本进度打得相当不错，于是虚张声势地朝自己吹嘘一下，他才不信他们这边真有什么突破呢！

就这样又候了一会儿后，期间倒是有其他冲击这副本的团队从这出口灭出来了几个，而喜之羊团却只是零零星星地又出来了几人，而这几人带来的无一不是好消息，他们都表示他们会挂出来只是因为自己粗心，团队的运转此时极其稳定，没有大碍。

“无敌最俊朗说，关键就在BOSS10%生命时的暴走了，撑过这一关，就再没问题了。”

“现在到多少了？”

“我死出来前马上就要到了。”一人说着。

几乎是话音刚落的工夫，刷刷刷刷，喜之羊团的玩家一下子就出来了十多人，各种职业的人都有。

喜之羊的心一下子就揪起来了，结果自然又轮到这边的狼头蒜眉飞色舞：“哈哈哈，怎么着，挺不住了？刚才好像倒是挺安生的，是推小怪吧？这会儿是遇 BOSS 了？第几个了啊？”

“怎么样了？”喜之羊根本顾不上理狼头蒜，连忙就问新出来的十几人。

“暴走了，好猛！”新出来的十几人面如土色地说着。暴走之前，无敌最俊朗详详细细地给他们说了一遍要注意的事情，结果暴走一开始，他们十几人依然应付不了，结果就这么相继挂了出来。由于死得太快，暴走造成了什么情形他们也不清楚，只是他们这一拨后，又不见人死出来，局面好像又稳定住了的样子。喜之羊人不在副本里，但却比任何人都要紧张，此时攥着鼠标的右手心里都浸满了汗。

“一定要过啊！”喜之羊心里不住地祷告着。因为他很清楚这一趟后，自己如实交待无敌最俊朗的实力，他就肯定不会再留在喜之羊团。没有无敌最俊朗，团队就回到了原形，恐怕依然只是冲击九号 BOSS 的份。身边的狼头蒜这么猖狂，要打这家伙的脸，可就在今天了。

喜之羊团队跟着又零星地有人相继挂出，喜之羊一个一个地揪住问情况，结果这些家伙都说 BOSS 暴走后就乱成了一团了，实在搞不清楚状况。

“咩——咩——咩——”这边狼头蒜看喜之羊不理他了，就指挥着团队玩家，一起怪声学着羊叫，给喜之羊团接连死出的玩家搞着背景音乐。这倒是他们狼之团嘲笑喜之羊他们的一个老梗了。咩咩咩地叫，相当于“灭灭灭”地诅咒。

一边叫得正开心，一边正气得脸色铁青。突然，一阵白光卷过，大堆角色齐齐出现在了众人的眼前。喜之羊一看，正是他们团队的玩家。

现在一起出来，是过关了，还是……团灭？

4

CHAPTER

天生骑士

紧张了这么久，此时突然到了大结局的时刻，本该立刻上去扑倒一个就问的喜之羊，竟然紧张得大脑彻底停止了运转。他没有去问，只是在自己脑中高速地猜测：过了，还是没过？

这一刻很短暂，这一刻很漫长。喜之羊提心吊胆，问又不敢问，恨不得扒开网线钻过去看一看这帮家伙此时的表情。

就在这时，众人也看到了候在副本门外的团长大人，顿时像开了锅的沸水一般，一下子就翻滚起来了。

“过了？”

“过了！”

言简意赅的对话，传达完了最重要的信息。瞬间极度的兴奋就把喜之羊塞满，满得都快要溢出来了！

“真的过了？”就像是遇到惊喜时的人们总要怀疑一下这是不是做梦一样，已经陷入欢乐海洋的喜之羊，此时还在揪着人不住地确认着。

“过了，真的过了！团长你看！”说话的是二队的队长，此时放出了最终BOSS爆出的三件装备。百人副本，100个玩家在辛苦，奖励当然要比小本丰厚许多。在小本里极其少见的双紫蛋什么的，在百人副本的最终BOSS面前都是小意思。双紫蛋算什么？三紫四紫都很平常。目前百人副本人品大爆炸的最高纪录是两橙三紫！这个记录在目前连个接近的都没有。橙装这东西，就算是百人副本也没那么容易掉，更何况是双橙？这个纪录已经被玩家视作程序错误的产物了。

双橙这种几率，一般得是一星期全世界才刷一次的野图BOSS这种王牌角色身上才值得期待一下。

喜之羊团这一下爆出了三件紫装，人品不算很好，但也不算很差。其实对于他们而言，此时最终BOSS爆出的装备都是次要的，终于打穿了这个难倒他们数星期之久的副本，这种征服的快感才是此时最让他们感到快乐的。

“大头蒜，现在你看到了吧？哈哈哈哈！”喜之羊可算是扬眉吐气了，他终于可以去找狼头蒜分享他一开始就想分享，结果出了点意外反倒让他受到百般奚落的快乐了。

“不可能！”狼头蒜此时看到喜之羊团的玩家一个个欢天喜地的模样，心中嫉妒非常。虽然喜之羊团的快乐看起来是那么的真实，但是狼头蒜却依然拒绝相信。

“凭你们的实力，就算过关，也绝不可能这么快！”狼头蒜说道。

“很快吗？还好吧？”喜之羊很开心地笑着。他此时又留意了一下时间，他们最终通关副本的成绩距离纪录榜单还是相差甚远的。喜之羊发现自己明显太轻视最终BOSS的实力了。他们杀到最终BOSS前的时间倒是接近榜单，但是就这一个最终BOSS，就把他们的成绩最终拖到距离榜单九霄云外的地方去了。不过虽如此，对于一个开荒队来说，这样的速度依然快得有些离谱，也难怪狼头蒜不信。

但是，事实终归是事实。已经充分享受到事实果实的喜之羊，并不在意狼头蒜到底相不相信。只有心虚底气不足的人，才会着急向人解释。此时的喜之羊，越是看到狼头蒜气急败坏不肯相信的模样，越是觉得爽快。

这就是真相！

无论是信还是不信，它就是这样！这就是真相能制造出的快感了。

“看看！这是什么！”喜之羊也故意和狼头蒜怄气，没忙活着解释，却把最终BOSS掉的装备接了过来，拿在手上，穿在身上……《荣耀》里的装备反正也不限制职业，就是穿上装备后能不能发挥威力的问题。喜之羊现在把自己当成模特，也不管牧师的身份，反正三件装备都装备在身上，走来走去地秀给狼头蒜看。

“不可能的，不可能的！”狼头蒜还在嘟囔着，目光却是忍不住在喜之羊身上打转，直勾勾地盯着那三件装备。

“哈哈哈，面对事实吧大头蒜，好好努力，过个十周八周的，你也有机会拥有这样的装备。好了，你赶紧带你的人刷经验去吧，我们可要去庆祝庆祝了。”喜之羊意气风发地说着。

狼头蒜心里那叫一个憋屈啊！这要不是大家同属霸气雄图，可能已经带人 PK 上了。此时恨恨地打量着喜之羊团准备离开的人，却已经无力再争辩什么。但是突地，狼头蒜又是眼前一亮。

“等等！”狼头蒜直接一个骑士的“冲锋”，拦到了要离开的喜之羊跟前。

“你要干吗？”喜之羊一点也不怕。

“他是谁？”狼头蒜此时一个标记，却设定到了无敌最俊朗的头上。

“谁？”喜之羊立刻预感到狼头蒜说的是谁了，却还是问了一句。

狼头蒜也立刻暗骂自己昏了头了。他这定个标记，也就自己团队的人能看到。喜之羊和他又不是一个队，他定标记指给谁看啊？

于是狼头蒜亲自走到了无敌最俊朗身边：“这人是谁？”

“你管呢？”喜之羊回道。

“哈哈哈哈，我说你们团队怎么可能突然就过了‘空中陵墓’，原来是找了外援呀！嗯，骑士，MT 吗？真会找啊，这是从哪找来的枪手啊？装备很强啊！”狼头蒜这是发现新大陆，兴奋过头、喋喋不休了，想当然说了一串。结果最后一句一出，周围突然变得极安静，安静得可怕。不只喜之羊团的人不说话了，连他们狼之团的人也没来给他助助声势。

狼头蒜怔了怔，却收到了一条自家团队玩家发来的消息，看过消息后连忙细看了一下无敌最俊朗的装备，狼头蒜立刻傻眼了。

他自己就是骑士，根本不用点击对方的资料细看。无敌最俊朗身上是些什么装备他很清楚。这样的装备，是“空中陵墓”的 MT？狼头蒜又一次拒绝相信了。

“没工夫和你在这儿耗了，我们走了！”喜之羊此时也有点心虚了，毕竟他们团队能通关“空中陵墓”全凭了无敌最俊朗，真要说是他们自己的实力那没人好意思。今天虽然通关了，但下周的 CD 怎么过喜之羊这心里还没着落呢！倒是刚才狼头蒜外援一说给他提了个醒。这无敌最俊朗虽然注定不可能是他们团队的固定成员，但是，抓住现在的机会，和这人好好拉拢一下关系，需要的时候拉来当当外援帮帮手，倒还真是不错啊！

喜之羊心思动了，更没心情和狼头蒜在这儿较劲。结果狼头蒜今天受到的打击挺沉重，很是不肯罢休：“你等会儿，我一定要搞清楚你这到底是怎么莫名其妙地就把‘空中陵墓’给过了。”

“过就是过了，哪来这么多废话？”喜之羊说。

“你别，今儿这情况不搞清楚，我们狼之团以后还真不好意思在你们羊之团面前嚣张了，还是弄清楚的好。”狼头蒜说着。

喜之羊没想到狼头蒜居然赤裸裸地就把大白话说出来了，一时间倒还真找不出什么合适的话反驳。

结果这时无敌最俊朗却发话了：“这人是谁呀？”

“五分会的。”喜之羊无奈也只好介绍了一下。

“呵呵，名字很可爱啊！”无敌最俊朗说道。

“你的名字很嚣张啊！”狼头蒜回敬了一句。

“一般吧！”

“你这样的名字，谁看过都会过目不忘的，我敢肯定你不是喜之羊团的成员。”狼头蒜说。

喜之羊仰天长叹，他不得不承认狼头蒜说的是实话。无敌最俊朗这个名字，实在是太夺目了。

“是不是的又怎么了？”无敌最俊朗问道。

“那我们可得搞搞清楚啊！喜之羊团如果是找了外援才把这副本通关了，那可不是什么真本事，就别在我们面前装模作样了。”狼头蒜说道。

“哦，我的话，还没加入公会呢，不过目前应该算是团队的一员吧？”无敌最俊朗说着。

喜之羊大喜过望，连忙接过：“当然算，绝对算，必须算。”

“哼。”狼头蒜却开始冷笑，“有你这话，那我就基本清楚了，就是不知道喜之羊团今天还有多少临时成员？”

“你这话什么意思？”喜之羊说。

“什么意思？你就别装了，找帮手找一个就能过了副本？我看你们今天少说找了得有两三队人吧？还一个个把装备都藏起来？至于吗我说？”狼头蒜鄙视上了。

“嗯？团队里还有其他高手吗？我没发现啊！”无敌最俊朗也问了喜之羊一句。

喜之羊被噎得都没法回答了。虽然无敌最俊朗也侧面证明了一下他这儿没有两三队人，但是……这个高手的定义是怎么回事啊？照理，他们霸气雄图分会百人团的成员，还有不少算得上是高手吧？怎么就这么被全盘否定了呢？

“你可千万别说你们就来了这么一个人，结果就把副本过掉了，我好怕的！”狼头蒜说道。

“事实如此。”喜之羊不退缩，这是真相嘛！

“是吗？那你有没有胆让这家伙和我切磋一下啊？我来看看他是不是以一顶百的高手。”狼头蒜突然来了这么一句。

喜之羊心里顿时咯噔一下。这货，原来在这等着，是想借一场 PVP 来给他们点好看啊！

狼头蒜敢如此叫板当然不是没有原因的，喜之羊也非常清楚。

点开狼头蒜的个人资料，可以很清晰地看到，狼头蒜在竞技场里共打过 5 万余场的竞技，胜率高达 75.49%。

这么多的场次，足以说明狼头蒜是一个很热衷于 PK 的家伙！ 75%的胜率，在玩家当中也算是相当了不起了，至少这样的成绩，喜之羊团就没有任何人拥有。

而这个竞技场的个人资料也是不隐藏的，随便点击角色就可以看到。喜之羊见狼头蒜忽然如此叫板，倒是立刻想起他还没有看过无敌最俊朗在竞技场方面的资料情况。

结果一看之后却大失所望，无敌最俊朗这边竞技场次只有 2000 来场，胜率 30%出头，这水准在喜之羊团都可以名列倒数第一了。毕竟他们这些人也是霸气雄图这等顶尖大公会的成员。

竞技场成绩很烂倒并不能就说明一个玩家很菜，毕竟《荣耀》中只喜欢 PVE 不喜欢 PK 的玩家大有人在。说实话，以无敌最俊朗在副本中展现的实力来看，这个竞技场资料让喜之羊都有些不敢相信。

虽然 PVE 和 PVP 并不完全相同，但是万变不离其宗。一方面比较强的，另一方面都不至于弱得太离谱，更何况这里是“神之领域”！能进入“神之领域”，那就得通过竞技场方面的挑战任务。能把那个完成，在 PK 方面就已经胜过相当一部分人了。而现在无敌最俊朗身上背了个 34.25%的胜率，这意味着这个角色到了“神之领域”后就基本没怎么尝过胜果。或许就是如此，让这人彻底对 PVP 失去了兴趣？

喜之羊心里揣度着无敌最俊朗的实力，相比起狼头蒜这战绩实在是太没胜算了，正想找个借口推托一下，不想无敌最俊朗居然自己主动上去搭腔：“切磋？那敢情好啊，PK 才是我的强项！”

“真的假的？”刚看过无敌最俊朗竞技场胜率的喜之羊脱口而出。

“头顶这样的ID，必须在各方面都做到毫无破绽。”无敌最俊朗以谦虚的口气说着，让所有人都无语了。

喜之羊一时间不知如何搭腔，那边狼头蒜显然也看过无敌最俊朗的竞技场资料了，而这样的言行，对比那战绩，再结合这家伙的名字，狼头蒜已经飞快地把自大狂和这人画上等号了。

他倒也不去戳破无敌最俊朗的言论和他的战绩有多矛盾，反倒笑了笑后说：“那咱俩来切磋一场？”

“没有问题。”无敌最俊朗立刻答应。

“我有问题！”喜之羊抢出来了，今天打狼头蒜的脸还是打得蛮爽的，自己可没义务给他反咬一口的机会，这个明显风险很大的事，实在没必要去做。

“你有什么问题？”结果无敌最俊朗和狼头蒜居然异口同声，惹得喜之羊转过视角狂瞪无敌最俊朗。只是很遗憾对方是不可能通过网线接收到他的目光信号的，喜之羊真想大声质问一下你这个混账到底是哪边的。

“刚刚副本出来，灭了最终BOSS，比较累。”喜之羊说。

“不累不累，小意思。”无敌最俊朗说。

喜之羊顿时只想去死，结果那边狼头蒜哈哈大笑道：“这位兄弟都这么爽快了，喜之羊你就不要扫兴了。人家都说了，那些都只是小意思，我倒是超想知道，视那些为小意思的绝世高手，面对我到底会有什么样的表现。”

“你误会了。”无敌最俊朗连忙道。

“指挥开荒团推百人副本的最终 BOSS 还是挺辛苦的。我说的小意思，是指和你切磋一下只是小意思。”无敌最俊朗说道。

“你……”

“我刚才说过了啊，PK才是我的强项。”无敌最俊朗认真道。

有角色资料里的战绩为证，这样的话实在是一点说服力都没有，但是毕竟还是有一些不在统计内的特殊情况的。看到这个家伙超级自信的模样，狼头蒜立刻也警觉了一下：“这不是你的号？”

不是自己的号，那么角色上的战绩当然也就并不代表自己的实力了。

“是我的号。”叶修连忙应了一声，“只不过好久没玩了，朋友拿去玩了下，把竞技场的战绩刷得有点差，我的真实水平不是这样的。”

叶修着实解释了一下，因为他突然意识到自己搞得太分裂了。自己可是开马甲混进来的，应该力求达到人马合一的境界。暴露出角色和真人之间有明显问题的话，那就显得很有嫌疑了。

“哈哈哈哈，这样啊，那我就来陪你玩玩好了。”狼头蒜一听这家伙如此说，心里顿时有底了。因为这无敌最俊朗的场次一共就 2000 来场，中间还有不少他的朋友帮他刷烂用掉的场次，这样说来这家伙自己顶多也就在竞技场打过 1000 来场。能来“神之领域”，PK 肯定不是菜鸟。但问题是站在“神之领域”再来思考这个问题，那么通过“神之领域”挑战任务的水平，放在“神之领域”那就是菜鸟。

这个家伙，估计脑袋还停留在普通区的程度，完全没有意识到“神之领域”的可怕啊！狼头蒜心中暗笑。

喜之羊这边本也还盼着无敌最俊朗有点什么玄虚，哪想就是这么个答案。一时间和狼头蒜心有灵犀，立刻就着急上了。一看狼头蒜又在撺掇开打，急忙就要阻拦，结果无敌最俊朗比他嘴快，立刻跟着问：“行啊，要不要给你找个牧师？”

喜之羊仰天长叹。这名字，真没起错啊！但自大也总该有个限度吧？

“带个牧师？”狼头蒜微一怔，本还要因为对方的藐视怒一怒，忽地转念一想，却又笑了，“带个牧师，两个打你一个？”

“可以啊！”无敌最俊朗说。

“你倒是蛮聪明的。”狼头蒜说。

“嗯？”

“带个牧师，以二打一，我就算赢了，也根本不值得吹嘘吧？嘿嘿，你这个要求，看似荒唐找死，其实是把自己立于不败之地呢！唔，不对，你自己是输定了，不过是把你们团队立于不败之地。你倒是挺替团队着想啊！”狼头蒜说道。

喜之羊也愣了愣，这他倒是没有想过，不过如果真是这样，那倒是一个堵对方嘴的好办法。只是狼头蒜已经看穿，恐怕是不可能接受了吧？

“你怎么总是误会，我是说真的。”无敌最俊朗也无奈了。

“哈哈哈，别指望我会上当，就我一个人上。”狼头蒜肯定地说。

“你属性都红了，要不要先把经验刷回来？”

“想拖延时间？”狼头蒜冷笑。

“……”

“没那个必要，我们这就回城！”狼头蒜傲然道。说完这话，狼头蒜已经大步朝着最近的主城方向去了。

“他这莫名其妙的自信到底是哪来的？”无敌最俊朗对身边的喜之羊说着。

“嗯？”喜之羊愣了好一会儿，半晌后回过神来，“刚才是你在说话？”

“是啊！”

“不可能吧？”喜之羊不敢相信。

“怎么？”

“这话应该是别人来对我说，而这个‘他’应该是指的你才对吧？”喜之羊泪流满面。

这大步走出的狼头蒜可还没走远呢，两人的话全给听进去了。起初他还真是误会了，他以为是有人在对无敌最俊朗吐槽呢！心中还在暗笑，没想对话接下去，竟然是无敌最俊朗在对他吐槽！

狼头蒜瞬间站住了，飞快转身：“拜托你睁大眼睛看看，看清楚我的竞技场战绩再说话。”

“嗯嗯。”无敌最俊朗应声，却对着喜之羊说道，“听到了吧？他刚刚所说的，就是我自信的来源。”

“你说什么？”喜之羊茫然了，所有人都茫然了。这无敌最俊朗难道是被“空中陵墓”的最终BOSS敲傻了？

“5万多的场次，75%的胜率，你的实力已经到头了。打不过的永远也打不过，打得过的，没准过一段时间你就打不过了。”无敌最俊朗说道。

“竞技场！速度！我倒要看看你是什么东西！”狼头蒜是真生气了，怒气冲冲地奔出去了。

喜之羊呆呆地站在了原地，半晌后才道：“你真是天生玩骑士的料啊！这仇恨拉得妥妥的！”

“实话实说而已。”无敌最俊朗很镇定。

蒙土城是临近“空中陵墓”副本传送法阵最近的主城。作为70级区域的主城，任何一座都是人声鼎沸。“神之领域”虽然地图广袤，但也架不住玩家众多，把每座主城都填得宛如繁华的大都市。这要不是游戏中不需要真的占据什么生活空间，这些主城是否能承载这么多的人口还真是不好说。

踏上主城的街头，叶修也是感慨万千。这亏得是拿着马甲号，要是开着君莫笑进了这繁华主城，不知会是怎样的一番光景。这各大俱乐部公会势力庞杂，进入主城没多久就见许多顶着这些公会称谓的角色晃来晃去，要是君莫笑开过来了，会不会又是一场街头巷尾的追击战呢？“神之领域”，没有安全区这点是很麻烦的，玩家中途离开想去个厕所都是提心吊胆的。

不过玩家的智慧是无穷的。“神之领域”，真的除了下线就没有能躲的安全地方了吗？当然不是。而这个地方，说起来倒有点讽刺，这个安全的所在，倒是游戏中发生 PVP 最多的地方：竞技场。

竞技场进去倒也有点场景的模样，但事实上竞技场显然不算是游戏场景，而应该说是一个平台。在竞技场里玩家倒是绝对安全，因为你不可能冲着列表中的一个名字对其大砍大杀，但凡有事要离开一下的，把角色开进竞技场里，倒是一个绝佳的选择。不过这就苦了在野外活动的玩家。竞技场虽是操作平台，但也得装模作样地从主城里的竞技场场景进入。这为了上趟厕所，还要跑这么远的距离，显然还不如退出一下游戏来得值当。

喜之羊团和狼之团，霸气雄图的两个团队，整 200 人此时齐聚于竞技场里，当然不是为了图什么安全。作为同一公会旗下的团队，原则上来说应该是互助互爱的，所以说PK互爆装备这种事不大可能发生，但在竞技场切磋一下、互相放放嘴炮还是很频繁的。

狼头蒜此时对无敌最俊朗仇恨满点，领着团队玩家进了竞技场后就开进了统一的房间，然后给喜之羊丢了个消息过来。

而一路走来，盘算着这一场竞技，狼头蒜却也渐渐冷静下来开始认真分析。

作为一个拥有 5 万多场竞技经验的玩家，PK 方面的经验狼头蒜自不必说。无敌最俊朗的话虽然让他恼怒，但是细想之后，却又让他有一些心惊。

因为无敌最俊朗的话准确地把他面临了很久的一个问题给说破了。

75%左右的胜率，这个战绩狼头蒜很早就已经达到了。但是这之后，随着场次的增加，他的胜率却基本就在 75%左右浮动，再没有过明显的提升。

一些他打不过的对手，他确实打来打去依然打不过。

而一些他曾经的手下败将，也确实在战败于他之后，面对他的胜率开始越来越高，最终成了他极难战胜的对手。

无敌最俊朗的话，在别人听来好像就是一种嘲讽。但狼头蒜自己细想之下，这个嘲讽，未免也太一针见血了吧？这货自己根本不认识啊……

越是觉得这人不简单，狼头蒜先前澎湃的自信就越来越稀薄。

片刻后，喜之羊也已经带领团队的百人进入了竞技场的这一房间。原本以为狼头蒜肯定已经全副武装跳到台上叫嚣以待了，结果来了一看，狼头蒜的名字还没有出现在竞技台的名单之上。

“这家伙又想搞什么鬼？”喜之羊一路过来，心里也是忐忑啊！此时一看这情景，以他对狼头蒜的了解，立刻觉得可能又要横生出什么枝节了。

“总算来了。”正想着，那边狼头蒜发了句话。

“那就开始吧！”狼头蒜接着说，跟着，竞技台的名单列表里出现了名字，但不是一个，而是两个！

狼头蒜，探爪狼。

“你……无耻！”喜之羊立刻叫道。

探爪狼，这个ID喜之羊当然也认得，是狼之团的首席牧师，水平不在他之下。之前无敌最俊朗倒是问过对方要不要带个牧师，狼头蒜还把这视作阴谋很是嘲讽了一番，结果现在临到场了，这家伙居然还真领个牧师上去？

“放心，我不会两个打一个，那样胜之不武，也没什么意思。我的意思是，你们也再派个人上来，我们2对2。”狼头蒜说道。

“2对2？”喜之羊怔了怔。

“不用，我自己来就行了。”无敌最俊朗说着，已经进入了名单，“开始吧！”

“哎，你……”喜之羊想拦也是来不及，人家这鼠标一点就排上去了。1对1喜之羊都还没信心呢，更何况现在是1对2？情急之下倒还真怕对方这就开始了，喜之羊顾不得商量思考，连忙也把鼠标点上，自己挤进了对阵列表里。

“你来干啥？”结果无敌最俊朗还埋怨上了。

喜之羊无语了，没见过这么不知好歹的人。

“很好，2对2的话，再公平不过，无论输赢，我想大家都没话说吧？”狼头蒜说道。

“唉，无所谓了。”无敌最俊朗听起来还很遗憾的样子。

喜之羊心中却很紧张，总觉得狼头蒜应该有什么阴谋在里面，但是一时间又想不到。这个无敌最俊朗也是，二话不说还真就要一个人上了。虽然说两个打赢一个，这实在不是什么打脸的资本，但问题是这个道理狼头蒜之前自己就分析出来了，他现在还这么做，肯定是有什么盘算吧？

喜之羊只觉得不要遂了对方的意就应该是对对方计划的破坏了，这才连忙也进了列表。

“很好,那就开始吧!”狼头蒜话音方落,点击开始了比赛。

地图选的是玩家最常用的拳台,四四方方,没任何遮掩,只是因为2对2,所以根据人数,拳台被自动放大了一些比例,比起单对单的狭小拳台宽绰了许多。

“这家伙有什么阴谋?”喜之羊这会儿还在想呢,画面一转都已经进了拳台了,狼头蒜先发制人,上来直接“冲锋”,就奔着他冲过来了。

2对2,都是骑士加牧师的组合,毫无疑问牧师应该是第一被击杀的对象。狼头蒜进了比赛招呼都不打,直接就杀了过来,想抢占这个先机,结果人刚出来就听身后传来一声叫骂:“靠!”

“怎么?”狼头蒜冲锋的路上也顾不得回头,但是未动的视角这么一看,进入场中应该站在一起的两个角色,此时怎么就只剩喜之羊一个了?

难道……那家伙比我更快地冲向探爪狼了?

狼头蒜心生这念头的时候,角色已经冲到了喜之羊面前。喜之羊也在走神,根本没顾上闪避,被这“冲锋”顶了个正着,直接倒飞出去。

狼头蒜连忙转了视角一看,果然如他所料,无敌最俊朗那家伙一开场也“冲锋”他这边的牧师去了,而且操作比他还要快。他这才把喜之羊“冲锋”顶飞,他那边的探爪狼此时竟然已经被砍翻在地了……

怎么做到的?

狼头蒜毕竟经验丰富,一边想着,一边已经留意到了无敌最俊朗和探爪狼此时的位置。

这已经不止是“冲锋”所能冲出的距离了!狼头蒜因为熟悉骑士装备,所以知道无敌最俊朗此时身上的装备中并没有增加“冲锋”距离的。技能原型施展,那么无敌最俊朗此时的位置,是“冲锋”起手后又朝前跨进了一截。再结合刚刚转过视角时看到的将探爪狼砍翻在地的动作场面,狼头蒜一下子想到:难道是“冲锋”之后接的一个小跳的“英勇跳跃”?

“英勇跳跃”……只是跳出了这么一小截,这得很快的手法啊!

狼头蒜毕竟识货,又是自己熟悉的职业,只是这么一点点细节已经立刻让他分辨出了高下,倒也应了内行看门道这句话。

果然不简单!

狼头蒜只凭这一操作,对无敌最俊朗算是彻底没了轻视。喜之羊现在落在他手上了，但那无敌最俊朗根本连看都没看一眼，只是追着探爪狼去砍。狼头蒜转了身，大步朝前奔去救援。被丢下的喜之羊泪流满面啊！他是牧师啊，怎么一点都没有受到保护的感觉？无敌最俊朗一上来就冲了出去，看到自己被砍视角都没回一下，果然真的认为自己的存在是多余的吗？

但喜之羊终究还是以胜负为重的，略略一个小回复术丢给了自己，全神戒备地准备去给无敌最俊朗做帮手了。

狼头蒜大步飞奔杀回，跑至中途就丢了一个“挑衅”过去，是想强制无敌最俊朗停止攻击牧师探爪狼。

无敌最俊朗身上立刻白光一泛，竟然在这个时候开了“骑士精神”。

狼头蒜怔了怔，有些不太理解。如果只是不想受到“挑衅”影响，只需要开一个“静如止水”就可以。“静如止水”状态下，非但可以解除免疫挑衅，连恐惧、混乱一类的异状态都可以解除免疫。但是“骑士精神”却没有这效果。

狼头蒜如此想着，就见中了“挑衅”的无敌最俊朗已经转了视角，无法更改，只能把目标锁定在他身上，脚下也正不由自主地朝他这边迈出。中了“挑衅”的玩家不能再做任何改变方向的操作，但是其他动作的操作却不受限制。所以用“挑衅”，也无非就是中断了无敌最俊朗对牧师探爪狼的攻击，狼头蒜依然要应对对方未知的攻击手段。而且对方因为有了“挑衅”的强制锁定，面对他时反倒省去了操作视角的麻烦。所以有些时候，中了“挑衅”的玩家也未必会想办法去解除效果，顺势攻击过来也是不错的选择。

5
CHAPTER
复制胜利

狼头蒜以他的经验来判断的话，此时的无敌最俊朗也无非就是开“静如止水”解除被挑衅的状态，或是就此顺势过来对他展开攻击。此时无敌最俊朗开“骑士精神”的举动虽然让狼头蒜有些莫名其妙，但一瞅无敌最俊朗视角转过冲向他，狼头蒜也立即做好了应战的准备。

中止无敌最俊朗对牧师探爪狼的攻击，这本就是狼头蒜的目的，此时一看，目的已经达到，接下攻击该是下一步的事了。

没想到的是，无敌最俊朗视角转过，迈开一步的同时，“砰”一声闷响，牧师探爪狼忽然沿着无敌最俊朗冲来的方向倒飞了出去，几乎没给狼头蒜什么思考的时间，无敌最俊朗的身形也猛然加速，狂奔而来。

是“冲锋”！狼头蒜看到这一技能时，这才赫然反应过来无敌最俊朗在此时开“骑士精神”的作用。

“骑士精神”，除了强化多个骑士技能以外，还有一个作用，就是在发动“骑士精神”时，会重置骑士技能中除“骑士精神”以外所有技能的 CD。

也就是说，开场攻击时攻向探爪狼时用过的“冲锋”和“英勇跳跃”等技能本还在冷却中，但在开动“骑士精神”的一瞬，冷却就已经结束。

而此时，无敌最俊朗以一个“英勇冲锋”冲了过来。在“挑衅”效果下，他的攻击朝向只能锁在狼头蒜身上，但是，在“冲锋”过来的时候，放大攻击面积，把一旁的探爪狼也给捎带上，这就不是“挑衅”所能阻止的事了。

只是“挑衅”一出，这角色就已经开始强制转向强制移动了，瞬间开了“骑士精神”，掌握到和探爪狼之间的角度，“冲锋”出来，把探爪狼也准确地捎带上……

顷刻之间的工作量，狼头蒜只是想想就已经觉得头晕了，结果无敌最俊朗居然真的做到了！

“英勇冲锋”的速度更快！捎带上个探爪狼也丝毫没有减弱，狼头蒜猛然惊觉时想躲都怕来不及，连忙抬起盾牌看准了对方的来势防御一下，找机会反击。哪想“冲锋”到了跟前，却没有出现狼头蒜想象之中的重重相撞。无敌最俊朗的骑士剑，赫然从狼头蒜的头顶上劈了下来，而无敌最俊朗的人也飞到了他的盾牌之上。

“英勇跳跃！”

同样是一个原本冷却，却因为“骑士精神”而重置了CD的技能。

取消了“冲锋”，改用“英勇跳跃”，直接跳过了盾牌的掩护。

时机的把握，跳跃的控制，一切都做得恰到好处。狼头蒜看得清楚，却已经无法做出反抗，他的操作完全跟不上这种节奏的变化。

骑士剑劈下！“公正的英勇跳跃”，一击之下，受到伤害的不只是狼头蒜，还有一起被“冲锋”带过来的探爪狼。

狼头蒜“挑衅”用出来了，短短几秒的时限眼看就要过去了，结果非但自己被“挑衅”强制扯过来的无敌最俊朗给揍了，就连探爪狼也完全没能脱离苦海。而且受到的还是“骑士精神”下的技能加强版，伤害更加强悍……

不过狼头蒜毕竟也是个身经百战的主，可没这么容易就慌了神。

“英勇跳跃”的斩击没能躲过，但他立刻就是一个“受身”操作，而且翻滚出的角度已是他能操作出的最吊诡的方向，他想飞快离开眼下被攻击的被动局面。结果，没等他站起来，“砰”一声响，无敌最俊朗的盾牌就已经敲到了他的脑壳上，是一记盾击。吊诡的翻滚根本没起到任何作用，无敌最俊朗完全就是在第一时间捕捉到了他。

因为无敌最俊朗还处在被“挑衅”的状态里呢！有系统帮他锁定方向，狼头蒜就是翻出筋斗云来也逃不到哪去。

想到这个原因，狼头蒜哭的心情都有了，对自己用了一个“挑衅”真是懊恼至极，但现在他只能在这里僵僵地站着，盾击是有击晕效果的。

“挑衅”的效果却也在此时刚刚好消失，无敌最俊朗不理被晕的狼头蒜，立刻转头继续找上探爪狼进行攻击。

技能倾泻而出。无敌最俊朗这个“骑士精神”开得真是一点都没有浪费，状态之内每分每秒都在攻击，所有能增强的技能，都迫不及待地在探爪狼身上展示着自己的效果。探爪狼倒是有打醒狼头蒜的眩晕这个意识，但是此时的他连自己怎么活下去都已经找不到方向了……

观众们早就呆了。说好2对2的场面，但是除了开场后一个短暂的瞬间，此时全然就是1对2的局面。喜之羊此时已经完全被遗忘了。

他冲上来倒是想帮忙的，但是一时间不知从何下手。无敌最俊朗的攻击方式和手段，让他不知道该如何去配合。他正思考着这时应该可以用个什么时，结果没等他用他所思考的，“这时”就已经成过去了。

无敌最俊朗的攻击，非但对手不能适应，连自家同伴都跟不上他的节奏。

说实话，这本来是狼头蒜很期待的一个局面。

他为什么忽然又提出要2对2了？正是出于这种原因的考虑。

他对无敌最俊朗的实力有了顾忌，对1对1没有了十成的信心，所以他提出2对2。2对2，看似公平，但是无敌最俊朗只是喜之羊团队的一个新人，无论何人出来和他搭伙，配合上都不可能有多熟练。而他这边呢？他和探爪狼的配合那是出了名地默契。一边是1加1大于2的组合，另一边，却有可能因为互相不习惯，1加1反而会小于2，这样一来，岂不是胜算大增？

狼头蒜的算计还真没有错，但是他没有想到的是，无敌最俊朗一个人就把他们这对默契的组合给压制住了。

让他带个牧师，以一敌二，这……难道真的不是在开玩笑？

狼头蒜从眩晕中恢复状态之后，已经隐隐有这种想法了。无敌最俊朗却还在狂扁探爪狼，好像已经忘了他这盾击可以制造出的眩晕是多少时间似的。喜之羊就那样傻站在一旁，但是狼头蒜现在再去抢杀，肯定是快不过无敌最俊朗的，先倒下的将是探爪狼，于是就会变成2打1的局面。

无奈的狼头蒜，只好连忙又去攻击无敌最俊朗，试图将探爪狼救出水深火热。飞快地开了“骑士精神”，狼头蒜也准备展开一轮狂攻。很快，他的第一击已经砍到了无敌最俊朗的身上，砍得他自己都有一点愣神。

太简单了吧，我说？

面对这样的高手，狼头蒜这一击只是铺垫啊，他还在想着对方会做出如何防范的手段，然后自己怎么取消技能，怎么去控制，怎么去连击，怎么去拯救探爪狼。

结果，无敌最俊朗依然像什么也不知道一样，生生就吃了这本该是铺垫，并没有指望能造成什么伤害的一击。

这家伙，难道其实对于防守一点意识都没有吗？

狼头蒜忽然觉得有了惊喜的发现，而这通常是习惯于PVE玩家身上的弊端。PVE 时玩家自由而又占据主动，这个 BOSS 单挑不过，咱就组上一队上去杀。但 PVP 呢？单挑就是单挑，只能靠自己努力从每一个攻防中抠出胜算来。隐隐有了点心得的狼头蒜，立刻又是一击。

果然，无敌最俊朗还是没理，又被他轻松命中。

"哈哈哈哈，原来是这样啊！"狼头蒜大喜过望，技能一个接一个地丢了上去。

场面古怪得让所有人都有些想不通了，结果这时就听到无敌最俊朗突然喊了一声："那边的那个，你要傻站到什么时候？加血会不会？"

"嗯？哦！"喜之羊都已经站傻了，把自己当做观众席上的观众了，忘了自己本该也是参与到战斗中的一员。

圣洁的白光落下，无敌最俊朗处在沐浴之中，被狼头蒜砍掉的生命，迅速开始回复。

狼头蒜突地又是一怔。这也是典型的 PVE 的打法，而且是最简单最粗暴的站桩式打法。骑士就是死命扛怪，生命的损失完全由牧师去找回。

但是这种打法现在赫然出现在了他们这场 2 对 2 的 PK 当中。喜之羊的治疗把狼头蒜的攻击全给抵消了。这是什么情况？ PK 场上身经百战的狼头蒜，此时脑子居然有点发懵，他连忙梳理着眼下的形势。

探爪狼被无敌最俊朗不断地攻击着，自己的目的是要先把探爪狼救下来，但无敌最俊朗完全不理会自己对他的攻击，结果自己造成的伤害，却又被喜之羊找回，于是现在这局面的最终结果，将是探爪狼先倒下，然后这两个家伙转过来站桩对付自己？

靠！居然是这么简单粗暴、一点技术含量都没有的配合？

但问题是自己怎么就没个解决的方法？必须打断无敌最俊朗的攻击啊！伤害他是次要的，重要的是中断他的攻击，让探爪狼脱离出来。

狼头蒜梳理着情况，连忙一个盾击砸上去，想砸晕无敌最俊朗。

结果之前对他的攻击全不理会的无敌最俊朗，一遇到这种技能，突然就转了性。身子略一转，左臂一抬。

"砰"一声，两盾相撞，狼头蒜的盾击砸到了无敌最俊朗的盾上。

伤害依然还是有点，但是，眩晕这种效果，在被盾牌拦截后就不会再产生了。

噗！无敌最俊朗这边拦了狼头蒜的攻击，对探爪狼却还是照砍不误。

“靠啊！”狼头蒜叫骂了一声，又是一击可制造效果打断攻击的技能丢了上去。

咣咣咣咣咣！

如此的声音不断地重复着，听在不同的人耳中，却是不一样的感受。

喜之羊团的玩家们，只觉得这声音让人心旷神怡；狼之团的玩家，却被这声音震得心都要碎了。

狼头蒜一次又一次的攻击，只是制造伤害的，无敌最俊朗全然不去理会，但凡会对无敌最俊朗的攻击造成中断的，立刻就会被无敌最俊朗挥盾堵上。

于是，忙碌到现在，狼头蒜所做的完全就是无用功。有喜之羊在一旁加血，他的这些攻击根本算不上什么。而他的搭档探爪狼呢？此时已经岌岌可危了。

这……难道就是一个高端 MT 的真正实力？

所有观众心中都萌生了这样一个疑问。

这是一场 PK 没有错，但无敌最俊朗现在控制局面的打法，却也实在太 PVE 了。一个高端的 MT，对盾牌的使用就得像这样炉火纯青，而现在他们看到的就是这样一副局面：狼头蒜真正能达到目的的攻击，全都被无敌最俊朗拿盾牌给招架了。这种身手，大家都觉得必然是在无数次扛怪的经历中练就出来的。

本该充满无穷变数的 PVP，竟然就这样被生搬成了一场站桩式的 PVE，而两个大活人狼头蒜和探爪狼对此居然一点办法都没有。

不会就这样结束了吧？

狼头蒜眼看探爪狼的生命越来越低，他觉得难以置信。他从来没有想过 PK 竟然会以这样的方式结束。这个无敌最俊朗，这样的手法仅仅是 PVE 扛怪练出来的吗？这可未必！PVE 能练出这样的操作技术，但这种意识绝不是 PVE 能练出来的。要用盾牌防御，也得先判断出来对方攻击的思路。无敌最俊朗在这上面没有出现过任何判断失误，这足以说明他的 PK 经验也无比丰富。但问题是，这人不过 2000 多场的竞技场次啊！其中还有相当一部分是别人代打的，这能积累出什么经验？

难道说，这人的经验是在野战中积累起来的？

野战无疑比起竞技场的对抗更加激烈。

因为竞技场在不开赌局的情况下，无非就是一场简单的胜负，而在野战中，任何一次交手，都像是一场赌局。败者，丢经验，丢装备，如此导致了打野战比起在竞技场中PK要有更强的心理素质。竞技场里，打多了，输赢都会麻木。但在野战中，有这样的压力，永远不会觉得麻木。所以有相当一部分玩家，他们对于竞技场里规规矩矩的PK并没有兴趣，他们更乐于在野外四处打猎。

这人难道竟然是一个这样练起来的高手吗？狼头蒜有些畏惧了。

在推测无敌最俊朗是个野战派高手后，本就已经自认技术比不上对方的狼头蒜心中更怯，攻击也远不如之前声势浩荡了。

喜之羊在一旁很茫然，这一场PK居然打成这个样子，他也觉得稀奇古怪。虽然PVP上他没有狼头蒜那么身经百战，但作为老玩家至少还是清楚出现这样的局面全多亏了无敌最俊朗的导演。只是打成这样的局面，到底是这家伙PVE的功底深厚，还是PVP也真的有两下子？喜之羊有些分辨不清了，但眼下的情形，确确实实是最最最最烂大街的站桩式打怪啊……

心生怯意的狼头蒜根本连放手一搏的念头都没有了，他继续有气无力地敲打了一会儿无敌最俊朗，攻击也差不多成了站桩式的输出。咣咣咣咣咣的板甲撞击声，把这场PK推向了一个无聊的高峰。

所有人都在等待，等待探爪狼倒下，那这一场比赛也就基本画下句号了。

众人没有等太久，从入场就一直以被砍为己任的探爪狼终于倒下了。而这一刻狼头蒜也终于彻底绝望了，他停止了攻击，直接认输退出了比赛。

场面有些冷。一场PK，除了开头你来我往、节奏超快让大家有些燃以外，谁也没想到会是这样的收场。平平淡淡，简简单单，没有任何起伏。

开头看得所有人提了一口气，收场居然没让人把这口气给吐出去，就这样稳稳地帮你卡在那了，这实在是一场超级不合格的比赛。输赢的两方，都只有一种感觉：太不过瘾了。

“团长！让我来试试！”狼之团里，有人觉得这一场输得莫名，输得窝囊，为吐这口闷气，主动请缨想要一战。

“不用了。”狼头蒜叹息着，“没有用的。”

“团长，你俩是同职业，他太熟悉骑士的打法了，换个人上，肯定不可能是这样的！”有人说道。

听到这句，狼头蒜心头蓦地一震。对啊！自己一直在想这家伙怎么就能把自己的手法都看穿了，居然忽视了大家是同职业这么基本的一个事实。因为相互之间过于了解，所以同职业之间的战斗是比较容易打得枯燥无趣、观赏性较差的。虽然打到站桩这种程度着实有些夸张，但是……因为同职业，狼头蒜忽然觉得这个原因实在是很靠谱。

“让我试试吧！”狼之团的玩家还比较规矩，团长没发话，并没有自作主张就贸然去挑战。

喜之羊团这边呢，也意外地有点安静。虽然赢了，但是赢得不精彩，赢得没气势，就好像是推倒了副本看门的一只小怪，然后大家就大声高喊干得太漂亮了，总觉得有些不太对劲。

喜之羊团和狼之团毕竟都在霸气雄图旗下，他们之间的竞争较劲终归还是比较良性。他们不是真正的对手，并不是只要最终结果，只求最终的好处。他们需要过程，而现在，一个太过于平凡的过程让他们心里得不到满足，跑去打脸也会觉得没劲透了。所以赢是赢了，大伙却没觉得跑去向狼之团嘲讽叫板一下会是件有意思的事。

“无敌最俊朗，你敢和我打一场吗？”正在这时，狼之团这边终于还是有人叫阵了。

喜之羊团没能从这一场胜利中得到多少快感，但狼之团却添了不少堵，他们是挺迫切想出一口气的。

“嗯？看过刚才这一场，你还想和我打？”无敌最俊朗回了一句。

“废话。”

“没有这个必要了吧？”无敌最俊朗说出了一个比较让人意外的答复，喜之羊等人都还以为这家伙又要完全不问团队的意思，立刻就大大咧咧地入场。

“赢了就想跑？”对方开始嘲讽拉仇恨。

“是不是觉得刚才这一阵平淡无奇，赢得很不漂亮？”无敌最俊朗说。

“不错！如果是我……”

“如果是你，也会一样。”无敌最俊朗说。

“来啊！试给我看啊！”对方已经入场，一个枪炮师，同样也带了一个牧师进场。

“最后一次哦！”无敌最俊朗说着，进场，而后对喜之羊团这边招呼，“随便来个牧师。”

“还是我来吧！”喜之羊亲自下阵了。

“准备好了吗？”对方冷冷问道。

“开始吧！”

比赛开始，枪炮师玩家立刻抢攻，抬手就轰。结果无敌最俊朗略略一闪，直接开了“骑士精神”。这是竞技场里的设定，只要重新开始一场比赛，技能冷却就会全部重置。

“骑士精神”一开，立即“冲锋”。枪炮师早有准备，跳起就想“飞炮”闪开，哪想无敌最俊朗这一“冲锋”居然走了个弧线，以一个不可思议的弧度从半道上把他截了下来。“英勇冲锋”，没有停歇！顶着枪炮师，弧线继续划过，那牧师全没想到对手居然还可以扭转到他这方向，闪避不及，被命中！

跟着“公正的英勇飞跃”，两人一起被砸。无敌最俊朗反手一个盾击，将枪炮师砸晕，回头技能朝牧师倾泻。

“这是……又已经拉好怪了？”熟悉的一幕，让人忍不住评价道。

枪炮师玩家还计划上来就占据主动呢！结果这才出了一招，转眼就变成了上一场情景的再现，而且比上一场狼头蒜还惨的是，他一上来就落入这样的局面了，狼头蒜至少开头还攻击了一下喜之羊，还向无敌最俊朗扔了个“挑衅”来着。

不过玩家毕竟不是NPC，拉成这样牧师算是被完全控制住了，枪炮师的眩晕却早晚要醒。这狼之团的玩家们思考的主要是如何攻克这样的局面，此时被晕住，枪炮师却已经开始迫不及待地准备他的战术了。

眩晕一解，枪炮师立刻“飞炮”闪开，无敌最俊朗果然没有理他。枪炮师玩家离了远些，扛炮上肩，炮口蓝光一聚，一枚“悬磁炮”就飞了出来。

《荣耀》中繁多的技能拥有繁多的特别效果，盾牌能克制许多技能的攻击效果，但并不是全部。比如“悬磁炮”，吸附目标并将目标带离的效果，就是盾牌阻挡完全起不到作用的。枪炮师玩家显然深知这一点，上来就用了这盾牌无法起到作用的杀手锏，倒要看看无敌最俊朗如何应对。

结果无敌最俊朗看起来好像不知道这一点一样，“悬磁炮”飞来他却无动于衷，眼看就要到了“悬磁炮”的吸附范围，这才突然地横剑一挥，却是横斩用出了一个“击退”。这一击显然也是操作上有所控制，牧师并没有被击出最远的距离。但就在牧师滑出的同时，无敌最俊朗脚下未动，突然也嗖地和牧师平行着飘了出去。

场面诡异得像是两个鬼魂在飘，但所有人一怔后随即明白，无敌最俊朗这是进了"悬磁炮"的吸附范围，正在被吸动中。而面对就要贴上自己的"悬磁炮"，无敌最俊朗的盾牌猛然挥出，不是拦截，而是撞击。不过没有使用"盾击"技能，这一撞不会有什么特别的效果，只有些许伤害而已，但是在此时，却成功地把"悬磁炮"给引爆了。

如此距离，"悬磁炮"炸开当然会伤到无敌最俊朗。但他盾牌在前，这炸开的波动却推不开他，至于伤害……喜之羊这不已经拎起十字架开始吟唱了吗？

牧师依然在无敌最俊朗的攻击笼罩之下，而"悬磁炮"可能造成的影响，却被无敌最俊朗用操作就这样化解了。

如意算盘被破解的枪炮师明显一愣，但他显然也并不是只有这点手段。游走，机枪扫射，轰杀，"卫星射线"……充分构思过的各种招法依次使了出来，这次大家眼中的比赛总算不那么枯燥了，大家很好奇无敌最俊朗会怎么应对这些针对性很强的攻势。

结果，或躲，或闪，或盾牌掩护，无敌最俊朗将攻势一一接下。或者受了伤害，或者根本没受伤；或者进行了大量走位，或者站着不动就化解。无敌最俊朗的手法一样很多，唯一不变的是，牧师依然在被他砍着，从未停歇。

"不可能！"枪炮师终于把自己想到的手段全用完了，局势完全没有任何改变，和上一局比较不同的只是贴身近战的无可奈何变成了远程打击的束手无策。枪炮师玩家完全没方案了，再攻击，也只能是之前用过的手法的重复。或许无敌最俊朗不能一直保持毫无破绽，但问题是，只是偶然一次打破这样的局面，能从根本上解决问题吗？

枪炮师玩家知道，自己这次没能成为团队的救世主，他站在团长狼头蒜丢人的肩膀上，又一次完成了丢人的壮举。

牧师到底还是倒下了，枪炮师玩家这期间倒是没闲着，他开始去追打喜之羊。可怜这喜之羊满场乱跑，看无敌最俊朗全然没有要救他的意思，这枪炮师也是拼了命地想干掉牧师，挽回点颜面。

但是他起步已经太晚，虽然无敌最俊朗装备较差、输出较弱，却也不是他现在开始能迎头赶上的，而且狼之团这牧师比喜之羊老实多了，看起来就是站在那任你扁。

这是他心甘情愿的吗？当然不是，他是被无敌最俊朗的攻击控制成这个样子的。也几乎是在这一刻，狼头蒜才猛然意识到这个问题！

所有人都去注意无敌最俊朗能把各种打断他攻势的攻击效果都化解了，但是大家都忽视了，无敌最俊朗连续的攻击居然把对手控制得如此服帖。

虽然对手是战斗方式并不多的牧师，但能把一个活生生的人打得像个沙包一样，就算是牧师，也没这么容易。

牧师一倒，无敌最俊朗立刻掉了方向，“冲锋”直接杀了过去。那枪炮师玩家倒是有保持距离的意识，但是没逃出三五步，就被无敌最俊朗截下了。

“嗯？这也是个不错的观察机会！”狼头蒜猛地想到，立刻准备看看无敌最俊朗接下来是不是可以把枪炮师打得像个沙包。同时狼头蒜也有一点后悔了，刚才他不应该在探爪狼倒下后就直接认输退出的，亲自和无敌最俊朗交一下手，肯定能比现在更清楚地了解到这家伙的实力。

结果这枪炮师复制了之前狼头蒜的整场比赛，这最后时刻，又复制了狼头蒜的举动。一看牧师倒了，对方以二敌一，他也来了个干脆的认输退出，狼头蒜心下一阵郁闷，又不好说什么，毕竟他是前车之鉴。

这样的比赛，赢一场，尴尴尬尬不冷不热的，但现在连赢了两场，而且第二场成功复制上一场，让对方一样束手无策，这可就有些显出本事了。这场一完，喜之羊团那边欢呼、鼓掌、庆祝的表情开始爆发了。不少人也可以吆喝：“狼们这下你们服气了吧？”

这种很让人窝火的比赛，哪那么容易让人心服口服？但是现在嘴硬有什么用，人家一句“那再来一场”就把他们拍得死死的。

狼之团的玩家个个垂头丧气，狼头蒜也无可奈何，最后只能说一句“走”，狼之团的玩家一句话没留就灰溜溜地退出了。

“兄弟，厉害啊！”看到狼之团跑了，喜之羊一直有些紧张的心情这才终于放下，心中那叫一个爽。

一直以来的竞争对手，在副本上狠狠超越了一把不说，一向处于弱势的PK方面今天居然也扬眉吐气了一番，虽然这样的优势可能只是伴随着无敌最俊朗的存在而昙花一现，但至少今天是绝对值得纪念的。

“厉害厉害厉害！”全团上下现在哪里还有对无敌最俊朗的半分不满意，个个都在赞叹着。

“哈哈，早说了嘛，PK才是我的强项。”无敌最俊朗说。

“是的是的。”众人连连点头。

“再没什么事的话，那今天就先到这吧？”无敌最俊朗说着，也准备闪人了。

喜之羊这时叹了口气说："兄弟水平这么高，加入公会后肯定很快就能直接进入一线的精英团了，可别忘了我们这小团队啊！"

"那不能。"无敌最俊朗笑道。

喜之羊团的玩家纷纷来求和无敌最俊朗加好友，最后依依惜别。这百人副本还是比较费时的。已经有些日子没有熬夜游戏的叶修，今天这趟也折腾到了后半夜。陈果和唐柔早就休息了，虽然对于叶修混进霸气雄图的目的还很好奇，但看还是在跟着下副本的阶段，陈果也没啥观赏的心情。她的水平虽然也不顶尖，但当初却是混在嘉王朝本部的，所跟的团队副本进度比喜之羊他们强多了。这些人的水平，放在陈果眼里都有些不够看。

和喜之羊团的玩家告别后，叶修就离开游戏休息去了，喜之羊团的玩家显然都是准备通宵的。此时众人也没有散去，聊起的话题，当然全都集中在这个高手骑士上。而大家议论的话题，主要就是这个人到底有多厉害。

"我看不出，反正我觉得我是拍马也赶不上。"被问到的团队 MT，原本众人心目中的骑士高手七叶一枝花说着。

"我跟公会的主力团玩过一次，我觉得他的技术不比咱们分会的第一骑士飞扬差。"喜之羊说。

"那是精英一团的 MT 啊！这么厉害？"有人惊叹着。飞扬号称他们四分会的第一骑士，在公会玩家中已经是了不得的存在了。

"或许，还会更强点。"喜之羊说道。

"哦？为什么这么说？"七叶一枝花问。

"最能清楚感觉一个 MT 实力的，还得是我们牧师。虽然给无敌最俊朗加血一直提心吊胆的，但主要还是因为开始时对他不信任。现在总体来考虑一下的话，他全程根本就没有出过任何需要我们牧师来弥补的失误，我们只要做好最基本的工作就可以了。"喜之羊说道。

6

CHAPTER

平起平坐

喜之羊的分析得到了团队里其他牧师的一致认同，大家纷纷表示有这样一个 MT 牧师会多么轻松快意。虽然当着团队 MT 的面称赞另一个骑士多少有些伤面子，但七叶一枝花本人也对无敌最俊朗心服口服，喜之羊的玩家们也就没太顾忌。至于副 T、3T、4T 们，在 MT 都被忽略的情况下，他们就更是浮云了。

一通聊下来，人人都很叹服。喜之羊也不想给兴致勃勃的众人浇凉水，但是最终结果不说出来的话，心里总觉得憋着个事不舒服。最后，喜之羊终于还是号召大家认清现实，这样的高手，很难留在他们的团队。

团队里显然有不少玩家早有这种担忧，此时听到团长亲口说出，更觉遗憾。前半夜是一浪接一浪的高潮将他们推到了兴奋的顶点，但现在听到这样的消息，所有人都难免有些失落。

“唉……”最后也不知是谁没精打采地叹了口气，聊天就这样结束了。

不过喜之羊团今晚通关了“空中陵墓”的消息到底还是在公会里传开了。公会里百人团队很多，和喜之羊一样卡在“空中陵墓”的也有。四分会、五分会之间会竞争较劲，同公会也未必就多团结友好。游戏这个东西，到底还是要攀比才有趣。比等级，比技术，比装备，比一切能比的东西。

现在喜之羊团副本进度达到了一个新高度，喜之羊团的玩家自然很愿意说出来和其他人分享快乐。

频道里各种各样的声音都有，恭喜的、嫉妒的、求教的，等等。

喜之羊也在这时收到了四分会会长来的消息：“‘空中陵墓’通了？”

“嗯……”喜之羊无奈地应道。他倒是希望会长没注意到这事，暂时忘了无敌最俊朗，这样或许他们还能和高手再混个几天。只可惜副本通关也算大事,会长一见,立刻就问过来了。

"无敌最俊朗有什么表现?"会长问。

喜之羊深吸了口气,实话实说:"多亏了他,不然我们不可能过。"

"哦?"

于是喜之羊把无敌最俊朗的精彩表现连同后边和五分会狼之团起了争执后在竞技场的表现一一都说了一遍。

"你觉得他水平有多高?"会长最后问道。

"不比飞扬差。"喜之羊如此答道。

这个评价分量可不轻了!飞扬是四分会的头号骑士,而霸气雄图四分会,放眼"神之领域"也算是顶尖强大的公会,非玩家公会可比。能强过他们的,也就是各俱乐部公会的本部了。这种公会中的头号骑士,那在"神之领域"是什么地位已是一目了然。

"哦。"对于喜之羊的超高评价,会长未置可否,"现在他还在吗?"

"下线了。"喜之羊回道。

"那就明天再说吧!"会长说道。

叶修这天睡得晚,早上却也没起得太迟。起来刚碰到陈果,陈果立刻向他打听昨天的最终结果。

"过了呗!"叶修说。

"那些家伙有什么表示?"陈果问。

"大概是五体投地吧?"叶修猜测。

"……"

吃罢早饭,去包厢游戏。无敌最俊朗登录后,好友这边完全没有人。喜之羊他们团昨天都是通宵未睡,此时全都下线收工了。叶修把无敌最俊朗挂在这后,却也不玩,又跑去开了唐柔旁边的电脑,刷了君莫笑上线。

"就这么站着发呆找死啊!"陈果倒是有点猜出了叶修的意图,两个号一起上,以免有人把无敌最俊朗往叶修身上联想嘛!换作以往,再高的高手,玩家的想象力也不会把网游里这样厮混的家伙和职业大神联系在一起。但现在,大神混网游对于各大公会来说都不能说是秘密了,又折腾了各大公会这么多次,还是谨慎些好。两个角色一起在线,虽然并不是难做到的事,却是一定要做的事。很难想象两个没关系的人,那么巧合从来不会一起出现。

陈果这边把无敌最俊朗丢进了竞技场也就不再理会了,伸了脖子问叶修那边君莫笑准备做什么。

“副本练会儿级吧！”叶修说着，君莫笑已经上线，扫了眼好友，意外发现乔一帆的一寸灰居然在。正想消息一下，一寸灰已经先一步跳了个消息过来：“前辈早。”

“你早你早，闲着呢？”叶修问。职业选手嘛，也是有正经事做的，虽然一样是游戏，但也不是在网游里这样的玩法。泡网游也算比较闲了。

“嗯……”

“下不下副本？”叶修问。

“好啊！”乔一帆想的就是跟在大神后面请教，一起练级是他求之不得的事。

“要不要带啊？”陈果这边则也在回应叶修说的“副本练级”。

“好啊！”叶修欣然接受。

于是陈果也没登录第十区那边，又上了“神之领域”的逐烟霞，叶修邀了她入队，那边又招呼了乔一帆，说了个地方，三人就碰头去了。

55 级副本就是“神之领域”等级最低的副本了，但可不会是普通区新手村那种入门级的。不过一个逐烟霞 70 级的大号，两个职业级的选手，三人刷一个五人小本完全不在话下。

“怎么样？最近阵鬼有什么心得啊？”副本下得轻松，叶修也就和乔一帆聊上了。

乔一帆跟随叶修的主要目的不就是这个吗？立刻把自己体会到的一些东西拿出来向叶修请教。

叶修随口点拨，就让乔一帆拿副本小怪做做试验。君莫笑虽然只会一个“刀阵”，但是当个示范做个样子还是可以的。

“嗯嗯，不错不错。”叶修看着乔一帆做出的演示，称赞着，“意思就是这么个意思了，不过这副本怪都呆头呆脑的，真实比赛场上的局面不可能让你这么轻松。NPC 不知道你的目的，只会任你摆布，但人就不同了，判断出你的意图，自然会来干扰，会来打断，甚至会将计就计，所以千万别练得思维固化了，比赛场会产生的变化，永远多到无法想象。”

“我明白。”乔一帆应道。

于是三人就这样继续清着小副本次数，乔一帆也不知从何时起堆积起来的问题，今天可算是问了个爽快，而且显然他并不只是将问题丢在那里等着叶修来解答，他一直有自己的思考。已经算是职业级别的，乔一帆并不像唐柔、包子入侵那样需要叶修手把手地教，有时叶修只是三言两语，乔一帆就已经清楚问题的所在。叶修教他的，其实操作方面的技巧倒没多少，更多的还是总结自己积累下来的经验，结合乔一帆的情况直接让他消化成长。

就这样过了一上午，乔一帆显然不能无止境地游戏，中午就下线闪人了。叶修午饭后回来，继续用君莫笑，一直到这边陈果留意到有人给无敌最俊朗发来消息，招呼了叶修一声，叶修果断扔下君莫笑就跑来这边了。

“喂，这怎么弄啊？”

君莫笑这正下本呢，结果就这么被扔到打了一半的副本里。

“丢着吧！回头再继续。”叶修说。

“神之领域”第二个完全安全的地方：副本。

“那我也先扔这了。”陈果说着，把她的逐烟霞先下了线。这等再上线，依然会在副本原处。玩家进了副本，除了死或通关，根本就没有其他可以离开的办法。

无敌最俊朗这边，发来消息的正是喜之羊，叶修点开消息一看，喜之羊正在问他在哪边。

“还在蒙土城。”叶修回道。

“哦哦，我们公会的老大想见见你呢！”喜之羊随后说道。

“在哪里？”叶修问。

“茂山城这边。”喜之羊说。

“好，我就过去。”叶修应了一句，将无敌最俊朗从竞技场里退了出来。茂山城也是一座70级的主城，和蒙土城之间刚好有传送阵，过去倒是省事。

传送到了茂山城，又问了喜之羊位置，无敌最俊朗走到后，就见到了一队头顶霸气雄图四分会名号的人。喜之羊就在其中，看到无敌最俊朗过来，连忙招呼。走到近前，叶修扫了一眼这队人那亮闪闪的装备，就知道这队可就不是喜之羊团那些还在冲击中等难度副本的玩家了，这些，估计已经是霸气雄图四分会的精英成员了。

“丹心、飞扬、焚山……啧啧啧。”这边陈果又在观望叶修的屏幕，已经感叹上了。

“哦？你都认识？”叶修问。

“都知道，霸气雄图的人嘛！”陈果说。她出身嘉王朝，霸气雄图是死敌。

不是有句话说吗，最了解你的人，有时恰恰是你的敌人。

“哎哟！游峰电诶！”叶修这边转动视角，陈果又看到一人，惊叫。

“嗯？这是谁？”叶修的目光停在这人身上，是个元素法师。

“你这都不知道？这是霸气雄图总公会的会长啊！”陈果说。

“哦……”叶修长长应了声，“十区的分会长我比较熟，总会长好像还没这样直接打过交道。”

游峰电，正是蒋游在“神之领域”的大号，霸气雄图公会会长的真正身份。叶修其实在第十区里早和他乱七八糟地早打过交道，但基本并不怎么放在心上。夜度寒潭还是蒋游，对于他来说没什么区别。

游峰电这种身份，实在已经不用在名字头顶上再挂什么称谓了。在《荣耀》玩家眼中，要论知名度，他们这些顶尖会长和职业选手相比也差不了多少，都算是人尽皆知的角色。所以在游峰电的名字顶上，并没有像很多公会的会长那样顶着个“×××公会会长”的字号。

叶修操纵着无敌最俊朗到了跟前，喜之羊就已经介绍上了，这个是谁，那个是谁，那个那个又是谁。每个人除了 ID，都有装饰，就好像现实生活里介绍人时总要介绍一下这人的职业职务什么的。不过有些连串地念起来让叶修听了有点滑稽。比如霸气雄图四分会第一骑士之类，修饰的定语也太多了，但偏偏一个也不能摘。把霸气雄图摘了？那显不出有多厉害；把四分会摘了？那不符合实际……

“哦哦哦哦哦……”叶修每听一个介绍就“哦”一声，一路“哦”下去后，一气总结，“大家好。”

以蒋游的游峰电为首，这伙人的装备在网游中可称得上是一等一的。装备也是身份的象征，无论是霸气雄图的堂堂会长，还是分会的第一骑士什么的，要是穿了无敌最俊朗这档次的一身出去，那搁在现实里就好比着装不当，没显出自己的身份。

“无敌最俊朗？名字有点意思啊，哈哈，说起来，我以前认得一个人，名字叫无敌最寂寞呢，不过好久没见了，可能真的寂寞去了。”先说话的是有霸气雄图四分会第一骑士之称的飞扬，随口像是说了一个笑话，但已经显露出了对无敌最俊朗暗怀的敌意。

这并不意外。像七叶一枝花那样的厚道好人在网游中其实是极少的，网游是一个将攀比之风都赤裸裸地数据化的世界。

新区里大家攀比等级，到了“神之领域”，等级没得比了，那就比装备、比属性、比技能树、比技巧、比经验、比副本进度、比竞技场战绩，什么都能比，什么都要比。在这样攀比成风的世界里，不是差距实在太大，难有谁服谁一说。

像飞扬，像七叶一枝花，再到之前的脆豆，他们都是团队中的第一MT，从某种程度上来说也算是处于顶端的人，他们的位置，就更不容易服别人了。七叶一枝花这样老实厚道，那其实是异类，更多的是脆豆这样的人，对同职业被称为是高手的人，总是充满不屑。

只不过大家的表现方式各不一样。脆豆年轻一些，幼稚一些，而这飞扬却显得要世故一些，他知道无敌最俊朗是会长授意拉来的人，而且总会长游峰电这次居然亲自过来，来历就要更上一层楼。太过于让无敌最俊朗难堪，那等于也是不给会长面子。

这庞大的公会，近乎企业化的管理，生存在其中的玩家，越是上位者，就越不能只是单纯地以游戏视之了，这里也满是人情世故的东西。而他们这些公会的会长，也绝不是普通玩家公会那保姆一般的角色了。虽然他们也通常只是这样的姿态，但是明白人都知道这些会长手中所掌握的权限的能量有多大。

“无敌最寂寞？什么职业？”

飞扬那暗含挤兑的话，却被叶修这样回了一句。

“职业？太久没见，早忘了。”飞扬怔了怔，回答得也算从容。

“哦，这样啊！”叶修说着，还发了个“呵呵一笑”的表情。

飞扬顿时就郁闷上了。无敌最寂寞？他哪真的认识这么一个人，他只是看到无敌最俊朗的名字，随口杜撰了个小段子来奚落一下对方的嚣张。结果人家问职业，他没答上来，完了“呵呵一笑”，像是嘲笑他的无聊一般。

“早听说兄弟你技术了得啊，今天总算是见着了。”有喜之羊引荐，飞扬做了开场白，再说话的，就是一堆人里地位最高的蒋游了。四分会的会长，此时反倒没轮到说话的机会。简单的小细节，却也体现了公会成员分明的层次与复杂的关系。

“呵呵，你听到的传言货真价实。”

“那是，那是。”

一般人听到如此不谦虚的话可能都炸毛了，但脾气也未见得有多好的蒋游，此时却和气一团，弄得飞扬都有些看不懂了。他虽不属于本部，但对这总会长也是有些了解的。没像霸图战队的韩文清那样冷硬，但也基本是往那个路数上靠的，从没听说过有这样礼贤下士的风格，今天这是怎么了？

一个人的性子显然不可能突然间就扭曲，问题看起来更可能出在这无敌最俊朗的身上。

真这么厉害？飞扬心里暗自嘀咕着。他倒没有因为无敌最俊朗的装备产生什么歧视，装备毕竟是外来的，真要是技术过硬的话，那边蒋游一句话，这一个骑士的装备立刻就可以鸟枪换炮，没准甚至可以比他飞扬更高端。

见总会长如此态度，飞扬甚至有点开始懊恼自己之前为什么要那样暗含挤兑了。说起来，管这人到底如何，自己和他较劲又有什么用呢？今天难得和总会长有接触，充分表现自己的实力才是重要的。

飞扬心中也有一番他自己的盘算。

他们这些分会，虽然也是以霸气雄图为名，但在所有人的心目中，都依然把本部视作真金。分会的玩家，也很多是盼着能进入本部的。

本部人数早满，按公会规定，也不会无端地踢人换人。但是大家都知道规定只是死的，真有突出的高手，本部肯定还是有方法可以弄进去的。飞扬呢？可没觉得成为了四分会的第一骑士就足够自豪了。说起来他非常讨厌别人介绍他时在霸气雄图的后边添上一个四分会，只是多了这三个字，连他自己都觉得这头衔好似冷笑话一般。

他希望可以摘掉这三个字！唯一的方法，当然就是进入本部。

所以他一直挺希望自己的实力能得到本部那边有力人士的注意，只可惜他头顶四分会第一骑士的名头时日已经不短，本部那边却一直没有向他伸出过橄榄枝。今天总会长居然亲自跑他们这边来了，这让飞扬觉得是个很好的表现机会。只是跑来的原因居然是因为另外一个骑士，这不由让他满是羡慕嫉妒恨，所以一开始就对无敌最俊朗怀了敌意。看这架势，无敌最俊朗真要被认可了，不是可以直接进本部了？

自己必须表现得比他还要强才行！

飞扬早就暗下了决心，但是拿言辞这种方式和人家较劲，现在回想起来觉得有些幼稚了，连忙心下检讨了一番。今天要做些什么，他是已经知道的，在实战中表现出压过无敌最俊朗的技术实力，这才是硬道理。

飞扬心中好一番盘算，那一边，蒋游等人却已经向无敌最俊朗说了叫他来的意图。

“抢 BOSS？”叶修怔了怔。

“不是吧？”一边的陈果都惊诧了。就算是游戏，这卧底进度也太快了吧？人家卧底都是三年之后再三年，这无敌最俊朗从混进外围扶植公会到现在连两天都没有，就已经进步到跟 BOSS 队这么核心的精英圈子了？

普通玩家公会，讲究倒不会这么多，是高手，就立刻进入一线队。但俱乐部公会那是多么复杂的环境和竞争啊？抢野图 BOSS 这么重要又凶险的事，混个别家公会的卧底在里面，那可是大大的糟糕。战术、方案、计划等等都被卧底卖出去的话，还抢个屁啊？

“嗯，刀锋峡谷那边的BOSS刀锋剑客朗锐刷新了，我们的人已经有过去的，我们马上就要去支援，正好看到兄弟你在线，不如一起吧？”蒋游说着。

“行啊！”叶修欣然接受。

“嗯，兄弟这身装备……”蒋游看了看，估计也实在是说不过去，“兄弟现在还进不了我们公会，没法给你贡献度来领装备用，这一身先拿着凑合吧！”

蒋游显然早有准备，不然一个元素法师，身上哪会带着一套骑士用的板甲？

叶修也没谦虚客气，和游峰电那边交易。接过一看，套装从首饰到武器，一身算是配齐了。比他现在身上的要强得多，对于一般玩家而言，装备一下子提升两个档次，足够感动了，于是叶修也表示了一下感谢，飞快就把装备全换上了，然后点了游峰电申请交易，把他换下来的那一身这些高手眼中视为垃圾的玩意摆了上去：“这些就代我先捐给公会吧，哈哈哈哈。”叶修说着。

“啊……这个啊……”蒋游这个汗啊！他元素法师一个，这点力量，身上真要装一身骑士的板甲、武器、盾牌，负重绝对会影响到他的动作。先前带了一套，那是准备一来就交给无敌最俊朗的，现在人家又还了他一身，这要真揣着去战斗，那真是太不方便了。

可是人家又是说捐给公会的，总不能说拒绝接受吧！说你留着用，那也不合适啊，一身好的都换上了，淘汰下来的留着有啥用？一般人都是换下来的就捐公会换贡献度，无敌最俊朗的行为也没啥意外，只是这家伙现在交给自己代劳，这让蒋游真是着实纠结。

这一堆装备蒋游接受也不是，不接受也不是。这种时候，就到了考验部下眼力劲的时候了，四分会的会长能当上会长，果然不是浪得虚名。那边两人的对话都听在耳里，此时立刻截了上来说道：“捐也应该捐我这啊！你算来还是我们四分会的人呢！”

尴尬被轻松化解了，连飞扬在一边都兴高采烈的。听到无敌最俊朗还算是四分会的人，他如何不高兴？进本部是他的理想，此时的无敌最俊朗在他看来就是竞争对手，他可不想被对手领先一头。

随后蒋游很自然地附和了四分会会长一句，取消了交易，四分会会长也很自然地从无敌最俊朗那儿接过了一身在他们眼中如同垃圾的装备，泪流满面地揣包里了。他的职业是狂剑士，是力量型角色，背一身板甲重装影响不像布衣法师那么夸张。虽然影响也有，但这种时候，当然是苦自己不能苦领导了。

“事不宜迟，那我们这就出发吧？”蒋游这边说着。

于是一堆人都说好好好。这些人全是四分会的精英核心，本部玩家的话，相当多的精英核心成员和蒋游都是有交情的，相处倒还是有几分游戏里伙伴的味道。而这些四分会的玩家，相比起本部成员，距离蒋游有些遥远，上下两级的意味很有些浓厚。

这蒋游的游峰电走在最前，其他人的角色竟然没有一个快过他的。一行人跟着游峰电的跑动节奏，很快离开了茂山主城。

茂山城是一座山城，从城里走出城外，感觉就像下了半截山，而这新BOSS所刷的区域刀锋峡谷，正是这附近的70级区域。

BOSS刀锋剑客朗锐，70级野图BOSS，孤胆流浪剑客一个。秉承了BOSS一贯的风格，虽以剑客为名，但技能绝不会只是剑客系这么单调。朗锐的技能树也以剑客系为主，辅有剑士系其他三职业部分技能，此外还会格斗系这边拳法家的部分招式和柔道的一些摔技。

BOSS所会的技能越多，显然越是难于应付。《荣耀》中的BOSS难度，不单以攻高防高血高之类的三围数据来强化实力，更多的还是以这样繁杂多样的技能，结合高超的人工智能，让BOSS拥有多种多样的攻击变化手段，让玩家难以防备。

70级野图BOSS，作为《荣耀》中BOSS的顶尖难度，自然是把这一设定演绎到了巅峰。70级开放至今三年有余，“神之领域”70级的野图BOSS，至今没有哪个被玩家摸索出系统的杀法。

一来一年就刷52次，又是大堆人哄抢，根本没有摸索练习的条件；再来就是用繁杂的技能推化出来的BOSS，多变的打法让人更加总结不出这当中有什么套路。

时至今日，玩家也就是基本总结出来了每一个BOSS都拥有哪些技能，如何去抑制去挑战，也出现过一些攻略，但是，这些攻略几乎都只是设想，很缺实践。70级野图BOSS可是各大公会凶抢的对象，和BOSS的拼斗根本不是主旋律，玩家之间才是。这样的局面下，又有什么攻略能用得上？

70级的野图BOSS，绝对是值得任何一家俱乐部公会的总会长亲自到阵的。不过，只是带了分会中的一队人，这显然远远不够。这种最艰苦的争夺战，肯定还是要靠本部的核心精英来完成。蒋游的游峰电出现在这里，其实只是为了对无敌最俊朗有所表示。

到了刀锋峡谷，队伍也未停歇，直奔某一方向。沿途练级区的小怪自然也多得很，但对于这些大公会的精英来说，各大地图都很熟悉，小怪实在不能算是什么阻碍。进到了峡谷深处，一队人这才和霸气雄图的主力团队会合。陈果在一边看着叶修的屏幕，那视角里扫过的琳琅满目的ID，几乎个个都在“神之领域”很有知名度。她很清楚，这就是《荣耀》网游中最上流的圈子了。她在嘉王朝混了些年头都没能混进的圈子，结果叶修拿着无敌最俊朗用了不到两天就已经成为当中的一员，陈果莫名觉得有点沸腾了。

霸气雄图除了本部成员，还出去了四个分会，每个分会和四分会一样，都是一队人，霸气雄图此时到阵的差不多有200人。本部成员为主，分会成员为辅。

而霸气雄图，此时却只是峡谷中势力的一角。叶修转动无敌最俊朗的视角，很快就看到了另有两家公会的人马也是整齐到阵。

百花谷，轮回。

又是轮回。叶修心下也暗暗留意了一下。轮回本赛季风头越来越劲，网游中他们的公会也是四处出击，几乎没有什么活动是不掺和的，这俨然已是顶尖大公会的风采了。至于百花谷，综合实力上来说还是略逊的，但是70级BOSS不容错过，实力略逊，也不是没有机会。野图BOSS还没到被几家庞大公会完全垄断的地步。

这两家公会也是会长亲自领军。

百花谷的百花堪折，轮回公会的三界六道，此时都站在队伍的最外围，和霸气雄图的人马鼎足而立。此时蒋游的游峰电到场，霸气雄图的玩家自然而然让了个道，游峰电也朝前一站，几位公会巨头开始互相凝望。然后，百花堪折和三界六道,以及他们身后的所有人,以及游峰电身后的所有人,视角都集中到了游峰电旁边的那个家伙身上。

无敌最俊朗,多么闪亮的一个名字,此时就这么大大咧咧地站到游峰电的身边。

三大公会都很识趣,为了突出会长,其他人很自然地朝后站了一个身位,让会长有领军之姿。结果这边偏偏有个人不长眼,和游峰电齐头并进,头上什么称号也没有,名字还如此骚包……

叶修的无敌最俊朗,只用了一个站位,瞬间就HOLD住了全场。

峡谷里万籁俱寂。霸气雄图的人堆里,隐隐传来磨牙的声音。

飞扬那个恨啊!在霸气雄图本部的一帮好汉面前,他这个四分会首席骑士的名头都有些浮空了,甚至他们四分会的会长,地位也未见能比本部这些精英高手高到哪去。到这以后,飞扬和其他分会来的人一样,蛮识趣地站在了末端。结果,这个无敌最俊朗居然就这么跟着会长游峰电走到了最前,还成了全场的焦点。飞扬心中不是滋味啊!一方面觉得这家伙真是丢人现眼,另一方面,心下却不由得有点羡慕嫉妒恨。但是,飞扬也很清楚,哪怕再来一次,他恐怕还是没勇气没自信这样大大咧咧地和会长一起站到外面吸仇恨。

“这SB是谁?”霸气雄图这边的人忍了,那边两家公会的玩家早有不客气地嘲讽起来的,声音很大,就是故意说给这边听的。

无敌最俊朗却泰然自若,无视所有不干不净的嘲讽,直奔主题:“BOSS在哪呢?”一句话就把事态切换到了敏感元素。

两大公会的会长自然更沉稳一些,一看这人和游峰电并肩站在一起,心里都略略忐忑了一下。

能真正和俱乐部公会会长平起平坐的,坦白说在网游里那还真没有了。这个人,该不会是霸图的职业选手吧?

郑乘风?

两位会长的脑袋里一起出了个问号。郑乘风是霸图战队的职业选手,角色职业正是骑士,ID山逢地裂,在霸图也算是一线选手,经常出现在轮换阵容当中。虽非大神,但这样的角色也足够让网游圈膜拜了。

“这位是……”两位会长心下都犹疑上了,先开口的却是三界六道。

无敌最俊朗居然和自己并排上来了,蒋游都吓了一跳。他方才那是会长气派,角色移动步伐方方正正,目不斜视地就走到最前和另外两位会长针锋相对去了，真没注意到身边其实还跟了个人……

此时留意到，更被对方如此问着，蒋游一时间都没法回答了。怎么说？就说是自己发现的高手？问题是这人到底有多高他还没有亲自衡量呢，霸气雄图是什么身份啊，网游里拣来的什么高手也不至于和会长平起平坐这么出格吧？真要这么说蒋游也觉得够丢人的，一时间，也不知道如何介绍这货，对于这货不声不响居然和自己一起杵这儿也是着实不满。你好歹出个声打个招呼让人有个准备行不，搞得现在万众焦点，真是措手不及。自己是真心没看见啊，但现在这样说有人信吗？

“问我？”结果无敌最俊朗却没让他操心，自己就回答上了，“我就是路过的一高手，看这里热闹，过来帮帮忙。BOSS 在哪呢，赶紧开始啊！全耗在这，一会儿别地再刷 BOSS 你们杀不杀了？”

这话也是一针见血。这是各大公会很尴尬的一个问题。BOSS 刷新无规律，有时候一两天不见一个，有时同一时间嗖嗖出来好几个。各家都恨不得把所有 BOSS 抢进自己怀里，出现这样的刷新最烦人了，太贪心，可能一个都捞不着；只重点针对一个，又超级不甘心。

本周的 BOSS 刷新是什么情况，他们这些大公会自然盯得紧，目前还没清几个，确实有可能正赶上再来一个。抓紧时间，这话不假啊！但问题是这么有见地的台词怎么就被这么一个莫名其妙的骚包路人甲给抢掉了？

但在对面两位会长眼中，情况又不一样了。这人很冷静，判断很清楚，对自己的身份很随意地一句掩饰。难道……真的是郑乘风？

7 CHAPTER 四面受敌

两位会长都起了怀疑，一时不敢轻举妄动。

至于BOSS在哪？这个问题实在不需要再回答。一堆人都聚在这里，难道会有哪家公会放任BOSS离开他们的视线吗？只是人多些，一些人的视野被阻，而无敌最俊朗正是其中之一而已。此时问完这问题，知道的不由得就转视角朝某方向望，叶修立刻注意到，于是很自然地调整了站位，就想看看BOSS的情况。

全场人都没有动，无敌最俊朗一路小跑就溜出来了。众人顿时大惊。

"你想干什么？"

不少人喝道。此时还在相持阶段，BOSS是要抢的，但照规矩，抢前大家应该废话一会儿，交待些场面话。霸气雄图这边会长刚到，正是三方说废话的时候，结果注意力一直被这个无敌最俊朗牵动。现在废话还没说呢，这人居然就要动了！这是干什么？先下手为强吗？

抓住BOSS的仇恨，对于抢到这BOSS的最终归属起着决定性作用，此时有骑士率先动了，实在引人警觉。

百花堪折和三界六道也是心里立刻咯噔一下。他们突然想到今天的BOSS，刀锋剑客朗锐，性格很易怒，所以骑士那种专门产生仇恨的嘲讽类技能在朗锐身上尤其事半功倍。骑士本就在招仇恨方面具备优势，面对朗锐，更是成了其他职业无法比拟的存在。今天如果是以正常抢仇恨为胜负点的话，骑士的存在无疑很重要，难道正是这个原因，郑乘风才会亲自出马？

职业选手偶尔参与一下这种竞争不是没有可能的，比如说俱乐部对于某一BOSS所出的材料志在必得的时候，两位会长一下子就想到了这层面。如果真是这样，那从技术角度去竞争肯定是无希望的，怎么也得先把这职业级别的弄死才行。

数百人之间的团队混战，职业选手也是可能死在黑砖之下的。虽然职业选手让两家会长都觉得压力很大，但还不至于就此造成他们的退却。职业选手的参与，可以加大筹码，但也绝对不会必胜。

尤其是这个郑乘风未免也太自信了吧？他真觉得有他一人的加入，霸气雄图就可以轻松吃到这刀锋剑客了？

两大会长一起暗中示意，两公会各有人马蹿了出来，很有要直接将无敌最俊朗扑倒弄翻的气势。蒋游一瞅自然不能坐视不理，也是一个指示下去，霸气雄图也杀出两队人来，看起来像是要为无敌最俊朗保驾护航。

双方动用的人手都不到十分之一，显然还只是想初步试探，不过上来连场面话都不说就走到这阶段，今天的发展也算是够快的了。

结果无敌最俊朗此时却吼了一声："大家都先不要慌，我只是看一看。"

"看什么！"有人随口就接道。

"看看 BOSS 在哪里，刚才站那儿看不到呀！"无敌最俊朗实话实说。

理由太朴实，两家公会会长也顾不上细细分辨，直接表示不信。他们更是立刻下了一条死命令：霸气雄图，其他人就罢了，这个无敌最俊朗，绝对不允许他接近 BOSS。

此令一出，哗啦一下，两家公会又各出一队人，和之前那队彼此呼应，牢牢挡在了无敌最俊朗的身前。

眼看火药桶一触即发，无敌最俊朗却站住了脚步，以不可思议的语气说道："看看也不行？"

"看看，你想怎么看？"拦下的玩家说着。

无敌最俊朗没有回答，却突然疾步朝旁一闪，又翻又滚，顿时就见连串的轰炸和法术落在了他原本站位的地方。这两家公会，居然一声不吭，就想先把这个最大隐患给排除掉再说。结果却没想到这人的警觉度如此之高，两家藏在人群中的暗中偷袭都被他躲掉了。

剑拔弩张的场面，随意的一个举动都有可能是导火线，更何况是如此声势惊人的一波攻击！霸气雄图冲出掩护无敌最俊朗的两队人几乎条件反射般地动手了。只是他们的意识一时间根本判断不出这些偷袭来自何方，于是各找攻击起来最顺手的目标吧！

两队人轰然出手，反正另外两家都是对手，也不用细分你还是他，一起打就得了。

结果飞快的一波攻击，轮回和百花谷这边倒是率先倒下了几人。

这就是团战！脆弱的角色在集火的攻击下，根本就撑不到牧师的援助。而这场面来得突兀，没有防备之下，不死可真难了。

两家公会一看折了人，这还能客气，立刻还手，瞬间三足鼎立的正中已经乒乒乓乓打上了。

这些玩家全是下意识的反应，谁也没得到过什么上级指示。三家公会会长此时脑子倒是清醒，打就打吧，不拦着，反正迟早也要打。但现在的重点不是要剿灭任何一方，是在这混乱的局面中把 BOSS 抢到手啊！

花开堪折和三界六道两个，立刻第一时间想到：那个无敌最俊朗不会借这个机会暗度陈仓去接触 BOSS 了吧？但是场面一混乱起来，找人就不容易了。看不到无敌最俊朗去了哪里，两人顿时慌张起来，可不能让这职业级别的偷袭得手啊！

无敌最俊朗此时在哪里？哪也不在，只是站在一旁发呆而已。天地良心，他这次可真不是什么刻意的举动，在叶修看来自己只是很自然的一点举动，结果引发这么大的反应，这怎么说呢……

花开堪折和三界六道两个自己找不到无敌最俊朗，当然下了指示下去，于是这么多双眼睛的视角，自然很快就发现了一旁发呆的无敌最俊朗。

“他在这里！”有人报告。

“在干什么？”会长急问。

“什么也没干！”回答。

呃……两位会长的思维一下子凝固了。这个这个，和他们预想的情况完全不一样啊，他们预先设想的计划，岂不是不能实施了？

叶修此时有点无事可做，但他没有寂寞太久，蒋游会长主动找上了他。

“兄弟去把 BOSS 偷过来，有没有问题？”蒋游问。

“我试试。”叶修回答。

“好的，我们会尽量给予掩护。”蒋游说道。

于是无敌最俊朗立刻朝着 BOSS 所在地进发了，其他两家公会自然也早有了类似的指示，这一战，是为了 BOSS。这打都打起来了，还放任 BOSS 围观，那太不像话了。

于是三路齐出的偷 BOSS 人马就这样相遇了。三方都是大惊，就见三个骑士几乎同时有如离弦之箭一般奔了出去，空放了一个“冲锋”，瞬间拉近了和BOSS之间的距离，然后，然后就见三个人一起摆了个造型，但就此止住了。

三个人居然谁都没有动。

三人都是一怔，但立时也明白了原委。

面对刀锋剑客朗锐，“挑衅”起手无疑优势俨然。但是，“挑衅”是一个覆盖型的技能，也就是说，后出手的“挑衅”，会覆盖前者的效果。所以这种时候，想用“挑衅”把BOSS吸引过来，显然要比的不是快，而是慢。三位骑士都经验丰富，所以这一刻都在等别人先出手，结果一个出手的都没有，就此僵住。

“哈哈！”这可笑的场面，真正能笑出来的也就是叶修罢了。经验最丰富的他，明白过来得最快，第二步举动也是最快。在三个骑士互相牵制、挑衅类技能会被覆盖的情况下，这类技能反而像是被封印了一样不方便开场就用，于是，只能先输出攻击将仇恨吸引过来再说。

无敌最俊朗在笑声中一步迈出，那两位才反应过来，慢下的这一步，顿时让他们很是懊恼。

眼见不能抢在无敌最俊朗之前接触BOSS，那唯有攻击无敌最俊朗来阻止他接近BOSS。两人都有了这样的心思，但是两人却都没有做出攻击。

“哈哈。”又是一样的笑声中，无敌最俊朗第一个踏进BOSS的仇恨范围，刀锋剑客朗锐已经警觉地朝无敌最俊朗逼近过来。

无敌最俊朗重复了一次的笑声，让那两个骑士泪流满面。

笑声为什么会重复？因为他们重复了之前的场景。

之前因为都想覆盖别人的“挑衅”，所以没有人出手，场面定住；而这一次，都想攻击阻止无敌最俊朗，但跟着立刻想到的是让那货去攻击，我正好去抢BOSS，于是乎，两个骑士都没有动。

没办法……两人不是伙伴，他们相互之间也是竞争者。

砰！

和BOSS之间的第一次碰撞终于发生了，来自刀锋剑客朗锐和无敌最俊朗之间，这一声让很多人心都碎了。百花谷和轮回的两位骑士很是惨然地回头望了一眼会长所在的方向，他们没有完成会长交待下来的使命，让无敌最俊朗先一步抢到了BOSS。

不想就在这时，百花谷的队伍里突然冲出一人，纵身一跳，高悬空中，一身装备，显然给他附加了不俗的跳跃力。而这人在半空之中，一手端枪连射，另一手掏包狂丢，霎时间闪着各色光芒的子弹和手雷从半空中雨点般打下，霸气雄图派来的护卫队竟然全在这大堆技能的笼罩之下。

众人惊叫躲闪，却也不能阻止攻击坠地。清脆的子弹击打声和手雷爆炸的轰鸣连缀得如同一曲交响乐，有那么短暂的一刻，连续的技能效果你方唱罢我方登场，一起同台献艺，好像百花争鸣。

而这高跃半空的弹药师，也已经跟着这花样繁多的弹药攻击骤然蹲身落地。周围硝烟散去，霸气雄图的玩家东躲西藏这才回过神来，他们高声呼叫着“加血加血”，却没有得到任何回应。他们这才发现，牧师呢？他们的牧师居然已经都不在了……

牧师全都已经倒地了。

配合无敌最俊朗偷BOSS行动的军团中一共有三个牧师，谁也没有想到，就在这样一团百花绚烂的攻击之后，三个牧师居然一起倒下了。

所有人都觉得不可思议，只是这时口喊“加血加血”的家伙们，再仔细注意自己的生命，才发现，他们只不过掉了一层血皮而已。这样的轻伤，或许只是在慌张躲闪的过程中不小心被某个技能擦了一下边而已。

很显然这攻击根本就是冲着牧师来的，只是造成的光影效果让众人赫然有了要全军覆灭的感觉，极度的不淡定中，才发生了如此的慌乱。

此时回过神来，才见这弹药师还在他们人堆里，从蹲身到站起，又是一手枪一手雷，子弹横飞，炮火轰鸣，人人觉得好像都要受到攻击，一堆人瞬间就已经乱了套，被这人从容地杀出了人群。

“搞什么呢？丢人！”霸气雄图的会长蒋游虽然没过来，但BOSS当然是他关心的重中之重，这场面全看在了眼里。就见手下的精英队伍被对方一个人就给打懵了，一边惊骇这突如其来的家伙的厉害，一边却还是用呵斥己方成员来稳定军心。

但是三个牧师都已经倒了，蒋游一开始竟然没看出来，毕竟不是身在其中，观察并不全面。直至此刻再一细扫，才赫然发现这个事实，顿时就是一惊。在别人还在惊骇牧师怎么就全倒下这个问题的时候，会长级别的蒋游却已经飞快意识到牧师倒下的直接影响——无敌最俊朗！

没错。

一个正在顶着野图70级大BOSS的骑士，坦白说三个牧师都远远不够。这一拨只是第一纵队，蒋游正准备再调集人手进行补充增援，哪想到第一拨的三个牧师竟然已经全灭。只是这刹那间的间隙，前方的无敌最俊朗还支持得住吗？他非但要面对BOSS的攻击，其他两家的人肯定也会对他落井下石啊！

蒋游视角转动，那乱成一团的第一纵队都顾不上理了，连忙去看前方偷BOSS的情况，同时在公会频道里指示还没集结完成的第二纵队现在就开始进行支援。

BOSS那边，无敌最俊朗的情况果然不太乐观。

刀锋剑客朗锐早已经拔刀相向，轮回和百花谷的两位骑士也已经掉转了方向，剑锋所指，赫然不是BOSS，而是第一时间抢到BOSS仇恨的无敌最俊朗。无敌最俊朗孤军深入，三面受敌，除了一个“死”字，蒋游都想不出其他的答案了。

朗锐的刀锋闪出的寒光在刹那间绽放出来，如银丝般，丝丝刺眼，交织成片地朝着无敌最俊朗绞杀过去。

最快出手的究竟还是BOSS，而且一上手就用了剑客系的最大招“幻影无形剑”。

这可是70级的野图BOSS，在没有牧师支援的情况下，就算是最顶尖的骑士，拿着盾牌去挡这大招也只是玩命。更何况无敌最俊朗的装备距离顶尖还差得远呢！

无敌最俊朗没有去挡，他似乎已经留意到自家这边牧师已经集体阵亡了。但是，不挡，有人可以闪过70级BOSS的大招吗？

答案很快揭晓。无敌最俊朗没有举盾去挡，而是选择了闪避。此时接连几个后跳，刀锋剑客朗锐当然不会就此放任无敌最俊朗逃脱，他跨步就追，行动比起无敌最俊朗要快多了。

看起来无敌最俊朗再努力也无法逃脱这一击了，结果就在这时，突然横向里冲出一人，竟然以大无畏的精神横身拦在了无敌最俊朗的身前。“幻影无形剑”的剑光瞬间将这人吞没了。这人周身本还泛着白光，在刹那间就已经倒下。最后的一刻，他的身子还挣扎了一下，似乎想扭转视角看无敌最俊朗一眼……

倒下的竟然是轮回的骑士！

他这么无畏，当然不是舍己为人，这哥们纯粹是误打误撞成了挡箭牌。这骑士眼看无敌最俊朗陷入困局，迫不及待想抢个先手，直接开了“骑士精神”，然后一个“冲锋”就向无敌最俊朗顶去。

哪想到无敌最俊朗面对BOSS的攻击也有胆色选择闪避，而且退得如此之快。骑士一个冲锋杀到，无敌最俊朗却已经离开了原位，骑士大惊，连忙想要变向，却已经来不及，BOSS的剑光正好将他卷入，他就这样以身成盾，成功地把无敌最俊朗救了下来。

轮回的骑士倒下了，百花谷的骑士呢？此时却从容地一个“挑衅”丢了出去。这对刀锋剑客朗锐来说是加倍强力的技能，瞬间抓到了他的仇恨。刀锋剑客朗锐猛然转身，大步跨出，一剑就朝着百花谷的骑士击杀而来。

百花谷这边阵容齐整，骑士不慌不忙，从容应对，他算准了，这个时候的无敌最俊朗肯定不敢再用“挑衅”来覆盖他的“挑衅”。霸气雄图那边连个牧师都没有到阵，还去“挑衅”BOSS，找死吗？

结果朝他奔来的刀锋剑客朗锐，行至中途，突然一个转身，又朝着无敌最俊朗杀了去。百花谷的骑士石化，转过视角一看，无敌最俊朗赫然刚刚收了那个“挑衅”的手势。

他“挑衅”了！

在没有牧师的情况下，在强敌环绕的情况下，这家伙居然真的找死进行了“挑衅”。好吧！既然你想死，就成全你吧！

百花谷的骑士冷冷地望着，没有急着采取任何措施。太急，就会像轮回的那个骑士一样，不明不白地就这么挂掉了。

刀锋剑客朗锐大步冲来，无敌最俊朗却不去迎敌，转身迈步就想跑。结果身子刚刚扭过来，身前就已经拦上一人，正是那个打得霸气雄图第一纵队乱成一锅粥的弹药师。

“这人到底是谁！”蒋游暴怒。各大公会竞争多年，互相有什么王牌高手都知根知底，这个叫浅花迷人的弹药师却从来没有听说过，这又是从哪里挖来的隐藏高手？而且看他刚才一人打乱一队、一波干掉三牧师的技术，此时回味起来，实在让人有些不寒而栗。

刚刚上去的第一纵队都是什么人？那都是霸气雄图公会本部的精英核心啊！放在网游里都是一等一的好汉，一个人就把他们全给打乱了，这得什么水平？必须职业级啊！

而百花战队的王牌角色正是弹药师百花缭乱，他们这个公会素来也是盛产弹药师，但是这样水平的弹药师，好像不应该是玩家水平吧？

难道……是职业级的?

百花战队对这个 BOSS 志在必得,所以派了职业选手来助阵?

蒋游并不知道,就在之前,百花谷和轮回两家的老大也对他带来的无敌最俊朗产生着这样的怀疑,大家真是公平至极。

“死吧!”拦上来的弹药师酷酷地丢下了一句后,又是双手齐发,技能释放之快,显示出了超高的手速。

无敌最俊朗后面还有刀锋剑客朗锐在追逐,此时显然没有时间在这儿从容地应对。瞬间也开了“骑士精神”,直接一个“冲锋”,盾顶身前,撞着这浅花迷人的攻击就冲了过去。

浅花迷人也不敢被“冲锋”撞到,连忙抽身朝旁一跳,没想到无敌最俊朗的“冲锋”也跟着一拧。

“弧线冲锋!”关注这边争斗的玩家早有人惊呼出来,在场的可没有一个是菜鸟,全是“神之领域”一等一的高手。

“呵呵。”浅花迷人笑了笑,似乎对于这个急追而来的“弧线冲锋”并不着急,因为他这一跳,很快,而且很高!

装备附加的属性,被他完美地利用着。他的跳跃力显然比起普通角色有着惊人的不同。

虽然已经用出了“弧线冲锋”的手段,而且弧线扭得很准,但是这一冲锋看起来依然要落空。结果就在此时,无敌最俊朗的剑锋挑起,盾牌扬起,他,赫然也升空了。

“空弧!”又有人惊叫了。

什么叫“空弧”?“弧线冲锋”不是在地面上转圈,而是翘向空中,这就叫“空弧”。操作其实挺简单的,就是冲锋的时候跳起来就是了。但是和“弧线冲锋”一样,“空弧”也是玩出效果简单,关键是你要打中人。这些都是学起来容易用起来很难的技巧,但现在,无敌最俊朗的这记“空弧冲锋”,扬起得却恰到好处,直朝着跳向半空的浅花迷人追了去。

“还不够啊!”浅花迷人笑着,随手丢了一个手雷下来。

“骑士精神”下的“弧线冲锋”是不会受到任何阻挠的,手雷也只是瞅着空制造点伤害罢了。半空中冲锋的无敌最俊朗,显然也没得躲,爆炸的火光瞬间将其吞没了。但就在火光当中,无敌最俊朗猛然一飞冲天,瞬间高度就已经超越了浅花迷人,盾牌抵在前,右手的骑士剑高高扬起,身形急落,竟是朝着浅花迷人抽了过去。

“这是什么？‘英勇跳跃’？”惊呼声又来了。

“开什么玩笑？怎么可能用出来？”

“英勇跳跃”是不可能凭空跳跃的，这是技能设定，是死的，没有任何人可以违背系统的设定。但是此时，这个无敌最俊朗，赫然做出了违背游戏设定的事情，让所有人风中凌乱了。

“你谁呀！”浅花迷人都叫出来了。

“无敌最俊朗！”无敌最俊朗像是大喝了一声什么魔咒似的，身形急坠的同时将骑士剑挥下，抢在空中就把浅花迷人抽了下去，正朝着急扑向这边的刀锋剑客朗锐撞了去。

空中被“英勇跳跃”打中的目标，落势就好像流星一般，而且眼看着这人朝着刀锋剑客朗锐撞去，而这刀锋剑客朗锐又舞动着剑风冲来，大家立刻想到了之前就这样被绞杀掉的骑士，这个弹药师，看来只能比骑士死得更快。

谁知如此流星般坠落的速度之中，这位名叫浅花迷人的弹药师居然还抢开了两枪。枪响声中，坠落的身形硬生生地起了变化，倾斜着扭到了一旁，落地就是一个翻滚，居然真从刀锋剑客朗锐的剑风旁穿了过去。

这两个到底是什么人！

所有玩家都疯狂了。

一个打出了系统根本就不允许的浮空中的“英勇跳跃”，而另一个居然在这样下坠的情况下还用飞枪技术准确扭闪过了BOSS的冲击。意识、判断、手速，缺了这当中的任何一样，都绝不可能做到这一点。至于之前无敌最俊朗玩出的“英勇跳跃”，众人却至此还不知道是怎么回事。

然而精彩并没有就此结束，浅花迷人飞枪扭身落地翻滚一气呵成，刀锋剑客朗锐的剑风是闪过了，但头顶上罩下的这道阴影却依然将他锁了个正着，“英勇跳跃”，还没有结束呢！

噗！浅花迷人又一次被这“英勇跳跃”给打中了。一个技能，没有太多的变化，但在这种特殊的情况下，居然打出了二段伤害。所有人望着这不可思议的一幕。

而这一记“英勇跳跃”更是在“骑士精神”的状态下，是“公正的英勇跳跃”，这一记劈到浅花迷人的身上，却连同刀锋剑客朗锐一起砍到。这靠技能效果强行给予的伤害，是没有任何回避方式的，连BOSS也不能。刀锋剑客朗锐在中了这一击的波动后，身形一顿，不过至少没像浅花迷人一样直接被斩趴在地，BOSS毕竟还是强力的。

无敌最俊朗却好像也知道这一瞬间BOSS远比浅花迷人要更危险似的，刚一落地，立刻翻身一个侧滚。

刀锋剑客朗锐受到“公正的英勇跳跃”波击，短暂的一个僵直很快过去，剑风一卷，立刻追着无敌最俊朗攻去。早有提防的无敌最俊朗这一次倒是躲了个干净，而那个浅花迷人大叫一声“我靠”，十分狼狈地连滚带爬朝一旁钻。

看到的玩家都额头见汗，这太坏了！无敌最俊朗你自己躲就躲吧，还要把刀锋剑客朗锐的剑风往指定方向带，亏得那浅花迷人看起来也是高手，反应快手速快，这才又一次从剑风下逃生，换作这里任何一个玩家，恐怕就这么被阴死了。这刀锋剑客朗锐虽然仇恨是在无敌最俊朗身上，但BOSS级的攻击，剑风卷出来的范围颇大，浅花迷人要是没反应过来，早被卷死在那儿了。

“副T接手啊！”无敌最俊朗这时大吼了一声。

此时几乎一半的玩家都放下手头的事只顾看这边的热闹了，直到听到这一声，霸气雄图这边的骑士才一个激灵反应过来。刀锋剑客朗锐，此时离自己真的很近。

原来这才是目的吗？所有人一时间都不知道无敌最俊朗到底是在把刀锋剑客朗锐往这边引，还是想趁机把那浅花迷人宰了，再或者这样的情况下这家伙还在想着一箭双雕？

霸气雄图的精英骑士连忙一个“挑衅”丢了出去，刀锋剑客朗锐掉头，气得那边百花谷的骑士大叫郁闷。

他原以为此时的无敌最俊朗死定了，没急着去抢，哪知道这家伙竟然能一路坚持下来，更忘了他现在虽然不方便扛BOSS，但霸气雄图的人还没死绝呢，此时第二纵队赶到，骑士牧师齐整，立刻上来就把刀锋剑客朗锐给接走了。

“刷回来！”百花谷的骑士大哥一声令下，早领着人马冲上前去，身边也召集起来了副T、3T、4T、5T，准备和霸气雄图来一番“挑衅”大战。百花谷的牧师们顿时都十分紧张，可以预见，接下来BOSS的仇恨将被刷成一团乱麻，这种时候是整个团队，更是牧师最艰难的时候。

“挑衅！”

“挑衅！”

……

两边果然朴实地对刷起来，你方挑罢我方登场，好像就要比谁的技能CD更多似的。

无敌最俊朗那边呢？那个浅花迷人接连吃了亏，此时翻身起来早追着打了过去。两人都没什么帮手，此时成了一对一的单挑，方才狼狈的浅花迷人此时赫然洒脱起来，右手枪左手雷追着无敌最俊朗一阵狂轰滥炸。

向来在众人心目中偏于笨重的骑士，在叶修的操作下却也灵活异常。众人就见无敌最俊朗极其风骚地一路S走位，将浅花迷人的攻击十分惊险地全给避过了。

虽是如此，但因为两人的节奏都极快，一时间众人竟然根本就没数清浅花迷人到底丢了多少个技能做了多少攻击，就听枪声阵阵炸声轰鸣，瞬间地上已是一大圈攻击所带来的光影效果。

“好炫！”有人情不自禁地说着。

“但是，好像没打中呀！”有人看到无敌最俊朗的风骚走位，又跟了一句。

好炫，但是没打中……

这样的字眼出现在一起的时候，不少人都呆了一呆，尤其是百花谷这边的玩家。别看这浅花迷人打得热闹，其实百花谷的玩家也不知这人是从哪里冒出来的。只是这杂乱的玩家感慨当中，突然串烧起来的一句话，让他们这些百花战队的粉丝，瞬间就想到了一个人。正是他们百花战队的前队长，百花缭乱的操纵者——张佳乐。

张佳乐的风格，正如操纵的百花缭乱的角色名一样，极其花哨，但是他过分追求这种快速打出一段技能的绚烂场面和效果，实用性方面，确实一直被人诟病。尤其是在对手将他的打法研究透彻后，“好炫，但是没打中”这样的点评，貌似开始越来越多地出现在对张佳乐的解说身上了。

而现在，浅花迷人赫然也被人点出了这么一句，诸位百花粉丝那似曾相识的感觉，一下子就起来了。

而这浅花迷人一出来就引爆眼球，打法确实够绚烂，打到现在，连够炫却打不中这样的毛病都给表现出来了。这人难道是张佳乐？如果不是，那这打法学得未免也太实诚了。

可如果真是张佳乐，那这个能一路躲闪他攻击的家伙就非职业级不可了，真的是郑乘风？所有人想得正头痛呢，浅花迷人却好像受到了什么刺激似的，突然又是疯了般的一波攻击，这一次，手速明显催到了巅峰，弹药师特殊子弹攻击时必需的换弹夹操作清脆无比接连成串，显然是为了飞快打出不同效果的子弹。而在飞快更换弹夹的时候，左手更是经常抓着空隙就是一个手雷出去，也是各种效果联合演绎……

真的是张佳乐！

无比熟悉本战队曾经的头号大神的百花粉丝们，瞬间就得出了这样的结论。就连其他公会的玩家，也飞快接近着这个猜想。毕竟这一瞬间，浅花迷人的手速已经完全奔放起来了。意识、判断、反应，这些有时候会因为运气而误打误撞，可手速就是硬性的物理条件了，那不是运气可以带来的。而这人的手速显然也不是乱操作爆出来的，他的角色动作清晰无比，就好像名家唱曲，唱速再快，却也不会跳过任何一个字的发音，每一个章节，都会准确无比地演绎出来。

而浅花迷人的操作，就给人这样的感觉，这，绝对都是有效操作。而无敌最俊朗呢？此时好像终于躲不掉了，瞬间已被攻击的光影所吞没。活着，还是死去？大家都看不到了。

应该死了吧？

所有人抱的都是这样的猜想，实在是这一波的攻势太过于惊人了。但是，浅花迷人自己却好像完全没有这样的念头。他虽然暂停了攻击，但也实在是堆了太多的技能弄得他自己都看不到情况了，可他却做好了继续攻击的准备，他的枪口没有垂下，左手的手雷更是随时准备丢出，只是在等着技能的光影褪去、场面清晰的那一刻。

顿时又有近一半的玩家放下手里的活了，除了那些在争夺BOSS实在没法停手的。而此时，也没有人去关心BOSS是什么情况，大家全都去关心那两个来历并不太明的家伙的决斗去了。

光影终于散去，所有人看到，无敌最俊朗到底已经倒下。

浅花迷人的枪口落下，冷酷地转身，注意力已经放到了那边的BOSS争夺上，谁知就在这时，他身后无敌最俊朗的尸体突然白光骤起，瞬间无敌最俊朗已经跳身而起，一个“冲锋”，直接就朝着浅花迷人撞了去。

这起死回生，实在已经是偷袭的最高境界了。浅花迷人全然没有防备，数人惊叫声起的时候，骑士的“冲锋”已经撞到了他的身上。

“虽然虐菜很爽，但你真不至于这样来找优越感吧？你没差到这种地步呀！”无敌最俊朗说着。浅花迷人飞出。

8 CHAPTER 最开始的地方

虽然看得真切，但是这一瞬间真没多少人反应过来到底发生了什么，除了无敌最俊朗所处的那个团队。

无敌最俊朗当然会有团队，跟着霸气雄图过来，虽然没有正式加入公会，但还是加了他们这边的团队。就在被浅花迷人的绚烂攻击吞没，所有人都觉得他必死无疑的时候，无敌最俊朗所在的团队却弹出了无敌最俊朗所发的一条消息。两个字：复活。后面是一个详细到区位格的坐标。

有了这样的指示，团队里的牧师轻松完成了这一复活技能的释放，而无敌最俊朗呢？或许早已经倒下，但至少他还是放出了这条消息。在被技能复活以后，他却不急着起身，而是横在那里装死，等着浅花迷人转身走人，这才突然暴起伤人。

“好卑鄙……”知道真相的团队玩家，都情不自禁地私下吐槽，哪怕他们在情感上更偏向于他们的这位同伴。

“冲锋”、“英勇跳跃”、“盾击”、“上斩”……

无敌最俊朗的动作很快，连击一气呵成，“冲锋”顶飞的目标还能用攻击技能给击落，这并不是很多骑士可以做到的技巧。接连遭到攻击的浅花迷人对于所受伤害反应不大，反倒对那句话反应比较强烈一些。

“你是谁？”浅花迷人心下有各种猜测，却不能直接肯定。

“这一年你在忙什么？难道真的就准备这样离开，跑到网游里来虐菜？”无敌最俊朗说着，他的声音不大，也仅够浅花迷人听到而已。否则，在场的这些可都是网游中最顶尖的精英高手了，让他们听到他们在这人口中只不过是被虐的菜，不知要作何感想。

浅花迷人没有答话，只是突然集中了精神，在无敌最俊朗连续不断的攻击当中，一个闪身，竟然直接逃出了攻击范围。

“啧啧……”无敌最俊朗对此只是表示了一下简单的遗憾，他立刻抽身后退，浅花迷人也立即反手追杀上来。

只这么一个刹那，浅花迷人竟然立刻抢回了上风。

三大公会的人此时有点讨厌这个 BOSS 的存在了，实在是太耽误他们看戏了。此时再看不出来这两人的水平非同一般，那实在不好意思再自称是“神之领域”的高手。

“这个无敌最俊朗，不会是……”有人已经凑到蒋游身边低声说了起来。

“嗯，我心里有数，不用管。”蒋游看起来越发显得从容。

“加血啊加血啊加血啊，怎么没有牧师加血啊！”然后众人就听到无敌最俊朗一边狂奔躲避浅花迷人的攻击，一边很大声地叫嚷着。

这种叫声从骑士嘴里冒出来本来大家都挺熟悉的，也不会有什么特别的想法。骑士通常就是 MT 嘛，吼着牧师加血那不是十有八九的事情？但问题是，现在这两个家伙好像是单挑一样，但骑士同志居然还呼叫场外援助，这太没风度了吧？无数人望天扶额。

“给他加。”蒋游倒是果断，连忙给公会牧师下令。

很快就有白光刷到了无敌最俊朗身上，这家伙立刻停住了脚步，不再躲闪浅花迷人的攻击，回身过去准备肉搏。

“无耻啊！”百花谷这边顿时集体呐喊。这人，居然在几个牧师刷血的情况下回身企图和弹药师肉搏，这是何等无耻的举动！理论上来说，团队战，给板甲职业刷着血让他们冲锋陷阵也是挺常见的打法，但是此时浅花迷人和无敌最俊朗的对拼已经显示出他们绝不是一般玩家。这人一上了层次，大家的要求也会上层次。网游 PK 叫小弟多平常的事啊，此时发生在了这等高层次的人身上，顿时让大家觉得这人好没格调。

“靠！”浅花迷人赫然也叫了一声，显然对于对方这样的行为非常不齿，但是他却也不得不回避。没有谁能在一堆牧师给刷血的情况下正面战胜一个板甲职业。而这样的举动，让浅花迷人瞬间肯定这人是谁了！

“你别跑，让我来好好修理你一下，真以为到了网游就可以横行无忌了吗？”有了牧师的支持，无敌最俊朗显得越发嚣张起来。

众人再度无语，有能耐你不要带牧师啊，不带牧师，好像是你在被人收拾吧？虽然无敌最俊朗之前也把浅花迷人搞得挺狼狈，但从正面对决上来说，明显是浅花迷人占着上风，刚才还直接把无敌最俊朗给打爆了，这人是靠着牧师的复活才卷土重来的。

装备本就不如人，现在又被削了一级的属性，怎么也只会重蹈覆辙，谁想到这家伙直接叫了一帮牧师小弟和人家皮甲职业拼血去了，还叫得那么理直气壮。浅花迷人看起来却挺耐心的。有牧师守护的骑士，他当然不可能再去和人家正面为敌，此时凭借高速的走位，一个大圈绕过了无敌最俊朗，却盯上了无敌最俊朗带着的牧师小弟。

“牧师们都保护好自己！”无敌最俊朗大叫了一声。牧师们顿时有点乱。保护好自己？这话说的，他们应该是有人专门保护才对啊……而现在，面对一个这么可怕的家伙，居然让他们自己保护自己？说笑吧！

结果证明这并不是说笑，浅花迷人绕圈过来直击牧师的时候，无敌最俊朗丝毫没有挺身相拦的觉悟，看起来倒像是要以牧师为诱饵，借机给予这浅花迷人重创。

浅花迷人开火了！高速绚烂的操作，立刻铺开华丽的场面，卷向了几位牧师。几位牧师也连忙做出了自保的行为:逃。

这个完全不来掩护他们的骑士，让牧师们觉得非常生气，于是他们也不再理会能不能照顾到无敌最俊朗，纷纷就朝他们霸气雄图的团队紧密处逃。那里的伙伴，向来是很注意保护牧师的，可不像无敌最俊朗。

“我说你们跑什么啊……互相加加血，真以为他能秒了你们啊？”无敌最俊朗的口气听起来有些无奈。但问题是之前刚刚就有一波牧师被人给秒了，大家看得清清楚楚的，牧师们又如何能不怕？

吓跑的牧师浅花迷人也不去追，身子一转，枪口又对准了无敌最俊朗。

“杀 BOSS 要紧！”无敌最俊朗立刻也机智地倒退，看起来是要回到霸气雄图的核心阵容，像个牧师一样被人保护了。

结果这意图却早被浅花迷人看穿，他快一步拦下了无敌最俊朗。

“你这装备加了多少移动啊！”无敌最俊朗很是抱怨。他一眼就看得出来浅花迷人的装备，除了堆了跳跃，就是堆了移动，跑起来比他这笨重的骑士不知要快多少。

浅花迷人也不答，狂攻骤起。百花谷的会长百花堪折一看，觉得也应该做点什么，一声指示下去，百花谷的玩家已经悉数加入了战团。

此时他们已经完全不疑心这浅花迷人的身份了。这是他们战队昔日的队长、王牌，能在网游中与他并肩作战，这是荣幸。不知有多少加入百花谷公会的玩家，事实上就是盼着有朝一日能和这种大神级的选手有接触的机会。

张佳乐虽然已经退役，但影响力绝对还在，因为百花战队现在并没有一个可以取代他位置的人出现。虽然有了唐昊这个年轻有为的新一代全明星，但是，百花战队向来就是以百花缭乱这个弹药师为核心的。现在队中的王牌却是一个流氓，大家很不适应。大家盼着使用百花缭乱的邹远能争些气，快快成为核心，但是邹远这一赛季的表现已经让众人有些死心了。这个被赶鸭子上架的选手，实在没有半点王牌当家选手的气质，或者说，他连一点觉悟都没有。现在的百花战队，完全是以唐昊为尊，而且有传言说下赛季百花战队会试图将呼啸战队的王牌流氓角色唐三打收购过来，难道从此以后，百花战队真要成为一个以流氓为核心的战队了吗？

这是如今让百花战队粉丝很是纠结的一个问题，当中当然包括很多活跃在公会一线的精英高手。此时突然在网游中看到了他们的原队长张佳乐，这让他们忽然又看到了一种希望。因为他们至少知道，张佳乐，还没有放弃《荣耀》。或许他还会回来？他们不知道，但此时他们真心想给这位前队长创造出一个他希望的对决环境，尽管这只是在网游中。至于此行的目的抢BOSS，在此时倒真被这些百花粉丝给遗忘了。

冲出的百花谷玩家没有人去攻击无敌最俊朗，却瞬间将他和霸气雄图那边可能的援助给切断了。

“爆了他！”百花谷玩家突然发出齐齐的呐喊，那种场面，宛如当初在观看职业比赛时，给他们的队长加油一般。浅花迷人的动作明显顿了一顿，显然也被这些玩家的举动给触动了。然而这一顿，放在对方的眼中，却立刻成了破绽。无敌最俊朗瞬间燃起了“骑士精神”，杀气腾腾地冲了回来。

浅花迷人的攻势绚烂，节奏超快，要躲过这样的攻势，无敌最俊朗的运动量显然也低不了。这就导致叶修身边的陈果虽然盯着他的屏幕，却还是搞不清状况。虽然如此，她还是无比激动，因为可以说她是唯一一个完全确认两者身份的人。

叶修，那自然不用多说。张佳乐，这绚丽的弹药师百花式打法已经引人生疑了，更何况叶修低声对浅花迷人说的话，游戏里除了浅花迷人，没有人听得到，但就在叶修身边的陈果，在凑过来的情况下却听得很清楚。陈果不用再多问，就已经准准地猜到了这个人的身份。

陈果顿时沉浸在了兴奋当中，对于叶修后来招呼牧师，然后过去和人家肉搏的举动都顾不上鄙视了。

张佳乐，这绝对也是大神级别的人物啊！从年代上来说，六年的职业生涯，对于目前才只是第八赛季的《荣耀》职业联盟来说，已算是相当的老资历。

而六年里，三进总决赛，这样的成绩其实也相当剽悍。这样的经历，放眼整个联盟的一线大神，其实也只有叶秋和王杰希两个人而已。但叶秋四进总决赛，三次夺冠；王杰希三进决赛，两次夺冠；张佳乐三进决赛，零次夺冠。

这血淋淋的对比实在太让人黯然神伤了。这三次败北的总决赛，张佳乐的对手正好分别就是叶秋和王杰希，三人这一对比，更加映衬得张佳乐像是一个悲剧。

于是在上赛季，也就是职业联盟第七赛季，张佳乐所领的百花战队在总决赛中第二次败给王杰希所领的微草后，张佳乐彻底心灰意冷了。在漫长的休假期后，冷不丁地宣布了退役的决定，以至于让百花战队措手不及。由于夏休期的准备工作没有搞好，百花战队这赛季的成绩滑坡极其严重，只是在退步方面这赛季嘉世太抢眼球，才占去了不少本该是百花战队被数落的版面。

不过百花战队的滑坡毕竟不像嘉世那样不可理喻。核心王牌突然退役，核心角色没人上位，战队突遭这样的变故，下滑是难免的。但能三进总决赛的战队毕竟不凡，百花战队的二年级新秀唐昊在本赛季强势崛起，奈何己队的王牌角色在赶鸭子上架的邹远手上实在有失水准，而唐昊本身出色，手底下的流氓账号却不是一个足够的王牌，百花战队的成绩终究还是比较飘摇。这种时候，自然有很多人在想：如果张佳乐还在，拥有核心王牌百花缭乱，再辅以强势的唐昊，百花本赛季无疑将更具竞争力。

刻薄的家伙纷纷吐槽张佳乐不愧是《荣耀》史上的头号苦逼大神，熬了这么多年，无法忍受退役了，结果队里立刻冒出来个强力帮手，本来最有可能夺冠的一年，却被他生生错过了。

不过更多的还是替张佳乐感到惋惜的厚道人。从上赛季总决赛时依旧绚烂的百花缭乱来看，张佳乐还没老到需要退役。只是多年的奋斗无法得到期望的回报，他的人虽未老，心却被磨老了；心灰意冷，不打招呼就突然退役，冲动得有些不负责任。

有关张佳乐的话题持续了也有一个赛季，就算百花战队有了唐昊的强势崛起，也无法冲淡百花粉丝对张佳乐的追忆。“全明星周末”新秀挑战赛上唐昊张扬的“以下克上”，赛后就有人说这可能是因为百花方面总是在议论他们已经退役的队长，结果把这新人给刺激疯了，着急上位到走火入魔。仔细想想，这样解释未免有些牵强，但唐昊心中是否有什么微词却也确实难说。

百花战队本赛季的种种，都因为张佳乐的退役而起。他是走得挺干脆，但他的心里真的就甘心吗？如果真的再有一个机会，他是不是又会再回来？这赛季有了唐昊的崛起，百花战队的粉丝群中请回张佳乐的呼声就一直很大。

而现在，网游里，赫然出现了张佳乐的弹药师，结合之前相遇魏琛的事件，陈果一下子就兴奋了。对于他们这个从头开始的战队，陈果心中显然是有些忐忑的。而现在，又有这么一个强劲的大神级人物出现在面前，陈果能不亢奋吗？她迫切期待着魏琛事件的重演。

“你跑到霸气雄图卧底就是为了这个吗？”陈果激动得语调都在颤抖。

“哪个？”叶修却是纳闷。

“他！张佳乐。”陈果指着叶修屏幕上闪过一瞬的浅花迷人的身影。

“我为了找到张佳乐，跑到霸气雄图公会卧底？你给我分析一下这当中的逻辑关系。”叶修很是无奈地说着。

“不是吗？”陈果疑惑。

“当然不是了！这纯属巧合啊！要是知道他在这里，我这个样子来那不是故意找死吗？”叶修说。

“你什么样子？”

“就我现在这身装备，还没公会，差着160的自由属性点。”叶修说。

“你的意思是说你打不过他？”

“我刚才已经挂过一次难道你没看到？”叶修很是不解地问着。

“我以为那是你卑鄙的战术。”陈果目瞪口呆。

“哪有这样的战术，死一下复活也扣经验啊，现在是满级，经验一扣就掉属性了。”叶修说。

“这么说来……你现在更悲剧了？”陈果问。

“没见我刚才都叫牧师帮忙了吗？”叶修说，“你到底都在看什么？”

“我……我……” 陈果彻底语塞了。她真的完全没有想到叶修的无敌最俊朗挂掉、叶修呼叫牧师帮忙的原因竟然只是“打不过”这么朴实无华。她一直在很深度地思考以上行为究竟暗藏了什么无耻的阴谋。真相实在是让她哑口无言。

打不过就死了。打不过就叫人。多合逻辑的事啊！但发生在叶修身上，却被陈果当做最不合逻辑的事情，连一秒钟都没有去想。

陈果还在发愣呢，叶修这边又很没风度地在叫了："有没有帮手啊？"

现在陈果真的知道了，这不是阴谋，这不是垃圾话，这不是圈套，这是真的打不过了在叫"救命"。

叶修的无敌最俊朗虽然抢了张佳乐这边一愣神的破绽发动了一波反击，但正如他对陈果所说的，他在角色上劣势太大。装备虽然是蒋游提供的，但也就是比他原来那套过时的好些，远不如浅花迷人那一身。这个不如，并不只是指数据。无敌最俊朗这边，是蒋游随便给的一身套装，而浅花迷人，那显然是张佳乐根据自己的操作习惯和风格，精心搭配出来的，就好比两个打架的人，一边用的家伙只是随便捡了块砖凑合，另一边却是自己很称手的武器。

再其次就是160点的属性差距，由于无敌最俊朗没公会，所以没有，浅花迷人却挂靠在百花谷公会之下。就这两点劣势，就已经足够了。

眼下的对手不是"神之领域"的普通玩家，叶修可以越着级虐。这是和他同档次的职业大神，打总决赛的经历都只比他少一次而已。别说普通玩家了，就是魏琛，搁现在也和张佳乐不是一个层面的。于是，抢到破绽的叶修也只让无敌最俊朗威风了一会儿，张佳乐却不慌不忙地就依靠他显而易见的两点优势给扳回了局面。迫不得已，叶修又呼叫援助了。

但这次百花谷公会的人却再不给他这样的机会。在认出张佳乐的身份后，他们维护这一场战斗的信念甚至已经超过了抢BOSS。

"爆了他！"在听到叶修呼救后，百花谷的玩家很是兴奋地又一波欢呼加油。

张佳乐，也好像回到了比赛场上一般，在粉丝的加油声中攻势连连。

"我说，干吗这么认真啊？"叶修一边操纵着无敌最俊朗努力周旋，寻觅可乘之机，一边说着。

"我看你也不怎么放松啊？"张佳乐终于也说话了。

"那必须的，我志在重组战队，杀回联盟，当然要认真了。我这可是在办正经事！你要虐菜找优越感换哪不行啊？赶紧假装掉线。"叶修说。

"你刚不是说虐菜没有优越感吗？我看虐虐你还是不错的。"张佳乐说。

"我在办正经事，没工夫陪你瞎闹！"叶修怒。

"还不打算放弃吗？"张佳乐问。

“我为什么要放弃？”叶修反问。

“该有的你不是都拥有过了？你在执着什么？”张佳乐问。

“冠军这种东西，我没听说过有人会嫌多的。”叶修说。

“你还想夺冠？”张佳乐笑。

“夺冠的感觉是会让人上瘾的，我真的有些怀念这种感觉了。”叶修说。

“靠……”张佳乐郁闷，明知道自己是什么情况，这家伙还和自己谈什么夺冠的感觉，根本就是往伤口上撒盐嘛！

“我完全不觉得自己已经到了退出的时候，只要还有一线机会，我就永远不会退出，哪怕多一天也好。”叶修说。

“大哥，你现在也在退役中好不好？”张佳乐说。

“奋斗并不只是局限于职业联盟中啊，这里也同样是《荣耀》，是我们最开始的地方。”

两位大神嘴上说着话，手头可都没放松。无敌最俊朗和浅花迷人两个角色杀得昏天黑地，技术含量越来越高。只是无敌最俊朗时不时就要嚷一下“有没有牧师”，有些降低这一场较量的格调。

“冲过去，援助！”霸气雄图这边此时却下了一个让大家比较意外的指示。

那边两人打得激烈，这边BOSS的争夺也进入了白热化。战场上不住地有人倒下，BOSS的仇恨被三家公会的骑士用“挑衅”一类的技能刷来刷去。百花谷此时在BOSS争夺战上有一些松懈，已经有点落后。而霸气雄图拥有无敌最俊朗早期先手所建立的优势，此时正是稳住局面的好时刻，不想会长居然下指示让攻击主力朝那二人争斗的地方冲击，援助无敌最俊朗……

众玩家虽不理解，却还是照吩咐去做了。

这边虽有百花谷玩家拼命阻拦，但霸气雄图的实力也完全不输给他们。说一举将他们击溃，那不可能，但是集中力量撕开一道口，还是有能力做到的。

在蒋游的指示下，霸气雄图的玩家很快就冲出了一道缺口，掩护着牧师冲上前线。牧师也立刻施法，给那边的无敌最俊朗刷血补充。

“哈哈哈哈。”无敌最俊朗大笑着。百花谷的玩家一看这家伙又来这套，纷纷头顶鄙视的表情，也开始给浅花迷人刷血。

两人都被牧师狂加，而两人的角色又不可能有BOSS级别的杀伤力，一时间都是满血状态，怎么打都不见掉。

“这么打有意思吗？”张佳乐望天。

“哈哈，看哪边的牧师先耗光法力呀！”叶修说道。

“无耻啊！”张佳乐很是无语。这样的刷法，虽然他的生命也被刷到了满状态，但将他这个皮甲的弹药师维持到这个状态，肯定比给一个板甲骑士维持生命压力要大。换个一般的对手，张佳乐倒是可以拉开距离用走位来不断地消耗对方，但眼下面对的是同级别的大神对手，想放风筝可没那么容易。偶尔拉开一下，很快就会被对方截住追上。

于是张佳乐果断选择不再和叶修在这儿对耗，扔下无敌最俊朗直接就让浅花迷人冲进了那边两家公会的混战当中。从这里来看，显然张佳乐还是占着上风的，至少想闪就闪了，很是从容。

“又跑？不要总是这么随便就放弃呀！”叶修冲着浅花迷人冲入人群的背影一语双关地喊着。

“一会儿再回来收拾你。”张佳乐却从容地回了一句，跟着华丽的轰杀就已经铺入了人群，那攻势，完全不是普通玩家所能抵挡的。绚烂的光影将无数人吞没了，百花谷的玩家早有准备，这边过来的都是和浅花迷人同团队的，都是伤害豁免。霸气雄图的玩家这一下可就惨了，完全应付不来，他们倒是想反击，却连对方的人都找不到。

从某种程度上来说，张佳乐的百花式打法也是攻防一体的。他的防御手段靠的不是技能本身的效果，而是利用这些本来只是为了渲染技能，实际上并无什么用途的光影。这些华丽的光影效果，硬生生地将浅花迷人淹没其中，让玩家根本看不出这人的位置到底在何处，又怎么对他发动攻击？

这种技巧，和“遮影步”倒有几分类似。完全不是系统预设出来的什么判定，而是玩家根据游戏中的设定自己找到的可利用的方法。

虽然说一个人的伤害输出肯定有限，但张佳乐可是靠操作来提高攻击节奏的顶尖人物，他在顷刻之间的输出爆发，被不少战队当做经典教案来教导新人。这铺张的打法看起来笼罩范围极大，但事实上当中也是有输出重点的，而这重点会落在谁身上，只有张佳乐自己知道。等他的对手判断清楚的时候，通常已经吃了大亏。

而现在，他这一个推进中笼罩的人更多，自然就更难看穿他的攻击重点，更何况被轰的是完全和他不在一个层面的普通网游玩家。有的人生命下得慢，有的人生命下得快，可从战局中看来，所有人都是置身攻势当中，根本就区分不出来。他的这种打法，明显对方人越多，就越容易混乱。

就在霸气雄图的玩家有些束手无策时，突然就见浅花迷人自己从光影之中蹿了出来，但攻击依然未停，只是这次再没有将攻击铺张开去，只是集中朝向了某一个人。众人满以为他们都可以猜中这个人是谁，但是扭转视角望过去时，却都是一怔。

这人居然不是无敌最俊朗？而是霸气雄图阵中的另一位骑士。这人之前和浅花迷人没有任何交集，但现在一下子成为了浅花迷人攻击的重点。

"哈哈，做得不错！"无敌最俊朗终于杀过来了，浅花迷人却连看都没看无敌最俊朗一眼，一边攻击一边继续朝那位骑士狂奔过去，甚至连无敌最俊朗的刀斩向他时，他都没有扭一下头。

"给个'专注'！"众人听到浅花迷人似乎这么叫了一声，然后就见他的攻击瞬间已经淹没了那位骑士。但这骑士却始终没有倒下，他的身边簇拥着的牧师像是早有准备似的，提前就已经开始给这骑士刷血。

这霸气雄图精英团里出来的骑士，从装备上来说比无敌最俊朗更好，在牧师的帮助下轻松就顶住了这一波的输出爆发，而众人看着浅花迷人依然执迷不悟地在朝骑士发动攻击时，终于醒悟过来。

"'挑衅'了！他被'挑衅'了！"

"快给上'专注'啊！"百花谷这边这才有了反应，可是有些迟了，无敌最俊朗那边大叫一声"下一个"，又是一位骑士远远一个"挑衅"丢了过来，浅花迷人扭头又朝那边跑。百花谷的牧师倒是想上来给他个"专注"状态让他冷静下来，奈何两个"挑衅"接力以后，他们的技能已经够不着了。想接近，那得先问问面前拦着的霸气雄图的这帮玩家答应不答应。

"冲过去！"

这一次，终于轮到百花谷的玩家想撕开一道口了。可是这次情况和上次完全不同。上一次，无敌最俊朗和浅花迷人之间有一个和谐的1对1的环境，虽然陷身百花谷的阵中，但除了浅花迷人却没有人对无敌最俊朗发动攻击。

而这一次，浅花迷人被"挑衅"一路带进了霸气雄图的阵中，却一点都没受到这样的待遇。刚刚陷入人群里张佳乐就听到叶修很不讲究地在那喊道："灭了他，还等什么呢！"

霸气雄图的玩家齐齐朝着浅花迷人一波攻击，一个弹药师又能有多少生命？而且中了"挑衅"技能，行动空间受限，基本没什么躲避的手段，只是比常人多坚持了一会儿后，就已经横尸当场了。"好了好了，他已经死掉了，你们别在这冲了，赶紧打 BOSS 才是正经事。”这边浅花迷人一挂，无敌最俊朗立刻又出现在了百花谷和霸气雄图冲突的地方，假装和事佬。

“靠！挂了他！”结果百花谷的玩家一听这消息直接疯掉了。BOSS 是什么？不知道，眼前的无敌最俊朗比起 BOSS 要面目可憎多了，所有人连自己受到攻击都不顾了，齐齐把技能朝无敌最俊朗身上丢。

就是职业圈出来的职业骑士，也架不住这么多人的一波集火攻击啊！无敌最俊朗抱头逃窜，也连累了站得和他近的几个玩家。这几人反应稍迟，在这样一波不顾一切的集火攻击下当场就挂掉了。

“太不冷静了！”叶修一边跑一边抱怨着，身边擦过的玩家都对他行注目礼。这货，完全是自带仇恨光环啊，能吸引得对方这样舍生取义般地攻击，这得是多大的能耐！

“BOSS 情况怎么样了？”无敌最俊朗飞快退下前线，直接跑到蒋游的游峰电这边问了起来。角色转换痛快无比，干掉浅花迷人后就不搞 PK，准备过来专心抢 BOSS 了。

“目前轮回占着上风。”蒋游也无语了一会儿后，这才说道。

“太嚣张了，看我去抢回来！骑士们跟我走！”叶修喊道。

众骑士有些惊恐地望着他。刚才站在无敌最俊朗身边的几人可都是连累被 AOE 掉了，这么强大的仇恨光环，谁敢站他身边？

结果这仇恨光环附身的家伙直接向他们会长请示：“骑士和牧师直接提出来和我组个团吧？”

“好。”蒋游果断同意，立刻指示团队改组，所有骑士、牧师组团，然后把无敌最俊朗加进去。

“所有骑士听我指示，暂停‘挑衅’。”无敌最俊朗下达指示。

“嗯？”

“等所有人‘挑衅’冷却，然后听我指示，直接把 BOSS 接力带走。”无敌最俊朗解释道。

“这怎么可能？”众人不信，人家公会的骑士又不是死的，你刷一下对方刷一下，最后只能是僵持。

“所以要听我指示。”无敌最俊朗无比风骚地说道。

9 CHAPTER 骑士威武

无敌最俊朗现在的这个团队里除了骑士就是牧师。

这骑士和无敌最俊朗都是同职业，而且习惯了自己是MT大爷，现在突然被另一个骑士使唤，心里没有一个觉得舒服的。至于这些精英牧师呢？那自然个个都是MT最亲密的搭档伙伴，在同穿一条裤子的情况下，对无敌最俊朗突然要指挥他们作战也挺不情愿。

但是没办法。领导经验无比丰富的蒋游似乎早就料到了他们会有这样的情绪，早早就打了招呼。他们这些精英不是全职业也都是半职业性质的玩家了，做什么事不能全凭着自己的性子胡闹，现在会长发了话，心里不情愿却也只能听令行事。

“骑士都先退下来！”无敌最俊朗下着指示，众骑士无奈地从一线退下。

“牧师给我加好血！”跟着又是一条指示后，众骑士下来了，无敌最俊朗自己倒是冲上去了，而且是直接插入对方阵中，开了“骑士精神”后，立刻一个“牺牲吼叫”。

周围其他公会的玩家角色受到吼叫影响，下一击不由自主地就全朝着无敌最俊朗丢下来了。无敌最俊朗手中盾牌上一道洁白的圣光抹过，跟着就四下挥舞着，开始拦截四周汹涌而来的攻击。

“风暴反击！”众骑士惊叫起来。

“开了‘骑士精神’了，是‘诚实的风暴反击’……”

“风暴反击”是骑士的一个防御技能，作用是在10秒内可以将对方的攻击按一定的比例反击给对方。在加持了“骑士精神”的情况下，“风暴反击”将会十分诚实地将对方的攻击百分百地完整反击回去，于是被称做“诚实的风暴反击”。

这种状态类的技能，显然在PK的时候并不很好用。只要对手不发动攻击，那“风暴反击”的作用也就发挥不出来。目前来说，骑士倒是大多把这技能当做打断或暂停技能来用了。“风暴反击”一出，对手立刻不敢再攻击，于是骑士借这机会重整旗鼓什么的。

而现在无敌最俊朗使出这技能，当然不会是想要什么休息。而且他用了一个“牺牲吼叫”在前，强行将对方的攻击全部牵引了过来。众牧师一下子都有点紧张了，没想到这家伙居然一上来就给他们压力。

“风暴反击”，不是风暴反弹。作用原理是盾牌吸收对方攻击的伤害，然后再由另一手的骑士剑打出。而骑士自身并不免疫这伤害，该伤多少还是伤多少，然后再把这伤害还给对手，要不，怎么体现“骑士精神”之下骑士那诚实的态度呢？

精英牧师此时哪里还敢盘算什么节奏，所有人都摇着十字架用起了技能，有用大回复的，有用小回复的，有用吟唱的，有用瞬加的。结果会怎样？他们心中一点把握都没有。如果在一个瞬间对方集火的攻击伤害直接将无敌最俊朗的生命清到零，那就是再多的牧师技能也没有用啊！

怎样？没人知道，因为这一“牺牲吼叫”招惹到的目标实在太多了，顷刻间众人的技能先后飞到，那场面，就好像是张佳乐的百花式打法一样，各色技能一下子就把无敌最俊朗给包裹了。

但张佳乐的光影对自己是一种掩护，而无敌最俊朗这下子，却遭受了一次疯狂的集火攻击，而这完全是他自己招惹来的。

“这家伙还没死！”

在其他人还不知道的情况下，牧师们却很清楚，因为他们的法术施加早早地就锁定在了无敌最俊朗身上，此时还没有失效，自然说明这人还活着，不然的话，这些回复技能可是丢不到死尸身上的，复活术还差不多。

他到底想干吗？所有人心中都有这样一个疑问，就在这时，大家依稀看到光影之中似有人影耸动了一下，极快，极短暂，大概是一人飞快地跳起落下的操作。而后，众人就见一道冲击波冲破那些光影扩散开来，大堆围绕在无敌最俊朗身边的玩家角色都被推到，然后立刻被掀翻在地，再然后，居然没有一个人站起来。

“怎么？”

在所有人还没反应过来的时候，光影、冲击波都已经结束，无敌最俊朗依然挺立，身上是一堆牧师不住刷出的白光，而他的身遭360度里，全部都是倒地的玩家，此时视野清晰，所有玩家再一细看，终于忍不住惊叫了出来。

“开什么玩笑！”

“秒杀了？”

“怎么可能？”

“搞什么名堂？”

“开挂了吧？”

无敌最俊朗身遭一圈被方才那道冲击波扫到的玩家，此时竟然全数被杀。尸横遍野，装备满地，少说也有二十来人跪在了这一击之下，有轮回公会的，也有百花谷的。就是70级野图BOSS刀锋剑客朗锐都没有对他们造成过如此伤害，而现在，无敌最俊朗，这个没有悬念的全场装备最烂者，居然一击之下秒掉了二十多个人。在场的可没有一个是《荣耀》初哥，都是“神之领域”一线顶尖高手，这样的事情，他们可从来都没有听说过。

骑士能这么猛？那还要其他职业干啥？大家一起把卡吃了吧……

众人惊慌失措之下，无敌最俊朗却又朝前迈进了一步。轮回和百花谷两家公会的人几乎已经忘了他们到底是干啥来了，就这一步，让他们慌忙朝后退去，好像这又是什么秒杀级的大招前奏似的。

别说被秒杀一片的两大公会了，就是霸气雄图这边也全都吓呆了。尤其是骑士玩家们，震惊得眼珠子都快要喷出来了。“怎么回事？”霸气雄图这边正巧骑士们都是聚在一起等候指示的，很方便地开始了一场专业的研讨会。

“刚才那些人都是血见底的？”

“哪可能有这么巧！”

“不是血见底的角色，除了刺客的‘舍命一击’哪有可能秒杀？”

“刚才光影挡着也没太看清啊！”

“那冲击波是不是‘英勇跳跃’啊？”

“‘英勇跳跃’……没见人跳啊……”

“我好像看到人影动了一下。”

“就是动了一下？”

“操作够快的话，也许只是一个小跳步……”

“等等，会不会是这样！”突然，一人像是想到了什么，大声开口。众人一看，正是霸气雄图本部的头号骑士，换句话说，也就是他们霸气雄图真正的首席MT三石在说话，其他骑士立刻安静下来，听三石要说什么。

“用‘牺牲吼叫’，聚集对方的集火攻击；‘诚实的风暴反击’，将这所有的攻击都吸纳汇集起来；最后再用一个‘公正的英勇跳跃’，将这集火之后的伤害一次打出去，分给所有人。这样的集火攻击，当然会造成秒杀。无敌最俊朗他可是很多牧师一起疯加才拉住血的。”三石说道。

“可以这样用的吗？”众骑士倒吸了口凉气。他们可都是骑士的资深玩家了。除了职业圈的选手们，还有什么人敢自认经验比他们丰富？但是现在，他们眼前所见的骑士，所打出的技法却是完全脱离在他们意识之外的事情。

“我不知道，我没有试过。但我刚才看了一遍这几个技能的系统说明，似乎并没有哪一条设定是和现在发生的情况相悖的。但是有一点毫无疑问，这样的效果，就算知道了原理，想打出也是无比艰难的。对技能的掌控肯定要精准迅速至极。我们这些人，我想目前根本不可能做得到。”

众骑士听了，一片沉默。他们都玩《荣耀》蛮久了，对于自己的水平已经有了一定清晰的认识，刚才那一切，如果真在理论上行得通，让他们去做，绝对不可能完成，哪怕是碰运气怕是都碰不出来。实在是条件太严苛了。

“这人到底是谁？”来自四分会的骑士飞扬无比郁闷地问着。他原本还计划着将无敌最俊朗作为他的垫脚石，借踩压这家伙在总会长之前表现一下自己的实力呢！结果现在一看，人家这水平，根本就不需要和他正面对抗，人家就这样当众玩一手出来，是个人都立刻知道，在这人面前，在场的骑士，统统都是水T。

飞扬这一句，问出了不少人心下的疑惑，但是这个问题三石却没有回答。也正好这个时候无敌最俊朗在前边吼了起来：“‘挑衅’都好了没有！”

“好了。”这一击实在是太过于震惊了，心惊胆战的众骑士哪里还有先前的不服气，听到那边问话，“挑衅”好了的连忙殷勤地回答。

“排一下顺序，等我喊消息，看到立刻就出手。”无敌最俊朗喊道。

众骑士这边飞快排了下序，很快无敌最俊朗果然敲出了一个“1”。

第一位骑士出手，上前对着BOSS就是一个“挑衅”。

轮回拉着BOSS的骑士们却还在顽强抵抗，一名骑士立刻手一招也准备“挑衅”，就在这时无敌最俊朗的团队又是一个“1”跳了出来。

轮回骑士出手，“挑衅”成功，结果几乎就是紧挨着他，霸气雄图那边又一个“挑衅”丢了过来，BOSS连一根头发都没朝他们甩一下，就接着朝霸气雄图那边冲了去。霸气雄图这边的动作，轮回的骑士们一开始还真没发现。

轮回的骑士一个"挑衅"上去，事实上BOSS是有一个仇恨转换，而后又被叶修指挥的霸气雄图骑士拉回去的过程，但是在叶修的指挥下，霸气雄图的骑士出手只要不迟钝，那尺度必然拿捏得恰到好处。

于是在轮回玩家，甚至在霸气雄图玩家眼里，BOSS身上好像什么事也没发生一样，原来是什么方向，依然在朝什么方向走着。

"怎么搞的？"霸气雄图的玩家搞不清也不焦虑，但轮回的玩家着急啊，这BOSS都朝着人家那儿去了。那出"挑衅"的骑士也茫然啊，冷却明明用掉了，但怎么一点效果也没有，抵抗了？

抵抗当然绝无可能，刀锋剑客朗锐就算抵抗任何效果任何技能，也绝不可能抵抗"挑衅"。设定里这就是这个角色的最大特点，它就是一个在"挑衅"面前完全无法控制自己的家伙。

如此一来，轮回该骑士只能认为是自己操作没做好，这一技能不知怎么就没搞对，顿时满面羞愧，连忙又招呼一个骑士再来。

叶修看得真切，瞅着对方起手，立刻下指令。

霸气雄图的骑士全神戒备，一看到指示，早有准备的技能立刻操作下去。

于是，刀锋剑客朗锐继续一点反应没有地走下去。

霸气雄图的玩家已经有些明白是怎么回事了，轮回公会的玩家们却齐刷刷地看着他们这边两个先后进行"挑衅"的骑士。

两个骑士一起羞愤难当，第三个骑士却早已经冲了出来。

"我来！"这骑士一边叫着一边又是"挑衅"出手。

声音大也没代表他出手快成什么样，倒是像给叶修提醒一样，叶修这次看得更准确，不过霸气雄图的骑士反应和操作终究做不到机械般精准，第三次出手"挑衅"的骑士，节奏上终是慢了半拍。

于是这一次，轮回的玩家们终于看到刀锋剑客回头了，第三位骑士已经准备露出胜利的微笑，结果，刀锋剑客刚刚回了一半的脑袋突然刷一下又扭了回去，理也不理，继续笔直前进。

所有轮回玩家石化，而这一次，他们终于也感觉到了什么。第四位骑士出手时，已经有人特别注意霸气雄图那边的动静，终于发现霸气雄图的骑士几乎和他们的骑士同时出手，先后真有点分不出来。但是，技能效果出来后，反正就是BOSS大步朝着人家那边冲去了。

再远可就来不及了！轮回玩家都着急，霸气雄图的人是想把 BOSS 直接拉到他们的圈子当中，这样他们再想抢到仇恨，就非得从霸气雄图这里杀过去不可，这可没那么容易。

"抓紧时间，一起上！一定要抢回来了！"轮回的会长三界六道有些急了。之前霸气雄图和百花谷之间因为两个狠人起了直接冲突，BOSS 战方面倒是让他们轮回大占上风，但现在那边狠人战一休，霸气雄图反扑过来，居然轻而易举地就要把 BOSS 带走。虽然那无敌最俊朗一击秒杀一片的震动实在不小，但就这么退却还是不甘心，三界六道大声指挥着，亲自冲到第一线，试图激发己方的血性。

结果这才嚷嚷了两句，一道人影已经急奔向了身边，三界六道就听到公会部下们大叫会长小心，他只顾着指挥没注意自身安全，连忙边躲边看根本没来得及，被一记"冲锋"顶了个正着，直接就给撞飞出去了。半空扭了一下视角一看，正是霸气雄图的那个高手无敌最俊朗。

三界六道一时间还真以为自己这就要挂了，只是扫到生命值后，才稍稍放心。再一眼望去，就看己方玩家疯狂冲上，骑士们如他所指挥的一齐上前，一二三四五的顺序都已经排定，和对方是耗定了。

结果，一二三四五，一堆人"挑衅"轮换得那叫一个飞快，只是让刀锋剑客朗锐又回了两次头而已，脚下却是一步未停地朝着霸气雄图的阵中走去，越走越深，终于让轮回公会触碰不着了。

"靠！"轮回公会玩家齐骂，这事实在是太荒谬了。因为早知道这个 BOSS 的特点，所以今天过来的三家公会都是多带骑士，显然也是早料到可能会陷入这样的争抢刷"挑衅"当中，但是对刷之下一边倒到了这个程度，这是谁也不曾想到过的。感觉像是十个大汉和一个小孩拔河一样，一点抵抗都不能地就被对方把绳子全拉过去了。

而试图冲上抢夺空间的轮回玩家呢？此时却都被那无敌最俊朗带人拦下了。这家伙嚣张得不行，单枪匹马搞得跟赵云似的进进出出。轮回的玩家怕呀，这货一击下去直接秒了二十多个人，搁谁谁不怕？

无敌最俊朗冲到哪儿，所有人都避之不及，什么样的阵形在这样的心态下都是站不住脚的，别说向前冲了，倒是他们被霸气雄图冲了个七零八落。无敌最俊朗在这边占够了便宜，转头又冲向了百花谷那边。一人在前呼啸而过，后面是一堆疯跑的牧师，所有人看着这才明白，这家伙这么勇往直前、不死之身一样，敌情是牧师刷出来的？

可知道了这个又能怎样？有人敢上前去动他吗？

轮回这边是没人敢了，但百花谷这边不一样。百花谷的玩家早都狂暴了，就想找无敌最俊朗报仇呢！抢走了 BOSS？这不重要，重要的是这货把他们心目中的神给击杀了。虽然不是他亲自动的手，但明显是出自他的手段。

百花谷的玩家此时疯了一般地朝这边扑，一来是想灭了无敌最俊朗报仇，二来是想把他们的大神再救回来，已经倒了没关系，游戏里有复活的嘛！

他们这边气势惊人，又是完全不理 BOSS 集中攻击此处，霸气雄图的玩家还真有些顶不住了。结果就见无敌最俊朗溜了一大圈，干掉了浅花迷人，从轮回那边抢回了 BOSS，此时义无反顾地就杀回到这阵中了。

“还在这瞎闹什么啊！人家自己复活去了，没等着你们！”无敌最俊朗冲回来就把百花谷的玩家训了一顿。百花谷的玩家都疯了。

你什么玩意啊？灭了我们的大神，还训我们，咬死你呀！

百花谷的玩家们嗷嗷叫着齐扑无敌最俊朗……

霸气雄图的骑士团此时正和BOSS搏杀，但也很关注无敌最俊朗的动态。眼瞅着百花谷的玩家很不冷静地齐朝着无敌最俊朗冲去，顿时一个个都露出山雨欲来风满楼的表情。

“他冷却好了吗？”有人淡淡地问着。

“‘骑士精神’应该还没有好。”有人回答道。“骑士精神”作为骑士职业的觉醒大招，又是持续性的状态技能，冷却需要的时间比较长，足足五分钟。无敌最俊朗灭了浅花迷人回来抢 BOSS，开大招秒杀一片，办事效率极高，现在还没到五分钟，“骑士精神”自然还没冷却好。而以他们这些人的分析，方才那一打法，是必须要有“骑士精神”作前提的。

“其实他就算不用‘骑士精神’，应该也够可怕了。”眼看“骑士精神”一时未好，有人说着。

“我们可以简单计算一下，对方现在有……”

“行了行了，等你算完都什么时候了。”有人说道。

“但至少这一次他那个‘牺牲吼叫’可以省下了……”又有一人说道。

而后众骑士一起望向那边百花谷玩家一个个前仆后继的模样，深为叹息：“这仇恨拉得，连玩家都能这么稳，唉……”众人纷纷叹息摇头：比起高超的操作技巧，这人拉玩家仇恨都如此霸道，实在是我辈之典范啊！

“看,他出手了！”这时一人惊叫着指出,众骑士远远望去,就见无敌最俊朗的盾牌上白光已泛。“骑士精神”的冷却时间是久,但“风暴反击”和“英勇跳跃”却没那么长,此时冷却已好,可以使用。

“这是常识啊……有必要为了等‘骑士精神’的冷却省技能吗？反正‘骑士精神’是会重置所有技能CD的啊！”

“说得是说得是。”众人讨论声中,那边无敌最俊朗早已经“风暴反击”吸纳了攻击,却没用“英勇跳跃”,而是直接冲杀出去,手中骑士剑和盾牌一起疯狂地挥舞起来。

“十字军审判！”众骑士叫了出来。“十字军审判”,骑士70级的最大招,是一个需要玩家操作来维持连续攻击的技能,而且可以让骑士保持不下于“冲锋”的极高速度进行移动。这一技能共分六阶,第一阶时,最多三段攻击,之后每升一阶,多一段攻击,六阶时,攻击一共八段。第一段攻击是基础,攻击力是普通攻击的1.2倍,而之后每一段的攻击力都将是第一段的基础攻击力加上每一段攻击所造成的伤害的总和。

这一技能,据说是取材于十字军八次大规模的东征。

虽然十字军的东征最终失败了,但在游戏里,“十字军审判”的八次攻击,却可以做到一次比一次强悍。

“用‘十字军审判’打出‘风暴反击’！”骑士们都倒吸了一口凉气。这个事吧,从理论上来说是不违背系统设定的,但难度很大。“十字军审判”是70级大招,操作自然要繁琐一些,用“十字军审判”来打“风暴反击”,需要瞬间爆发的手速对于他们这些网游党来说简直无法想象。

但现在,无敌最俊朗使出的赫然是“十字军审判”。

“或许他也就是这样用用,未必成功呢？”有的人心里难免还抱着这样的侥幸,无论如何,看到一个同职业的家伙比自己要强这么多,心里酸溜溜的玩家实在是不少。于是一堆人瞪大了眼,死盯着无敌最俊朗的动作。

第一击，命中！欺身很近的一名刺客被无敌最俊朗一剑斩翻了。“十字军审判”的第一击本没有这么强悍的攻击力,但在结合“风暴反击”使用后,这一击的攻击力可就携带上了“风暴反击”带来的攻击力。这一下,虽然没有“骑士精神”的加持,但毕竟是一次凝聚了这么多玩家的攻击,一击打出,也算是一次多人集火的攻击了。

刺客本就不是什么血厚职业,战到了现在,生命也并不饱满,在这一击之下当场翻地，再没站起来，赫然是被秒杀了。

跟着，第二击！“十字军审判”的伤害叠加判定固然可怕，但前提条件却是要击中对手。击中对手，才能制造出伤害。因为“十字军审判”叠加成攻击力的数据是上一击的伤害，而不是上一击的攻击力。

无敌最俊朗的“十字军审判”第一击已经命中，而且因为“风暴反击”的缘故，第一击制造出了秒杀级的伤害，那么他的第二击将有多可怕也显而易见。霸气雄图家的骑士当然很清楚“十字军审判”的这种计算方式，所以在看到无敌最俊朗用“十字军审判”时，惊讶的只是他竟然能做出这等操作。单从技能选择上来说的话，他们并不会意外，“十字军审判”在此时作为输出手段相当给力。

第二击自然也是命中。无敌最俊朗贴身的主要还是些近战职业。第一击拿了个刺客开刀，取得了大的伤害数据。第二击虽然没了“风暴反击”的效果，但有了这一叠加，立刻又把一个鬼剑士给秒杀了。

跟着，第三击！这一击的攻击力，可就有了秒杀刺客和鬼剑士两击的伤害总和。无敌最俊朗显然没再去细心挑选职业，随手一剑就劈在身边一人身上，是一个狂剑士，虽然重甲血厚一些，但已经累积起来的攻击力，他也完全无法承受，倒地。跟着，第四击、第五击……

“十字军审判”能不能击中对手，意义已经仅仅是能不能秒杀一人而已了。目前他所累积出来的伤害数据已经足够，攻击到任何角色都足以秒杀。

百花谷的玩家锐气再足，此时也知道碰上去只能是送死的份，无奈也想闪避，但“十字军审判”时骑士的移动如同“冲锋”一样快。很多玩家会因为手速驾驭不了这样过快的移动而让攻击成为瞎猫去碰死耗子的乱挥乱砍，但是无敌最俊朗呢？

坦白说，看起来也是乱挥乱砍，但是，或许这家伙真的能驾驭得住这速度，或者也只是因为这家伙运气好，每次挥家伙出去都正好撞上一个人。总之“十字军审判”结束的时候，百花谷公会已有八人被审判为死人。

百花谷玩家不顾一切的冲动和战意，硬是被这样疯狂的秒杀给斩断了。无敌最俊朗的手法，百花谷这边的玩家们也已经判断出来了，这样堆积出来的攻击力比BOSS还可怕。更可怕的是能堆出这种伤害的手法，这种理论上存在的事情，未必就从来没有玩家想到过，但是，今天却眼见为实，这种感觉就好像神话中流传的东西突然活生生地出现在了眼前。

“还有谁想来试试？”无敌最俊朗厉声恐吓着，他的脚边分布着八具倒下的尸体，其他人都远远地站着，连霸气雄图的玩家都好像有些不敢接近。

可是就这么眼巴巴地站着，也太尴尬了。百花谷的玩家们此时多盼着他们的大神可以从天而降，脚踏七彩祥云收了这个妖孽。可是仔细看，浅花迷人先前倒下的那地方好像已经没有什么尸体了，显然已经选择了复活回城。百花谷的玩家们也立刻在几个团队列表里查看了一番，确实也没有这个人的名字。角色死亡选择复活时，是会自动退离原本的团队的。

已经离开了吗？想想也不意外，毕竟这不是一般人，是大神，死在地上等着人来复活，这么没气质的事确实不应该发生。

浅花迷人！所有参与这一战的百花谷玩家都已经狠狠记住了这个名字。只是这人到底是张佳乐，还是他临时借了什么人的角色来随便玩玩，众人却不大清楚。这个人什么时候加入百花谷的，谁让加入的，怎么加入的……百花谷会长花开堪折问了几个管理层的人，都不清楚，他试着想加浅花迷人为好友，却被告知对方没有开好友。

这要是换了一般人，花开堪折早在公会频道里公然喊上了，但因为是自家最尊敬的大神，哪敢这样胡来。

“会长，我们现在……”百花谷有人向会长请示。

“先撤。”花开堪折说道。

百花谷的玩家开始退却了，这当然没人会去阻拦。大家的目的是争BOSS，不是PK，看到百花谷要走，这要不是太忙，带点表情夹道欢送一下都不嫌够。

百花谷一走，无敌最俊朗又被释放出来可以收拾轮回公会了。

轮回公会也经历过被秒杀，看无敌最俊朗去了百花谷那边本还庆幸呢，结果人家上去秒倒一串后百花谷拍拍屁股就闪人了，无敌最俊朗也不休息一会儿，立刻就朝着他们来了。

轮回公会的人顿时也怯了，所有人都朝会长这边打探口风。

会长三界六道一看，士气已经败到极点了，无可奈何，长叹一声，很理智地下了指示：“我们也走。”

轮回公会也走了，自然也没人阻碍，他们一离去，刀锋峡谷这里就只剩下清一色的霸气雄图玩家。不少人立刻兴奋起来，为抢到了这次BOSS由衷地雀跃着。蒋游此时却反倒十分紧张起来，接连数条消息发过去，全是通过私信联系着亲信。

无人打扰的情况下，霸气雄图玩家对 BOSS 控制得相当完美，击杀不过是时间问题。不过只是单纯地击杀 BOSS 的话，这么多团队的人数明显有些富余。不少挤不到位置的玩家，只好无聊地四处打转，而蒋游悄然联系的数人，都是混在这些人当中。

“没发现。”

“没发现。”

“没发现。”

一个又一个的消息，相继发回到蒋游这里。

“不要大意。”蒋游严肃回复。

众人也郁闷，会长让他们留意周围有没有什么埋伏，有没有什么可疑的玩家。众人这都转了老大一圈了，这一带平静得非常，什么过路党啊拾荒党啊围观党啊什么都没有，真的是没发现啊没发现。

但会长重视，大家只好跟着重视。刚才顺时针转了一圈，现在逆时针再溜一圈，回来看看 BOSS 都已经差不多了，但他们确实是没什么发现。

蒋游有点想不通了，难道一点阴谋都没有？不能啊，太不可能了，这家伙总不能是来帮他们义务劳动的吧？一定有什么阴谋在里面啊！打 BOSS 嘛，那唯一可能的目的不就是抢材料？但现在仇恨已经很稳定，这样的团队行动，掉落肯定是团队拾取，也就是团长才有资格，一切看起来都万无一失。但越是这样，蒋游越是不安，因为这样让他越发觉得自己肯定还有什么地方没有考虑到。

“会长，要倒了！”这时，前方消息来报。

“哦……”蒋游应了一声，角色上前，与此同时，他被加进了掌握着仇恨的队伍，而后团长一职被直接移交给了他。这是他们通常情况下默认的做法，有会长带队的情况，最终都由会长来处置所得。

蒋游的游峰电步步向 BOSS 移去，却没几眼停留在要倒的 BOSS 身上，而是始终把注意力集中到无敌最俊朗这边。无敌最俊朗呢？在此时大局已定的情况下，就是在随便地划划水。

“倒了！”随着前方玩家这一声呐喊，蒋游的心已提到了嗓子眼。无敌最俊朗也在此时赫然停止了动作！

10 CHAPTER 公会苦力

无敌最俊朗停止了动作！好可怕，有阴谋！

“大家当心！”蒋游几乎下意识地脱口而出。霸气雄图的玩家都是心里一紧，身经百战的他们，没有急着去问为什么，立刻全神戒备，视角四转寻找可疑的地方。

但是什么也没有发现。他们没发现，蒋游自己也没有发现。他只是看到无敌最俊朗的动作突然停止了，觉得这很反常，于是就有点慌了。

所有人戒备了一圈，却什么也没有发现，都有些茫然了，蒋游却还在小心仔细地注意着无敌最俊朗。

无敌最俊朗还是没有动作。他为什么没有动作？蒋游百思不得其解，他的视角也稍稍朝四下打量了一下，然后就泪流满面了。

无敌最俊朗为什么没有动作，他好像有些明白了。

因为BOSS已经打完了……

他们是在围杀BOSS，现在BOSS挂了，当然不会再有任何攻击动作了，有攻击，那才是真该当心要出事了。

真没什么情况？

蒋游心下疑惑着，同时对自己刚才脱口而出的“大家当心”羞愧不已。

但霸气雄图的会长也不是一般人，蒋游立刻很从容地哈哈一笑道：“我要捡装备了哦！”

众人一怔，随即也都笑了。原来“大家当心”是会长在和他们开玩笑啊！于是大家纷纷笑着，以此来表示欣赏会长大人的幽默。

蒋游迈步朝着刀锋剑客朗锐的尸体走去，捡装备当然还是要近前的。

这时，麾下首席骑士三石突然发来一条私聊消息：“我掩护你。”

"哦？"蒋游收到消息，微怔了怔，然后有些明白了。

趁自己捡了装备后，突然出手，一举击杀自己，然后爆出东西？

这或许是这家伙的计划！虽然这计划也不十拿九稳，但是，除此之外，在自己小心的防范下，这家伙根本没有任何可以直接拿到BOSS爆出东西的机会。这一击未必爆到他的所需，但也许在重生点那里也已经布有埋伏了呢？这家伙，难道已经调查清楚我的户口挂在哪个主城了吗？

蒋游心里想着的时候，三石已经领着数人，有骑士有牧师，显然是个防御很强的团队，好像站过来围观一样，把蒋游的游峰电和无敌最俊朗巧妙地分隔在了两边。

所有人有意无意地都有去打量无敌最俊朗，想看他对此会有什么反应。他们什么也没有发现。一直到蒋游提心吊胆地把刀锋剑客朗锐爆出的东西全部捡好，无敌最俊朗依然很安静地站在那儿。

蒋游和三石面面相觑。

他们都在霸图俱乐部的网游工作室这边一起办公，其实是可以真人交流的。只是为了不暴露，这才多用游戏里的消息。

"这家伙还是没动静。"蒋游给三石去消息说。

"难道我们搞错了？"三石回道。

"除了他，游戏里哪还会有什么人技术这么高端？"蒋游说。

"刚才那个弹药师。"三石的回答略有点打脸。

"那个人很有可能是张佳乐呢！"蒋游说着。不过对张佳乐的兴趣显然并不是很大，跟着还是说回这边："他的骑士技术，你觉得能到什么程度？"

"我？你让我来评估根本和我不在一个层面的人的实力？"三石发了个苦笑的表情。

"就说说你的感觉嘛！"蒋游也是无奈，他们网游工作组这边总不能长期给配个职业选手级别的啊！但让他们来判断这种职业级别的高手，确实总是很不全面。就好像之前，他们已经知道了君莫笑就是叶秋，但还是屡屡吃亏。

三石同志领到如此艰难的任务，忍不住真人朝蒋游翻了个白眼，末了回复道："我感觉的话，不比职业圈的任何一个骑士差。"

"但这些人肯定没空来这样玩对吗？"蒋游说。

"那当然。"

"所以只能是叶秋啊！"蒋游总结。

“我们不是就一直把他当叶秋在对待的？”

“但他怎么没动静呢？他总不能是来帮我们公会义务劳动的吧？”蒋游愁死了。

“是不是他已经调集了更多的人手，准备一会儿把我们一网打尽？”三石说。

“你是指义斩天下吗……”蒋游也在思考。

曾经他们以为叶秋来了“神之领域”就会势单力薄，结果人家来了没几天就和义斩天下这种新起的势力搭上了关系。义斩到底有多强，蒋游他们并没有详尽地调查过，因为这种玩家公会从不是他们竞争的主要对手。

然而不料这次义斩天下来势汹汹，他们这些俱乐部公会的领导班子在俱乐部那边都是被批评过的。拥有这么大个基业在网游里，要成立战队，一点消息都没挖到过，各大公会都被视为有些失职。

这之后，各大俱乐部才开始抓紧留意义斩天下的实力。而义斩天下最近借几家公会立帖为证的事件，又大肆发展了一番。他们是新组战队、新兴势力，要的就是疯狂掠夺人气。明明是金钱战士支撑起来的，却偏要打草根牌，现在广泛招人入会，砸钱搞福利，弄得风声水起。

义斩有这雄心，怎么可能忽略对野图 BOSS 之类的掠夺？之前玩家公会真没怎么和俱乐部公会竞争过这些，但现在，大家都在同一世界了，这样的竞争还用得着藏着掖着？这无敌最俊朗，没准就是义斩天下的一步棋？

“不过我又想，义斩天下能有多大的号召力，可以组织起人手把我们这些人一网打尽？更何况撕破脸搞成这样，大家都难看呀！”三石说着。

“这不一样，他们是非常阶段，难说不会有什么非常手段。”蒋游说，“他们现在正是亢奋的阶段，很容易做到一呼百应。况且人家老板就在游戏里，资源调配起来比我们还要灵活充分，真要搞大动作，拿钱砸也是一句话的事。只不过我想，如果是要搞这样的动作，叶秋这样的卧底，是不是还有必要？”

三石那边也想了想，回道：“利用叶秋这样的实力，才有可能迅速接近我们，快速得到准确情报吧？”

“人家可以直接拿钱砸啊，给你几万块，就只买你这一次的情报，你动心不动心？”蒋游问。

“这问题太敏感了……”三石说。

“咱这几百号人呢，个个都算是掌握着这次的情报，拿钱砸，一个都砸不动？”蒋游问。

三石沉默，这样的金钱攻势虽然恶心，但不得不承认，太有效了。真要是给自己几万，只是让自己透露这么一点信息的话……三石真有些情不自禁。

“所以这个无敌最俊朗还是有些蹊跷啊……”蒋游说。

“要不，干脆和他挑明？”三石说。

“不要不要，再观察一下，现在先撤，他到底搞什么花样，我们看清楚再说，大不了这次再损失一次。”蒋游这边显然已经往最坏的方面去打算了。

“也没准他其实不是叶秋。”三石倒是愿意往好处想。

“这个，倒是有办法试一试。”蒋游听了这话，忽然心念一动。随即就准备让他的游峰电朝无敌最俊朗那儿去，忽然又多了个心眼，点了三石申请交易，把这次 BOSS 所得先暗中转移了一下。

走到无敌最俊朗这边，蒋游给人以满面春风的感觉：“兄弟，太给力了！”

“哈哈，一般一般。”无敌最俊朗笑道。

蒋游听着这人的声音，倒是想努力分辨一下的。然而事实上，虽然他们被叶修折腾过很多次，但是这样真实的交流还是很少，单靠声音就想准确判断出是谁有点难度。反正蒋游现在怀疑度很高，于是听起来就觉得声音蛮像的。

“兄弟这样的水平，远超一般玩家呀！”蒋游说道。

“那必须的，看我的名字。”无敌最俊朗说。

“哈，我们公会是什么来历，兄弟想必也是很清楚的，如果兄弟有意，我可以帮你向战队那边引荐一下啊！兄弟这水平，我觉着打职业比赛也完全没问题啊！当然，我水平低，不敢保证我的看法就是准确的。”蒋游说。

“呵呵，职业圈吗，我还是觉得网游更有意思。”无敌最俊朗说。

“哈哈，这样啊，那没问题，兄弟就加入我们霸气雄图吧！”蒋游表态。

“没问题。”无敌最俊朗说。

“四会长，那这兄弟就交给你们公会了啊！”蒋游转过来说道。

“啊？”四公会的分会长听后很是一惊。无敌最俊朗的实力有目共睹，就是直接进总部顶了首席骑士三石也没有问题啊，而现在，居然还是放在他们四分会，这到底是什么意思？

所有人都替无敌最俊朗有些不值，但看这人，却只是发了个笑脸表情，似乎满不在乎的样子。

BOSS一事算是尘埃落定，霸气雄图的玩家也开始撤离刀锋峡谷。蒋游依旧小心在意，结果真的平安无事。无敌最俊朗跟在他们的队伍里，就这么平平常常地离开了。

霸气雄图的玩家对无敌最俊朗自然充满了好奇，不住地讨论着。四分会的会长此时却也意识到有些问题，不动声色地就凑到了会长蒋游的身边。

"这个无敌最俊朗，怎么安排他？"四分会的会长问着。

"这人可能是叶秋。"蒋游先前没有和太多人说起自己的怀疑，因为只是怀疑，并不太确认。而现在，在见识了无敌最俊朗的实力，方才又拿职业圈来引诱了一下后，就有些肯定了。虽然不敢说所有的《荣耀》玩家都对职业圈充满了向往，但是毕竟不向往的是少数。这无敌最俊朗对此回绝得那么干脆，自然加重了蒋游的疑虑。或者说，他现在基本已经不疑虑了，已经认定这人就是叶秋无误。

"啊！"四分会会长听后吃了一惊。

"目前还不知道他有什么目的。"蒋游说，"不过既然他喜欢演，我们就陪他演演。"

"嗯？"四分会会长还是有些不太明白。虽然他没有参与过和这大神的对抗，但是也有很多耳闻。现在这样一个祸害居然加到了自己麾下，四分会的会长觉得好像听到了自己心脏扑通扑通的狂跳声。他有一些紧张，真的。

"虽然这家伙肯定不怀好意，不过他的能力，你刚才也已经见识过了，我们不妨好好利用一下。加入以后，你就随便给他分个团队，让他去当苦力好了。"蒋游说。

四分会会长对蒋游顿时膜拜极了，居然有胆色把这样的大神当做苦力来利用，会长真是太豪迈了。

"不过你一定要盯紧点，尽量往有亲信的团队里扔，这样盯起来更方便一些。"蒋游显然已经深思熟虑。

"好的，我明白了。"四分会会长点头。

"嗯，那就先这样。"蒋游说着，又过去和无敌最俊朗热情地招呼了一下，带着本部的一些人和分会的玩家分手了。基本只有BOSS争夺战这样的场面才有可能把众人凝聚在一起，其他诸如副本之类的活动，还是以各自公会为单位的。

蒋游领着一行人一路走远，直至完全看不到无敌最俊朗的身影，而他和他的团队依然安然无恙，这一直提着的一颗心才算是落了下来。

“我们就这样故作不知，让他去积极表现来换取我们的信任吧！这样倒是一枚很不错的棋子啊，尤其是抢 BOSS 的时候。”蒋游对三石说着。

“抢 BOSS 这种变数很多的时候，带着他好吗？他这次没有动静，也许只是因为刀锋剑客不是他的目标！”三石说。

“很有这个可能。”蒋游点头，“我仔细想来想去，觉得他最大的可能就是想混入我们公会高层，然后拿到我们第一手的情报，趁机对自己有需求的 BOSS 下手。”

“那我们多多小心就是了，就像今天这样安排的话，他也休想拿走 BOSS 爆的东西。”三石说。

“问题就怕到时他看无机可乘，然后反水搞破坏。”蒋游说。

“那倒是很可怕……”三石想想今天无敌最俊朗一人所展示出的破坏力，心有余悸地说着，同时心里也是充满了羡慕嫉妒恨，那样的威风，谁不想有啊？

霸气雄图本部的人离开了，余下各大分会的人都比较少。只是因为这次 BOSS 特殊，所以临时让各大分会的精英骑士、牧师也参与进来了。不然平时争夺 BOSS 的话，有时只是本部自己就摆平了。

“兄弟接下来做什么呢？”四分会会长继承了蒋游的热情，虚伪地关心着无敌最俊朗。

“没什么事。”无敌最俊朗很随意，“先把经验刷回来吧！”

“哦哦，这必须的。要不要找个团队一起副本？”四分会的会长说着。

“可以啊！”无敌最俊朗并无意见。于是四分会会长立即安排，无敌最俊朗这边很快收到消息，自然是安排好的团队在和他联系。

“回头见。”无敌最俊朗和四分会的几人道别，就和他新分配的团队会合去了。

“会长。”看着无敌最俊朗离开的身影，四分会的首席骑士飞扬有点迫不及待地招呼起来。

“嗯？”

“这个无敌最俊朗，是不是有什么特别的安排？”飞扬努力打听着，无敌最俊朗依然被留在了四分会，谁都会觉着这有些不对劲。飞扬心里尤其不舒服。本来想借今天这次机会，在总会长面前好好表现一下的，但是，今天这局面，哪个骑士的风头可以盖得过无敌最俊朗？

“嗯，就先这样吧！”四分会会长含糊地答了一下。他倒不是不信任飞扬，而是比较了解飞扬的心情。

飞扬看出会长是有意不说，也无可奈何，只能自己心中纠结，另外也很忐忑。有这么一个骑士在身边，压力太大太大了。

事实证明，飞扬的纠结倒真不是莫名其妙。

当天和无敌最俊朗一起下了副本的团队，次日就在公会中对此人赞不绝口，而后又有先前的喜之羊团的玩家们在一边添油加醋，全四分会的人立刻知道了这么一位了不起的骑士，虽然这人现在还不算正式加入了四分会。

几天过去，无敌最俊朗终于正式加入了霸气雄图四分会，而他此时早已经在四分会中声望爆棚，刚加入的时候一堆子撒花庆祝的欢迎表情，看得飞扬心都快碎了。

“无敌老大今天想去哪个本啊！”有不少人迫不及待地问起来了。听听这称呼，已经是“无敌老大”了。

“哈哈，无所谓，哪里有需要，咱们就去哪里！”无敌最俊朗潇洒地答复着。四分会的玩家们一阵澎湃。由于有喜之羊团等团队在无敌最俊朗的帮助下先后得到了突破，让公会各团队都十分羡慕，于是这几天各团都向四分会会长申请要求无敌最俊朗加入打副本。四分会的会长没什么意见啊，这就是拿来当苦力的嘛，于是干脆就让他们自己和无敌最俊朗联系，明确表示无敌最俊朗现在还没有什么固定团呢！

于是众人上来哄抢，无敌最俊朗也够意思，来者不拒，几天下来，已经跟着若干个团队下过副本了。现在正式加入了公会，联系起来更方便，蜂拥上来的各团团长一起抢人。

“靠，星安你们团前几天已经加过无敌老大了啊，还来，滚一边去！”

“你们那垃圾副本也好意思叫无敌老大陪你们下？”

“先来后到，有点顺序好不好？是我们先提申请的。”

“你先个屁，看聊天记录，是我先！”

“晕，你那是问无敌老大想下哪个本，这个不算！”

“屁，我就是说得委婉一点，意思是很明显的！”

公会频道里乱哄哄一片，全是各大团队团长在这儿抢人，飞扬的心又一次碎了一地。还好，他所在的第四分会精英一团没有这样很失颜面地去请人入队,不然他这个第一骑士的脸面真是要没处搁了。

“哈哈哈,大家别吵。有一起下过的,就先缓缓吧,让没一起下过的兄弟先。”无敌最俊朗在公会频道里说着。

“看,无敌老大都说话了,你们那些家伙自觉点啊!”立刻有人接口。

而后像喜之羊团这种就郁闷地退下了,其他人继续乱哄哄地嚷嚷。到最后也是乱七八糟的一通调节,无敌最俊朗去哪团总算是有了眉目,而且后边二三四五六也都排好了,不知经过了怎样的一番竞争。

“你这是要干吗呀……”陈果看到这种公会团队哄抢一个人的场面,要说不羡慕是不可能的。但是,人家是大神啊,想到这一点,陈果也就释然了。只是对于叶修开着无敌最俊朗天天混在这些团队里有些分外不理解。

叶修这些天时间主要都花费在了无敌最俊朗身上,虽然君莫笑的练级也没有完全停顿,但如果这些练级时间全用在君莫笑身上,现在恐怕已经接近60级大关了。但现在叶修主攻无敌最俊朗,每天只是跟着不同的团队下着不同的副本,不辞辛苦地当着MT,陈果实在看不出这样做有什么好处。

此时陈果忍无可忍又是追问,结果叶修那边正对着耳麦大叫,根本没听到陈果说什么。

这叶修用无敌最俊朗下本开始是很低调的,从不指手画脚,但现在人人都知道他的能耐,这样的大高手,哪个团队的指挥都不好意思开口去使唤。无奈之下,叶修只得时不时地自己开口指挥一下别人。对于一个大高手的指挥,这团队倒是相当愿意听从,尤其是团队在这高手的率领下纷纷拥有突破性的进展,于是“无敌老大”的称呼越来越让人觉得名副其实了。

数天下来,经陈果的无聊统计,叶修已经跟22个团下过22趟副本了,无一不是百人副本,而且22个副本全数通关,从效率上来讲,叶修的加入着实很惊人。

霸气雄图四分会因此得了好处的玩家都眉开眼笑,在与其他几家分会的团队竞赛中占了上风,也让他们心旷神怡。其他分会现在也知道这到底是怎么回事,顿时都不乐意了。分会会长纷纷向总会长蒋游要求,像无敌最俊朗这么剽悍的高手,既然还没有被吸纳进本部,那没理由只是帮着四分会在那提升实力啊!

蒋游倒是没想到让这家伙当个苦力居然也能引发出这样的问题,不由也感慨了一下到底是大神,做什么都会发光发热。

这各大分会的会长自然都是霸气雄图的绝对核心，单以可信度而论，比起本部的一些核心精英高手还要可靠。在这样的呼声从各个分会传递上来后，蒋游终于把所有分会的会长召集到一起，把这事的来龙去脉交待了一下。

“原来是叶秋，难怪啊！”这才知道真相的分会长纷纷恍然。

“所以说，这家伙混进我们霸气雄图肯定是不怀好意的，只是目前他的目的还没有暴露，我们也就乐得利用一下他的实力。”蒋游解释道。

众分会会长都十分赞同蒋游的这一计划。他们霸气雄图的这个死敌，现在在他们公会里跟个劳模一样天天帮着通关副本，想想就有快感。

“既然是这样，那就更没理由只让他在四分会卖力了吧？咱们应该共享这难得的资源呀！”众分会会长表示完赞同后，二分会的会长立刻又提出了这一点。

“呵呵呵，都是一家人嘛，分什么彼此。”四分会的会长乐呵呵道。

“现在就在你们四分会呢，你当然这么说。”五分会的会长翻了翻白眼。他们公会的狼之团上次被喜之羊团狠狠欺负了一把，他也是知道的。

蒋游看到各大分会会长起了争执，却也不生气，乐呵呵地出来打圆场：“好了，大家不用吵了。让叶秋来给咱们的公会当苦力，这确实是蛮爽的一件事，机会又挺难得，的确应该让大家都痛快痛快。就让他在各分会里多转转吧！”

看到蒋游如此表态，四分会会长也无法再有意见。不过有人不单是从得到好处的方面考虑这问题，一分会的会长此时开口：“这样不遗余力地压榨这家伙，会不会让他觉察到什么啊？”

“觉察到什么？呵呵，那样也没什么啊！大不了他自己闪人，我们也没什么损失。”蒋游如此说着，显然对这问题也早有考虑。说到底，他心里还是有点虚的。虽然严密注视着无敌最俊朗的举动，但是，大神出招，没准就在他们凡人的意料之外，防不胜防呢？所以蒋游对于无敌最俊朗有所察觉一点压力都没有，大不了你走呗，那也是件值得高兴的事。

众分会会长一想，也确实是这个理。对于这明显是卧底的家伙，粗暴对待又有什么？

于是接下来众分会会长又就接下来哪家可以得到苦力的问题争执了一番，这都是些无伤大雅的事，蒋游也就不以会长的身份去直接下令了，也在一边瞎掺和起哄。最后众会长是以投骰的方式，决定了由三分会得到该作弊器的使用权。

“就一天！开什么玩笑，一天能干什么事！”而后三分会的会长听到众人商量只给一天的时候，立刻火了。

“那你还想多少天？你折腾太多天，人家拍拍屁股走了，我们不是没爽到？”其他会长纷纷表示。

“至少也得和四分会时间一样长。”三分会会长据理力争。

这事最终也没争出个结果，霸气雄图分会也多啊，就算一家就一天地轮，排后边的能不能轮到也很有悬念，因为对于这个苦力大家可都没有要好生对待的念头，都只是想着玩命压榨来着，没准人家哪天一怒就走了呢？

到了最后，先前的决定又全被推翻了，大家最后决定任其自由决定，就是各大公会团队都可以去邀，这无敌最俊朗愿意跟哪边走就跟哪边走，谁也不许阻挠。

“有关这一点，我可得说一下啊！”蒋游一看最后这帮家伙做出这么一个决定，连忙出来发话，“大家就只看他的个人意愿，都不许开出什么条件去拉拢哦！”

“哦？”众分会会长怔了怔。

“到时为了争他帮忙弄得我们互相开始竞争抬价，那最后是谁得了好处？”蒋游说道。

众分会会长一听，顿时恍然，于是连忙表态只会口头相邀，绝不会拿出什么条件去引诱。

蒋游这才放下心来。说起来众分会会长议出这么一个答案的时候，他当时心里突然又紧张了一下。他忽然觉得这有点像是叶秋的目的：直接把自己丢进他们公会，然后以高手的身份引起他们公会内部之间的人才竞争，到时奇货可居，自抬身价，提各种要求什么的……

还好被我洞察了，真是狡猾！蒋游不住地想着。

霸气雄图这边议出了结果，叶修就更忙碌了。忽然之间，总公会会长蒋游那边来消息说要多多仰仗他的实力，而后来邀他帮忙的团队已经不局限于四分会了，各大分会都有，甚至连本部也有人来。这一点蒋游也没阻拦，只要不卖了好处出去，谁都可以借助叶秋的实力嘛，最终好处，还不都是他们霸气雄图的？

看到各大分会因为叶秋的助拳在副本上欣欣向荣的景象，对于自己这次的安排，蒋游满意极了。而这两周里霸气雄图又经历了数次BOSS的争夺战，蒋游颇有冲动在这方面也动用一下这个苦力，不过最终还是忍住了。蒋游思前想后，觉得还是就在副本方面压榨到这家伙无法忍受离开就是了。BOSS这种高端的东西，有过那一次的试探就行了，还是不要再冒险了。

但是，蒋游手中有这样的核武不用，其他公会却非如此。

百花谷，那个浅花迷人此时已经声名鹊起。在这人的相助下，这两周的BOSS争夺战中百花谷可谓大出风头。三大公会抢不到什么好处，连最近风头最劲的轮回公会也很受压制。而这人超强的实力已经广受关注，八卦层出不穷。有说是张佳乐的，也有说是邹远的，还有说是百花战队新培养的百花缭乱接班人，来网游锻炼的，更有传说是暗中苦修数年，然后冲去百花谷毛遂自荐，准备一鸣惊人的。

八卦一个比一个传奇，但如此抢眼的高手，不引起俱乐部战队的关注绝无可能，这个角色已经引起多方接洽，比如叶修，最近几天和这位在QQ上也时不时聊几句。

“最近动静搞得很大啊，是想怎么着？”叶修消息问着。

“你混在霸气雄图里是想怎么着？”张佳乐反问。

“我是办正经事呀！”叶修严肃道，“看你上次挺配合的，都没有揭穿我的身份，是不是有合作意向呀？”

“我只是看你很辛苦，不想妨碍你。”张佳乐回道。

“不辛苦，我乐在其中呢！”叶修说。

“是吗……那很好啊！”

“你呢？”

“我啊……也在艰难地抉择当中。”张佳乐说。

“很艰难吗？和我联手，冠军毫无疑问啊！”叶修回道。

“抱歉啊，这个不在我抉择范围内。”张佳乐说。

“你真没有远见。”叶修鄙视。

“远见是需要投资时间的，我有这个资本吗？我和你可不一样。”张佳乐说。

“嗯……我明白。”叶修说。

11 CHAPTER

就这样冲上去

陈果对于张佳乐当然是相当关注的。他们这战队如果能有这么一位大神相助，那绝对是如虎添翼，所以这些天陈果对于叶修和张佳乐的交流也比较关注。今日这一看，发觉话题有点不对味了，张佳乐，似乎对叶修并不感冒。

叶修最后的一句“我明白”，让陈果尤其焦虑。围观别人聊天的时候，最烦的就是两句话，一句是“我明白”，一句是“你懂的”。明白个毛线，懂个毛线啊！聊天说这种话的人，太不负责任，太不考虑围观党的心情了！

“你明白什么呀？啊？”但陈果豪迈，尤其是发现拉拢张佳乐要无果了，立刻就问上了。

“他的意思是，他就算复出，职业生涯也没多长时间了，如果以夺冠为目的，就更要珍惜余下来的时间，加入我们这种新队，实在是一种奢侈的浪费。”叶修说。

“那他说和你不一样呢，有什么不一样？”陈果问。

“我得过冠军，他没有。”叶修说。

陈果一下子就明白了。让这支兴欣战队夺冠？这个目标说起来连陈果自己都觉得有些荒诞。纵然他们有叶修这样的大神坐镇，但夺冠可不是拥有一个大神就可以高枕无忧的，聊天窗对面的这个苦逼大神就是一个鲜活的例子。

而这位苦逼大神正是因为深知这一点，所以在职业生涯的末期，以冠军为目标的话，绝不会把赌注下到这里。

“好可惜。”陈果叹息着。

“是啊，他活生生地放弃了可以夺冠的机会。”叶修也叹息。

“嗯……”陈果“嗯”得有点心慌意乱，她是在假装像叶修一样有自信，但问题是这自信实在有些没有根据，虽然大神实力很强，但职业圈又不是网游圈，那里有好多大神。她说“好可惜”，只是可惜没能拉到一个大神而已，根本就不是叶修那意思。

“祝你好运！”叶修最后对张佳乐说着。

“出于礼貌，我也应该这么对你说的，但想到你好运了我怕就又没好运了，我很纠结。”张佳乐说。

“哈哈，我回来还要晚一年呢，你就抓紧这一年的时间吧！”叶修回道。

“这样啊，那就也祝你好运吧！”

“加油。”

“加油！”

两人交换了一个“加油”的表情后，叶修关闭了聊天窗，最后也轻叹了口气。不管怎样，失去这样一位大神助力，叶修也觉得惋惜。

回到游戏这边，早有一堆人在招呼着无敌最俊朗下副本，叶修看似随意地拣了一个回复一下就去了，但一直细心观察的陈果，立刻发现了异样。

“咦，这个团队你好像跟着下过一次了呀！”陈果说着。一直以来，叶修都在不断地变换着团队，这还是头一次出现一个团跟两次的情况，陈果以为他是跟了太多团搞得自己都糊涂了，连忙提醒。

“嗯，我知道。”没想到叶修却如此说。

“嗯？要跟他们再下一次？”陈果立刻开始研究这支团队。这是霸气雄图七分会里的某一团队，打量着屏中这些角色的装备，陈果实在看不出有什么出彩的地方。这和叶修跟过的任何一个团队一样，是分会里占绝大多数的、副本进度处于中游水平的团队之一。

“为什么要跟他们下第二次？”陈果正准备问，忽然无敌最俊朗这边有消息到，弹开一看，是霸气雄图会长游峰电发来的消息。

发出这条消息之前，蒋游也是几经纠结啊！

有新BOSS发现了，而且这次的BOSS，70级的北桥法师莫丹克是霸气雄图需求的一个重点。但连续三周的三次刷新，霸气雄图却都没有拿下这BOSS。

第一次是一次正常竞争后的失败，而第二次、第三次，却都因为新出现的高手浅花迷人搅局，让百花谷得手了。

三次失手，蒋游在俱乐部的例会上因此受到了批评。虽然大家都知道

BOSS 争夺这种工作偶然性比较大，实在不像副本那样进度可见。但是，对于一个战队目前急需的 BOSS，还是会给网游工作部门很大的压力。会上经理一再强调，这一周一定要不惜一切代价拿下这个 BOSS。

不惜一切代价？那怎么不拨两个职业选手来用用？

蒋游也就是心中吐吐槽罢了。俱乐部真要是派职业选手来帮忙，对于他蒋游而言却也未见得是好事。纵然任务可以轻松解决，但是，派职业选手来帮忙，这本身就意味着蒋游有失职的嫌疑。他所统率的公会本该处理好网游里的一切，需要职业选手出动才能摆平的话，那就表明他蒋游的能力很有些不足。

不到万不得已，蒋游当然还是希望可以自己解决。

而这一次，对手拥有一个浅花迷人这样貌似张佳乐的存在，说是万不得已其实也不过分。不过，蒋游心中却也有一张王牌，百般踌躇之后，蒋游最终还是决定打出这张牌。

于是此时得到北桥法师莫丹克刷新的消息后，蒋游很庆幸无敌最俊朗在线，立即发来了消息。

虽然他还是没搞清楚这家伙到底有什么目的，但是看他这段时间在霸气雄图分会当苦力都这么热情，蒋游估摸着自己的召唤应该不会落空。

果不其然，收到他消息的无敌最俊朗欣然接受，表示马上赶往北桥。而蒋游这边也抓紧时间点兵点将。

北桥法师莫丹克的竞争难度很大。这倒不是因为这个法师有多难缠，而是因为他刷新的范围相对较小。

域河上游，有一座横跨河流的桥梁，被称为北桥。据说这桥也算得上是《荣耀》大陆的一座遗迹，在悠长岁月的侵蚀下，北桥已经基本丧失了原来的作用。它横跨在河面上苟延残喘，想借北桥过河，没有一定的跳跃技术是不可能的，实在是因为这桥已经残破得千疮百孔，没塌那八成是因为系统不符合逻辑的设定。

北桥法师莫丹克，就是刷新在北桥之上，他并不属于哪一个练级区，或许应该算作一个场景 BOSS。

一座桥又能有多大呢？所以无论北桥法师莫丹克怎么刷，都会第一时间被人发现。

争夺这一BOSS的，从来都不会是三四家公会的事。有这种野心的公会，几乎都会到阵，而且是第一时间到阵。

蒋游点兵点将的时候，他相信其他公会也在做着同样的事。

片刻之后，域河上游，北桥左右，各大公会玩家云集。蒋游到场时，略略一点，这次来了有10家俱乐部公会。

中草堂、蓝溪阁、嘉王朝、轮回、皇风、百花谷、烟雨楼、踏破虚空、呼啸山庄，再加上他们霸气雄图，整整10家。

到场的玩家也没有人大惊小怪，这样的场面，反正每周都会发生一次。说起来，BOSS太难找，大家觉得烦躁，这BOSS太容易找到，却也依然蛋疼。

一个击杀难度不算太大的BOSS，竞争难度却很大，都要拜他这小范围的刷新所赐。

北桥之上，北桥法师莫丹克悬空而立。这是一个白须飘飘的老者，但身形依然很挺拔。据官方设定这老头也有一段背景故事，就是发生在这北桥之上，当然也是很可歌可泣的，但来抢BOSS的玩家都不关心，他们只关心怎么在10家公会的包围下，在这地形恶劣的北桥之上布开阵势抢到BOSS。

没有人先动，大家都在沉默应对，这样的过程都已经成习俗了，每周一次，规律得让人恶心。打破沉寂的是一声枪响，先动的是百花谷，或者说是百花谷的浅花迷人。

这一幕这两周大家也习惯了，百花谷的浅花迷人实力超群，所以完全不像他们这些人这样谨慎，人家就敢大刀阔斧地直接面对BOSS。

浅花迷人飞身而起，直接闪上了桥头的顶端，枪响，子弹、手雷齐发。北桥法师也早有了动静。这又是一个仇恨方向有讲究的BOSS。他的仇恨建立有一个附加：站在北桥上的人。

也就是说，只要上桥，立刻就会引发北桥法师的攻击。而在桥上，停留的时间拉长仇恨就会疯涨，所以想在桥外抢走仇恨，那是绝对不可能的事。所以控制北桥法师的仇恨，起决定性的条件，就是在北桥上停留的时间。

这一点很重要，但一直以来各大公会很少在这上面做好文章。因为想在北桥上长时间战斗，难度很大。这是一个连通过都需要很高跳跃技巧的桥，更别论在它上面战斗了。再加上有这么多虎视眈眈的竞争者，北桥之上的战斗，注定充斥着一次又一次的落水。

而这一现象，到浅花迷人的出现后终于有了改观。浅花迷人，大神级的张佳乐，赫然可以保证自己全程飞跃桥上，从不落水。而他，也就是两周以来北桥法师的第一仇恨目标。

因为在北桥之上，时间决定仇恨。

浅花迷人先动，这样的场面没有人陌生。其实不只是在北桥法师这里，这段时间百花谷四处出击抢到的BOSS，几乎都由浅花迷人先动。拥有如此高手坐镇的他们，根本不理会什么螳螂捕蝉，后发制人，玩的都是先发制人。

但有了两周的历练，各大公会也习惯了，此时一见浅花迷人又出手了，无数人带着愤怒，立刻也跟着出手，目标不是BOSS，而是第一个跃居桥上的浅花迷人。

一次又一次在BOSS争夺中抢到BOSS，这是绝对的群嘲，此时数大公会云集，对浅花迷人一时间都有了同仇敌忾的心情。此人不除，这BOSS恐怕又要被百花谷给抢到先手了。

众公会纷纷出手，只有霸气雄图依然保持观望不变。蒋游心下其实比哪家都更着急，但无敌最俊朗至今还没到，他不敢轻举妄动。

浅花迷人潇洒地站立在北桥的顶端，从容地躲避着来自诸多方向的攻击。

域河很宽，横跨域河之上的北桥，从残破的模样中也可以看到它昔日的雄壮。此时已经跳立到了顶端的浅花迷人高高在上，先把近战职业的攻击果断地甩掉了，余下那些中远距离的攻击者，眼瞅着浅花迷人朝着北桥的中端跳去，却够不着了。

再追，就必须上北桥。而上北桥，就会触发北桥法师的仇恨。

虽然现在北桥法师的仇恨肯定优先浅花迷人，但是这种仇恨受特殊因素加成的BOSS，通常也都具有仇恨不稳定的特点。他在主攻浅花迷人的同时，也会根据其他玩家在北桥上停留时间的长短突如其来地对其他玩家发动攻击。

这个时间，经过长期摸索，玩家们倒是已经掌握了，正常情况下大家会很有节奏地保持在北桥上的进退，来消除这一时间仇恨的影响。但是现在，有了浅花迷人这样的超级高手，这家伙可以无视这一点，从头跳到尾，而且坚持不懈地对北桥法师进行输出，顺便还打击各大公会的玩家。他这居高临下的，远距离攻击更是大占优势，射出的子弹、扔出的手雷，这些终归是要落地的不是？

一时间，众玩家对浅花迷人的攻击还没怎么样呢，就已经招来了这位的迎头反击。一轮手速的爆发，手雷宛如雨点般丢下，冰的火的电的，弹药师的手雷可不止是爆炸，还带着各种属性用途的。再加上张佳乐的百花式打法，北桥的一端桥头霎时炸得绚烂无比，吞没了好些人。

待得光影散去，好生生站着的人可真就不多了。

一波之间，能秒这么多人？当然不可能，但你要注意那些还站着的人啊！这些人全是百花谷的人，他们配合着浅花迷人的攻击，在光影中乱打乱轰。反正他们之间的伤害是豁免的，而十大公会之间，除了自己全是对手，所以也不用分辨什么盟友，光影罩到哪里，他们团队也就追到哪里。而他们对于能制造出光影的技能也是毫不吝啬，完全把张佳乐的百花式打法给团队化了，光影范围不住扩大，吞没一切。

一波之后，这些百花谷的玩家已经抢上了北桥。北桥法师此时正握着法杖凌空飞舞到上空去攻击浅花迷人。

这 BOSS 就是不讲究，他这飞行明显是魔道学者的战斗方式，但人家魔道学者起码是要骑个扫把的，他倒是简化了，手里抓个法杖直接就飞。

不过好在他的飞行到底和魔道学者一样不是无限的，飞出一截，北桥法师也瞅了个落脚处站住，法杖一抖，连串的火球朝着浅花迷人爆去。

浅花迷人高空飞速跳跃，躲了个干净。居高临下，冷静地鸟瞰着全局。百花谷的玩家此时早已经蹦蹦跳跳地抢到了 BOSS 身下，抢开了攻击。

各大公会的人吐血啊！这不是上周情况的翻版吗？接下来会怎么样他们很清楚，他们如果也想追上去，那么浅花迷人会立即对他们出手。

相比起上一周唯一不同的，只是各大公会抢着出手，结果招来了浅花迷人的一波反击，配合他们百花谷的团队直接清了一次桥头。

“根本就不该给他上桥的机会啊！”有人 45 度望着高高在上的浅花迷人泪流满面。

“大家小心些，无论如何也要冲上去！”有人叫着，但没有人动。

各大公会的玩家都牢牢地站在桥外，然后左右打量着，这种时候，当然是盼着其他人去当这个炮灰了。但是有人会傻到去当炮灰吗？当然没有，于是所有人就只能这样傻站着。

眼瞅着百花谷都已经刷起 BOSS 来了，各大公会的玩家心都在滴血，蒋游尤其是，连忙又点了无敌最俊朗发消息催问。

“这不是来了吗？”无敌最俊朗回道。

蒋游连忙转着视角四下一找，沿河而来的一大堆人引起了他的注意，等到人近了蒋游一看，真来了，不止自己来了，这货干脆把他在混的一整个团都带来了。

这是分会里的一个普通团队，副本过关都不及格呢！面对野图BOSS，别说要面临其他公会的竞争了，就是放手让他们一团去杀，恐怕都搞不定，把这些人带来是想搞什么？

蒋游正纳闷呢，就听到越来越近的分会团队中，无敌最俊朗的声音正在传递："大家看，那个站在桥顶上扔大火球的家伙看到了没有？那就是这里的BOSS，北桥法师莫丹罗了。"

"哦哦哦！"团队玩家发出阵阵惊叹。虽然"神之领域"无新手，但是野图BOSS实在是很多人都没有机会接触的东西，着实新鲜。

"那个被火球追着跑的家伙，看来就是BOSS目前的仇恨目标了。唔，好像是个弹药师，居高临下的话，控场很有优势，利用北桥的地形特点，他可以阻挠其他人上桥来抢BOSS。"无敌最俊朗说着。

"但他还要应对BOSS，好艰难啊！"有人说。

"对，你看，那边有玩家准备趁这机会抢上北桥了！"无敌最俊朗指道。

结果就在众人还没太找到的时候，无敌最俊朗已经一声叹息："啊呀，好卑鄙啊，居然跳到这个方向，这是借刀杀人啊！"

而后众人就见北桥法师抬手挥出的火球、冰雹因为浅花迷人躲开而纷纷落下坠在了桥头，那一群想冲进北桥的玩家被这一波突如其来的BOSS打击给弄崩溃了。

BOSS攻击倒不像浅花迷人那样弄出什么光影效果来折磨人，但是BOSS的攻击力高啊，不躲是绝对不行的。这北桥之上躲闪攻击哪像平地上那么进退自如，这都是要跳的。

结果一慌张，好几个没跳好，直接掉到下面域河里去了。

这上游水流湍急，掉下的玩家几个沉浮就被卷得不见了。水中控制向来是普通玩家的弱项，掉进这湍急河流的角色，就好像被什么强力技能打得空中乱转一样，视角不好掌握，自然更不好控制。这些玩家是不是能活着游回岸上那是很看人品的。

有些人落水了，有些人却是在慌乱中没选好躲避点攻击已到。被这70级野图BOSS的攻击直接命中，没死也得红血，然后就见浅花迷人超级不厚道地也朝这边补上几个手雷。桥头又清静了。

“啧啧啧啧。”无敌最俊朗感慨着，这边蒋游却一边崩溃，一边早指挥着他的游峰电到了跟前。

“那是浅花迷人吧？”无敌最俊朗问道。

“是的。”蒋游说着，“不过那个 BOSS 不是莫丹罗，是叫莫丹克。”

“哦哦，好久没打，忘记了。”

“现在被浅花迷人抢了先手，很难办。”蒋游说。

“确实，你怎么早没叫我？”无敌最俊朗说。

“我已经是第一时间通知你了。”蒋游无奈。大哥，是你来得太慢好不好。

“已经被他抢了先手，想再打破可不容易。”无敌最俊朗说道。

“那怎么办？”

“需要掩护，需要辅助。”

“都按你的意思办！”蒋游很果断，叫这位来，就是准备发挥他的全部能量的。只有一条：绝不把团队的拾取权交到这家伙身上。

说罢，蒋游就给无敌最俊朗丢去了一个入团邀请，结果系统告知对方已有团。

“加我。”蒋游说。于是蒋游收到无敌最俊朗邀请他入团的提示，泪流满面。

“我是说加到我们这边的精英团来。”蒋游说着，连忙自己先建个团，把团长位置占住再说。因为那边无敌最俊朗居然可以发申请，很显然他至少也是团队中的队长职务，这让蒋游非常不安。

“哦哦。”无敌最俊朗应着声，退团，然后找蒋游加入。

蒋游连忙同意，然后确认了三遍无敌最俊朗绝对只是非常平凡的一员后，这才动手把带来的精英队悉数并到他这团中。

“怎么打？”蒋游问。

“我先上去，干掉浅花迷人，然后把 BOSS 拖过来，在桥头解决。”无敌最俊朗说。

“详细点。”蒋游一头黑线。

虽然知道眼前这位是叶秋大神，但是作为对手的张佳乐同样也是不比任何人差的顶尖人物，蒋游并不认为自己把叶秋找来就有了百分百的把握。虽然上一次交锋中确实是无敌最俊朗最终帮助霸气雄图拿下了 BOSS，但是蒋游总觉得这不应该成为轻敌的理由吧？面对这样的对手，蒋游还是希望看到自己这张王牌能严肃认真一些。

结果这一走神的工夫，就见无敌最俊朗领着他那个破团队在朝北桥那边挪："过来这边，这边看得更清楚。"

面对浅花迷人十分无奈的各大公会玩家此时视角都转向这边来了，然后就见霸气雄图这边来了一群看起来并不怎么靠谱的家伙，都在暗自疑惑这是什么秘密武器。就连霸气雄图自家的玩家，此时也很纳闷会长这到底是什么安排，正茫然地朝这边观望着。

蒋游实在忍无可忍，却也只能是自己凑上前去。

"你准备怎么解决浅花迷人？"蒋游问。

"冲上去解决。"无敌最俊朗回答。

"怎么冲上去？"蒋游继续耐心，继续忍。

结果这边无敌最俊朗却好像很是纠结地说道："这让我怎么和你说呢……"

蒋游也没脾气了，只好换个方式说："那好吧，你让我们怎么掩护你？"

"我冲上去以后，你们牵制住百花谷其他玩家就行了。"无敌最俊朗说道。

"好吧！"蒋游服气了。问来问去，他想知道的无非就是到底如何打破眼下这样的僵局。结果无敌最俊朗的回答就是"冲上去"这样笼统的三个字。

冲上去？这不废话吗，谁都知道应该冲上去，但现在的问题是大家都冲不上去。所以怎么冲上去，这是蒋游想知道的，但无敌最俊朗却好像解释不出一样。

蒋游心里七上八下地跟着无敌最俊朗一起到了桥头这边。其他玩家看无敌最俊朗到阵，会长新开一团，估摸着这是要动手了，个个也是摩拳擦掌，结果到了桥头，无敌最俊朗只是发了个点头的表情，然后说了一句："我冲了。"

然后，他就真的冲了。简单，粗暴，没有花招，没有声东击西，没有人多势众。无敌最俊朗就是自己一个人，很从容地踏上了北桥。

此时无论浅花迷人，还是百花谷的玩家，在北桥上停留的时间都远比无敌最俊朗要长。即便是这样，无敌最俊朗踏上桥的一瞬间，BOSS 北桥法师依然回头瞥了他一眼，只是没有出手罢了。

就这一眼，也算是这 BOSS 特点的体现了，这个老头真是超级在意别人踏上北桥这回事。可怜的 NPC，他恐怕永远也不会明白，如果他真的不想任何人踏上北桥的话，只要他自己离开北桥就行了。这烂桥一座，玩家都会自动忽视它沟通两岸的作用。借它来过桥风险太大，一个不留神就有可能直接漂到域河中下游去了。

BOSS 暂时没朝无敌最俊朗出手，百花谷的玩家却有些按捺不住。看到这头顶“无敌最俊朗”名号的骑士出现的一瞬，百花谷这些精英玩家仇恨就有点转移了。

传说中用脸来嘲讽，大概就是这么一回事了。

“先不要动！”百花谷的会长花开堪折连忙发话稳定众人情绪。百花谷现在的战斗方法，全部是围绕这个浅花迷人展开的。但实际上浅花迷人在百花谷内部依然只是很沉默的存在，只是每次抢 BOSS 一类的战斗，有人相邀的话，他都会欣然前往。也不多话，混在团队中，当普普通通的一员，只在需要的时候时不时说两句或发几个消息。

浅花迷人是谁，其实大家心里都有数。只是他始终没有对此说过什么，然而他的核心地位在这样的情况下自然而然地就确立了。

百花谷的攻击，基本都是配合着浅花迷人的攻势来调动。此时浅花迷人还没有对无敌最俊朗采取行动，花开堪折也连忙阻止其他人贸然出手。

结果只是这么短短的数秒，无敌最俊朗已经完成了三个起落。

连续，快速，无敌最俊朗已经开跳。虽然远不如浅花迷人那样潇洒飘逸，但是作为一个板甲职业，能跳跃得这么灵活已算是难得一见了。

每一跳之间几乎没有停顿，就好像闭着眼睛都能做到这些一样。

只是一转眼的工夫，无敌最俊朗就已经抢到了半空。

浅花迷人就在这个时候突然发动了攻击。

子弹、手雷，齐朝着无敌最俊朗这边丢去。

之前试图冲上北桥的公会玩家们，都在这样的攻击中混乱，或自己掉下桥去，或被攻击冲击下去，或者干脆死在了攻击中。

但无敌最俊朗却不一样，他依旧从容，依旧不见停歇地一直跳着。从浅花迷人不断丢出的光影中，一次又一次地穿梭着。

“这……真的是冲上去啊？”蒋游无语了。

无敌最俊朗竟然真的就这样顶着浅花迷人的攻击硬生生地往上冲。

“这样行吗？就算没死，到顶上还能剩多少血？”蒋游焦虑。

“牧师！去看能不能加到血！”蒋游传令下去。

霸气雄图的牧师们纷纷忙活起来，冲上前去给无敌最俊朗刷血，但在浅花迷人这样的攻击下，牧师们有时完全找不到目标在哪里，自然也无法把技能准确释放到目标上。他们不断去捕捉能看到无敌最俊朗的那一线机会，毕竟浅花迷人还要应付 BOSS，并不能把全部的精力都放在狙击无敌最俊朗上面。

人多力量大的优势此时体现出来了。

虽然众牧师经常把握不好机会，但是这么多人，总是有人可以瞎猫撞到死耗子的。无敌最俊朗的生命，居然这样被稳稳地维持住了。

但是很快，随着无敌最俊朗进一步提升了高度，牧师们的回复技能距离开始不够了。

有牧师着急，追着去回复，不由得也踏上了北桥。

BOSS 一视同仁，对于勇于踏上北桥的家伙，都回以冷冷的一瞥。但浅花迷人就没有这样公正了，无敌最俊朗刚上桥时，他淡定无视，而现在一有别的玩家上桥，他甚至停止了对无敌最俊朗的骚扰，一波攻击立即轰了下来。

两个牧师瞬间坠河，生死未卜。

对于这些玩家，浅花迷人竟然没有手软。

但是他对无敌最俊朗就手软了吗？众人发现好像也不是，走到了这一步，大家发现这似乎是一个陷阱。

此时的无敌最俊朗，以接近浅花迷人为目的的话，已经冲了有三分之二，但就是从这三分之二开始，他失去了己方牧师的援助。余下的三分之一，浅花迷人可以仰仗距离优势，变着法去对付无敌最俊朗，甚至可以让他们百花谷的玩家一起来配合。

先不攻击无敌最俊朗，是知道这人厉害，所以暂时引其上钩。现在将他晾在半空中进退两难的境地，或许才会开始真正的杀招？

但问题是浅花迷人也并不是全然放任无敌最俊朗一路跳来，后来他也一直骚扰啊！

但是很快浅花迷人的一波攻击，让众玩家明白他们完全想错了。

不一样层次的对手，需要不一样层次的手段。

这种已经足以将普通玩家们制服的百花式攻击，放到无敌最俊朗这里，却不过是一种示弱的手段。

完全不去理睬，那诱敌诱得太过明显，而这看似要将对方完全击杀的手法，事实上才是真正的诱敌。直至将无敌最俊朗引到现在这个进退不得的位置,这无疑才是可以彻底击杀对方的时刻。

这一时刻,浅花迷人显然已经等待了很久,暗中更是已经做好了布置。顷刻间,桥顶的他以及桥上的百花谷玩家,凡是能对这位置的无敌最俊朗做出攻击的,纷纷已经发动。

无敌最俊朗立刻变得没有那么从容了。

他的落脚点,以及身遭可能的下一个落脚点,全都在百花谷上下合作的这一波攻击的范围之内。那些在下方观望的玩家,都已经替无敌最俊朗感到绝望了,但无敌最俊朗依然在跳,向前跳,向上跳。

他还在"冲上去"。

看到这一幕的蒋游,心中却有些异样。

这位本该是他最最讨厌的职业大神,在这个时刻,却好像和他最佩服的那个大神一般无二。

永远向前,从不言败。

蒋游相信,如果是他们霸图的队长韩文清面对这样的局面,做出的决定,一定会和眼前的无敌最俊朗一模一样。

然而这样的做法,在某些时刻终究是会把自己撞得头破血流的,眼下的无敌最俊朗看起来就是。他要继续向前,就必须硬扛伤害。

"固守。"

"法术反射。"

"盾墙。"

……

一个又一个骑士的防御技,在不断跳跃向前的过程中恰到好处地被施展出来,所有骑士玩家都已经处于膜拜状态了。但是这样依然未够,对方所布下的攻势也并不简单。无敌最俊朗虽然顽强,却也无法摆脱对方不断的攻击笼罩,生命终究会有消耗光的一刻。

"叫你逞能!"蒋游郁闷至极,最终将无敌最俊朗的行径定义为了逞能,他还是无法接受这个讨厌家伙的行为和他们的队长韩文清经常的举动其实是一回事。

谁知就在这时,一道白光突然悄然落在了无敌最俊朗身上,将他沐浴其中,赫然是牧师的治愈术。

12
CHAPTER
冠军的心

治愈术，瞬发，治疗量大，同时有着冷却时间长，仇恨极高的特点。

即便是在PK中，仇恨极高的特点也不能无视。虽然玩家不至于像NPC一样被仇恨搞得很机械，但是，这种技能对于玩家而言却真的能让人仇视，而不是像嘲讽那种是设定性的。

此时落在无敌最俊朗身上的赫然是一个治愈术中的大招“圣治愈术”，治疗量澎湃无双。这一大招放得有多及时，和无敌最俊朗同团队的霸气雄图精英们最清楚。因为他们可以从团队列表里直接看到无敌最俊朗的生命值，这时已经弱到了只剩一层血皮，而就在此时，这道“圣治愈术”从天而降。

这一招该多有招仇视可想而知了，百花谷的玩家们都在认真地攻击，数着无敌最俊朗差不多就应该倒了，结果这时候突然闪出来一个“圣治愈术”！

牧师不需要热血，对敌人也没有太直接的杀伤，但是，就是这样关键时刻的一次发力，却足以让对手吐血。这种精神上的杀伤，是无法用数据衡量的。

是谁？这一瞬间，所有人心中都是这样一个问题，所有人的视角都开始扭动，他们要找到这一“圣治愈术”的来源。

他们很快如愿以偿。

北桥之上，离地数个身位格的高度，一个牧师就那样站在残破的横梁上。他保持着伸直手臂将十字架扬起的姿势，似乎是在等待着公共CD走完以后再补一个治愈术。做这一切的时候，他总在小心翼翼地注意着脚下，好像唯恐会掉下去一般。这让他变得一点也不潇洒，甚至有一些猥琐。

然后所有人都看清了他头顶上的两排字。

霸气雄图七分会。小手冰凉。

这是谁？哪怕是霸气雄图的玩家，都有这个疑问，显然对于这个名字陌生得很。再看着这货站在那横梁之上小心哆嗦的模样，所有人脑海中已经浮现出一个画面：一个叫小手冰凉的牧师，趁着所有人都没注意，偷偷摸摸地爬到了那里，然后偷偷摸摸地用了一个“圣治愈术”。

原来只是一个巧合吗？很多人心中已经有了如此认定，因为这小手冰凉的操作举止看起来实在没有半分高手的气场。就在还有一部分人心中抱有疑问的时候，接下来的一幕让这部分人也无语望天了。

就在桥头这些玩家看到小手冰凉的时候，攻击着无敌最俊朗的百花谷玩家也发现了他。对于这一个“圣治愈术”，他们仇视得厉害，他们可没什么心情去分析这小手冰凉是什么来头，只是对于有人偷跑上了北桥用了一个治愈术而他们没有注意到感到十分懊恼。

这种事本不应该发生的，只是由于无敌最俊朗过分犀利，那一刻，所有玩家都去注意这家伙会不会被击落了，实在是忽略了其他。

好在只是溜来了这一个，如果是这些公会趁着这机会冲上桥呢？

一想到这点，百花谷的玩家都是一阵后怕。而桥头诸多公会的玩家，也在此时突然意识到了这一点，顿时也是一阵懊恼。

“这是无敌最俊朗拼死抢出来的机会，我们居然只是在站着看热闹？”霸气雄图队里甚至有玩家如此说道。

“他也该给个消息的啊！”有人说。

“那种情况，他哪有空给消息？”又有人说。

他们懊恼的时候，百花谷的玩家早已经有所行动，一波攻击刹那间笼罩向了小手冰凉。面对攻势，小手冰凉所拥有的表现，就是惊慌失措地大叫了一声“哎哟”，然后就被击落，掉水。

确实不是高手。确实只是巧合。

原本抱有期待的人，此时都无语了。换作他们任何一个，这时候做不到无敌最俊朗那样剽悍，但至少也可以跳上几跳，哪会像这小子一样干净利落地跳水？

大家都在摇头叹息着，这一瞬间，他们又只顾得去看小手冰凉了，竟然忘了关心这一“圣治愈术”究竟给战局带来了怎样的改变。

“干得漂亮！”这是来自高处无敌最俊朗的一声赞扬，但是由于距离过远，又被各种攻击声效所笼罩，处在下方桥头的玩家，没有人听到。

意识到这一“圣治愈术”的价值的人，除了叶修，恐怕就要数张佳乐了。

很显然他们两人无论意识、眼光还是判断，都比这些玩家要高出好几个范畴。“不好！”当那“圣治愈术”落到无敌最俊朗身上的时候，这是张佳乐心里发出的声音。

如果他事先看到有一个牧师在这时偷摸爬上来用治愈术，他一定会提前打断，问题是他没有。

位于最高点居高临下的他，并不像桥上的百花谷玩家，也不像桥头的其他公会玩家，他们都是因为仰起了视角，小手冰凉的举动也就好像发生在了低处，所以都没有看到。对于张佳乐而言，他的视角一直是在鸟瞰，他本不应该没注意到有这样一个人溜了进来。

但是他偏偏没有。原因是他率领百花谷玩家对无敌最俊朗所发动的大范围、不间断的攻势。这些攻击以远程为主，炮火、法术，大堆技能的光影效果连缀成片，这虽然是他所擅长的百花式打法的特点，但是，也并不意味着张佳乐的眼神对于这些光影效果就有穿透性。只不过在这一个瞬间，他飞快就意识到了问题出在哪里而已。

这牧师，是借着他们打出的这些大片的光影效果的掩护，逃避了自己的视角偷摸溜了上来。而这一“圣治愈术”释放得，更是恰到好处得让人想死。

由于百花谷这边的攻击铺得很大，所以对点来说攻击力并不高，无敌最俊朗一路跳跃硬扛，也能坚持到现在自然有这方面的原因。张佳乐也正是因为知道对手是谁，才会做出这样的布置，因为他相信铺下的攻击如果露出一个空当，那么肯定会被眼前这个对手给抓住，那么铺开的一切都会变得无效。

面对这样老辣的对手，不要试图挑战对方的判断力，这一点张佳乐很清楚，因为他本人也是一位老辣的大神。

所以他对无敌最俊朗铺开的攻击，属于攻击力虽不算大，但利用北桥的地形特点，却是完全无法回避的攻击。这也是张佳乐把无敌最俊朗引诱到如此高度的目的，此时无敌最俊朗想脱困，原本只有一种选择：自己跳河。

但是这突如其来的一个牧师，突如其来的一个“圣治愈术”，把一切都改变了。无敌最俊朗的生命值达到了张佳乐的预判之上，而无敌最俊朗一直顽强地抵挡着攻击，拼死朝他冲来，原本张佳乐觉得这毫无意义，但现在，也变成了很大的威胁。

无敌最俊朗周身白光泛起。

“骑士精神！”

无敌最俊朗开启了“骑士精神”，张佳乐知道，最重要的一击就在这个时候了。压力很大。要知道北桥法师可还一直在追逐攻击着他，这种时候再受到一个叶秋级别大神的袭击，任何人都不会感到轻松。

“冲锋！”无敌最俊朗赫然发动这一技能，沿着一道斜搭下来的残木，一路斜冲向上。张佳乐清楚有了那一个“圣治愈术”的补充，无敌最俊朗已经必然可以接触到他，除非他继续和其拉开距离。

张佳乐果断选择了回避，浅花迷人准备朝远跳点，和无敌最俊朗风筝一会儿再说。结果就在这时无敌最俊朗朝他招了招手。

“靠！”

上一次，他就是被这技能给玩弄到死的。

“挑衅！”无敌最俊朗赫然在这个时候给了他一个“挑衅”。

角色身不由已地就准备冲向无敌最俊朗了。

好在“挑衅”并不会给角色施加弱智光环。在北桥这样的特别地形里，中了“挑衅”的角色还知道自动寻路，而不是一脚踏空直接掉下去。

但就是这样也已经够要命了。张佳乐此时要的是浅花迷人远离无敌最俊朗，而不是兴冲冲地跳过去迎接。

然而一切都迟了。他身边只是些百花谷的玩家。虽然在网游圈里都称得上是高手，但也无法达到职业选手的程度。哪怕张佳乐高声去招呼，也没人能及时解除他中的这一记“挑衅”。

浅花迷人已经高高跳起。半空中的时候浅花迷人身上光芒一现，是牧师给他上了一个“专注”，“挑衅”效果已被解除。

或许扔出这一“专注”的牧师还会觉得自己手很快，很及时，很潇洒，但张佳乐却已经只有迎风泪流满面的份了。

由于是在北桥这样的地方，所以他冲向无敌最俊朗，不是几步跑，而是纵身一跳。他的浅花迷人是堆过跳跃力的，这一跳，又高又远，由于有系统自动寻路，落点也找得很准。

但问题是张佳乐此时想反悔啊！这跳在空中，可不比在平地上，扭个头转身就走。好在张佳乐是大神，好在浅花迷人的职业是枪手。张佳乐瞬间看清地形，一个操作下去，浅花迷人立刻拔枪就射。

利用枪械的后坐力，也不可能把前冲的惯性立即扭转成倒飞，但终归可以制造出阻力。数枪之后，浅花迷人的身形顿在了半空，但是脚下却并没有什么着落点。

着落点在他身下，浅花迷人此时落下，有一个低处的落脚点，张佳乐看得很清楚，这数枪也射得恰到好处。结果就在这时，无敌最俊朗高跳跃起，手中骑士剑已经当头朝他劈了下来。

"英勇跳跃。"

"来来去去就这几招，你烦不烦啊！"张佳乐吐血大骂。

"英勇跳跃"的无敌最俊朗笔直坠下，比起跳半空停顿后自由落体的浅花迷人不知要快多少。张佳乐再想躲闪已经来不及，只能开口吼上几句。其实对于这种情况他未必没有预料，早在被"挑衅"后被迫跳起的一瞬，他心中就已知大大的糟糕。

他固然是大神，可以在半空中解除"挑衅"后立即改向，但是很遗憾他的对手也是大神，对于他能做出这种事情一点也不会意外。

骑士剑狠狠地砸在了浅花迷人的身上。原本看准的着落点因为这一击后的位移也没能再站上去，浅花迷人继续直坠而下。

张佳乐慌忙寻找着下一个可落脚的地方，却不料无敌最俊朗居然就这样用剑压着他，跟着他一起笔直地直坠下去。

这家伙！张佳乐已经意识到了，叶秋根本就没想着击落他后自己停在高处。此时这模样，赫然是准备和他一起直接坠入水中。

于是所有人就看到无敌最俊朗一个"英勇跳跃"劈中半空的浅花迷人后，两个角色一起笔直地疾速下坠。

无敌最俊朗身上还带着"骑士精神"的效果，亮白的光芒从空中划过，留下的轨迹仿佛一颗流星。浅花迷人试图脱离困境做出的几次射击，也给这流星增添了几分绚烂，只是他想做出改变终究是枉然的。两人就这样笔直入水，扬起了一道有如他们落下的轨迹般笔直的水柱，纷纷扬扬打在了还在桥上的百花谷玩家身上。

所有人都呆住了。事实上，大多数人都还停留在小手冰凉偷偷摸摸过去治疗，而后"哎哟"一声就被人打下水的场面，哪想到紧接着就有这么劲爆的场面，两大高手居然一起就这么坠水了？

域河辽阔，河心自然极深，两大高手这一下去，和其他玩家一样，立刻就被湍急的浪花卷得没影了。玩家们犹自没有反应过来，一起呆呆地望着下方翻滚的浪花，直至一个大火球突然在桥上炸开，几名百花谷玩家惊叫着跌下河去，众人这才醒悟过来。

两大高手虽然去了，但 BOSS 北桥法师还在呢！大家其实是来抢 BOSS 的，而不是围观高手过招的。

但浅花迷人被击落，百花谷玩家立刻失去了仰仗，虽然他们也有部分人掌握了高点，但他们哪有张佳乐那控制局面的水准？别说限制蜂拥冲上北桥的玩家了，此时浅花迷人落水，北桥法师乱了套的仇恨就已经让他们完全招架不住了。

由于在桥上停留挺久，他们这些人远远比刚上桥的玩家们要被北桥法师看重，各种法术轰得百花谷玩家到处乱跳。他们这水平，跳着跳着就一个失误掉下水了。这样的地形条件，这样混乱的仇恨，实在让他们无法救下场来。更何况齐冲来的各大公会玩家这两星期以来都在他们百花谷手上吃过亏，此时非常有默契地先不相互争斗，而是齐齐拿百花谷的玩家把这两周的气出了再说。

于是顷刻间百花谷的玩家都成了饺子，一个个被击落下水。这下了水是死是活基本就没人关心了。百花谷玩家一去干净，北桥法师的仇恨没了太大的目标，开始乱轰桥上。

众玩家好生激动。这场面，多熟悉啊，这才该是争抢北桥法师的情景啊！这个 BOSS 真要说战斗力确实就那么回事，但难就难在这个地点了。

一是太容易找，二是地形难，所以每次搞得这里热闹无比。

北桥法师一开始乱轰，就接着有人不住地掉水，不过这场面众人都不陌生，大家成熟冷静地面对着。没有了百花谷的那个高手劲敌，所有人忽然都信心百倍起来，只有蒋游心中很有些焦虑。

北桥法师他们霸气雄图是势在必得。浅花迷人那个劲敌借叶秋之手终于解决掉了，可眼下这样乱哄哄的局面，任何一家公会都没有绝对的把握，他们霸气雄图同样也没有。这种时候，还是很需要顶尖高手坐镇才能加大机会。

蒋游一边小心谨慎地指挥着手下，一边连忙给无敌最俊朗去消息问问情况，他希望无敌最俊朗此时还没死，最好就近被冲上岸，飞快就能赶回来。这样的事不是没有过，《荣耀》里所有角色都是默认会水的，所以正常情况下淹死并不存在。这里落水死的，基本都是因为水太急，卷得分不清方向，半天找不到方向上水面换气，可不得闷死吗？再或者，就是被水冲着和水里的各种暗石相撞，那也是要扣生命的，撞得越急扣得越多。战斗落水的很多角色生命本就没多少，下去还没来得及用药呢，飞快撞个几下就死掉那是很常见的。

叶秋毕竟是大神，蒋游觉着不至于因为这些问题挂掉。普通人在这样的急水中搞不清视角，大神应该没问题吧？

如此想着，蒋游满怀期待无敌最俊朗已经就近上岸，不过同时又想着浅花迷人也不是简单角色，估计也不会轻易死掉，到时如果也回来，那倒是麻烦啊！又或许，这两人前后脚上岸，这时又在哪个地方打起来了？

蒋游脑袋里刹那间不知转过了多少个念头，结果这边无敌最俊朗的消息已经回来，蒋游连忙翻开一看，一口老血喷出来。

“我有事，先走了，你忙。”

什么情况！这是什么情况？什么叫有事先走了？有什么事能比打BOSS更重要吗？蒋游气得手都哆嗦了，大力回复：“打 BOSS 这么要紧的时候，怎么能说走就走！”

“哥还忙着重组战队呢，哪有工夫一直陪你玩呀？”无敌最俊朗挺快地又回了一句，让蒋游有种形神俱灭的感觉。

这家伙已经不掩饰自己的身份了，一个卧底居然不掩饰自己的身份，这当然就意味着他的使命已经圆满完成，他已经全然不在乎了。问题是，自己早就知道这家伙卧底身份的啊，为什么当这人甩出类似“其实我是卧底”性质的话时，自己还会如此深受打击？本来这种时候回一句“我早就知道”是多酷多爽的事啊，为什么自己明明知道，这样的话却回不出来？

“我再来的话，那就不是帮你打 BOSS，而是抢 BOSS 了，你确定要我回来？”无敌最俊朗跟着又来了一条。

“再见！”蒋游果断回应。

“再见？”

“再也不见！”蒋游连忙改口。

“哈哈哈。”无敌最俊朗回复了一个哈哈笑的表情，蒋游泪流满面。好了，这边已经不用指望了，赶紧认真指挥，靠自己抢下这个 BOSS 才是真的。现在没有超级高手捣乱，以自家公会的实力，机会总还是有的。

结果就在这时，蒋游听到一个中气很足的声音，正从北桥的另一端传递过来。

“站住站住，这一点要站住！掩护牧师，把牧师送上去！”

“上去个枪手，飞炮上去！这也上不去，还说是高手？”

“那个点不要人守，盗贼放几个陷阱就行了！”

“我晕，不要直冲啊，从那边绕，卑鄙一点、猥琐一点行不行，哥哥你是刺客，你装毛的骑士横冲直撞啊！”

“那边啊！那边，就是那边啊！敌人都明白了你还不明白？报坐标？报坐标对方也听到了，我看还是对方反应更快。你这蠢货，掉水是活该啊，啧啧啧！”

什么人！中气十足的指挥，彰显着无比的自信。要知道能来参与抢BOSS的都是各公会的精英高手，“神之领域”一线级别的高玩，就算是蒋游，指挥起来也难像这家伙这样自信。这是什么人？

蒋游很留意地朝对面望去，但是根本无法分辨出这声音是哪个角色发出的。只是北桥那一端的场面，看情况已经渐渐稳定，而掌控了上风的，是轮回公会。

是因为那人的指挥吗？又是什么高手？蒋游心中一悸，他有一种十分不好的预感，这趟BOSS争夺似乎又会竹篮打水一场空了……

距离北桥不远的地方，域河河面，一截粗大的树木横在水面之上，被翻滚而起的浪花不断地击打着。

一朵浪花翻起时，内里依稀有个人影，就在浪花扬起的一瞬，突然纵身一跳，角色轻巧地跃起，半空中一个180度的转身，稳稳地落向横着的树木。落下时，一手提枪，另一手也已经抓起了一颗手雷，视角死盯着翻滚而来的浪花，正是浅花迷人。

一秒，二秒，三秒……

张佳乐没有丝毫放松警惕，他知道某人肯定不会就这样死在水里。从北桥方向直冲而来，一路上也就到了这里才算是找到一个可以上岸的地点，那家伙不会连这都判断不清而被冲过头吧？

正想着，浪花里突然一个不太寻常的涌动，张佳乐立即注意到了，视线飞快集中，而后就见一骑士“哗啦”一声从水里钻起，手举着骑士剑，气势磅礴地朝着这横木上踩来。

“又来这招！”张佳乐一看又是“英勇跳跃”，大怒，子弹、手雷立刻都轰出去了。

“什么话！不用这招我哪里上得来。”飞冲而下的骑士却说着。

张佳乐微微怔了一下，随即也明白了是怎么回事。

骑士是板甲职业，受负重影响，在跳跃力上本就无法和皮甲职业的弹药师相比。更何况张佳乐的浅花迷人有意挑选过增加跳跃力的装备。从水流中跳上这块横木，用浅花迷人轻轻松松，但用无敌最俊朗这骑士，普通的跳跃却无法做到，所以这时用了一个“英勇跳跃”跳出水朝横木上落来。

张佳乐虽然转瞬就已经明白，不过攻击毕竟已经打出。但是弹药师攻击的这点冲击力实在不可能弹飞一个“英勇跳跃”落下的骑士。无敌最俊朗盾牌横在身前掩护了一下，依然准确地朝着横木上落来。张佳乐可不想反倒让自己的浅花迷人被震下水去，“英勇跳跃”落下的一瞬已经跳开，拔枪又是一梭子弹，用了个飞枪直接把自己送到岸上去了。

“不错不错。”叶修好像表扬小弟一般狠夸了两句，无敌最俊朗也沿着横木走上了河岸。张佳乐依旧全神戒备，浅花迷人的枪口始终就没离开过无敌最俊朗的上中下三路。

“行了行了，把枪收起来，结束了。”叶修说道。

“捣什么乱呢你！”张佳乐有点气结。

“考验一下你的身手。”叶修说。

“……”

“你本来该死的。”张佳乐无语了一下后说道，“要不是那个牧师。”

“嘿嘿，那个‘圣治愈术’很精彩吧？”叶修说道。

“如果只是巧合，那就算了；如果是有意的，那他的一系列表现确实很精彩，那人是谁？”张佳乐问道。

“霸气雄图的一个玩家。”叶修说。

“玩家？只是一个玩家？普通玩家？”张佳乐有些不敢相信。利用光影效果来掩护行动，在最关键的时候使用的那个“圣治愈术”，这一系列行动所体现出的观察力和判断力几乎是职业水准的，这样的人，居然只是一个普通玩家。

“可不是吗？”叶修说道。

“这是个人才呀！”张佳乐说道。

“同意。”叶修说。

“等等……”张佳乐忽然好像明白了点什么，“你搞个破骑士号，混在霸气雄图里，该不会就是为了找出这么一个牧师吧？”

“没办法,你们这些大神眼界太高太没有远见,我可不是只能从群众中发掘人才吗?要找牧师,可不就是从霸气雄图找起吗?”叶修说。

张佳乐表示认同,这就像嘉王朝公会多战斗法师、百花谷多弹药师一样,全是他们这些大神级别的职业选手造成的影响。因为职业,粉丝们会膜拜相应的大神,因为膜拜大神,再喜欢相应的战队,然后在网游里,就会努力向自己喜欢的战队公会投靠。

而霸气雄图呢,他们的战队霸图拥有两位大神级的选手,韩文清和张新杰,于是在他们的公会当中,拳法家和牧师这两个职业的比例相对就会较高,有水平的玩家自然也会多一些。想找厉害的牧师,从霸气雄图开始自然是情理之中。

“所以你弄个骑士,是因为骑士是MT职业,团队中没有任何一个角色会比MT更了解牧师的手法了,你就通过这样的方式,最终找到了这个牧师?”张佳乐说。

“嗯,就是这样了。”叶修说。

“花了多久?”张佳乐问。

“两个多星期吧!”叶修说。

“那不错啊,你运气够可以了。”张佳乐说。

“哈哈哈,你居然和人讨论运气啊?”叶修说。

张佳乐顿时郁闷。作为职业圈中最苦逼的大神级选手,运气确实是他的超级软肋。

“他人呢?”张佳乐岔开了话题,对于这个牧师高手他也比较好奇。

无敌最俊朗的视角转向了湍急的河水,半晌后叶修说:“大概淹死了。”

“咳,什么?”张佳乐没掉河里,但赫然也被呛了一下,“被淹死了?”他有些不敢相信,以那个牧师表现出的观察力和判断力,张佳乐觉得和他们两个一样选在这截横木这里上岸才差不多,居然会被淹死?

“我说,如果真是各方面都很抢眼、毫无短板,还轮得到我跑去发现吗?早不知道被人挖到哪去了。”叶修说。

“那这位高手兄到底是什么短板,以至于把这么优秀的才能都给掩盖住了?”张佳乐说。

“我初步观察的话,他对时机的判断和掌握方面水平很高,不过操作比较一般,而且面对复杂局面时反应也比较慢。”叶修说。

张佳乐想了想后，也表示了认同：“这样的缺点，确实不至于影响到他之前那种发挥，不过在一个团队中的话，的确足够遮盖住他的优点。不过你真的确定他的表现不是碰巧？”

“我确定，尤其是经历了刚才那一阵以后。”叶修说。

“你不是拿我当实验品吧？”张佳乐说。

“瞧你说的。”叶修说，“我是拿你来试探一下他的成色到底有多高。”

“……”

“倒是你呢，最近不辞辛苦地帮着百花谷抢 BOSS 啊，干吗，想忏悔吗？”叶修玩笑道。

“嗯。”没想到，张佳乐却很认真地表示了认同。

“你……”

“是我欠他们的。”张佳乐的口气中卷着一股子忧伤劲。

叶修听到他这样说后也怔了怔：“你不准备回百花战队？”

张佳乐没有回答，但是没有回答基本上就已经代表了答案。

百花战队曾经的队长、王牌选手，之前不负责任地退役，就已经招来了很多骂声。此番复出，在百花众目睽睽的期待之下，他却又不选择自己曾经的主队，叶修可以预见张佳乐会面对舆论怎样的声讨。

但是他宁可承担这样的压力，也要做出这样的选择，他到底要去哪？

叶修估计这个答案不会简单。以他现在看到的张佳乐对百花所表现出的愧疚来看，他不回百花战队，并不是因为前次突然的退役而感到不好意思，他是在对不起百花战队一次之后，准备再一次将百花战队抛弃。

为的是什么？当然就是他追寻了多年而不可得的冠军。这一次，为了这一冠，张佳乐不惜赌上一切。可以想象他对于这一次充满了怎样的期待，因为这一冠，即使他获得，也可能充满争议。他两次抛弃百花战队的行为，或许连夺得冠军的光辉也掩盖不了。

自己最近和他的一些交流，能让他痛下这样的决心？

叶修觉得完全不至于。因为作为他而言，他能给予张佳乐触动的，多是那些对过往《荣耀》岁月的怀念，让张佳乐觉得不甘、不舍。作为一个需要从头再来的家伙，叶修给不了张佳乐什么期待，更拿不出可以让他不顾一切的理由。让张佳乐跟着他一起，这个意思叶修几乎都只是以半开玩笑的方式说说罢了。张佳乐毕竟和魏琛不同，他如果要复出，连叶修都觉得回到百花战队是不需要解释的。

然而现在，张佳乐显然做了一个大胆的决定。叶修没有自作多情地以为张佳乐是要和他合作，理由还是之前那样，他这一个新组战队，完全没分量促使张佳乐做出如此牺牲。能让张佳乐做出如此决定的，叶修相信只有一样，那就是冠军。

当然不可能他加入哪支队伍，联盟就直接发给他一个冠军，而是这支队伍让张佳乐看到了夺冠的无限可能。这支队伍，肯定让人一看纸面就顿时觉得：没跑了，冠军就是它。

会是哪支？微草、蓝雨、霸图，还是轮回、烟雨、虚空？甚至是如今的嘉世？

这些战队，任何一支突然有张佳乐这样的顶尖大神加入，都会让人觉得异常强大，所以叶修一时间还真猜不出会是哪家。

“祝你好运……”叶修衷心地祝福了一下。为了一冠，张佳乐竟然做出这样的决定，虽然他现在好像有些不好意思面对，但叶修相信他一定会克服这种心理。因为这颗冠军的心，永远也不应该被轻视。

“必须好运！”张佳乐没有回祝叶修，而是接着叶修的话又给自己施加了一遍祝福光环。

“好了，继续回去抢BOSS！”张佳乐振奋了一下精神。

“百花谷的人现在估计已经死光了。”叶修说。他现在也明白张佳乐最近为什么狂帮百花谷战斗了。或许是为了减轻心中的愧疚，也或许只是用自己还能的方式为百花做些什么，到底是什么样的出发点，叶修没有再问。

“没有关系，死了可以立即重来，这就是网游比起比赛来最可爱的地方。”张佳乐说。

“那就祝你马到成功吧！”叶修说。

“那你呢，你不再来了？”

“我？我的目的已经达到了，BOSS就先放一放吧！”叶修说。

“哦……那我也祝你能如愿以偿，希望那个家伙能完全符合你的要求，而且，能不鄙视你这嘉世大神的身份，哈哈哈。”张佳乐说着，他的浅花迷人已经转身快速朝着北桥那边跑去了。

13 CHAPTER 小手冰凉

居然是为了找个牧师出来！叶修混在霸气雄图里的目的，陈果也是此刻方知，而在凑过来听了两位大神的聊天后，更发现这事是那么顺理成章。

不过张佳乐离开时所说的问题，确实也很是问题。一个刚刚接触到的人，怎么就让对方加入自己的战队呢？

陈果正在思考这个问题，忽然发现叶修正在扭头打量着她。

“看什么？”陈果问。

“这事你去办吧！”叶修说。

“什么事？”陈果问。

“拉那牧师入伙的事。”叶修说。

“汗，为什么是我呀！我连人都不认识呢！”陈果说。

“认识不认识，那有什么关系？就说欣赏他的才能，正好想组战队，问他有没有兴趣。”叶修说。

“就这么简单？”陈果疑惑。

“不然呢？”叶修反问。

陈果想了想，也确实，想请一个人入伙，可不就是这样直接去说吗？陈果随便估计了一下，觉得就这么说，成功率也应该挺大的，因为普通玩家，对职业圈都有一种向往和期待。只要不是跳出去说“同学你骨骼精奇，有一股灵气从你的ID上喷出来，你知道吗”这么离奇的话，那基本是个玩家都会对战队这样的事比较感兴趣的。

“嗯，好吧，那我先去接触一下。”陈果答应了，她一直积极地想帮着队伍的成立做些事情，没理由真有事情推过来的时候又推三阻四的，陈大老板可没那么矜持。

“叫什么名字？”陈果一边问着，一边准备换“神之领域”这边的角色上线了。

“小手冰凉。”叶修说着。

陈果在旁围观，其实完全没有看到小手冰凉这角色，也只是知道在最关键的时候有一抹“圣治愈术”把局面给扭转了，而后叶修就接连操作着无敌最俊朗去把张佳乐的浅花迷人砸进水了。其实不止陈果，就是张佳乐也并不知道小手冰凉的名字。

登录了“神之领域”的逐烟霞，陈果搜索了这一名字后，信息很快出来了，随即惊讶了一下：“哟，还真是个妹子？”小手冰凉，听这ID，陈果就觉得有些偏女性，此时搜出角色一看，真是个女的。

“咳……”叶修神情古怪地咳了一下。

“不会是个人妖号吧？”陈果发现有异。

“你真是料事如神。”叶修说。

“什么人啊这是？”陈果诧异了一下，因为在《荣耀》中角色变性玩的人还是极少的。毕竟在《荣耀》里语音是完全植入游戏里的，所以成了最普遍的交流方式，顶着个千娇百媚的名字，频频发出粗犷的男声，并不是件赏心悦目的事。

“没什么，听说是别人给的号，他懒得计较，就直接玩了起来。”叶修说。

“哦。”陈果应了声。

“算了，我也不歧视人妖号。”陈果说着，已经准备去添加对方为好友了。

“等会等会，你这是要干吗？”叶修问。

“加好友，拉他入伙啊！”陈果说。

“加了好友直接就说兄弟久仰你的实力，跟我一起组战队好不好？”叶修问。

陈果一怔，确实，加好友，这怎么开口呢？小手冰凉又不是什么名声在外的高手，这样千里迢迢地加个好友，然后直接找人入伙，那感觉就跟路上拦了人说同学你骨骼精奇差不多，八成会被当成是骗子吧？

“你至少得真实接触一下，然后表示看出了他的厉害，然后再顺理成章地拉人吧？”叶修在旁说着。

陈果扫了叶修一眼。她忽然有一种感觉：直接加好友是去拉人，恐怕骗不了人家入伙，需要照叶修说的这样，才能让人信服。

是的，无缘无故，陈果突然就有了“骗”这种感觉。

“话说为什么你不去？”陈果觉得叶修让自己去好像有点什么别的原因。

“咳，这不是为了避嫌吗？你看，张佳乐走的时候都说了，当心那家伙鄙视我的身份，我要是跑去直接和人家说‘我叶秋，跟我走’，直接被人喷一脸怎么办，所以还是由你出面吧！”叶修说。

“那最后还不是要接触到你？”陈果说。

“嗯，那你就说我也是你在路边不小心拉拢到的呀！”叶修说。

“这都什么乱七八糟的。”陈果摔鼠标，深刻觉得叶修是把一件不靠谱的事情交给自己去做了。

“霸图的粉丝嘛，以我的身份背景，处理起来当然不得不谨慎一些。”叶修说。

“在霸气雄图，也并不一定就是霸图的粉丝吧？”陈果说。

“我当然是有一定的了解才这样说的。”叶修说。

“你都了解到什么程度了？”陈果问。

“嗯，这小子是霸图的粉丝，张新杰的铁杆支持者。”叶修说，“据说是。”

“据说？”

“嗯，没准他是吹牛呢？”叶修说。

“这有吹牛的必要吗？”陈果真想把叶修的耳朵扯过来好好吼一通。

“总之，我觉得由你来接触，靠谱一些。”叶修说。

“这样忽悠人，是不是有些不负责任啊！”陈果说。

“你看，你本来就是战队老板嘛，人员组成就是你的职责所在。你组织的战队有我，又有他，这是你做老板决策的事情，我们队员怎么有资格挑三拣四呢？你应该拿出这样的工作态度来，不要总想着什么粉啊粉的。”叶修严肃地教育道。

陈果被说得一愣一愣的，半天才回过神来：“你是在教训老板吗？”

“不敢不敢。”叶修忙道。

“那他要是不答应怎么办？”陈果说。

“那……也只能走一步看一步了，真要是不愿意也没办法。”叶修叹息道。

“呃，我觉得问题应该不大，正常《荣耀》玩家，对于组个战队这样的事，应该不会有什么抵触情绪。”陈果看叶修流露出遗憾的神情，想想这新组战队的艰辛，反倒宽慰起他来。

“希望如此。”叶修说。

两人商量完，陈果已经准备行动，一拿起鼠标，却又晾那儿了。

“不加他好友，我上哪儿和他接触去？”陈果问。

“哦。”叶修点点头，这边无敌最俊朗发消息给小手冰凉：“在哪呢？”

“刚淹死了，正往北桥那边赶呢！那边什么情况？”小手冰凉回道。

“看。”叶修把屏幕让给陈果看。

陈果无语，有时候，事情真就这么简单。

于是，北桥法师的争夺战中，陈果的逐烟霞开始佯装路人经过。

北桥之上，战斗进行得是精彩纷呈。

在把百花谷全部清除掉以后，北桥两端，各自辟成了一处战场，各大公会混战成了一团。

桥东头，最终轮回公会渐占上风，玩家渐渐掌握住了这一边的有利地形，远程职业抢占高处，辅助以控场类职业正中策应，近战类职业在最底下大开大阖。轮回公会的战术清晰无比，就是充分利用北桥的特殊地形条件，站位不只分前后，更有了上中下三路。而这一切的布置，正是源自他们阵中一个中气十足的粗犷指挥。

至于桥西头，此时却还在一片混战当中，难有公会抢到上风。只是东头轮回最终的局面，给了西头这边的公会思路，各大公会开始照猫画虎。但问题是这思路是给了他们大家，于是最终还是打成了个相持不下的局面。

蒋游焦躁啊！非常焦躁。

既焦虑这个 BOSS 争夺的局势，也焦虑那边无敌最俊朗的从容退场。

他想冷静，他提醒自己冷静，但心就是静不下来。他无法认真地观察目前的局势，进行英明决策，他心底总是不由地浮现出无敌最俊朗的身影。那个家伙，在他们的公会里混了两周，苦力了两周，蒋游完全没有摸清他的目的，但是突然之间就这么说走就走了。最后的这个 BOSS 也没见抢，就晾这儿了，做的最后一件事，就是和浅花迷人一起浪漫地跳水……

这家伙到底干了什么坏事？

蒋游不相信叶秋只是来他们公会潇洒走一回，人家可是大神，哪有这么多的时间来优哉？而且看他最后消息的字里行间，蒋游有一种感觉：叶秋并不是因为要走了才显得不在乎身份暴露，他好像从头至尾都压根不怕自己被怀疑。

完全不怕自己暴露，大神当卧底都这么嚣张？但为何他的目的却藏得这么深，一点也看不出？无敌最俊朗和他们混在一起的这两周，霸气雄图到底有什么变化？

蒋游觉得问题一定藏在这里面。但是，这两周除了好多团队副本进度有了突破这样喜人的变化之外，好像根本没有什么坏事发生。

坏事藏在好事当中？

蒋游不由得总要去想这些问题，他如何能做到清醒地指挥？对此 BOSS 本来志在必得的霸气雄图，今次出去的阵容强横，但在蒋游心不在焉的指挥下，却也陷入了可怜的僵局。正被动到无可奈何的时候，突然一道绚烂的光影突杀进了人群中，那人来得一往无前，好像完全视各大公会玩家的存在如无物。

光影直接从人群中辟开了一条道，有的人死了，有的人活着，而他已经离去，几个起落，瞬间已经抢到了一个高点。

浅花迷人！所有人看到了，这个家伙，又回来了！

没有人想到浅花迷人会回来得这么快，而且杀回来得这么直接，这么霸道。

人群里一条道杀过，抢了个高点，痛快地开始四下乱轰。此时北桥之上没有任何百花谷的人，除了他自己，浅花迷人没有任何帮手。

即便这样，却也杀得蒋游这帮人纷纷想跳河算了。

根本就没等他们做出应对，浅花迷人已经越跳越高。他们这边争破了头也抢不到的几个漂亮的高点，人家孤身一人轻轻松松地就路过了，而后抢到了他们看在眼里，却暂时完全无法指望的更漂亮的高点。

蒋游和其他几家公会的人都只有一个心情：这货为什么偏偏是从他们这个桥头，而不是从对面那个桥头冲上来？

张佳乐的目光还真不只局限于他们这个桥头，在抢上高点搅和了他们一会儿后，视角就朝着对面瞟了过去。这一看，却立时一怔。

头顶轮回公会字样的玩家们，从每个人的站位来看，已经布成了一个很漂亮的阵势。

好像有点难缠？张佳乐心下这样想着，却没有丝毫犹豫，义无反顾地朝着对面轮回的阵势冲了过去……

陈果的逐烟霞赶到北桥的时候，这里的混乱已经无法用言语来描述了。

相比起浅花迷人对轮回公会阵势的冲击，桥西头霸气雄图与其他公会之间的混乱纠缠就像小孩过家家一样幼稚无趣，他们自己甚至都有一些不好意思继续下去了。

桥两头的技术含量，完全不在一个重量级上。就像之前无敌最俊朗单挑百花谷一样，让人一看便知这是高手之间的对决。

只不过这次单挑的一方换成了浅花迷人。

而轮回方面，在一个声音的吼叫中依然在有效地运转着他们的阵势。

在场的公会互相都算知根知底了，像这样抢 BOSS 的接触，每周都要经历数次之多。轮回公会从来没有过这样一个指挥的声音，这不是他们的会长三界六道，也不是他们公会中的任何一位大佬级别的人物。

到底是谁？

由于场面混乱，众人一直无法发现这个指挥者到底是谁，否则桥东头这边的公会拼着再大的牺牲也早把这人干掉了。此人此时对轮回公会的重要性，一览无余。

而他的布阵，连浅花迷人这等高手都受到了严峻的挑战。

但是，张佳乐毕竟是大神级的人物。

在进行了几波试探性的冲击后，张佳乐猛然爆发出他的百花式打法，在北桥之上跳跃着就朝着某个方位坚决地席卷了过去。

所有人的视角被浅花迷人的行动牵动着。大家立刻望了过去，很快就瞧到了浅花迷人所冲的方向，一个术士正匆忙地上蹿下跳，试图躲过浅花迷人的攻击。

但是浅花迷人却不依不饶，这一次，他好像看准了什么突破口一样，誓要拿这个术士来祭枪。

这术士难道就是那个指挥者？

再不济，也肯定是个很重要的环节！

已经被轮回稳定的阵势打得相当萎靡的各公会此时突然精神一振。

他们还没有退去，自然是还没有完全死心，看到浅花迷人的强势攻击，顿时发觉这是一次带来转机的绝佳时机。于是，各公会所有玩家不顾一切，和浅花迷人一起朝着这一术士轰杀而去。

“靠！”众人听到那个中气十足的声音如此吼了一声。

这种不顾一切的扑杀，确实难以抵挡，更何况当中还有浅花迷人这样一位高端杀手。

所有人都当这术士肯定会有一个悲壮的结束时，这货居然在所有攻击抢到之前，义无反顾地直接自己跳下水了。

是的，他跑了！在还没有受到任何攻击、任何伤害的时候就主动跳水，这绝对只是一种逃跑的行为。

在网游这种命贱如纸的世界，在抢 BOSS 这种热血沸腾的时刻，一个貌似指挥者一样的角色，不顾一切的选择居然是水遁逃跑。这一瞬间，整个世界都黯然失色了。这没气质不要脸猥琐不堪连个菜鸟都不如的举动，把大家深深地震撼住了。

众人耳中不由得回荡起那个中气十足的声音在指挥中经常会用到的一句话："猥琐一点行不行？"

行！你真的行，你太行了！

如此时间，居然有不少玩家头顶上跳出一个"鄙视"的表情。有各大公会的玩家，也有轮回的玩家，在这一刻，大家携手与共，共同鄙视过分猥琐的行为。

这种时候还是不得不说职业大神的素质。

区区一个猥琐，丝毫没有扰乱张佳乐的注意力。猥琐是一种战术，作为大神，对各种战术都要有适应力。一看这术士跳了水，张佳乐立刻指挥着浅花迷人瞬间改变了攻击的方向。几乎是这术士主动跳水前后脚的工夫，浅花迷人攻击范围里的几个位置不错的轮回玩家就被轰下了水。

轮回的阵势瞬间被破坏，其他公会玩家回过神来，精神一振，连忙开始落井下石。浅花迷人却拧身就走，抢回高点后，又是乱轰乱炸。东头、西头，他是两头都要抓，两头的玩家也恨不得把他抓下来剁碎了，却又完全奈何不得。

北桥的这种特别地形，有点像是在水战，普通玩家的技术有些应付不来，所以张佳乐虽只是一个人，却也游刃有余地搅得数大公会人仰马翻。

陈果的逐烟霞赶到时，没能欣赏到那惊艳的猥琐水遁，她对于抢 BOSS 的形势也并不太关心，她只是四下寻找着那个叫"小手冰凉"的 ID。

如此混战的场面，虽然知道名字，想找出一个人也不是那么容易。陈果也不敢太靠近。抢野图 BOSS 这事实在太敏感，围观党、路过党不保持距离的话，很有可能就会被怀疑有企图而被干掉。

陈果操纵着逐烟霞转了很大一圈，根本就没发现小手冰凉的身影，扭头一看，发现叶修倒是看起了她的屏幕，忙问他看到了没有。

“没有。”叶修也摇了摇头。他的眼神比起陈果更加敏锐，在那杂乱的人群中，却也没有发现小手冰凉的身影。

“不会在对面吧？”陈果说着，遥望桥的那一头，是轮回那几家公会的阵地，因为太远，角色名字完全看不到。

“不可能吧！”叶修说。

霸气雄图的阵地就在这边，跑到那边去凑热闹，这样的判断力可是会让人很失望的。

“难道还没过来？”陈果操纵着逐烟霞又滴溜溜地绕了一圈，从各个角度观察了一遍，没有发现。

“等会儿等会儿，视角往右转，转，再转。”叶修叫道。

陈果鼠标一点一点拧动着。

“停，那里，有个人。”叶修指着陈果的屏幕上不远处的一棵树。

“是吗？”陈果真没注意到这方向，她主要在做人堆里找名字的游戏，她甚至不知道自己的视角什么时候把这棵树带进去过。

“是他？”陈果问着。

“不知道。”叶修说。

“我看看。”陈果左右也是无事，绕着位置去扫那树后。

视角被调整后，果然看到树后有一个人，陈果立刻让逐烟霞加速逼近，很快看清了目标。

一个女性牧师的角色，头顶名字：小手冰凉。

“是他。”陈果高兴，正准备上前，没两步却突然停下。

这小手冰凉不知什么时候来的，却并不上前，只是在这树后藏着，也不知张望什么。这让自己如何上去游说？难道走过去说兄弟你偷窥的模样一看就是万中无一的绝世高手，我正准备成立一个战队，过来和我一起，充分发挥你偷窥的才能吧！

太不靠谱了！

陈果正这样想着，不由得让逐烟霞停了一停。

或者就说看到了刚才对无敌最俊朗的出色治疗，所以很有兴趣和他谈一谈？只是……就凭看到了一个治疗手法，就很欣赏的样子，会不会也草率得有点像个骗子呢？

想不好措辞的陈果，并没有让逐烟霞立即走上去，转头望了一眼叶修：“他在这干吗呢？”

叶修也摇了摇头，他和小手冰凉还没熟到可以推断出他行为的程度。

正在这时候，小手冰凉的视角一转，看到了这边呆立着的逐烟霞。

看到已被人发觉，陈果想了想后，还是让逐烟霞走上前去。小手冰凉也没有回避，依然那样站在树下，视角朝着陈果这边。

“你好。”距离差不多的时候，陈果招呼。

“好。”对方应了一声。一个娇柔的牧师妹子造型，发出一个男声，本该是让人挺不适应的事。但是，这人的声音，虽然明显也是男声，虽然只应了一个字，却好像有一种柔顺在里面，和这个角色造型并没有陈果想象中的那种违和。

好奇怪……陈果心下想着。

“我之前就见到过你。”这是陈果想好的说辞。

“哦？”

“之前在桥上，你那个‘圣治愈术’，很精彩。”陈果说。

“呵呵，还好吧！”对方口气挺谦和，让陈果印象不错。

“冒昧地问一句，那应该不是什么巧合吧？”陈果说。

“呵呵，终归还是需要有一定的运气成分在里面的。”小手冰凉说。

“那这样说，你的技术很不赖啊！”陈果说。

“马马虎虎吧！”

“是这样，我准备成立一支战队，正想找个牧师，你有没有兴趣来试一试？”陈果说。

“哦？叶秋的战队吗？”小手冰凉问。

这小手冰凉也很直接，一点铺垫都没打，直接一语就道破真相，而这真相，也正是叶修招呼陈果来办这事想姑且隐瞒一下的，结果上来就被人戳穿，顿时让陈果非常不好意思，一时接不上话，郁闷地扭头望向了叶修。

“怎么了？”叶修问。

“被看穿了。”陈果说。

“哦？”叶修并没有显得太意外，“那他怎么说？”

“现在该我说。”陈果说。

“该说什么说什么呗！”叶修说。

于是陈果也体现了一下她爽利的一面，痛痛快快地承认：“是。”

“哦,那这战队还算是有一点搞头。”小手冰凉说道。

陈果一时间都有点糊涂了。开始说到那一招“圣治愈术”的时候,这家伙表现得好像挺谦虚的。但现在这一句话,又很有点自视甚高的意味。有叶秋在的队伍,怎么能说是“有一点搞头”呢?

“那个无敌最俊朗,是不是就是叶秋?”小手冰凉越问越彻底了。

陈果又扭头看叶修:“问无敌最俊朗呢!”

叶修点了点头后,陈果又答了一声“是”。

“混进我们霸气雄图是什么目的?”小手冰凉接着问。

此时又是一副居高临下的口气,陈果这姑娘嘛,是吃软不吃硬的。小手冰凉谦虚客气,她立刻有好感。这会儿小手冰凉突然又扮起了孤高,顿时对他也不爽起来。这要是说叶修就是专为了找牧师,最后挑中了你,还不让这家伙得意死?于是陈果干脆胡扯:“没什么目的,就是开个小号随便去磨炼下技术。”

“磨炼技术?叶秋这样的水平,跑到公会中流团队里,那能磨炼个什么技术?”结果被小手冰凉轻松戳穿,陈果郁闷,再看叶修也在一边连连摇头,显示出对她刚才胡言乱语的鄙视。

“总之现在就是觉得你水平还挺不错的,怎么样?有没有兴趣加入我们?”陈果也不管了,其实这样直来直去才是她喜欢的方式。来就来,不来就不来,痛痛快快给个答案不就完了,叽叽歪歪那么多干啥,反正现在一切都已经真相了。

“真是叶秋的话,我倒还有点兴趣。”小手冰凉说着,“不过你不会是借着他的名号在拉虎皮扯大旗吧?”

陈果一看对方居然还怀疑起自己来了,狂晕,但终究还是顾忌这是正经事,没有直接展示出她的剽悍,耐着心继续说:“是真的,你不是一开始就猜到了吗?”

“那他人在哪呢,为什么没有亲自来?”小手冰凉说。

“这不是怕你是霸图的粉丝,对他嘉世大神的背景有抵制情绪吗?”陈果认真说实话。

“哦,那倒是,不过派你来也不怎么高明啊,你这角色现在不少人都知道和叶秋有关联呀!”小手冰凉说。

“是是是,我们太大意,但反正现在同学你都已经知道了,要不要加入,给个准话吧！”陈果说。

“哪有这么容易？”小手冰凉倒是非常诧异地说，“跟着叶秋一起组队的话，那目的就不是随便玩玩吧？肯定是要以职业联赛为目标的吧？以职业联赛为目标，那就意味着是要我做职业选手吧？这可是人生的重要抉择，难道你希望我草率地在这一二三秒里就给你一个准确的答复？”

这一连串的反问让陈果哑口无言，半晌才无力道：“那你考虑一下吧，我随时等你的答复。”

“就让我这样去考虑？”小手冰凉继续诧异。

“那你还要怎么样？”陈果问。

“你至少得介绍一下你们的情况和规划吧？比如除了叶秋以外其他的人员构成。比如战队会有多大的投资额度，发展的方向和目标怎样，什么待遇水平，签几年合同，有没有三险一金或五险一金，包不包吃住。”小手冰凉跟着又是一连串的问题。

这一次，陈果再没有什么懊恼，她也很认真地发现她和小手冰凉在谈的确实是一个很严肃和重要的问题。结果自己就像是网游里拉个人下副本一样，随意得有些轻浮了。

“好吧！”陈果也连忙端正了一下态度，“我们的队伍呢，就是以叶秋牵头，目前处于准备期，将在下赛季报名参加挑战赛，然后争取进入职业联盟的资格。人员方面，目前还在多方面落实当中，投资嘛，我就是投资人了，待遇问题如果你真有这方面意向，我们可以坐下来慢慢谈，现在你满意了吗？”

“哦？你就是投资人？也就是……老板？”小手冰凉问。

“差不多吧！”陈果答得略有点心虚，因为她越来越发现如今的《荣耀》联盟，想担负起一支战队并不是件很轻松的事，她不知道真凭她自己的话是不是能做到。

“差不多？这是个什么概念？”小手冰凉却敏锐地捕捉到了这一点。

“就是现阶段而言，只是我一个投资人。”陈果说。

“你的意思是说，未来可能有别的人成为股东，还是说，你其实根本就是完全不确信这方面的问题，所以才有这样模糊的答案？”小手冰凉说。

“好吧！我是不确认。我们现在还在战队组成的初级阶段，有太多的问题都还不确认。”陈果说。

“而且你刚才说，是要通过挑战赛来赢取资格？这么看来的话，你的资产也相当有限，根本没有信心走另一条审查途径。但挑战赛的话，即便有叶秋这样的大神，也并不能确保我们就一定可以走到最后，毕竟挑战赛里肯定是有两支上赛季出局的职业战队参加的吧？这样的情况，你会怎么和战队成员约定他们的待遇？是不是大家都先只是拥有附带条款的半职业性质？参加挑战赛如果能杀进联盟，就自动转成职业合同，如果不能，那就自动中止，各回各家各找各妈？”

小手冰凉又是一堆问题抛出，都是陈果之前没有认真考虑过的，一时间完全无法招架，迟疑了半晌后，又是一个含糊的答案："这些还在商议中，具体情况可以到时大家一起来讨论。"

"哦，又是一个不确认啊，你还真是所有问题都不确认。大姐，你接下来不会是要告诉我如果我有这方面的意向，就先给你交个三五百块钱的保证金吧？如果真是这样，我对你的身份倒是不会再有任何疑问了。"小手冰凉说。

"当然不会……"陈果也是郁闷，却又不好责怪对方，因为他们这战队到现在也确实没个正经规划，陈果也全然不知道叶修到底如何打算，真的说不上个一二三四，此时惟恐小手冰凉又来盘问什么，果断地举了白旗，"其实战队组成方面主要还是叶秋负责的，你想知道的这些情况，还是我找他来和你谈谈吧！"

"不是吧？你自己就一点思路都没有？你这投资人当得也太稀里糊涂了吧？全部甩给叶秋去做？难不成他是你亲戚？"小手冰凉却还在问。

"问他，问他……"陈果已经只能说这几个字了，一边把身边的叶修狠狠拧了过来，"你去和他说吧！"

"说什么？"叶修问。

"战队的规划，人员的构成，投资的额度，签不签合同，签什么样的合同，有没有三险一金，管不管吃住，还有，我和你是不是亲戚。"陈果面无表情地复述，她确实快被逼疯了。

"哈哈哈，这家伙考虑得很细致嘛！"叶修还在笑着，却已经从陈果那里接过了耳麦。

"就挂着吧！我也要听。"陈果说。

"你干脆给我整个功放吧？也不用这么辛苦了。"叶修说。

"我还怕吵呢！"陈果说。

说着，叶修已经把麦扶到了嘴边，"喂喂"了两声。

“叶秋？”那边问。

“是我是我，听说你问题很多啊！”叶修说。

“嗯，先问一声，选中我的，其实是你，不是那个傻大姐吧？”小手冰凉说。

叶修很无辜地看了一眼一边的陈果，结果发现陈果完全一副没有力气发火的模样，因为她也觉得自己刚才在小手冰凉面前确实挺白痴的。

“哦，确实是我发现的你，另外你说的那位傻大姐不是我亲戚，她会是我们的老板来着。”叶修说。

“哦？那么傻，她的钱应该很好骗吧？难道这就是你选她来投资的原因？”小手冰凉说。

“忘了告诉你了，我们俩现在的对话，她全听得到。”叶修无奈地说。

“……”沉默，一直滔滔不绝好多问题的小手冰凉也难得无语沉默了一会儿，这才开口，“老板你好，希望你听到我的这番提醒后，可以意识到挑战赛有风险，投资需谨慎。”

“我谢谢你。”陈果泪流满面。

“那么我们言归正传，麻烦介绍一下这支新组战队目前的情况吧！”小手冰凉说。

“情况就和刚才老板说的一样，还充满了不确定。或许在挑战赛之前还凑不到足够的成员的话，那一切就都是浮云了。”叶修说。

“这是你心中最坏的结果？”小手冰凉说。

“没错。”

“那么就算能组成一支战队，对于挑战赛你就那么有把握？”小手冰凉问。

“只要是比赛，就没有任何人敢说有百分百的把握。但是，如我们这样零凑成军的战队，正需要挑战赛这样的检验。如果连挑战赛都无法有让人期待的发挥，那么这样的战队进了联盟也不过是旅游一回。以挑战赛的形式杀入联盟，这并不是要让投资人承担不稳定的风险，这才是对投资人的负责。”叶修说。

“你的意思是，挑战赛的目的其实是来检验这支队伍的成色和价值？”小手冰凉问道。

“不错，真正需要承担出局风险的，其实只不过是我个人而已。你们只要拥有出色的发挥，挑战赛会帮你们争取到足够的未来。”叶修说。

14 CHAPTER 初定六人

叶修最后道出的这句真相很有几分悲壮的意味，连在斜对面坐着的唐柔，听到后都有几分动容，更别提一边的陈果，此时已经是玻璃心碎得厉害，真是不知该说些什么好了。陈果恨不得把自己的心都掏出来卖了，来成就这样的理想。

游戏里的小手冰凉显然也被触动了一下，只是他显然是一个极其理智冷静的人，完全不会像陈果这样立即就有不顾一切的冲动。他只是沉默了一会儿后，才继续开口道："这种未来，在正式的职业联赛里，一样可以通过出色的发挥赢来吧？"

叶修在挑战赛中所承载的更大的风险，最终小手冰凉根本没理会。如此冰冷的理智，让陈果几乎忍不住要破口大骂了，结果叶修却不紧不慢地说："说得很对，但是，还有一个问题。看得出你是一个很清醒的明白人，你对自己的水平应该有很清醒的认识。难道你以为你现在的水平就可以在职业联赛中拥有出色的发挥了吗？"

"恐怕不能。"小手冰凉说，"但是，至少是有潜力，否则你也不会来找我了对吗？"

"没错，不过你这种潜力的水准，在各大战队的新手训练营里比比皆是。我们找到你，只不过是因为我们条件有限。反过来说，你的条件，也就配得上我们这样的队伍。你还远远不够职业水准，还需要成长。直接进入职业联赛，对你而言就像小学生直接扔到大学里一样，你觉得这样也可以成长得起来？挑战赛就不错，不断地淘汰队伍，让它差不多有一个循序渐进的难度增长过程，用来积累经验，不断地提升水平，再合适不过了。"叶修如此回答。

"好吧，听你这么说，这对我来说确实是一个难得的机遇。"小手冰凉说。

“看你这么仔细地了解，看来也是对成为职业选手有相当大的兴趣。”叶修说。

“这当然，我想恐怕绝大多数《荣耀》玩家都会抱有这种幻想。”小手冰凉说。

“现在你有把幻想照进现实的机会了。”叶修说。

“不过在被大神认可了潜力后，我倒是跃跃欲试地想去霸图的新手训练营报名看看了。”小手冰凉说。

“哈哈，如果你真有这种打算，我也不建议你去霸图。霸图战队张新杰的地位太重要了，已经超过了牧师这一单一角色所代表的价值。在他消失之前，哪怕你的牧师技术比张新杰还要出色，也不可能取代张新杰以牧师的角色出场。再加上张新杰手中石不转这样的神级牧师角色，霸图肯定会对张新杰退出后谁来接任这角色做好充足的准备，你真要去，面对的竞争会超乎你的想象。因为你的竞争对象，不会是和你一样的新人。霸图战队由于张新杰的特殊性，这支队伍反倒缺少牧师成长的空间，牧师新秀在霸图很难积累比赛经验。目前来看，霸图也没有租出什么牧师的新秀选手在其他队锻炼，所以我估计霸图在张新杰退役后会通过寻求转会的途径来解决石不转的接班问题。你要面对的竞争对手，是成熟的职业选手，甚至可能是神级的选手，同学，你准备好了吗？”叶修说。

小手冰凉又沉默了一阵，半晌后说：“那你来看的话，哪支队伍最适合我？”

“毫无疑问，就是我们这支队伍，这不是刚就说过了？”叶修说。

“你们的队伍叫什么名字？”小手冰凉问。

“兴欣……”叶修说着，又扭头问了一下陈果，“对吧？还会不会再换了？”

“不会了吧？”陈果也疑惑着。

“连战队名字也不确定吗？”小手冰凉有些无语，“你们就不能减免一点这种不靠谱的感觉？”

“我们注重实际，名字这种浮云一样的东西随便捏个什么都行，哪怕就叫浮云都可以。”叶修说。

“你不要恶搞啊！”陈果怒，起名这种事她还是很上心的。兴欣虽然不怎么霸气不怎么响亮，但包含了她很多感情。换一个她也可以接受，但“浮云”这种吐槽而来的名字她绝对不能忍受。

“老板，其实浮云战队比兴欣战队真要好听一些，兴欣……这听着就像路边的小杂货铺啊，小卖部啊，小网吧什么的。”小手冰凉说。

“哈哈哈哈，你抓住真相了。”叶修快要笑死过去了。

“是吧？”小手冰凉以为叶修说的真相只是比兴欣战队好听这回事，但叶修笑得如此夸张，就让他有些不明所以了。

“随便你们吧！”随后小手冰凉又听到那老板的声音气哼哼地说了一句。

“名字的事以后再说吧！你还有什么疑问，如果没有的话，你可以开始考虑了。”叶修说。

“如果不需要交纳什么保证金，我的意向已经可以确定了。合同什么的，需要现在就谈吗？”小手冰凉问。

“这方面你有什么要求？”叶修问。

“看你们艰苦的条件，加上我自身的水平，其实我也没资格大谈什么条件对吧？”小手冰凉说。

“对的，你太把自己当个宝的话，我们只好出去继续捡草了。”叶修说。

“但你反反复复用这样的方式去找人的话，会不会太浪费时间了？”小手冰凉说。

“在没有一支可靠的队伍出现之前，也没有太多的事情可做。”叶修说。

“现在队伍组成到什么阶段了？”小手冰凉问。

“算上你我，确定的大概已经有四人了。”叶修说。

“还有两位是？”小手冰凉问道。

“一个术士，最近你大概碰不到他；还有一个战斗法师，目前还在第十区。”叶修说。

“沐沐呢？不算吗？”陈果一听叶修只说了魏琛和唐柔，连忙提醒。

“挑战赛她不在呢。”叶修说。

“沐沐？苏沐橙？”小手冰凉也听到了。

“如果我们能顺利进入职业联赛，她会和我们同队。”叶修说。

“哦哦，终于听到一个靠谱的好消息了。”小手冰凉感慨得很。

“还有那个包子呢？”陈果又问。

“包子还没有打过招呼呢，谁知道他什么想法。”叶修说。

“包子也会有想法？”陈果因为在第十区管理的缘故，和包子入侵打过一些交道。

“这话说的，他又不是真的包子，也是个人嘛！”叶修说。

“现在是不是差不多可以和他提一下了？”陈果说。

“以前是不是和他提过一下呢，我忘记了……”叶修说。

“那我去和他打声招呼？”陈果说。

“你忘了我们现在还在和某人交流吗？”叶修提醒陈果，不要自顾自地就又关心到包子入侵那边去了。

“咳！”小手冰凉也很适时地咳嗽了一声。

陈果羞愧得想死。

“好了，小手，我们简单直接一些，你就说你对合同有什么重要的要求，然后让我们去考虑吧！”叶修说。

“挑战赛的过程，是检验队伍的成色，同时也是检验队伍成员的成色。你也不敢肯定你找来的这些人最终就真的能满足一支职业队的需求吧？那么在最终顺利通过挑战赛以后，会不会因为某些人的实力和表现并不让人满意，而在进入职业联赛之后将他放弃？”小手冰凉问。

“态度决定一切。只要态度没有问题，实力会有的，表现也终归会有的。”叶修说。

“也就是说还是不能否认有这种可能嘛！”小手冰凉说。

“当然，事事无绝对。”叶修说。

“那么如果在这之后，有其他的战队对我有意，战队是不是可能放任我离开呢？”小手冰凉问。

“原来你关心的其实是这个。呵呵，如果你真有突出的才华，战队就是想拦也拦不住呢！你关注职业圈的话应该知道，通常战队都不会强留不愿意留下的选手，那样可不是什么双赢的局面。真要是发生这样的事情，肯定需要协商出来一个双方都满意的结果，这么说你满意吗？”叶修说。

“那么合同具体会是怎么样的呢？”小手冰凉问。

“作为不靠谱的我们，当然还完全没有准备这方面的合同，不过你可以在网上找一找，可能会有类似情况的战队准备过的合同，可以拿来参考一下。”叶修说。

“你的意思是这合同还得我自己来准备一下？”小手冰凉说。

“也不是不可以。”叶修说。

“我现在想反悔了可以吗？”小手冰凉说。

“你开玩笑吧？”叶修发微笑表情过去。

“好吧，但我坚决要求确认一下你就是叶秋。”小手冰凉说。

“拿君莫笑的账号给你发个消息？”叶修说。

“君莫笑是叶秋也根本没有被落实吧？”小手冰凉说。

“你问你们会长。”叶修说。

“……”

“或者给你老韩啊张新杰什么的电话你打去问问？”

“……”

“哎哟，电话我好像没记着，要不给你他们的 QQ 吧？”

“……”

“或者和苏沐橙视频也可以。”

“……”

“或者找黄少天让你见识一下他真人有多聒噪？”

“……”

“总有可以让你相信的方式吧？任选一款适合你的。”叶修说。

“算了，我已经信了……”小手冰凉说。

“好了。”叶修终于也长出了口气，这个小手冰凉，总算也是确认加入。这样的明白人，要说服说难也难，说不难也不难。难，是因为兜圈子、含糊其辞一类的说辞都对他无效；不难嘛，那是因为只要能把真正的利害剖析清楚，他自己就会做出让人期待的选择。当然，这有一个前提，是这样的选择确实对他有益。如果事实上并不存在这种帮助，那任凭舌灿莲花恐怕也难把这样一个理智的人给说服了。

“以后这样的事还是你去做吧！”陈果觉得自己是老丢人了，非常郁闷。

“事前我也不知道会是这样的一个人哪！”叶修表示无奈。他也只是在小手冰凉的那个副本中担当 MT 的时候，从众牧师的加血中发现了一位节奏掌握很漂亮的牧师。只不过在团队这种数个牧师一窝蜂主加 MT 一人的情况下，这种漂亮的手法总是会被轻易地掩盖掉。

也就是叶修这样的大神，还能在这种情况下察觉到这个特别的存在。叶修在排查清楚这一操作是出自小手冰凉之手后，就开始继续深入观察，顺便也开始留意从团队玩家聊天的过程中获取这个小手冰凉的信息。

小手冰凉在那团队中也只是很普通的一员。他的手法虽然漂亮，但缺点也很明显。由于反应、手速等等许多方面还有不足，所以小手冰凉在站桩治疗时可以做得非常完美，但一旦发生点意外，比如OT之后出现仇恨混乱的场面时，他的反应和手速却无法帮他应对这样的局面。

一个高手，想从团队中脱颖而出，最简单的方式就是在这种危急时刻力挽狂澜，结果小手冰凉的缺陷却让他无法做出这样的表演。而他站桩定点治疗时对时机的把握这些特点，却因为团队中其他牧师共同完成治疗的缘故全被掩盖，所以小手冰凉的不凡之处几乎没人察觉。

在团队里他看起来就是众牧师中的一员，所以叶修有意注意，也了解不到多少小手冰凉的信息。而现在，叶修倒是挺庆幸这是一个理智清醒的人，正是因为小手冰凉是这样的一个人，所以他虽是霸图粉丝，却对于叶秋的身份完全没有什么抵触情绪，他关心的只是成为战队一员的话应该关心的那些重要问题。

这要是换了陈果这样为了偶像一怒退会的性格，这几乎就没法谈。叶修也是顾及到此，这才喊了陈果去稍稍试探一下。对方如果真是像陈果一般强烈抵制死敌的性格，那忽悠来了也是没用，因为总会有真相大白的时候。

只不过这样理智清醒，自然也有不太和谐的地方。那就是小手冰凉已经提出的，当面对其他战队时的抉择问题。他可以无视叶秋和霸图的过节而从容地加入叶秋组建的战队，这就说明感情这种东西不会是他的羁绊。这种人对队伍的忠诚度，只能靠别的方式来树立，否则或者荣誉，或者利益，都有可能让他再一次从容地做出离开战队的选择。

但不管怎样，眼下的阶段，能加入这样一个家伙，确实也算是值得庆幸的一件事。

叶修没有再多说什么，因为该说的都已经说罢，随后只是又询问了小手冰凉的一些详细情况。

小手冰凉年纪不大，是个大学生。这点情报叶修倒是在和团队下副本的时候就打听到了。如果没有这个先决条件，小手冰凉怕已经让他否决了。毕竟普通玩家需要成长，不像魏琛已经有着成熟的底子。这要是年纪过大，难以发展，自然也就再成不了一位高水平的选手了。叶修得悉小手冰凉年纪还轻，这才开始后面的仔细观察。

而现在亲口一问，也证实了这些。

小手冰凉 20 岁，是夏天即将升上三年级的在校大学生，真名安文逸，家和学校都在 B 市。由于异地，双方互留了一下 QQ 还有手机等联系方式。至于他会怎么处理游戏、学业和家庭之间的关系，叶修没有过问，安文逸的理智在这些方面确实让人省心不少。

陈果这边也开着 QQ 加了一下安文逸的好友，而后灵感一来顺便就建了一个群，以“兴欣战队”为名。叶修自然第一个被拉了进去，随后顺手就拉了安文逸，唐柔、魏琛，叶修口中确认的两位也顺便都发了邀请。

而后聊天的话题就不再是合作方面的事宜了，叶修先就最近一段时间对安文逸技术的观察，帮他简单分析了一下自己察觉到的一些问题。至于具体如何提高，叶修却也需要对其更加详细地了解一番。随后叶修退出了无敌最俊朗，登录了君莫笑，组了安文逸的小手冰凉后就找了个五人的小副本钻了进去。

这样一对一地治疗，再由得叶修刻意去制造一些局面来考验安文逸，很快叶修就对这家伙的水平有了更清晰准确的认识。一边刷着怪，一边已经就一些细节开始指点。至于北桥那边未打完的 BOSS 已经彻底被他遗忘。北桥这边的最终结果，是犀利归来的浅花迷人重复了无人可挡的过程，百花谷的玩家重新集结后，居然抢回了主动。而这一次再没有无敌最俊朗这样的人出来搅和，经历了如此波折后，北桥法师还是落到了百花谷手中。

中途无敌最俊朗的强势出击，关键时刻出手的牧师治疗，以及指挥轮回公会完美布阵的水遁猥琐男，在这个最终结局面前，一下子都变得没了意义。

各大公会郁闷地散去，而蒋游此时已经像丢了魂一样。

战队急缺的野图 BOSS 这一周又没有抢到，叶秋在他们公会雷锋一般卧底两周多，目的为何依然无法琢磨。两个问题缠绕着，蒋游注定要迎来一个不眠之夜。

“目前你的情况，大致就是这样了，回头我帮你详细梳理一下，再帮你设计一套提高的练习方法吧！”

副本二人组这边，一个是让蒋游感到万分困扰的罪恶之源，另一个则还是挂名在霸气雄图的成员，此时却连万分之一都没有去体谅一下蒋游悲惨的心情。刷了两个五人副本后，叶修结束了对安文逸的摸底，准备开始帮助这家伙提升了。

“包子这边，是不是也顺便去招呼一下？”看叶修忙完了，陈果建议着。

“好，直接拉他入群吧！”叶修说。他和包子入侵接触较久，各方面的情况掌握得倒是很详尽。

“什么情况，这是哪里？”包子入侵的QQ名也叫包子入侵，头像是一个咧嘴笑的大包子，收到邀请后很快进群，随即就嚷嚷上了。

“咦，兴欣战队，好巧，和我们的公会有两个字是一样的。”包子入侵嘀咕着。

“包子，是我，君莫笑。”叶修说。

“老大！”包子入侵连忙打招呼。

“看到没，咱们公会准备成立一个战队，你要不要也加入？”叶修说。

“那必须的。”包子入侵说。

“然后咱们报名参加下赛季职业联赛的挑战赛，知道这是什么吗？”叶修说。

“不知道。”

“看这里。”叶修发了个链接出去。

“好多字……”包子入侵点击链接进入职业联盟官网的挑战赛页面五秒后发出第一声抱怨。

“参加这个比赛，赢到最后，我们就可以进入职业圈！”叶修说。

“职业圈！”包子入侵发了个大瞪眼的表情。

“你知道？”叶修说。

“当然！”包子入侵看来这段时间《荣耀》没白玩，知识储备也在丰富当中。

“去职业圈搞个冠军回来玩玩怎么样！”叶修说。

“帅呆了！”包子入侵说。

“那就这么愉快地决定了。”叶修说。

“几点比赛？”包子入侵随后问。

“还早，得等到夏天，职业联赛下赛季开始的时候。”叶修说。

“但我已经迫不及待了，我感觉我已经彻底燃烧起来了。”包子入侵说。

“年轻人就是要有这样的斗志！”叶修赞扬。

“说得太好了，真应该让我那小弟也来听听老大你的训话。”包子入侵说。

“你的小弟？”

“昧光啊！老大你已经不记得了吗？不过也是，他这种小人物。”包子入侵说。

“哦，昧光啊！我当然记得。他现在水平怎么样？”叶修说。

“一个字：还是菜！”包子入侵说。

叶修没有指出这其实是三个字，因为包子入侵已经在飞快地继续发出消息：“不过说起来他也算勤奋了，老大你看我们是不是也给他一个机会，让他来我们的战队感受一下这浓浓的斗志？”

“哦，当然可以啊！”叶修说着，昧光的QQ号他也有，而这个昧光，就冲他写出的攻略这点来看，也是相当有才的。只是这家伙的理论水平和实际水平实在脱节得有些厉害，叶修虽然也给他提供了一些练习的方式方法，但是由于起点实在是低，所以叶修对昧光的期待倒是并不急于这一时。如果他有恒心坚持练下去，未来或许可能成为一名出色的选手。但在眼下，靠他的提高来构成战队的成员之一，还是有些水。

昧光很快也被拖进群来，这叶修和陈果都还没说什么呢，包子入侵已经站出来无比严肃地训话了：“小子你给我听着，这次能让你加入这么高端的群，多亏了我向老大求情，你要珍惜机会，把握未来，不要给我丢人知道吗？”

“滚滚滚滚滚滚滚！”昧光在包子入侵之后飞快地跟出了七个字，体现了他在这段时间里手速的进步。只恨这是QQ群里发消息，包子入侵得以一次性就把消息全发了出来。可想而知这里如果是语音，昧光一定已经飞快地打断了包子入侵有七次之多。

“看到这里是什么地方了吗？居然在这里撒野！”包子入侵顿时勃然大怒。

“别吵别吵。”叶修无奈只好出来讲话。

“听到没有，不要吵！”包子入侵很认真地在附和。

叶修和昧光显然都已经对包子入侵很是了解，知道这种地方向包子入侵陈述这个“别吵”其实也是包括他在内是没有啥意义的，于是干脆也就不计较这问题。昧光也看到了群的名称，发了个激动的表情问：“要成立战队吗？”

“是呀，你有没有兴趣？”叶修问。

“我也可以吗？”昧光很忐忑。

“当然不可以，但你可以努力。”

昧光正准备诚恳地说“一定努力”什么的，但跟着才发现这人模人样的一句话出自包子入侵，回复顿时又变成了一个“滚”。

“呃，你最近练得怎么样？”叶修问。

“有点进步。”包子入侵抢答。

昧光：“……”

“多少级了？”

“和我一样。”还是包子入侵。

昧光：“……”

“我们这个战队，会报名下赛季的职业挑战赛呢，也许有机会进军职业圈。”叶修说正经的。对于招揽而来的任何人，这一点显然是必须要说清楚的。

“那必须的。”包子入侵。

昧光：“……”

“怎么样？有没有想过当职业选手？”叶修接着说道。

“做梦都想。”包子入侵。

昧光终于被搅和得有些不确定了：“是在和我说话吧？”

“是啊……”叶修也无奈了，不得不点名，“包子你先别插话啊！”

“好吧！”包子入侵答应了，“昧光，老大问话你自己答啊，怕什么？”

昧光发了一张可刷屏用的头撞墙的表情。

“好了，回到之前吧，职业选手有兴趣吗？”叶修问。

“职业选手，我也可以吗？”昧光有些激动，又有些忐忑。虽然理论知识扎实，但是实战水平低端，昧光终归还是不敢自封为高手。

“有决心的话，没有什么不可以的。”叶修说。

“那让我试试吧！”昧光立即表态。

“那可要加倍努力啊！”叶修说着。昧光之前的水准他早就领教过，而且因为昧光在某些方面确实有特别之处，所以对昧光也有过认真的观察。在操作方面，昧光完全没有像唐柔或包子入侵这样早有基础的手速，基本是从头练起。不过从这小子研究攻略的劲头来看，也是一个肯下苦功钻研的人。这样的钻研精神，是叶修看好他的信心来源。他相信昧光虽然成长所需要的时间可能会比较长，但只要有一个方向，只要不半途而废，肯定也能达到职业水准，至于再之后能取得多大的成就，那就要看机遇和自身了。

“好的好的，我一定努力。”昧光确认了这次的话是出自叶修这边后，连忙积极表态。

“加油加油。”叶修发了个“奋斗”的表情。

“不行了！现在没有比赛可打实在是让我焦躁得不行，我必须回游戏里去释放一下我的能量了，我去了！”包子入侵发了个狂吼的表情后，火速闪回了游戏。

“真是烦死了……”昧光终于得到了一个可以安静吐槽的环境。

“呵呵……”除了呵呵，叶修真的也不知能说什么了。

“还有没有其他什么事？没有的话，我也回去游戏了。”昧光说着。

“呃，是不是留一下联系方式？方便以后有事联系。”一直默默没怎么说话的陈果这时吭声了。

陈果的 QQ 名也是逐烟霞，所以昧光一看立刻知道这是哪位。在第十区的兴欣公会，君莫笑去了“神之领域”后，经常就是一个角色为逐烟霞的小号在张罗事情。虽然不挂名，但实质上是兴欣公会的会长，拥有和会长几乎一样的权限，这一点身在公会的昧光是很清楚的。

“应该的。”昧光一边说着，一边报上联系电话，一边又问，“证件什么的是不是也需要啊？到时候报名什么的。”

职业挑战赛是官方主办的正规活动，那肯定是要实名制的。昧光此时像是惟恐报名时会把他忘掉似的，已经迫不及待地想来个木已成舟。

“报名还早呢，得到这赛季结束，不过你现在给来也行。”叶修说着。

昧光立刻麻利地报了身份证号之类的资料。

昧光，真名罗辑，现年 18 岁，是 T 市某名牌大学数学系的二年级生。

“名牌大学！了不起呀，18 岁就大二了？”陈果八卦之魂燃起来了。

“哪里哪里。”昧光连忙谦虚。

“数学系……学得好吗？”叶修问。

“喂喂，人家可是名牌大学的！你明不明白。”陈果说道。她是高中后就辍学开始打理网吧的，身边这位更牛掰，从了解到的履历来推断应该是初中毕业的年纪就为玩游戏离家出走了。陈果觉得以他们两个的情况，十分有必要对这样的名牌大学生表示一下钦佩。

“好好学，很有用。”叶修说。

“你懂什么呀？”陈果鄙视。

“对于游戏而言，数学是非常非常非常重要的一门学科。学好一点，肯定有帮助。”叶修说。

陈果无语了，敢情这老兄还是从游戏角度出发才在这儿建议人家好好学习吗？如果不是一个对游戏而言非常非常非常重要的学科，这货不会鼓动人家干脆放弃学业专攻游戏吧……

“嗯，我知道。”昧光说着。本身就是数学专业的学生，显然更加了解这学科有多大的用途。

“我这边还有些资料呢，你可以试着研究一下。”叶修说。

“哦？”

叶修随即小窗昧光，给他传过去了一些资料。

“这些是普通游戏区的，等你来了‘神之领域’，还有一些这边的。”叶修说着。他给昧光的，正是魏琛对技能书的研究成果。此时叶修进一步认识到昧光的身份，觉着这些东西交给昧光没准能有更多更新的发现。要知道魏琛那货不过混混出身，退役这么多年，估计也没可能自学成才。他的研究，大多是凭经验、直觉、实验，然后推导出来一个结论。像昧光这种有知识的家伙，才真的能解构出这当中所存在的各种因素和相互关联。

就算他还只是个大学二年级的学生，但叶修深信魏琛同志的学历应该停留在初中三年级。社会阅历或许能增长他的见闻，丰富他的见识，但数学这么高精尖的技术，显然不是可以用这种方式获取的。

“啊，这个……”昧光游戏这么久，哪里还会不知道技能书的价值，此时收到材料，翻开看了几页后，立刻大为震惊。

“机密材料哦！”叶修说。

“当然！”昧光回道。

“有时间的话看看吧！”叶修说。

“嗯嗯……”昧光答应着，似乎已经很有些迫不及待了。

陈果对此却有些迟疑。昧光毕竟只是结交于网络的一个朋友，目前双方说是要一起组战队，但说到底也就是个口头协议，没有什么真正的约束力，而现在叶修已经把这么重要的东西交给了对方……

照陈果的想法而言，这有些太冒失了，但看叶修对对方如此信任，她却也不好意思去说什么。毕竟，东西都已经给人了，现在说什么也没用，还不如跟着叶修一起信任这个名牌大学的一流人才。

“那个包子的情况你都知道吗？”陈果这边把小手冰凉、昧光等人的资料都整理到了一起，包子入侵这边之前却没来得及说这些。

“除了名字，其他大概都知道吧！”叶修说。像包子入侵这样的熟人，平时一起游戏聊天的过程中就已经有过一点一滴的了解。像昧光也是，年纪很轻，这点叶修早就知道。

包子入侵这边电话倒是早留过，至于他是干什么的……某次无意闲聊中透露出来据说是网吧里看场子的。这么说来的话，貌似和魏琛有相当的渊源，都是混混一类的嘛！不知道这两人凑一起会不会很有感觉。

“包子的真名没有说过吗？”陈果整理大家的资料，包子入侵的姓名却还是空的。

“这个没说过，回头问下就好了。”叶修说。

“嗯。那现在的话，你、小唐、老魏，再加上小手冰凉、包子和昧光，已经六个人了！”陈果激动。

六个人，这是一支战队的最低要求，也是正常比赛所需要的人数。不过联盟的规则在这方面并没有定死。人数不达标，也不会直接被取消资格，人少也可以打，只是人少势必会吃亏。

比如五人的话，那么或者单人赛里放弃一场，或者组队赛里以二敌三，以上二选一。

再之后的团队赛里，也就是五人出阵，没有替换，等于比对方少一人的形势。

会留下这样的规则，也是职业圈早期艰苦的缘故。那时候太多的战队人员没有如今这样的规模，只是打底的六人，一旦有人有点特殊情况，立刻尴尬。直接就判失去资格的话，那会有太多的比赛被取消，所以才会留下这种人数不够自己负责的规则。

但是，打比赛时人不够可以凑合，在报名阶段，没有六人以上的话是无论如何也不能通过的。现在兴欣战队六人倒是已经凑齐，而且没有哪个是随便拉出来凑人头的，这一步算是踏出得比较不错。

15
CHAPTER

队员集合

看到陈果如此兴奋，叶修也就没有去泼凉水。事实上这六个人当中，只有他和魏琛已经比较成熟，出来就可以站上场应对一切。唐柔和包子入侵两个虽然有天赋，而且进步神速，但两人之中，唐柔不只是《荣耀》新人，而且干脆是个游戏新人，这样的新丁，难免会有一些不稳定的因素。至于包子入侵，《荣耀》虽然是个新丁，但对游戏却显然还是挺熟练，只不过这家伙除了《荣耀》新人还有自身白目的问题，这不稳定的因素就比唐柔还要严重了。

此外的小手冰凉和昧光两个，都是缺点和优点一样明显的人。而这样的短板严重限制着他们的实力，可以说不克服这短板，两人都完全没有站在职业赛场上的资格。

好在现在距离下赛季挑战赛开始还有一段时间，而且挑战赛上鱼龙混杂，有强劲的对手，但更多的还是叶修一个人就能摆平全队的参与型玩家。等把这些来凑热闹的队伍全部淘汰出去后，总也需要一段时间，这些时间里小手冰凉和昧光还可以继续成长。对于这两人，叶修只盼着在最需要的时刻能真正站出来，并不指望一开始他们就在队伍里发光发热。

所以总的来说，队伍还是缺技术比较成熟的选手。想想张佳乐，叶修真是觉得十分惋惜。张佳乐的话，那当然完全不只是“技术比较成熟”这样的范畴了，如果真有张佳乐加入，叶修估摸着凭他、张佳乐、魏琛，再带上唐柔和包子入侵就已经够在挑战赛里横扫千军了。只是很遗憾，在挑战赛里横扫千军？这样的力度对于张佳乐而言一点说服力都没有。在挑战赛里横扫千军又能怎样？顶多就是顺利抢到名额加入职业联赛。而张佳乐追求的是什么？是冠军！叶修所能提供的，和张佳乐想要的，实在相差太远太远了。

叶修只是自己思考，没去泼陈果的凉水，结果这次倒是陈果自己清醒了。

将这几人的情况认真整理起来后，自己在那反思：“有这六个人，人数是够了，但想这样赢得挑战赛，是不是还是不大可能？”

见陈果自己都想到了，叶修也就点了点头：“是啊！就那个昧光的水平，还不如你上呢！”

“那怎么办？你还认不认识像老魏这样的退役高手啊？”陈果说。

“认识的当然有，但是，先不说这些人现在还碰不碰《荣耀》，也不谈他们还有没有这样的意愿。靠这些家伙组起一支队伍的话，应付挑战赛的绝大部分对手也应该没有问题，但是这并不只是我们的目的。我们要回到联赛，还要冲击冠军，队伍都是些老人的话，那没有进步的空间，无法进一步提升实力……”叶修感慨。

“那怎么办？你继续换个号去公会里找人？”陈果说。

叶修却还是摇了摇头：“这样找出来的人，也无非就是像小手冰凉或者昧光，有潜质，但同样会有庞大的缺点作掩盖。真要是各方面都突出的人，早被所属公会给发掘进去了。我们现在的情况，可不是要当训练营或什么成长基地，小手冰凉或昧光这样的，有两个就差不多了，再需要的就是来了就能上场的，再或者像小唐或包子入侵这样，在某一方面已经有十分成熟的基础，进步起来神速的。这样的人啊，在‘神之领域’找同样没意义，肯定早被挖掘了，还不如就在第十区里多多留意。新加入《荣耀》的新人里，像小唐或包子入侵这样的人肯定还有，而且新区的情况，他们可能没那么快就被各大公会注意到。”

“他们没有注意到，并不代表他们没有注意吧？”陈果说。

“没错。”叶修叹了口气，“相比之下，我们也没啥优势，这都是可遇不可求的事。能捡个包子出来，已经算咱们运气相当不错了。”

“哎呀，要不要赶紧先和包子谈妥一个合同什么的？别突然被其他公会发现给挖走了！”陈果忽然叫道。

“这个……我感觉不大会。”叶修说。

“为什么？”

“因为包子的性格，再因为……某种程度上来说，包子也是有极大的短板作掩护的……”叶修说。

“还是小心些好吧！”陈果相当上心。

“那也好。”叶修想了想，也觉得既然走到这一步了，还是得仔细些。就像唐柔，当初就曾被王杰希给招揽过，这要不是唐柔的情况比较特殊，身边一个大好的苗子可能就已经被人挖走了。

冠军队啊！比起人家的身份，这一个刚成立、此时还在为挑战赛能不能过而积极筹划的队伍实在是毫无竞争力。陈果动作也是飞快，这边主意定了，立即登录第十区的逐烟霞，飞快呼叫包子入侵。

“干吗？”包子入侵回复倒也快。

“包子你跑得也太快了！刚才话还没说完呢！”陈果说。

“哦哦，老大还有什么吩咐？”包子入侵问。

“这是要组建战队正式比赛了，需要你的一些真实资料，最好还和战队一起签个合同什么的。”陈果说着。

“哦哦哦，那要不要我人也过来？”包子入侵问。

“那最好呀！”陈果喜道。

“你们在哪里啊？”包子入侵问。

“我们都在 H 市这边，你什么时候能到打声招呼，去接你好了。”

“哦，那我买票去。”包子入侵说完已经果断没影了。

陈果一个人被晾那儿，发了两分钟的呆后，转过头来对叶修说：“我太欣赏包子了。”

“怎么？”叶修可不像陈果一样总是凑个脑袋过去旁观。

“包子买票去了，准备直接过来咱们这。”陈果说。

包子入侵的力度，连唐柔也禁不住抬头露出诧异的表情：“这包子……真是……”

“这太果断了，他来了你怎么安排，难道睡客厅沙发？”叶修问。

“嗯，这是个问题。不止是包子，以后队伍正规成型，大家都会在一起，住宿问题肯定需要解决，这个就交给我吧！”陈果点着头。战队照职业圈的队伍人数，一般都是 10 人至 12 人，显然不可能全塞到她这网吧里隔出的套间里来。陈果大概受了包子入侵的感染，也雷厉风行起来，说完立即刷租房网站，开始寻找兴欣网吧周围的房源。

就这一带，陈果生活了快 30 个年头没挪过窝，就连对门的嘉世俱乐部，说起来那都是陈果看着长大的。对这一带陈果别提有多熟悉了，周围有哪些生活小区，哪里生活方便，哪里距离网吧更近，闭着眼都能数出来。这租房信息过滤起来自然快速无比，很快就电话一个接一个地打起来了。

一边打，一边记，很快记事本上的信息就写满了一页。陈果看看可能觉得暂时够了，回头望向叶修和唐柔："看房去，谁去？"

"当然应该你去呀！"叶修说。

"废话，我是说除我以外还有谁想去？"陈果喊。

"我陪你去好了。"唐柔笑着站起来了。

"小唐你不用搬，咱俩就住这边。"陈果说。

"嗯，我就是陪你一起转转。"唐柔说。

"那位呢？你要不要去看看挑挑呀？"陈果说着。叶修现在还窝在那小储物间里，说起来也真是不好意思。这回总算是要去找房住了，陈果想把之前那些不好意思都弥补回来。"我随便了，你看着办吧！"叶修手一摆，显然完全不准备花时间给自己挑选一个舒适的居住环境。

陈果无奈，只好和唐柔一起出发，出门前更是已经开始说明大家一起游戏条件的问题，和唐柔说着把二层如何如何大面积地圈出来一块。

住房挑选得很快。户型什么的，陈果自然在网上就已经选好才和人家联系的，价钱方面，陈果对这一带熟悉，知根知底，上下差个千八百块钱也不太在乎，谈起来自然痛快。很快就在周围一个叫上林苑的小区里选好了一套六居室的排屋。顶有露台，下有花园，二层六间独立的居室，陈果是想着12人、两人一间的标准。一层两个大厅连成一片，陈果觉得直接摆一圈电脑的话，网吧那边就省了，这边直接就吃住游戏完全一体得了。

满意！陈果非常满意，甚至和唐柔商量干脆她俩也搬出网吧过来这边一起生活算了。付了订金，两人像得胜的将军一样返回。叶修自然还是趴在电脑前游戏，陈果报上喜讯，叶修也是目瞪口呆。

"奢侈，这太奢侈了！"叶修感慨万千，不由自主地想到了当年他刚离家出走那会儿。有口饭吃、有张床睡就不错了，什么样的房子没挤过呀？像如今储物间这样的，叶修都会觉得幸福。小归小，但起码是独立空间不是？而如今呢？直接是要住进别墅房里打游戏，真是时过境迁，今非昔比了。

兴欣网吧周边一带，陈果生活了快30年，熟得厉害，但叶修其实也差不多混了有七个年头，也不至于太陌生。虽然七年里基本上是深居简出，但这个上林苑小区叶修却还是知道的。就周边而论，上林苑算得上是中高档次的小区，嘉世俱乐部就有不少人住这小区。

"那边约好了4月交房，你看你是不是也去看看，挑个房间，怎么收拾布置一下？"陈果把唏嘘的叶修拉回现实。

“哦，我啊，随便了，到时再说吧！”叶修说着。

陈果完全无奈了。衣食住行，这放在任何人眼里都该是生活最基本最紧要的问题吧？但搁叶修这儿这些玩意却全成了无关紧要的琐事。陈果估计当他发现烟抽没了的时候，都会比发现没有地方住了要来得紧张。

“包子什么时候来？”陈果又问。

“不是买票去了吗？”叶修说。

“一直没消息吗？”陈果和唐柔选房看房已经把这一天过掉了。

“没有呀！”叶修说。

“难道买上票直接上车了？”陈果说。

“嗯，包子的话，有可能。”叶修说。

“这都什么人啊……”陈果无语望天，忽然发现自己的担子好重好重。

“是不是可以叫老魏也过来？”叶修向老板请示。

“叫吧叫吧，能叫的都叫来，房子都订了，不住浪费。”陈果此时想起下午唐柔还提醒她来着：房子租那么大，很有可能造成浪费，因为目前来说，是不是能继续找到人加入还是未知数。此外包子入侵是潇洒地扔下游戏就买票去了，但像小手冰凉和昧光这两位大学生，怕是没有这么洒脱，平时估计还是得留在学校里。

只可惜那套房陈果看着实在是满意，进去后几乎挪不动步了，一个冲动就当场拍板，爽快得让房产中介都差点笑出声来。虽然说从唐柔考虑的理智角度来说，造成浪费的几率真的极大，但想想自己总算为战队做出了些实打实的事了，心里还是开心多一些。

叶修这边，得到陈果首肯后就已经开始联系魏琛了。

“哦？这样啊，我自己倒是没什么不方便的，就是还有一帮平时玩得挺好的兄弟。”魏琛略有些犹豫，但显然这对于他来说更多的只是一些遗憾。他很清楚要一起组战队，大家终归是要聚在一起的，再舍不得朋友们，也总不能要求所有的朋友一起为了他自己要闯荡的职业圈而奔波。

“行吧，我这边安排一下，尽快过来。”魏琛也是个痛快决断的人，很快就给了准确的答复。

“行，等你。”叶修没再多说什么。

而后几天，叶修再没上无敌最俊朗的骑士账号，拿了君莫笑继续练级。无敌最俊朗不见了，蒋游知道，他身边的一些霸气雄图的核心人员也基本知道，但其他那些普通玩家却没有一个知道这当中原委的。各大分会的团队玩家还眼巴巴地盼着这超级MT来帮他们攻克过不了的难关，结果突然之间这人就像蒸发了一样，让好多玩家都遗憾不已。

不过毕竟是网游，有些人突然就不见了，也不算是太蹊跷的事。无敌最俊朗也无非就是因为非比寻常的水准有着更多的关注度，这才引起了一些大范围的遗憾罢了。结果几天没见这人，大家慢慢地也就不再记挂着了。

叶修这边用君莫笑练级，也是一帆风顺。副本练级除了经验更丰厚以外，更大的优点是再不用提心吊胆地提防着其他大公会的骚扰。虽然距离君莫笑进入"神之领域"已经很有一段时间了，但叶修哪知道现在各大公会对他是个什么政策，总之该防还是得防，这副本倒成了天然的屏障，只要进得去，那就不怕任何外来玩家的干扰。

这"神之领域"的副本又是多如牛毛，副本多如牛毛，那副本入口更是多如牛毛的牛毛，像在普通区那样死守副本入口来抓人根本就是不可能的事情。叶修果断地刷了几天副本，君莫笑经验蹿得噌噌的。

他这样一练起来，那比普通区又要快一些了。"神之领域"的奖励比普通区丰厚啊，同时也包括经验奖励。

不过毕竟之前50级至55级那段日子太过于坎坷，叶修就算疯练几天也不至于赶上之前和普通区同级的这些人。第十区这边，一线等级玩家都已经达到67级，朝着满级的70级开始最后的冲刺了。而像唐柔的寒烟柔这种开始也算一线群体里的角色，经过这一段时间却慢慢被甩开了，毕竟她不像公会的那些角色24小时连轴转。用时间赢来的优势，唐柔靠她强大的操作也无法弥补回来。

不过这些都无所谓了，在叶修的君莫笑冲进"神之领域"后，他们需要努力的战场可以说已经转移了。普通区这边，虽然也有不少资源值得竞争，但是在进入"神之领域"之后，普通区的很多东西都会变得廉价，并不值得把主要精力投放在普通区，更何况叶修他们的势力还没怎么成型，在精力有限的情况下，更应该选择"神之领域"为重点。哪怕在这边赢得了什么，再去交易普通区的东西也是划算的。

至于要竞争什么，目前来说当然是先完善叶修这边的千机伞和魏琛那边的死亡之手两把银武，这算是有的放矢，起码两人都清楚需要的是什么。

至于其他机会，顺手能捞当然也要狠捞。毕竟只靠两件银武就想打天下是不现实的，身上的其他装备也有待完善，队伍里其他角色也需要合适的装备来武装。无论什么材料，总不嫌多，就算没用，也可以当成交换的本钱。

叶修这几天只是练级，没怎么出击。倒是魏琛那边，一边安排着要过来的事，一边继续在轮回混得如鱼得水。

他上位的过程其实和叶修的无敌最俊朗大同小异，只是没有无敌最俊朗这么戏剧性，三两下就完成了提升。他是在无敌最俊朗混在霸气雄图里风光无限的两个多星期里，慢慢从轮回公会里一个新加入的成员，成为了一个可以跟着本部大部队的精英。毕竟，水平摆在那里，大公会不会忽视这样的一个人才。只不过现在精英是精英，说是核心，那还是差得远了。

就好像叶修的无敌最俊朗在霸气雄图的处境。别说蒋游看穿了他的身份，就算没看穿，这刚加入没几天的主，也只能先当当出卖实力的苦力。成为公会的核心，实力并不是关键，关键是信任度。

当卧底，难度也是在这儿。真要是有实力就能上位这么简单的话，那随便派高手去就立刻成了金牌卧底了。说起来像叶修的无敌最俊朗这样被当苦力的经历并不是唯一，有不少潜伏进去的卧底玩家，早被人看穿了，但公会故意装作不知，把你当个苦力在那儿狠狠用。卧底老兄不知情，为博取信任那叫一个卖力，实力又强，人家用得放心无比。等到了关键的时刻，再来一手反间计什么的，没有比这更悲剧的卧底了。

魏琛摸爬滚打《荣耀》这么多年，可以说已经没有他不知道的门道了。他这次混进轮回，也是老老实实地体现出不错的实力，但是，却又不敢太过于显山露水。体现出有如无敌最俊朗那样过分的实力，那以现在“神之领域”的环境背景，无疑就是给自己打上了一个标签：叶秋。所以魏琛当卧底的过程中也曾数落过叶修的不是。他这通搅和，弄得大家工作难度都很大。

不过以魏琛的能耐，随便表现出来几分实力，已经足够在玩家堆里鹤立鸡群了。有实力，会引起怀疑，但毕竟也会引起关注，这本身就是一把双刃剑。说不靠实力，那上位速度实在太慢，别的公会之间可以等，但叶修他们可没这个时间，所以魏琛还是甩起了这把双刃剑。

北桥法师一战，魏琛已经出现在了轮回阵中。他肯定还不是轮回的核心，但能走到这一步，对于叶修他们而言却是已经足够。或许此时轮回也在怀疑魏琛，先是把他当作有用的打手来利用，但对于叶修他们而言，能混到这一步，足矣。

因为从势力上来说，他们和各大俱乐部公会实在不在一个重量级上。各大俱乐部公会之间需要的可能是更重头的情报，而对于叶修他们来说，能成为一个苦力，就能参与各大 BOSS 战，也就等于可以知道各大 BOSS 刷新的情况。要不是这样，以叶修他们现在的人手，哪可能守到这每周随机乱刷的野图 BOSS?

"我明天过来，给我个地址。"4 月 1 号，上午 8 点，魏琛突然在 QQ 上给叶修来了这么一条消息。

当天下午 3 点，包子入侵的包子头像也突然弹了出来："老大！我买到票了，现在在火车上，马上就要到了哦！"

"包子，你买票用了这么多天？"叶修问。

魏琛和包子入侵这前后脚地来了消息，加上又是 4 月 1 号这么一个别致的日子，顿时让叶修疑心大起。不过回头又看了一下，魏琛是问地址准备自己过来，怎么看也不像是愚人节的圈套。难不成这家伙以为这里会给他举办个欢迎仪式，然后他却不来放大家鸽子？虽然魏琛很没下限，但这么没脑子真不至于。

再看包子入侵这边，疑虑就多多了。这家伙前些天当机立断就去买票了，到了今天突然再来消息说在火车上，中间隔了这么几天，实在有些不符合人之常情。可是又转念想一下，这是包子入侵，本来就从不符合人之常情，用人之常情去推断才是非常错误的，于是叶修才有此一问，问包子入侵这几天没消息是忙啥呢！

"唉！真没办法。"包子入侵的消息回得不算快。从 QQ 显示上来看包子入侵用的是手机登录，手机按键限制了他手速的发挥。

"票其实我当天就买上了，结果我一帮朋友听说我要去当职业选手了，就说要给我饯行。然后今天饯、明天饯，后天还要饯，一连饯了好几天，饯来饯去的，我的票也一改再改，最后就改到现在了。"包子入侵说道。

"那真是辛苦你了……"叶修说着。

"还好还好，不过我现在马上就要到了，老大我去哪里呀！"

叶修一看，也是一个主动问怎么走的，这就不像是愚人圈套了，于是和魏琛一样的待遇，直接报上了地址。

"能找到吗？"叶修发完地址问包子入侵。

"放心吧！"包子入侵自信满满。

“找不到打这个电话。”叶修把陈果的手机号又丢给了包子入侵。

“我觉得我用到这电话的可能性绝对是零。”包子入侵说道。

“希望吧！”叶修说着。给两人先后留了地址后，叶修去找了陈果，告诉她这两个消息。结果陈果却是一脸戒备的表情，上下打量了叶修足足数秒钟，然后问了一句：“真的假的？”

叶修无奈，这个特别的日子，总是需要这样的谨慎。叶修只好拿出最严肃的表情说：“是真的，再说你想想，就算要过愚人节，拿这个当愚人手段，会不会太无趣了些？”

陈果一听非但没有释然，反倒是更加戒备的表情，很有些紧张地问道：“那你准备怎样？”

“多大了？还愚人节？”叶修留下了个不屑的表情，自顾自地点了根烟就走了。

说起来这愚人节的一般玩笑陈果倒也不惧，一早上唐柔还有其他来上班的网管都和她开过点小玩笑。一般人自然不会太没有分寸。不过眼下这位大神在网游里折腾起来那血雨腥风的模样，陈果倒真有些怕他搞出个没下限的愚人节玩笑。此时看到叶修就这么不屑一顾地鄙视了她一下后走了，陈果非但没生气，相反倒是觉得挺踏实。

随后一天都是按部就班地过，愚人节而已嘛，也不是什么大日子，《荣耀》网游也没有给这个节日准备什么特殊的活动。倒是职业圈这边，今天正赶上有比赛，而且到了4月初，已经是职业圈的冲刺阶段了。

职业联赛通常是单周单赛，遇到一些节日或者特殊情况时自有调整安排。通常一赛季是从当年的8月中旬开始，到次年的5月上旬结束。而后5月的中下旬就是整个赛季最高潮的季后赛部分，由联赛排名前8的队伍进行淘汰赛，拼夺唯一的一个总冠军。

所以从每年的4月开始，就已经是常规赛的最后几场收尾赛。一些成绩极其突出，或者极其糟糕的队伍，甚至都有可能在这个时候落下定局。

比如这第八赛季，4月1号正赶上周六，是一个比赛日，当月一共有五个周六，五场比赛，进了5月还有两场。七场比赛，是第八赛季常规赛的全部了。进了4月还有七场，这比以往赛季还要略多了点，通常进了4月都已只剩五六场比赛了。

赛季走到这阶段，一些情况已成定局。比如蓝雨、轮回、微草、霸图，这四支战队的积分领袖群雄，已经稳进季后赛，余后七场，就是拼出个名次。从目前走势来看，轮回公会在全明星赛后持续发力，已经超越微草冲杀到了第二，余下七轮比赛，看来他们是很有劲头要和蓝雨一争这个常规赛第一的名头了。只不过比较遗憾的是余下七轮比赛中已经没有了轮回和蓝雨的直接较量，少了一大看点。

说实话这种早早确定优势的情况，对队伍而言省心省力，但对联盟来说却并不太受欢迎。《荣耀》圈中比较流行的说法，把这种情况命名为“杀死比赛”。

因为余下的七轮，这四家战队已经确保了季后赛的席位，所以多少有些失去悬念，造成他们比赛看点的下降。而这四家又无一不是联盟中最吸引眼球的人气强队，他们的比赛失去悬念，很大程度上也会影响整个联盟的票房，并导致转播收视率下降。

这不，到了这阶段，连媒体报道的重点都已经不好再在这几支人气强队上转圈了，改为报道争夺余下四席的其他战队。

烟雨、虚空、呼啸、三零一、雷霆、百花、皇风。

这七支战队是目前媒体报道的焦点，也是目前冲击季后赛最后四席并不只停留在理论可能的七支队伍。

目前来看，烟雨和虚空这两支战队的位置已经比较稳固，充分掌握着主动。呼啸、三零一两队压力巨大，后面三队想要上位，势必都会踩着他们的尸体。雷霆战队虽然目前位处第九，暂没杀进季后赛席位，但余下七轮的赛程却是七队中最为容易的，目前看好他们进入季后赛的人极多。

百花战队在张佳乐退役之前，别说季后赛了，总决赛他们都是常客。只可惜这赛季部署被打乱，成绩一直不稳定，在季后赛席位的门口来回地徘徊着，此时眼看着很有可能要掉队，可是让粉丝们焦急万分。

皇风战队则是七队中形势最不利的，不但名次最后，而且赛程坎坷。只不过，在四支强队已经确定了季后赛名次的情况下，所谓坎坷的赛程，却极有可能有些变数。坎坷，是因为会遇强队，但强队现在席位确定，比赛态度上就有可能比较松懈，有可能最终反倒成全了皇风。

七支战队形势上的各种利弊被各种专家媒体粉丝玩家分析着，但是在今天这个略有些特别的日子，冲上报道头条的却不是他们。

愚人节《荣耀》头条：嘉世出局！这是不是愚人节的玩笑？

没错，持续糟糕状态得不到改良的嘉世，在上轮联赛过后，重新回到了出局区的边缘。位处倒数第三的他们，积分只比倒数第二的明青战队高 1 分。

1 分！嘉世战队很有可能在今天的这一轮比赛之后，再度跳进出局区的深渊。而且以他们目前的士气状况，再跳下去还能不能回来真的很成问题。

媒体和粉丝对嘉世的批评已经持续了一个月，嘉世战队方面也一次又一次地表态，但是一切都没有用，嘉世战队的成绩依然火箭般地坠落着。单人赛、组队擂台赛，偶尔还有闪光，但在团队赛上，整整一个 3 月，嘉世一次胜利都没有赢得过。

恶心的眼下让粉丝们无限怀念华丽的过去，于是已退役的老队长叶秋被人们一再提起。如果叶秋还在会如何如何这种伪命题总是在这种时候特别地让人津津乐道。很多人都会很愉快地忘记，当叶秋带队表现不佳时，津津有味地谈论着如果没有叶秋会怎样怎样的人也是他们。

上了头条的嘉世战队，其比赛当然也成了本轮的焦点，于是在兴欣网吧，本着平常心转播比赛的陈果，像之前某次一样在嘉世是焦点时同样没有去有意避开，这一晚，网吧里安排了嘉世的比赛。经历了这么一段时间，兴欣网吧已经消化了不固定转播嘉世比赛的影响，渐渐周末转播又恢复了热闹。

H 市是以嘉世粉丝为多，但这绝不是全部，哪怕就在嘉世俱乐部的周边一带，也不可能真成了嘉世纯粹的天下。

那些有别的支持队的，或是比较中立，只是想看精彩比赛、想看大牌战队的，兴欣网吧现在的转播很合他们的胃口，让他们很乐于在周末来消费一下。只不过，没有了共同的支持和期待，一起围观比赛的气氛终究还是比不上以前那样热血。然而即便是这样，对于一些没见过这种网吧的家伙来说，却依然是相当不可思议的存在。

“怎么回事？这是有人要砸场子吗？”

一个一头长发挡了一半面容，从露出的另一半来看很有些卖相的青年，此时站到了兴欣网吧的门口，手握着手机，将兴欣网吧的招牌很是认真地对照了一番后，迈步进门。结果黑压压的一片人群，立即让他发出了如此的感慨。

但显然，对于砸场子什么的他没有产生丝毫畏惧，很从容地来到了收银台前，酷酷地一甩长发，张了口正要说话，突然停下又去翻手机，一边朝收银小妹招呼了一声：“等一下啊，我忘词了。”

16
CHAPTER

不可思议的事

收银小妹愣神的工夫，长发青年已经飞快地扫了一眼手机，嘴里一边“哦哦哦”着，一边重新抬起头，很是自信地笑道：“陈果在吗？”

“包子！”这时就在收银台边，有人已经叫了一声。叶修和陈果两人就在一边站着呢！网吧转播比赛火暴的时候，两人都不会跑去前边和客人争什么好位子，通常就缩在收银台这边远远地观看一下。

“嗯？”这人应着声，转过头来，就看到身边的一男一女，正对着他微笑。

“君莫笑，逐烟霞。”叶修拿游戏里的ID把他和陈果各自介绍了一下。

“哦哦，我是包子入侵，我来了！”包子入侵说着。

“我看到你来了。”叶修笑。

“这是要怎么了，有人捣乱吗？我来帮忙啊！”包子入侵也是一个一点不认生的主，飞快融入了兴欣网吧一员的角色，已经开始挽袖子了。

“没有没有，这是转播比赛呢！”陈果连忙说道，生怕包子入侵热血太快立即开始群嘲拉仇恨。

“比赛？这个时间很少有比赛啊！意甲还是西甲？”包子入侵很是纳闷地问着。

“是《荣耀》联赛。”陈果说。

“《荣耀》联赛……哦哦！”包子入侵很是恍然的表情，而后一本正经地严肃着，“没有错，我们就要去打职业联赛了，非常有必要多多看看职业联赛的比赛，这样才能正确了解我们的对手，今天我们要观察的对手是谁？”

这话刚落，转播上刚好响起主持人的呐喊声，本轮联赛的重头戏，嘉世战队VS虚空战队的比赛即将开始。

“哦哦，嘉世、虚空，是这两支队伍，要好好地观察。”包子入侵认真地说着。

“那就先看比赛吧……”叶修说着。

“必须的！”包子入侵扭头，保持着站在收银台前的造型，眼睛眨也不眨地开始认真看起比赛了。

“我十分确信这个人就是包子入侵。”陈果小声对叶修说。

“反正不会是老魏。”叶修说。

“为什么？”陈果问。

叶修扭头看了她一眼：“我认识老魏。”

“好吧……”陈果不得不承认自己问了一个白痴的问题。

比赛迅速开始。由于是嘉世比赛，今天网吧挤来了许多嘉世粉丝，这一开打就立刻高声呐喊起来，声音中不乏焦虑，现在嘉世粉丝们对于战队目前的处境都相当地担忧。

“哎哟！嘉世这边的声音很大嘛！虚空战队的粉丝可不应该输给他们呀！”包子入侵看着比赛，却点评起了网吧里的粉丝观众，结果却没有发生他所导演的虚空粉丝立刻出声和嘉世较劲的情景。嘉世粉丝的呐喊淹没了一切。

“虚空太没气势了，我看今晚要输！”由此，包子入侵做出了伟大的推断。

“好好看比赛吧包子……”叶修说着。

“收到！”包子入侵朝叶修敬了个礼，继续关注比赛。

随着比赛的进行，嘉世粉丝的呼喊声中愤怒焦急的成分越来越多。一、二、三，个人赛嘉世出战的三人干脆利落地连输了三阵，让兴欣网吧里的嘉世粉丝们瞬间就狂躁起来。连包子入侵看着结果也都在那目瞪口呆地嘀咕着：“不可能啊！怎么会这样！”看起来他对他先前那个推断相当自信。

骂声中第二回合的组队擂台赛开始，比赛打得一波三折，众人提心吊胆。但总算，嘉世把擂台赛拿下，抢到了两分，嘉世粉丝们稍稍松了一口气后，就开始更加紧张地关注最重要的团队赛。

“你觉得今晚会怎么样？”陈果喜欢听叶修对每次比赛的预测，虽然不可能回回都猜中结局，但头头是道的分析，还是非常长知识的。陈果自觉自己的《荣耀》水平从技术上来讲没有太大的进步，但就听叶修时不时地说道说道这些，理论水平大为提高，现在自己看比赛也渐渐能看出一些门道，有时可以鄙视一下解说和顾问说的不够到位的点评了。

“这还用说。”叶修摇了摇头，脸色不大好看。

“嘉世会输？”陈果看叶修的脸色，比较艰难地忍住了窃喜。她现在时常盼着嘉世倒霉一些。不过看叶修这样的情绪，她总不好意思太过分，她还是很体谅叶修对战队的感情的。于是这种时候，为忍住笑，陈果就会多想想苏沐橙，想想苏沐橙在这队里也会跟着倒霉。这样一来她就不会对嘉世的倒霉笑出声来了，屡试不爽。

“嘉世现在真是一塌糊涂了。”叶修说。

“外界都在分析原因，不过我看主要还是那一次。”陈果说着。她所说的那一次，当然是指那次在网游中嘉世主力尽出，结果被叶修带着一群网游玩家打了一个完胜。自那以后，嘉世战队的状态就一日不如一日。

“也不单是那样，现在的嘉世破绽实在太多，根本没有人用心去想办法解决这些。”叶修说。

“那还真是遗憾啊！沐沐继续待在嘉世里可就荒废了，有没有办法可以让她提前走人呀？”陈果开始打这主意了，真要是苏沐橙也不在了，她就可以放心大胆地诅咒嘉世去死了。结果叶修没有回答这个问题：“照这个样子下去，嘉世这赛季恐怕真是要出局了。”

“不会吧？那沐沐不是惨了？”

“还有一点，如果嘉世出局，那么他们就将是我们在挑战赛上可能会遇到的对手。有嘉世参加的挑战赛，史上难度最高的一次啊！”叶修说。

“啊……”陈果之前根本就没想到这一点，此时被叶修这么一说，顿时也是恍然。别看嘉世现在在联赛里是烂到家了，但无论是角色斗神一叶之秋，还是新人王孙翔，那实力都绝对是没有半点水分的。要不是有着这样雄厚的基础，嘉世出局也不至于被当做愚人节的玩笑来报道。很显然，对于这样实力的队伍出局，无论媒体还是粉丝都会觉得十分不可思议。

但是，这世上本就没有任何绝对的事。不可思议的事情，此时正在一步一步地发生在眼前。

团队赛随后开打，双方这一对阵，就连陈果看着都直摇头。嘉世倒是在试图打配合，但这配合也太机械古板了吧？丝毫没有根据对方的举动做出调整的意思，好像就是按照一开始的演练，一板一眼地执行下去。

结果每个人执行得倒是一丝不苟，但问题是对手不会这么刻板。虚空战队这边一作调整，嘉世方面的举动立刻显得牛头不对马嘴。随后虚空战队的李轩和吴羽策双鬼配合，大展神威，完全控制住了局势，嘉世以非常快的速度走向了败局，就连解说和顾问都一针见血地指出了目前嘉世所存在的问题。

嘉世的队员已经输怕了，输到没有信心了。他们并不是不知道有些时候需要自己根据场上的情况做出变动，但是他们不敢。他们都怕因此而成为比赛失败的罪人，于是一个个都只是刻板地按照他们既定的战术方针去做。

可以说，嘉世战队现在队员的执行力到位得已经有些过火了。这是PVP的职业比赛，机械准确地完成每一步的动作，那是PVE下副本的打法，搞到职业联赛里来玩，能不一败涂地吗？

嘉世比赛结束的时候，同轮有几场比赛也已经完成，其中包括现在和嘉世只差一分的明青战队。众粉丝们纷纷去查即时的比赛成绩和积分榜，结果倒是明青战队给了他们最后一丝安慰。因为差不多同时完成比赛的明青表现得一样糟糕至极，和嘉世战队一样也只取到了2分。嘉世战队1分的优势，还在。这身处出局区的战队自然也不是“浪得虚名”的，那糟糕程度完全不输给嘉世战队。说起来虽然最近嘉世在不断地倒退，同时段所获积分来看，还不如明青，但是看好嘉世战队的依然是绝大多数。

毕竟嘉世还是有可以翻盘的资本的，战队的实力摆在那里。而明青呢？那实力之差是实打实的，现在这样的成绩，就是其实力的体现，不像嘉世那是一个愚人节里都可以当噱头说出来的东西。

比赛结束，显然嘉世粉丝对于最近嘉世的糟糕表现已经麻木了。他们没有吵也没有骂，一个个都有气无力的，像是无家的野鬼一样飘离了网吧。

“嘉世居然输了这么多，真是太令我意外了，啧啧啧。”包子入侵还犹自在感慨着，还在坚信着嗓门大就该赢的思路，至于比赛内涵的分析，他的眼光连陈果都远远比不上。

“好了，别回味了。”叶修拍拍他，而后转头对陈果说，“一起去吃个宵夜吧，给包子同志接个风。”

“嗯，好。”陈果点头，一边又招呼唐柔。

“嗨，包子！”唐柔之前没挤在人堆里看比赛，这时才下来，听说包子入侵到了，也是跑过来招呼。

“寒烟柔。”叶修依然是以游戏ID为名介绍。

“啊！是你！厉害厉害！游戏里厉害，真人长得也厉害。”包子入侵连连感慨。

“长得厉害……这是在夸我吗？”唐柔笑着问。

“当然当然。”包子入侵连连点头。

“好了走了！”陈果拿出老板气质，招呼着几人一起出了网吧，而后轻车熟路地带着众人来了一处。叶修一看，也是感慨万千，这个地方，他也熟啊！在嘉世的时候，他也没少来这地方吃宵夜。只是那时候经常和自己一起来吃的人……

咦！叶修一边往里走着一边心理活动着，突然就看到自己刚想起的人此时赫然也坐在这里，而且还是那个他们常坐的位子。

嘉世的老板，陶轩。

陶轩不是一个人在这里，和他一起的，还有嘉世俱乐部的经理崔立。

这两人无疑是嘉世俱乐部实权派的两大人物，而此时竟然一起出现在这里，让叶修很是意外了一番。因为今天是嘉世战队客场的比赛，而且是决定着是不是会就此掉进出局区的关键时刻，结果这两位实权派的大人物居然全都没有跟队去客场。在比赛刚刚结束不久的时候，就一起跑来这里宵夜，这实在有些不正常。崔立坐在面朝入口的方向，他看到叶修以后，朝对面打了个眼色，陶轩回头，两人这才一起望着叶修。

“真巧啊，居然会这样碰到。”叶修主动招呼了一声。

陈果还在那里张罗着选位，没注意到这边。在听到叶修说话后才转了目光过来，一瞅那边两人，她倒是飞快地认了出来。

“呀！”陈果顿时觉得场面有些尴尬，但是她左右打量了一下这三人，发现当事人却没有丝毫尴尬的意思，三个家伙都很是从容地应对着这种对他们来说肯定不算舒服的场面。就看他们脸上那和气的笑容，谁都会当这是朋友之间的一次意外巧遇，绝想不到三人之间所存在的各种纠葛。

陈果深感自己还是道行不够的时候，对方也有人说话了，是崔立在回应叶修：“是啊，真巧啊！”

“不打扰了，你们继续。”叶修显然没有要和对方深聊的准备。

结果崔立此时倒是对他们一行人很有兴趣，乐呵呵道：“不打扰不打扰，和你一起的这几位，难道就是你新战队的成员？可以介绍一下嘛，以后终归会有打交道的机会。”

陈果毕竟也是一家网吧的老板，也是需要经常和人打交道的场面上的人，立刻听出崔立这话是内有乾坤，正准备站出来回应一下，结果没想到身边的包子入侵反应更快，比她抢先一步跳了出来：“啊呀！难道也是业内人士，幸会幸会，小弟包荣兴，熟悉的朋友都叫我包子，您怎么称呼？”

“呵呵。”崔立很有风度地笑着，“崔立，嘉世俱乐部的经理，可能在一些队伍里被称为领队，这位是我们的大老板。”

“哦哦哦哦！”包子入侵接连“哦”了四声，随后问了一句，“那是什么？”

“哈哈哈哈！”陈果笑得把一边招呼的服务员都吓到了，唐柔比较能控制，却也忍得相当辛苦。只是叶修，还一本正经地给包子入侵解释上了：“经理，就是俱乐部里一般情况下管事的，老板呢，就是俱乐部的真正所有者，是背地里管事的。”

“哦哦，很大吗？”包子入侵问。

“当然，比咱们都大。”叶修说。

“年龄？”包子入侵看了那两人一眼后问。

“你刚才问的是年龄？”叶修跟上包子入侵的思路也有点吃力。

“差不多吧！”包子入侵说。

而这句“差不多吧”到底是什么意思，就连叶修也有点参悟不透，但叶修的强大之处就在于不管你是什么意思，我就照我理解的说下去，于是继续从容应对：“年龄的话，确实比我们大。”

“了不起！”包子入侵称赞。同样又是一次玄之又玄的思路，照之前对话来看，这难道是在称赞年龄大？但问题是年龄大有什么了不起的？

崔立此时的神情是从容不再，尴尬上身。他绝对不相信这就是眼前这人的本色，他觉得这一定是和叶修串通好了有意奚落他们的。有这样的想法，实在不能说崔立有什么小人之心，包子入侵的跳脱，正常人都理解不到的。崔立会这样以为，只能说明他还是个正常人。结果包子入侵哪知道这些，很诚恳地过去拍了拍人家大经理的肩膀：“那都是自己人呀，以后多关照啊！”

话是“请多关照”的意思，但他的举动，却好像是他要多关照别人一样。陈果这次倒是顾不上乐了，上去扯了包子入侵一把：“什么跟什么啊，怎么就自己人了？”

“不都是圈内人士吗？”包子入侵说，“对了，刚才说是什么队来着？”

“嘉世！”崔立吐词清楚，语气响亮地又重复了一遍，脸上的神情则分明是在说，“装！你就装吧！”

结果包子入侵立刻恍然：“嘉世！是不是刚才看的电视里输很惨的那支队？”

“……”崔立。

“是。”陈果点头。

“哎呀！”包子入侵很惋惜地看着崔立，以非常沉痛的语气说着，“不该输呀！”崔立这次都没敢接话，深怕这又是一个什么陷阱，这一跟上去，又会被对方拿来调侃。在他的眼里，眼前这个自称包子的家伙，很可怕，非常可怕。

“包子，过来这边坐吧！”这时叶修那边却选好了位子，和唐柔都已经坐定了，招呼包子入侵也过来坐。包子入侵回头看了一眼，觉得位子很宽敞，于是自作主张地对崔立和陶轩说：“要不要过去一起啊？”

“呵呵，不用了……”崔立的笑容已经非常不自然了。

“输就输了，心情不要这么不好。”包子入侵安慰他，“只要肯努力，你们一定会有未来的。”

这哪跟哪啊！崔立几乎已经要拍桌子了，却看到陶轩给了他一个眼色，这才没有轻举妄动，但也实在不想再理会包子入侵，坐在位子上不再答话了。

包子入侵一看没人理了，这才乐呵呵地跑回来和叶修他们坐在了一起。

“了不起！”唐柔朝包子入侵挑了两个大拇指称赞着。

“那必须的。”包子入侵很高兴地说着，但事实上他真的知道唐柔在称赞他什么吗？

“包荣兴，这是你的名字吗？”陈果这边问着。

“对啊对啊！你怎么知道的？”包子入侵高兴地问。

“你刚才和他们介绍时我听到的。”陈果努力适应和包子入侵打交道。

“是的是的，那是我的名字，大家这么熟，叫我包子就可以了。”

“好，先点东西吃吧！”陈果点头说着，而那边，陶轩和崔立却已经起身，看起来似乎是要离开了。

“慢用，我们先走了。”临走时，陶轩过来和四人点头招呼了一声，语气却没有什么场面话上的那种礼貌客气，很有点冰冷。

“慢走慢走，回去多加油啊！你们行的！”包子入侵却丝毫不以为意，起身为人送行不说，还大声给人加油，陈果又差点没笑岔了气。

随后点的东西上来，四人边吃边闲扯，没什么严肃的话题，直至陈果突然反应过来：“咦，今天是嘉世客场比赛呀，那两个人都没有跟队啊？”

“是啊！”叶修点头。

陈果的反应虽然慢了些，却也意识到这说明着一些问题。

嘉世的成绩如此糟糕，但俱乐部的两大巨头却好像并不着急，这么重要的一场比赛，干脆连队伍都没跟，这如果不是有无比的自信，那就是说对于本赛季嘉世打成什么样他们都已经不在乎了。

以嘉世目前的糟糕表现，实在不应该再有什么过人的自信，如此说来，这嘉世俱乐部两位大人物，是对这赛季的嘉世没什么指望了吗？可不管怎么说，一旦出局，哪怕来年立即杀回，这一年没打职业联赛，经济上的损失也是相当惊人的，再怎么说，也不至于连要出局都不当回事吧？

陈果头头是道地分析着这些问题，叶修听了也是点头。

“不会是知道你要组战队从挑战赛里打起，他们就故意降回挑战赛来跟你作对吧？”陈果忽然道。

“不至于吧？这么看得起我？”叶修笑。如果真是这个原因，那纯属意气用事。陶轩经营俱乐部、打理战队这么多年，早是一个成熟的老板，哪会真因为这个原因，叶修显然不这样以为。

“不管怎么说，下个赛季，嘉世看来一定会有大动作。”叶修说。

“什么意思？”陈果问。

“这赛季都成这样了，下赛季还没有动作，不作改变，嘉世这是想倒闭吗？”

“那现在为什么不抓紧动作？”陈果问。

“可能现在的局面，他们实在是收拾不了吧！”叶修望着二人离去的空座位说着。

嘉世俱乐部，陶轩和崔立两人回来后，就一同到了陶轩的办公室。陶轩从酒架上随便取瓶酒，倒了两杯，一杯端给了崔立。

崔立接过，抿了一口，立即开口说道：“你说那家伙是真傻还是假傻？”

陶轩坐到自己那张宽大的老板椅上，仰头望着天花板，半晌后才道：“不知道。”

“这叶秋，真不知道从哪找来的一些家伙。”崔立说道。

“先不要管他了，你那边的接洽最后怎么样了？之前也没来得及说完。”

“顺利，一切都顺利。”崔立一提到这里，立即眉飞色舞起来。

“可能的情况都说明了？”陶轩问。

“都说明了。”

“那就好。”陶轩点了点头。

“那接下来……”崔立询问的目光望来。

“嗯，孙翔就先不要出战好了。”陶轩说道。

“好的。”崔立对此并没有什么意外的神色，显然这是一个早就商量好的安排，只是微微出现的犹豫神色，却是因为其他，“复活赛里，或许真会遇到叶秋的新战队。”

“那也很好啊！”陶轩微笑着，“更有趣一些呢！”

愚人节这一天的比赛，嘉世战队虽然没有优秀的表现，但竞争对手一样糟糕，结果这一轮最大的卖点就这么波澜不惊地过去了。谁也没想到第二天，嘉世俱乐部却召开了新闻发布会，扔下了一颗重磅炸弹。

在会上嘉世的俱乐部经理崔立亲口宣布：本赛季新近加入的嘉世战队的新锐选手孙翔，因身体状态欠佳，极有可能缺席本赛季剩余的比赛。

在回答记者提问时崔立很是沉痛地表示，孙翔的身体状态其实早就发现有点问题，只是由于嘉世一直处于窘境，这才始终坚持参加比赛，而现在到了必须停止的时候了。

随后在回答了许多关于孙翔具体状况的问题后，崔立很有信心地表示，战队的王牌选手和角色即将缺席，将会促使战队在接下来的比赛中更加地努力。但是与此同时，崔立表示俱乐部已经对最差的情况做好了完全的心理准备，即使发生最差状况，俱乐部和战队也将以积极的态度去面对。

这最后一条发言虽然说得谦虚委婉，但常做媒体的这些专业人士如何听不出这当中的话外之音。听这意思，嘉世已经在为可能的出局做准备了，如此说来，对于能否保持住现有的名次，嘉世俱乐部真的产生了信心上的动摇。

嘉世到底发生了什么问题，以至于堂堂豪门战队连保住联盟席位这样的事都没有信心？照嘉世的纸面实力来分析，保住席位这种事，即便没有王牌选手孙翔和王牌角色一叶之秋，也不应该是什么难事，但现在，嘉世却好像已经在积极面对这种情况。

“这嘉世，难道真的准备放弃下赛季，出局跑去打挑战赛啊？”看到当天的新闻后，陈果有些目瞪口呆地对叶修说，这个问题昨晚他们就已经略略讨论过了。

“故意应该不至于，这么看来的话，可能队伍真的失控了。”

“嘉世真的要完了？”陈果有些难以置信。

叶修却也只是摇了摇头，没有说话。

“啊呀！啊呀！啊呀！”

这时候，连串的叫声响起，打断了两人的讨论。包荣兴，也就是包子入侵，昨晚大家吃过宵夜后就直接被带去陈果租给他们新来队员的排房，那房也是4月1日刚交到陈果手里，还没有太完整地收拾妥当，但就那宽敞的居住环境，让包荣兴当时就是这样“啊呀啊呀啊呀”地连连叫着。

休息了一晚，今天白天才把那边房间好生收拾了一下。此时包荣兴这才赶到了兴欣网吧。昨晚黑灯瞎火的，又在搞转播，网吧具体是什么情况他也没太留意。此时来了，楼上楼下地自己转了一圈后，立刻就像昨晚去那边新房一样不住地惊叫起来了。这惊叹般的叫声显然让陈果得到了极大的满足，很是高兴地望着从二楼小跑下来的包荣兴。

“好大的网吧啊！”包荣兴“啊呀”够了后大声地惊叹着，完了不忘问一句，“这么大的网吧，得多少人看场子啊？”

“这个……不需要，这边治安比较好……”陈果也不知这样的问题该如何回答。反正打从她记事起，就没见过什么来网吧捣乱的需要专业看场子流氓才能摆平的行径。

“治安……有些问题光靠治安好也解决不了啊！干脆就交给我吧？”包荣兴信心满满地说着。

“我不介意。”陈果笑道。

“那行那行，我看看啊！我就搬张桌子坐到这个位置吧？”包荣兴在网吧入口处比画着，看他的意思，是要横张桌子在门里，挡上一半的路口。

“这个……不用吧！”陈果汗。

“用的用的，这样的话才会毫无破绽。生事想跑的话，走这边，桌子拦着；走这边，我一个拳打脚踢就取他上中下三路！”包荣兴这是连说带比画。

陈果有些急了，可又不知道怎么和这家伙沟通，关键时刻还是叶修站了出来：“包荣兴，你原来在你那边网吧就是这么看场子的？”

“那倒没有。”包荣兴说，“那边老板说有事他叫我，我再出手。”

“那现在也一样，有事叫你，你再出手吧！”叶修说。

“这样啊，那我倒也是蛮习惯的，就是不知道老板会不会觉得不够稳妥啊？”包荣兴有些疑惑地望向陈果。

“够够够，足够了！来来来，你平时的主要精力还是用在练习《荣耀》上吧！真要是有无法解决的大事件，一定找你出手。”陈果说。

“那好吧！”包荣兴勉为其难地答应了。

随后，包荣兴也来了二层的213包厢。考虑到以后会有更多的战队队员过来，陈果已经考虑需要扩一个超大包厢出来当训练专用，这些天已经在找人谈如何更改二楼格局了，只是还没拿出方案，213包厢暂时依然是训练室。

包荣兴往里一坐，又是猛力称赞了一下环境，这些话倒都是陈果很喜欢听的，非常舒服地受用了。

随后就在包厢里一起游戏。只不过四人坐得虽近，游戏里却是天各一方。唐柔和包荣兴都还在第十区，但等级上唐柔依然领先包荣兴一大截，玩不到一起去。叶修则在“神之领域”，继续提升君莫笑的等级。

陈果现在的游戏内容则不像一个娱乐玩家了。逐烟霞大号上得少，小号逐烟霞上去也是看看公会仓库的情况、玩家练级的情况。此外倒是经常刷刷论坛上的新闻八卦什么的，努力去获取职业圈方面的新闻动态。

“老魏怎么还没来？”白天一天主要在那边收拾新租房了，但网吧这边陈果早交待话了，结果回来后却没听到有人来找。

“说是今天。”叶修说。

“天都黑了，还不来。”陈果正嘀咕着，忽然QQ响起，一看，是楼下的收银小妹告诉她有人来找。

“哎哟，可能是老魏到了。”陈果说着。

“是吗？”叶修于是也暂放下游戏，唐柔知道是又一位新队员到了，也准备起身下去招呼。包荣兴虽然搞不清状况，但一看三人都起来，立刻觉得出了状况，没他不行的状况，立刻也急切地跟上了。

陈果走在最前，一下了楼梯，就看到一个胡子拉碴的家伙正靠在收银台前吞云吐雾，脚边很随意地堆着两个大手提包。那烟一阵一阵的，弄得收银台里的小妹直皱眉头，只是考虑到这是老板在等的客人，才没有发作。那家伙却一点自觉也没有，不住地东张西望着，目光转到楼梯这边时，正看到下来的陈果，立刻眼睛一亮。

“老魏！”这时陈果听到身后的叶修已经招呼了一声，而那家伙立刻快步走了过来。陈果朝旁一侧，让叶修走到了前边，结果那家伙快步迎上来后，也没和叶修握手什么的，立刻就望着陈果问叶修：“这位美女是……”

“就是我们的老板了。”叶修介绍。

“哎哟，幸会幸会。”魏琛立刻伸手过来想和陈果握一握。

陈果这一瞬间那个纠结啊！这魏琛吧，一开始给她的印象就不怎么样，此时又见真人是一见美女眼睛就会亮光的型号，印象继续下降。这手着实是不想去握的，但想想这人是战队的一分子，自己身为老板，怎么也得示一示好吧？于是无奈地，只好把右手伸了过去，只是心里打定主意，这家伙如果来个握了不撒手的方式揩油，说什么也不能再给面子了。

结果魏琛握住她的手后却只是摇了几下，说了句“你好，在下魏琛”就已经放开。但随后陈果就发现，这家伙的目光已经落到了后边的唐柔身上，眼中亮光更闪，刚刚放开陈果的手看起来已经迫不及待地要朝唐柔抓去了，嘴上早已经在问：“这位又是……”

“唐柔。”叶修这次介绍用的是真名，唐柔在游戏里和魏琛没有交集，不像对包荣兴，说寒烟柔的话比较容易让他对号入座。

“好名字好名字，你好你好。”魏琛说着就立刻又想去握唐柔。陈果目光跟来，想看看唐柔会如何应对，结果斜里已经飞快伸出两只手，一把就把魏琛伸向唐柔的右手给握住：“你好你好，在下包荣兴，熟悉的朋友都叫我包子。”

“啊……你好……”突如其来的打断让魏琛也是一怔，而后望着眼前这个甩着长发扮酷的家伙，道了声好后，却扭头望向了叶修，“这都是你找来的战队成员？”

“嗯，虽然都还是新接触《荣耀》的，但水平都还不错。”叶修说。

“哦，对了，这个你看了没有！”魏琛突然像是想起了什么似的，跑回他的行李旁，从包里掏出了一叠报纸，递到了叶修手里。

叶修一看，就是当天的一份H市晚报。虽然不是电子竞技专报，但由于嘉世是属于H市的俱乐部，所以在这晚报的体育竞技版面里，今天嘉世的新闻发布会内容还是被简单地报道了一下。“当然看过了。”叶修只是扫了一眼，知道魏琛说的肯定是这个，随手就把报纸塞回去了。

“这嘉世什么意思？看着像是已经在准备出局的事了？这要是真出局，参加下赛季的挑战赛，那不是就和我们撞上了？那可不太妙啊！”魏琛已经很是严肃地说起来了。

陈果怔了一下。魏琛刚才两眼放光的模样，已经让她在猜测这家伙对两个大美女会有怎样的没下限的举动，却没想到只是这么一转眼的工夫，这家伙已正经地和叶修去讨论战队方面的问题了。

《荣耀》，对于这些家伙来说，始终才是他们生命中最重要的东西啊！

17
CHAPTER

输阵不输人

“嘉世到底搞什么名堂？”魏琛急急地问着叶修。

“我怎么知道？”叶修说。

“你这话也太见外了吧？”魏琛一脸的惊诧，“你是什么人啊？嘉世大……”

“大什么呀大！”叶修急忙就把魏琛的话给打断了，扯了这家伙就往网吧外边走。这会儿正是网吧热闹的时候，这要是被魏琛喊爆了他叶秋大神的身份，以后还能有安生日子过吗？兴欣网吧恐怕会迅速成为嘉世英雄纪念碑被嘉世粉们天天来参观膜拜。

魏琛也很快从叶修的举动上明白过来，很是鄙夷地望着叶修：“还装隐藏BOSS呢？”

“不要叫我叶秋，叫我叶修听到没？”叶修说。

“还真有小号！”魏琛大惊。

“走走走，先把你安顿了再说。”叶修说着。

“去哪边？”魏琛问。

“住的地方。”叶修说着。几人帮魏琛拿了行李，出了网吧没走多远就到了上林苑小区。

一进那宽敞的排房，魏琛倒是没像包子进来时那样不住地“啊呀”。他流露出的满面沧桑倒是和叶修听闻要住这么一个地方后出现的神情很有几分相似。很显然，作为职业圈最早期的过来人，他和叶修一样经历过早期战队最艰苦的时刻，此时看到新一代的条件，虽然比不上职业俱乐部，但对于他们这些人来说，还是足够狠狠地忆苦思甜一番了。尤其对于魏琛而言，事实上他就只创业开荒了，根本没来得及享受到职业联盟发展起来、俱乐部经营蒸蒸日上的好时期。就陈果提供的这条件，对于他来说感触更深一些。

“楼上有六间卧室，如果人员齐整起来，可能需要两人一间，委屈大家了。”陈果说着。

“对某大神来说这可能委屈了点，但咱不在乎，咱是苦出身，这条件绝对不委屈。”魏琛很是坚决地说着。

“谢谢。”陈果笑了笑，对魏琛的印象又好了些。

魏琛随便走了两圈，显然并没有对居住环境这些问题太上心，转回来后立刻又找大家谈论起了嘉世今天爆出的新闻。

“我真不知道是怎么回事。”叶修无奈。

“嘉世不就在那边，你就不能走回去打听打听？”魏琛非常不满。

“你觉得可能吗？”叶修说。

“就算你和嘉世闹翻了不太方便，但整个嘉世俱乐部上上下下那么多人，你就一个能说上话打听点消息的朋友都没有？你的最佳搭档，那个大美女呢？也翻脸了？”魏琛说着。

魏琛说的当然是苏沐橙，但苏沐橙进入联盟时魏琛已经退役，所以他对苏沐橙的认识也就在普通观众层面。这普通观众的话，也就是知道叶秋和苏沐橙是连续多年的最佳搭档，但明白人都知道这只是指场上的配合，至于两人私交如何，大家也只能听听八卦作作猜测，谁也不可能言之凿凿的。

结果魏琛这么一说，陈果倒是反应过来了。她当然知道苏沐橙和叶修是没有任何问题的，于是也望向了叶修。

“这个，不大方便吧？”叶修说。

“怎么？”魏琛问。

“毕竟她还是属于嘉世的职业选手。”叶修说。

“哎哟？”魏琛像是意外了一下，“不愧是最佳搭档啊！看来你们俩关系确实很好啊，居然可以让你这没下限的家伙去关心。你这是不想她夹在两边难做吧？”

陈果一听，也顿时恍然。明明有苏沐橙这么一个很方便的眼睛在嘉世，但叶修为什么没有向苏沐橙打听过什么，不是叶修没想到，是他刻意在回避让苏沐橙现在就掺和进来。毕竟，苏沐橙现在还是嘉世战队的一员，把战队的一些问题随便地吐露出来，这是挺没有职业道德的行为。

“既然这样……”魏琛想了想后，精神一振，有了主意，“不如你的QQ号借我用一下，我去问，事后你可以假装被盗号，怎么样？”

“……”叶修直接没答话，只是面无表情地望着魏琛。

“嗯？不好吗？好可惜啊，这么有利的资源不去充分利用，太可惜了。为了目标，我们要冷酷，要不择手段啊，你居然儿女情长，我鄙视你，我必须鄙视你，我的房间是哪个？”

“楼上随便挑吧！”叶修像是没听见魏琛之前那一长串唠叨一样。

“我先把东西搁一下再来鄙视你。”魏琛拎了行李上楼。

“我是楼上第一间，要不要当我的室友呀！”包子高声喊道。

“现在还有空房间吧？”魏琛问。

“还有，只是包子住了第一间，其他都还空着。”陈果答道。

“那我先自己住一间吧……”魏琛说着，没进包子的第一间，拎包进了第二间，但显然也没打算立即收拾，进去扔了包后就赶紧出来，还是急着要和叶修共商大计。

“嘉世的情况，你总是可以猜测一二的吧？”魏琛回来后就迫不及待地问着。

“呃，以我对嘉世目前人员的了解来判断，嘉世这次确实做好了会出局的准备。但是，这也不是说他们是故意的，很可能也是出于无奈。今天宣布孙翔伤病，应该是为这种糟糕的结局找点理由，由此可见，如果可能，他们依然还是不愿意看到这样的结果。”叶修说。

“以嘉世的底子，怎么可能连保个席位的信心都没有？”魏琛十分不理解。

“人心散了，队伍不好带啊！嘉世的问题不止在技战术上，主要还是心理上的。”叶修说。

“心理上的？”魏琛说。

“不太想承认是我造成的啊……”叶修叹息着。

“这话听着怎么这么贱啊？”魏琛目瞪口呆。

“嘉世的人在网游里和我有过接触，被我团灭过一次。”叶修说。

“什么叫嘉世的人？主力战队？”魏琛惊讶。

“差不多吧！”叶修说。

“开玩笑，你怎么做到的！”魏琛一脸的不相信。

“靠人多。”叶修说。

“多多少？”

“两个。”叶修说。

“不会都是普通玩家吧？”魏琛说。

“是义斩天下的几个人，也就是现在组了义斩战队的几个。”叶修说。

“那实力应该不错吧？”魏琛说。

“还可以。”

“但把嘉世这样的职业队团灭了，还是太过分了……”魏琛说。

“同意。”叶修点头。

“奶奶的，你什么时候能够稍微谦虚一下，哪怕一点点呢？”魏琛说。

“我只是在说事实，你不也认为这样的事不可思议吗？”叶修说。

“你的不谦虚同样让我觉得不可思议。”魏琛说。

“说笑了，以你没下限的程度，会有任何事让你觉得不可思议？”叶修说。

“咳！”陈果咳嗽打断了一下，“你们是在练垃圾话吗？”

两人对望。

“我警告你不要再跑题啊！”魏琛严肃地说着，好像拿出了几分队长的气质。

“我要说的已经说完了。”叶修说。

“唔，如果只是这样，可能会在一段时间里对嘉世这几位队员产生一定的心理影响，但是一次胜负就让一支队伍集体消沉，一直缓不过劲来，这可不像是职业选手该有的素质。”魏琛说。

叶修点头。

“或许我们应该看一下他们的比赛录像，通过这些人的表现来好好分析一下。”魏琛说。

“确实。”叶修说。

“这边有电脑吗？有网吗？”魏琛环顾左右。

“还没有……”陈果说着，房间昨天才交，还没有完全布置好。

“那回网吧？”魏琛问。

“行吧！”叶修起身了。

其他三位跟来跟去，基本就是听这两人你一句我一句了。没办法，从职业境界上来说，即便魏琛退役多年，也远比三人强得多。唐柔和包子的操作水平再高，在很多看问题的意识上，还远比不了这么两位骨灰级的老家伙。

出了小区，回到网吧。213包厢四人间，现在五个人，电脑就不够用了。

好在只是要研究录像，事实上一台就够。

叶修打开他那台电脑上的录像文档，琳琅满目罗列着的视频让魏琛提出了表扬："不错不错，功课做得不错。"

"先看这场吧，这是我们网游里 PK 之后，嘉世就是从这里开始大失水准的。"叶修说。

"好。"魏琛点了点头。这两人都趴在了电脑跟前，陈果、唐柔互相望望，感觉她们一下子就沦为小兵了。包子对这些好像没啥感触，只是一本正经地挤到了二人身后，也非常严肃地看起了视频。

"同志们，我们要好好研究呀！如果嘉世真的出局，那将是我们挑战赛上最强大的竞争对手，我们必须抓紧时间去认真了解这个对手。现在就由前职业圈大神，前嘉世队长，《荣耀》圈最没下限的家伙，叶……修同志为大家分析这场比赛。"魏琛说着。

话虽然有些不伦不类，但陈果突然间意识到，他们的队伍，从这一刻开始，已经真正地运作起来了。

"这场比赛你看了吗？"魏琛一边看着比赛即将开始，一边问叶修。

"事后看了一点。"叶修说。那个比赛日兴欣网吧没有转播这场比赛，所以叶修也是后来看的录像。

"哦。"魏琛点了点头，不再说话，屏幕中比赛已经开打，进行得颇快。单人赛和组队擂台赛两个环节一完，魏琛已经在扶额了。

"作孽啊！看看，这都是你作的孽啊！你对他们到底做了什么！"魏琛似乎很是沉痛。

叶修面无表情，只是静观着比赛，而后的团队赛嘉世更是败得一塌糊涂。这场嘉世对雷霆的比赛，最后嘉世取得了 1 比 9 的惨烈比分。表现之恶心，让眼下的魏琛扶额，更让当时他们的对手雷霆战队的队长肖时钦在赛后的记者招待会上有些手足无措。面对"你觉得今天的对手表现怎么样"这么一个所有选手都倒背如流的问题，肖时钦可给难翻了。

"一无是处，绝对的一无是处，有赛后的技术统计吗？"魏琛问着。

"有。"叶修这边随即又开了一个文档，居然是本赛季每轮比赛每场的技术统计，和录像一一对应着。

"哎哟我的妈呀……快给我拿个盆来，我要吐了。"魏琛看了一眼嘉世这边的技术统计，很是夸张地叫着。

“看下一场吧！”还是叶修比较镇定。

“下一场怎么样你看过吗？你事先给我交个底，我怕我的心脏承受不了，我这一把年纪了，挺不容易的。”魏琛按着胸口夸张地装着老年人。事实上，他这所谓“一把年纪”也就在《荣耀》这样的电竞圈里说说罢了，此时尚不到三十的他，放哪儿那也应该是年轻人。

“下一场至少得了两分。”叶修平静地说着。

“哦，那开始吧！”魏琛摆出一副要看恐怖片的架势。这边录像开放，结果就听耳边有人吆喝：“盆来喽！”

众人诧异回头，这才看到包子不知什么时候溜了出去，这时已经返回，手里端了个盆，递到了魏琛的面前：“吐吧……”

“……”魏琛呆呆地望着包子，“兄弟你来真的？”

“难道你是假的？你到底吐不吐？”包子疑惑。

魏琛的目光呆呆地转向了叶修：“咱们战队的人啊？”

“嗯。”叶修点头。

“是来搞笑的吧？”魏琛问。

“你别废话了，开始了。”叶修说完又对包子交待了一句，“包子把盆放下吧，先看比赛吧！”

“那盆就放这儿了，谁要吐谁说话啊！”包子招呼了一声，把盆放到了一边角落。

新一场录像开始，这一场在当时那个比赛日是个重头戏，兴欣网吧也转播了，是嘉世对轮回。最终结果是嘉世在个人赛得了两分，组队擂台被周泽楷横扫，团队赛则持续了上一阵的恶心。

“这小子调整得很快啊，这一场发挥得挺不错。”录像重放，个人赛第二场的时候，魏琛对屏幕中的嘉世选手进行了称赞。第二场嘉世出战获胜的人是刘皓，在叶修点头称是的时候，陈果发出了嗤之以鼻的声音。

随后第三场，嘉世落败，但有两分在手，这一败似乎也就显得很容易被人接受了。魏琛此时精神了一些，觉得这一轮的比赛怕是不至于让他用到那个盆了。但是随后组队擂台嘉世被对方一人横扫，让魏琛很是无语了一会儿后，终究还是帮嘉世找了个台阶：“周泽楷这小子现在风头很劲啊！嘉世的情况又不是太好，被他打个一挑三出来，也不能算太在状况外。”

对此叶修未置可否，比赛也随后进入到了团队赛。

团队赛的结果魏琛虽然没看却也早知道，因为叶修说过这一轮比赛嘉世也只是取得了两分。不过他们研究比赛，看的当然并不是结果，看的是比赛过程，此时他们是要通过比赛过程来分析分析嘉世到底遇上了什么问题。

“怎么样，要不要用盆？”团队赛完，叶修问道。

魏琛居然一本正经地摇了摇头，没说话，像是在思考着什么。

“接着来？”叶修问。

“来吧！”魏琛没有对团队赛发表什么看法，只是让叶修又开了下一轮比赛的录像。

而后一轮又一轮，两人都这么静静地看着，录像完，再翻一下技术统计，却一直再没有什么太多的交流。陈果、唐柔、包子三人呢，也都一直在认真看着。只是是在看门道，还是看热闹，那就只有他们自己清楚了。

这录像自然可以跳过现场时的休息时间，所以看起来倒也一气呵成。况且嘉世大多是一边倒地败下阵，所以进行得也快，基本上都是一个小时内结束。几人就这样一直看着，也不管时间，直至把嘉世那之后的所有比赛都回顾了一遍。魏琛从中途起就要来了纸和笔，不住地写着一些什么，叶修倒只是时不时瞄他写的东西一眼，一直没有别的动作。

直至最后一场结束，所有人不由自主地做出一副松了口气的模样。

“发现了什么？”陈果迫不及待地想知道结果，对于她而言，这有点像悬疑片。

“这嘉世怎么一直在输，难道我看错他们了？”包子居然也点评了一句。但他显然是处于状况外的家伙。这个游戏高手、《荣耀》新人，对于《荣耀》的职业圈还没有太深入的认识。

唐柔则没有发表任何看法，只是静静地等着叶修和魏琛说话。

“你怎么看？”魏琛问叶修。

“我早看过了，你说你的看法吧！”叶修说。

“输阵不输人，你觉得呢？”魏琛说。

“差不多吧……”叶修忽然叹了口气。

“什么意思？”陈果有些莫名其妙地问着。

魏琛举起他那鬼画符一样的本子，敲打着上面旁人根本就看不懂的东西说着：“嘉世的问题就出在选手的态度上，通过这些比赛和技术统计，还是可以看出来部分的。

“首先，因为网游事件对他们部分选手造成了影响，这是显而易见的，那场恶心到让人想吐的表现，基本就是因为这个。这当中受到影响最大的无疑是他们现在的核心选手孙翔。孙翔所受的影响，从比赛表现来看也有变化。最初无疑深受打击，在比赛中完全无法集中注意力，所以失误频频，完全像个菜鸟。不过随着时间推移，他慢慢也调整了过来，但是这并不意味着他所受的影响就已经完全消除了，在之后的比赛中，孙翔表现出急于证明自己来说明些什么的模样。坦白说，以他现在的程度，去追求荣誉就好，他的实力和技术已经被公认，并不需要再做什么证明。但显然因为某大神的缘故，他可能对自己产生了怀疑，这才如此急吼吼的模样。简单来说，他开始受影响无法集中比赛，后来又集中过头，所以表现总是飘忽不定。菜鸟新人就是这样，不善于保持状态，值得大家引以为戒。”魏琛说道。

“和孙翔相反的成熟选手，典型的代表可以看刘皓这小子。这家伙除了在第一轮比赛极其失常，之后的表现一直相当稳定，这一点大家其实留意他在个人赛和擂台赛中出场的胜率就可以看出来，他的表现还是不错的。即便是在他们一塌糊涂的团队赛里，刘皓都时有闪光的发挥。

“至于嘉世其他选手，情况大致分为两部分。一部分也是状态大受影响，这是某大神作的孽；另有一部分，像苏沐橙，还有几个替补选手，情况都比较正常。但是，他们这部分人，没被某大神祸害，却也被队伍的状态给牵连了。由于队伍发挥一塌糊涂，将他们本来正常的状态也给拉低了，然后再互相传染互相影响，嘉世现在才会全队处于很低迷的状态。

“把孙翔和刘皓特别拿出来单说，就是因为这两个家伙比较例外。孙翔在清醒过来后，拼劲倒是挺足的，只是他的拼劲没有带动全队。原因可以有很多种，比如他是新入队的成员，就算挂着队长的名头，但对队伍的实质影响力并没有那么大；也可能他只是急着证明自己，根本没想着改变队伍的状态；也有可能他倒是想，但是焦头烂额地根本不知道该怎么做，于是只能自己在那儿埋头蛮干。至于刘皓，这就需要大神来给大家说明了，大神肯定比我更了解这个人，他的分析才会更靠谱。”魏琛喋喋不休地说了一堆，在这里却把话语权交给了叶修。

叶修又叹了口气：“刘皓的表现只是为了他的个人前途，他已经抛弃队伍了。”

“哈哈哈，果然如此。所以我说，输阵不输人。嘉世的表现虽然恶心，但像刘皓这样的家伙，依然体现着他的实力，他非但没有被队伍整体状态给拉低，反倒在这样的环境中更加体现出自己的难得。这种明哲保身的做法，是准备另攀高枝了吧！而且我看嘉世阵中，有这样念头的恐怕还不止刘皓。队伍都成这样了，成绩不差，那才是见鬼。”魏琛说道。

“这么说吧，一支队伍面临困境的时候，最顺理成章的做法不就是众人一起努力，打出成绩走出困境吗？但现在的嘉世，在遇到困境的时候，以刘皓为首的这么一小部分人，已经把队伍视为沉船，准备弃船逃命了。”叶修最后又总结了一下。

“那现在为什么反倒雪藏了孙翔？”陈果问道。

“这个决策，无论嘉世处于怎样的结局，对他们都只有好处。”叶修说。

“怎么说？”陈果问道。

“嘉世这赛季的结局无非也就两种。一种是没出局，那已经皆大欢喜，就算有孙翔，也不可能还有什么更好的结果。反倒是没有孙翔，嘉世都能保住席位，那么可以让大家对下赛季的嘉世有些期待。毕竟嘉世不可能把保住席位就当做胜利的，他们需要让支持者们从他们身上永远看到夺冠的希望。”叶修说道。

“如果出局，那当然就可以以核心孙翔不在为借口吧？”陈果举一反三。

“这只是其一。如果出局，那算是相当糟糕的结果，嘉世方面必须做很多的安抚工作。你看今天的新闻，孙翔不是突然伤停，而是带着伤病坚持了很久的比赛，这才支撑不住。所以，对之前比赛成绩不佳，也算是有个交待。但是，对于嘉世来说，这么糟糕的表现，只是一个王牌选手带伤的理由还不足够。所以，这个夏天嘉世估计会有一次大换血，只有这样的举动才能让支持者们对战队的未来还抱有期待。一旦连粉丝都对队伍失去了信心，那对于一支队伍来说才是最糟糕的。所以说，嘉世现在所做的一切，是以挽留粉丝的支持为重心的。无论最终结局怎样，都不可以让粉丝看不到未来。”

“雪藏孙翔，把孙翔作为一个进退可守的借口，也正是因为孙翔代表的就是嘉世的核心。”叶修最后说道。

“好吧！”陈果长出了口气，“弄清楚了这些后，我们该怎么做？”

“我们……我们暂时什么也做不了。”叶修苦笑了一下，“至少得等这赛季的结果出来。”

“不过大家最好替嘉世烧烧香，因为嘉世即便出局，在挑战赛里的嘉世战队，只会比现在更加强大可怕，这样的对手最好还是不要在挑战赛里遇到的好。”魏琛随后说了一句，这个没下限的家伙，说这话的时候也充满了担忧。

“那如果我们在挑战赛上把嘉世击败了呢？那这支队伍是不是就彻底完蛋了？”唐柔此时冷不丁地冒出一句。

“把嘉世淘汰掉……”魏琛怔了怔。

嘉世一旦在挑战赛里淘汰，虽然还可以参加下一年的挑战，但是，连续两年在挑战赛里沉沦，这样的队伍，是否还会有人记挂着他们曾经的豪门身份？队里如孙翔这样的大神级人物，是否还能忍耐大好年华浪费在挑战赛这样的舞台上？如果真成了这样，那嘉世倒是很有可能陷入一种恶性循环，渐渐在竞争日益激烈的职业圈中沉沦下去。

“你打算亲手埋葬你一手缔造出来的王朝吗？”魏琛扭头问叶修。

“什么叫我打算啊？真要碰到，拼了命也要干掉呀！这是职业素质，我就知道你完全理解不了素质这种东西。”叶修说。

“素质，你有吗？”魏琛极其轻蔑地说着。

眼瞅着两人又要开始垃圾话的对轰，陈果及时出声打断了：“既然这样，那我们可要加倍努力，今天时候不早了，大家先去歇着吧？”

老板发话，大家还是比较尊重的，而且一刻不停地看了很久的比赛录像，此时确实也有点累了。几人出了包厢，魏琛到了楼梯口，似乎等着叶修还要说点什么的，结果就见叶修到了楼梯口那儿直接就转进旁边的房间了。

“什么情况？”魏琛连忙探回身来看，随后就见陈果和唐柔也先后进了这房间。

“这是什么情况！”魏琛更加惊讶，结果那房门“砰”一声已经关上。

“老魏你走不走呀？”结果走得更前的包子已经下完了楼梯，倒是招呼起魏琛了。

“没大没小，老魏是你叫的吗？”魏琛虽诧异，但也总不能破门而入去看个究竟，听包子招呼，一边数落着，一边就下楼而来。

“那叫什么？魏老？”包子问。

“……还是叫老魏吧……”魏琛说。

“我就说嘛！”包子说。

“你就说什么？”魏琛问。

“什么呢？”包子。

“嗯？”魏琛。

“嗯！”

“嗯什么啊你嗯！”魏琛无语望天，就这队友，让他头一次在接受叶修的邀请后对这决定产生了些许怀疑。

休息了一夜，次日碰面又是在网吧。陈果眼看着先后已经来了两人，也立刻着手开始改造网吧二楼的格局，甚至华丽地构想过干脆整个二楼打造成训练室的澎湃念头，后来被叶修努力劝阻。

“刚起步，不要这么奢华，能有个不被打扰的包厢就很好了。其实没必要做调整，分出几个包厢就可以，没说一定要都坐在一起呀！”叶修如此劝阻着。

“还是坐在一起好些。”陈果最后虽然打消了直接推了二楼重建的念头，但对于大家坐在一起还是坚持己见。之前只在商量联系中的装潢人员今天也迅速到位，圈中一块就劳动起来。

魏琛和包子是一同到的网吧，来了直奔二楼。魏琛路过那套间的房门时还鬼祟地试图朝里张望了一下，完全不像包子那样正直地目不斜视。

陈果正在亲自监督装修改建，见二人来了也就随便招呼了一声，然后就朝 213 包厢指了一下。魏琛和包子进去后，就见叶修和唐柔已经一人一台忙活起来，过去探头一看，两人都在下副本呢！

包子队友已经给过魏琛一种震惊，此时他很是慎重地准备观察一下这一位队友。在看到唐柔的职业是战斗法师后，魏琛忍不住扫了那边的叶修一眼。有这位《荣耀》圈里最顶尖的战斗法师专家的启蒙教导，这位美女的水平应该会很靠谱吧？

说起来，魏琛也还没有见证过包子的实力，只是有了真人接触后，虽然明知道被叶修拉来的人水平肯定是有两下子的，但还是忍不住深刻地怀疑，怎么也克制不住。

魏琛正观摩唐柔游戏，那边包子却坐下后娴熟地开了电脑刷了账号卡进了游戏，随即亲切地招呼：“老魏过来坐啊，要不要切磋一下，让我看看你的实力？”

魏琛听着，一口老血差点没喷墙上，自己还没去考核他呢，这货居然敢说要看看自己的实力。

“好！正好让我也见识一下你有多厉害！”魏琛说着，也不看唐柔游戏了，过去狠狠地落座，准备好好教训一下这个包子。

“进来了，你在哪？”魏琛冲去竞技场立刻吆喝。

“普通区5684号房间。”包子看起来比魏琛淡定多了。

魏琛输入房间号，直接就进了，一边正数落包子连个密码也不设，结果一看自己进的房间，开的不是一对一，人已经有七个，明显是要玩团队战的。

“搞什么呢？”魏琛奇怪地说着，扭头朝包子的屏幕一看，包子的角色正一个人孤伶伶地站在房间等他呢！

正准备再发问，桌对面的叶修侧了半个头出来：“你是第一天玩《荣耀》吗？你‘神之领域’的角色怎么能进第十区的竞技场？”

叶修不用看，都知道这两个家伙遇到什么问题了。

“第十区？”魏琛一怔，然后再凑上去细看包子屏幕上的角色，一个叫包子入侵的流氓，61级。

魏琛顿时气了个半死，这个要考察自己实力的死包子，居然连级都没满。同时他也意识到，昨天叶修和他说这两人都是新接触《荣耀》的，他听了也没太在意。此时看来，第十区，61级的角色，他这个新接触非常新啊！恐怕是从开了第十区才开始玩的，这样算来，到现在顶多也就四个月。

玩了四个月的《荣耀》玩家，就已经准备进军职业圈了？作为过来人的魏琛真有些不敢相信，这更坚定了他要考察一下这包子实力的念头。

“你等着！”魏琛说了句后，就开始让他的迎风布阵从“神之领域”返回普通区。通过这样的方式，“神之领域”的角色也可以在普通区竞技，但是普通竞技场里的成绩是不会带入到“神之领域”竞技场的统计当中的。

“重建一个房，修正场的。”魏琛对包子说着。

“哦？”包子疑惑了一下，扭头看了一眼魏琛的屏幕，顿时释然：“哎呀，你连装备都没有啊，真是好惨，那必须是要修正场的。”

魏琛这一口血又是差点没喷出来。自己的迎风布阵确实是在裸奔，但这是废话，“神之领域”的角色回普通区，装备可不都得留在那边吗？自己说开修正场是因为这个吗？当然不是，那是因为双方等级有差距。当然，没了装备的问题也顺带被修正场解决了一下，但这绝对不是主因，绝不是！

“房间号！”冲到竞技场的魏琛已经要爆发了。

18 CHAPTER 苏沐秋

"哈哈哈，小子，让你知道老夫的厉害！"魏琛放声大笑，显然是旗开得胜，已经将包子干掉了一把。包子的水平，靠操作虽已足够灭杀绝大多数玩家，但经验丰富的老手，却正是他目前的克星。

毫无疑问，魏琛正是这样的一个老手，而且是职业级的老手。虽然一些地方可能不如职业生涯时那么鼎盛，但在经验方面还是远超过去。包子这样一个上手《荣耀》不过四个月的新人，就算有天赋，有操作底子，进步快，真不至于连魏琛这样的骨灰级都对付得了。

"哎呀，输掉了。"包子这边也应了一声，充满了惋惜之意。

"不要说得这么遗憾啊，这完全是情理之中的事。"魏琛得意洋洋。

"啧啧，下限啊下限。"叶修没有去围观比赛，只是听着两人打出了结果。魏琛这种水平这种档次，打赢了一个四个月的新人，也这么得意，真是超没下限，让他忍不住表示感慨。

"对啊，不用遗憾。"这边包子却好像有所感悟似的说着，"马上就可以再来嘛！""嗯？"魏琛稍一怔。包子同志诡异的思路把"不要遗憾"给扭转到这个层面去了，让他措手不及。

"来来来，不要害怕，再来一把。"包子说道。

"靠，我会怕你这个菜鸟？"魏琛说着，果断接受邀请。

"哈哈哈哈哈！"

"哈哈哈哈哈！"

"哈哈哈哈哈！"

一次又一次的狂笑，自然是因为魏琛一次又一次地取得了胜利。这纯属做作的笑声越来越大，甚至连外面搞装修的人都觉得吵闹，陈果推开包厢门进来张望了一眼："什么情况？"

"8 比 0 哦！"魏琛手支在下巴下面比画了个"八"字摆着造型说道。

"不是吧你？"陈果诧异地望着叶修。

"看着我干什么？是他和包子。"叶修说。

"不是吧你？"陈果诧异地望向了魏琛，和之前感慨的叶修如出一辙，陈果也觉得以魏琛的身份，打赢了包子都得意成这样，这真是太没有气质了。

但魏琛哪里在乎这些，继续得意地望着包子："怎样啊小子？"

"唉，厉害厉害，看不出老魏你居然这么厉害，你到底什么来头？"

"说出来你可要坐稳了！老夫正是蓝雨战队的前队长，鼎鼎大名的索克萨尔前操作者，希望没有吓到你！"魏琛说。

"哦。"

"哦？"包子平静的反应让魏琛大为不满。

"锁可撒耳，那是什么？"包子问。

"这你都不知道！这是联盟第一术士角色，超级伟大的一个存在！"魏琛说道。

"是吗！"包子跟着惊叹着。

"新人真该好好补补课了。"魏琛这话是对着叶修说的。

"这些知道不知道重要吗？"叶修反问了一句。

"当然。"魏琛一脸很神圣的模样，"这是知识和信仰的传承。"

"……老兄，你还是说说包子的水平怎么样吧！"叶修说。

"呃……还不错，四个月的新人，算不错了。"魏琛说着。

"你心虚了。"叶修说。

"靠，我心虚什么？"魏琛叫道。

"差点输吧？"叶修说。

"切，他想赢我还差得远呢！"魏琛嘴上这样说着，但 QQ 这边却给叶修弹来了一条消息，"TMD，差点马失前蹄。"

"哈哈哈，叫你死撑。"叶修回道。

"死撑不至于，我还是应付得过来。只不过这小子总搞些有的没的操作出来，虽然大多数都是乱七八糟不靠谱的，但有时真能惊出人一身汗来。"

"够意外吧！"叶修说道。

"确实，等这小子基础理论都理解透了，真不知会打成什么样。我看教他只需要帮他巩固这方面的知识，再搞点提升操作的训练方式就行了。经验方面的东西教他太多反而不好。”魏琛说。

“这还用你说？”叶修说。

“就这家伙的风格，老实说等你死了，哦，不是，等你退役了，把散人的角色交给他，那没准又是另一番风景。”魏琛说。

“哦？”叶修怔了怔，“可是散人的话……”

“我知道你要说什么，一般情况大家认为全职业精通才有可能玩转散人，但你有没有想过，如果是一个新人，一张白纸，从一开始就让他接触散人，把散人当做一种复杂的职业来玩呢？”魏琛说。

“咦？你这个想法有点意思。”叶修说。

“包子虽然不能说是白纸新人，但是他单纯啊，他的小白不是因为对游戏的生疏，那是他这个人的性格气质。散人你就当做一个职业交给他去玩，没准他真能给你玩出来。你想想，120个不是瞬发就是冷却极短的快速技能，如果是在包子这个乱七八糟的家伙手里，会是个什么样？”魏琛说。

“更加乱七八糟。”叶修说。

“这就是他最可怕的地方！”魏琛心有余悸地感慨。

“只是这散人终归不是长久之计啊！”叶修说。

“说的是，《荣耀》有三年没更新等级上限了吧？”魏琛说。

“是啊！”

“我深切怀疑等我们杀回职业圈的时候，可能得至少提升一次上限了。”

“嗯……不过每次提升的幅度一般也就是5级，75级的话，还可以应付得来。”叶修说。

“静观其变吧！到时条件允许，可以让包子接触散人试试。”魏琛说。

“嗯。”叶修同意。

“那个美女呢？水平什么程度？”魏琛接着问道。

“也切磋一下你看看？”叶修说。

“好啊！”魏琛欣然同意。

“小唐，你也和老魏切磋一下吧？”叶修于是转头对唐柔说道。

“好啊，等我这副本出来啊！”唐柔正下副本练级，但对于切磋什么的肯定不会拒绝，她喜欢一切竞争。

很快，唐柔副本出来，同样是修正场，魏琛已经开好房间在等她。唐柔进场，两人立刻开打，叶修同样没去围观，继续练他的君莫笑。只是唐柔就坐在他身边，叶修时不时地也会转头过去扫两眼状况。

唐柔的情况其实和包子也是大同小异，经验是他们二人共同的软肋，而这偏偏就是魏琛最强悍的地方。包子当时打成个什么样叶修没看到，但看唐柔的情况，基本被魏琛限制得死死的。胜负上应该没有太大悬念，不过叶修估计魏琛那边也应该可以感受到唐柔带给他的压力。

第一局，不出叶修所料，魏琛比较轻松地拿下。

“操作很强，又快又准。”魏琛赢了以后指出唐柔的优点。

“谢谢，再来一把？”唐柔问。

“来呀！”魏琛欣然接受。此时的 QQ 上，叶修发来一个笑容满面的表情。

“干吗？”魏琛莫名其妙。

“你要挺住。”叶修说。

“挺什么？这 PK？没压力呀！”魏琛说。

“呵呵。”叶修笑。

“呵你妹！”魏琛回了句不搭理了，那边已经开打。

“呵呵，不好意思啊美女，又赢了。”魏琛再下一局，对唐柔说着。

“再来吧？”

“行啊！”

于是第三局开打，叶修一边下着副本，一边淡定喝茶。他不用看，只听二人操作的声音就知道这二人的 PK 是一场比一场的节奏快了。唐柔正在爆发中……这个妹子，她最巅峰的状态通常不会出现在一开局的时候，往往得在逆境中才会爆发出来，典型的遇强则强。

只不过这第三局还是魏琛获胜，这家伙咳嗽了一声，正准备说点什么，那边唐柔却精神抖擞地望过来：“再来？”魏琛的目光转了转，望向他对面的叶修，结果发现叶修的脑袋深深地藏到了显示器的后边。

“来吧……”魏琛没有拒绝，但声音已经有点干涩了。

“搞什么鬼！”QQ 上更是飞快给叶修弹了个消息去。“挺住。”叶修还是这话，只是这一次，魏琛已经多少有些明白是什么意思了。

第四局，魏琛还是赢了，但这次还没等他说什么，就见竞技场房间里唐柔的角色寒烟柔已经准备完毕，抬头再一看，那边唐柔更是已经非常跃跃欲试地望着他。“最后一把啊……”魏琛的声音有了几分心虚的味道。

唐柔却未置可否，只是认真开打。最后这一把，获胜者却成了唐柔。

魏琛长出了口气，结果就听到唐柔这边疑惑地问道："你不会是故意输掉的吧？"

"没有没有，绝对没有。"魏琛连忙说着。

"哈哈哈哈。"叶修终于肯出声了，出来劝阻道，"好了好了，老魏累了，让他抽袋烟吧，小唐同志。"唐柔也不是蛮不讲理就要和人去较劲的死心眼，虽然心有不甘，却也只好作罢。

"要老命！"魏琛又是QQ和叶修私聊。

"这一个怎么样？"叶修笑问。

"这个厉害，越打越猛，老子手都快抽筋了。"魏琛说。

"那你最后让了没有？"叶修问。

"废话，必须的，难道真拼到手抽筋，我有病啊。"魏琛说。

"这也是个四月新人哦！"叶修说着。

"居然让你在新区拣到这么两个新人，你要不好好表现杀回联盟拿回冠军，对得起《荣耀》之神对你的庇佑吗？"魏琛狂喷。

"《荣耀》之神？那是谁？"叶修回道。

"是你行了吧，你妹的，滚！"魏琛骂道。

与包子和唐柔的较量，虽然在不同程度上让魏琛感到心惊，但最终却让他的心情很好。两个很有潜力的新人，让他对这支队伍的信心又提升了许多。他甚至有些担忧地和叶修讨论了这么有潜质的新人是不是要藏好的问题，同时也询问是不是还有什么深藏不露的人选，毕竟一支队伍只有四人还是不够。

这个问题多少让魏琛失望了一些，队伍目前确定的另两个成员小手冰凉和昧光，显然无法达到包子和唐柔这样的期待度，不过也不至于让魏琛这样的老家伙感到忧虑，他和叶修一样，经历过职业联盟最初期的那个阶段，随便一对比，总会觉得眼下的状况算是相当不错。倒是嘉世的战绩比较让魏琛烦心，虽然亲手埋葬自己曾经缔造的辉煌，然后重新上路什么的说起来很带感，但是魏琛这样老到的家伙可没太多年轻人的热血，倒是希望能避开嘉世，安安稳稳地把挑战赛拿下。

随后的这一天里几人都是各忙各的，陈果监督装修，叶修、唐柔、包子都各自练级，魏琛则换回他在轮回的卧底号继续在那儿当打手。游戏里由于各自的等级不同，四人之间倒是一时间完全交集不到一块儿去。

一天过去,第二天陈果却起得很早。装修方面的事今天她全交待给了唐柔,而她自己另有别的事要做。

4 月 4 日,这是这一年的清明节,陈果每年都会去给自己去世的父亲扫墓。轻声离开了房间,下到一楼,陈果却吃了一惊。她没想到叶修比她还要早,竟然也穿戴整齐悠哉地坐在前台里面。陈果狐疑地转到收银台前一看,叶修何止穿戴整齐,这是非常整齐。

"早。"叶修和陈果招呼了一声。

"你是要出门?"陈果看着叶修的装束,做着猜测。此时已经四月,天气转暖,室里室外的穿着基本一致,这让陈果有些不好判断。

"是啊!"叶修点点头。

"真新鲜啊!你这是要去哪?"陈果好奇。叶修来兴欣网吧已经四个月了,除了"全明星周末"和春节,活动范围就没离开过这条街。

"去扫墓。"叶修说。

"啊?去哪里扫?"陈果怔了怔,因为叶修的弟弟叶秋来过,所以陈果清楚叶修并不是 H 市人,这要扫墓,难道是要回家一趟?

"南山公墓。"叶修说。

"南山公墓?"陈果又怔住了,因为这分明就是她要去的地方。

"去看一位朋友。"叶修显然看出陈果有点疑惑,所以主动说明了一下。

"哦,我也要去那边。"陈果说。

"一起过去?"叶修问。

"可以啊,现在走吗?"陈果问。

"等一下沐橙。"叶修说。

"哦,沐沐也去啊!"陈果应了一声。换作平时,能和苏沐橙有接触无疑是她求之不得的高兴事,但今天这么一个特别的时候,显然并不适合因此而觉得有什么喜庆。

没有等太久,7 点 30 分,苏沐橙准时来到了兴欣网吧,显然这是她和叶修约好的时间。作为一个曝光度很高的电子竞技明星,尤其是在 H 市这块,苏沐橙的出行还是挺不方便的。只是现在过了冬天,不好那样严严实实地武装,苏沐橙戴了一个很宽大的墨镜,扣了一顶棒球帽。

"走吧!"叶修起身,陈果已经过去招呼苏沐橙了,并小心地替她留意是不是招惹到了什么目光。叶修看着也只是笑了笑,三人一起出门,拦了辆车后就朝着南山公墓去了。

陈果挺好奇叶修和苏沐橙到底要看的是什么人，但这个又不是很方便开口问。至于她这边，虽然没有和叶修说起过，但她估计她的这点家事网吧里可能早就人尽皆知了，叶修估计也听说过，所以也没去自我说明。

气氛多少有点压抑。坐了副驾驶位置的陈果从观后镜偷眼瞅了瞅，看到叶修的神情还是如平时一样自然。苏沐橙嘛，因为有所武装，表情倒是不太好确认，但感觉也不是太忧伤的样子。陈果犹豫着要不要找话题聊几句，倒是后边的叶修先开了口，结果不是和陈果说也不是和苏沐橙说，而是和出租车司机说："师傅，您玩《荣耀》吗？"

"什么？"司机师傅突然被问了一句，有点茫然。

"《荣耀》，一个网络游戏。"叶修说。

"网络游戏？那个小孩子玩的吧！我哪会啊！"司机师傅说着。

车上三位顿时都沦为了小孩，陈果还有点不好意思，叶修却自然得很，转头对苏沐橙说："可以摘了休息下……"

苏沐橙飞快就把大墨镜给摘了下来，长出了口气："太重了。"

陈果这才明白叶修问司机问题原来是为这个。跟着就听后边叶修问着："还是原来那副吧？"

"对呀！"

"啧啧啧……"叶修连连感慨着，似乎在为他不用遭受这份罪感到庆幸。

就着这个话题，陈果也迅速加入进来帮着出谋划策。话题一打开，气氛顿时不再沉闷，陈果和苏沐橙两个积极讨论了一下化妆易容术的问题，让叶修基本再没有插话的机会。就这样，一路到了H市的南山公墓。

虽然三人来得挺早，但毕竟是清明时节，来扫墓的人丝毫不见少。

"你们要买点什么吗？"陈果询问二人。

"还是买花？"叶修问苏沐橙。

"好吧！"

"那还是你去挑吧？"叶修说。

"当然了。"苏沐橙说着，和陈果一起去了一旁的花店，不大一会儿，两人出来，各捧了一束花。陈果买的是最为普遍的黄菊花，苏沐橙这边，却是一束叶修叫不上名来的。

"什么花？"二人过来后，叶修问道。

“天堂鸟。”

“哦。”叶修只是简单应了一声，未作任何评论。

三人随后进了墓地，再没有人说话，都只是默默地沿着石路前行。直至陈果停下了脚步：“我要去这边了，你们呢？”

“哦，我们远一些，在那边。”叶修朝道路延伸的另一端指了指。

“哦，我知道，那我一会儿去找你们？”陈果说着。

“好啊，那一会儿见。”叶修说。

“一会儿见。”陈果点了点头，和两人先告了别，带着自己那捧鲜花，来到了自己父亲的墓前。

“老爸，我来看你了。”带着微笑，陈果轻轻放下了花束。

“我很好，网吧也很好，不过有一点和从前不一样哦！网吧来了一个奇怪的家伙，开始说愿意当通宵的网管，但是后来我发现，他居然是个了不起的大人物，是电子竞技的职业选手，而且还是最顶尖的那一位。哈哈，换作别人的老爸，肯定不会觉得这有什么了不起，但你不一样嘛，你开网吧，网络游戏你很懂啊！他这样的大人物，居然跑到咱们的网吧来当网管，你说奇怪不奇怪？

“后来我才知道他和原来的战队有了矛盾，被逼着退役离开。不过他完全没有放弃的意思，准备自己再组一支队伍重新杀回职业圈去再夺冠军。我呢，决定狠狠地支持他一下。这是我在接手网吧以后，又一次做出的重大决定。我现在就想和他们一起去努力。支持一支战队，怎么样？很厉害吧？虽然感觉有些困难，但我想还是可以克服的。你也不用担心会把网吧赔进去啦！因为那个家伙虽然有时候乱七八糟的，而且连他找来的一些家伙也是乱七八糟的，但总感觉都是很可靠的人呢！和他们在一起的感觉很好，我想我们共同努力的目标，一定会实现的。到时候我一定会来告诉你，等我的好消息吧！”

站在墓前，陈果轻声和已逝的父亲说着这一切。人虽然已经不在，但相互之间那种牵挂的心情是永远也不会消失的，哪怕是时间，也不会将这冲垮。

“好啦，我先走了，下次再来看你，没准就会有好消息带来哦！”陈果微笑着转身离开了，走回石路，朝着叶修指过的那个方向走去。

陈果来这个南山公墓扫墓已经有好些年头了，她挺熟悉这里，所以她知道叶修所指的那边是哪个园区。这片园区在她父亲入土的时候还没有开出来，具体是哪一年开始有的，陈果也有些记不太清了。

想着这些，片刻后陈果已经到了那一边，一排一排地走过，很快就找到了叶修和苏沐橙的身影，并肩站在那里。

陈果没有凑过去，因为她知道很多人扫墓的时候或许会有些话要对亲朋好友说，外人在，有时实在不是很方便。

陈果没有上前，但是这个距离，她看清了那墓碑上所刻写的名字。

苏沐秋？陈果怔了怔，从名字上来看的话，有些像是苏沐橙的亲人。

看到墓碑上的名字，陈果脑海中一瞬间就浮现出了无数的想法和念头。她想要通过墓碑上的内容进一步确认一下，但是这个距离、这个位置，实在是看不清任何别的字样。陈果本着不去打扰的原则，没有继续走近，只是在这里探身探头的，想找找看二人身形挡下的地方是不是还能看到什么有用的信息。

结果她正努力呢，那边叶修却冷不丁地转了下头，一眼就看到了这边的陈果。

陈果知道自己的模样必然被叶修看到了，顿时窘得想找个坑自己就这么躺进去，再立块碑就这么死了得了，立刻下意识地假装没看到叶修看过来似的在这儿东张西望着。过了会儿偷眼扫了一下，却看到叶修还在微笑着望着她，看到她目光转来，朝她招了招手，貌似在示意她过去。陈果怔了怔，又打手势比划了一下进行确认，看叶修点了头后，这才走了过去。

熟悉南山公墓的陈果是比较清楚这边的几种陵墓规格的，叶修他们所在的这一排，应该算是南山陵园中最低档次的一种。格局简陋，供人扫墓的空间也很小。这要是亲朋好友多一些，一次在墓前都站不开。陈果到了跟前，却看到这简陋的小墓收拾得很干净，应该是两人刚刚清理过。那束天堂鸟，也静静地摆在了墓碑前。陈果终于可以看清墓碑上的字了。

称呼、立碑的时间，让陈果很快就知道了一些信息。叶修此时却站到了一旁，轻拍了拍那墓碑说："看看这位，要不是待在这，现在肯定也是《荣耀》最顶尖的大神之一。"

"是你哥哥呀！"陈果望着苏沐橙说着，墓碑上的称呼，已经说明了这一点。

"嗯。"苏沐橙点了点头，墓前的她脱下了帽子，也摘去了墨镜。不过神情上也没有流露太多的悲伤，有的只是深深的怀念。从墓碑上的生卒时间来看，这人年仅 18 岁时就已经去世，距离现在已经快 8 年。

“他是……”

“车祸。”苏沐橙说。

“哦……”陈果沉默了，这种突如其来的悲痛，她曾经真实地感受过。

“他是我唯一的亲人。”苏沐橙说着。

“啊？”这让陈果一呆，随即她也想起来，苏沐橙作为明星人物，她的一些资料简介上却从来没有过家庭情况的介绍。陈果一直以为是她不想透露家庭隐私。而今年过春节时，叶修没有回家，她知道是怎么回事，但是苏沐橙居然也留在俱乐部这边，这让陈果起初也略略疑惑了一下，但后来没有多想，只当苏沐橙是留下陪叶修的。到了现在她才知道，原来苏沐橙过节的时候就算想团圆也根本没人可找。而陈果呢？她的确独居在此，但事实上她还是有一些亲戚的，只是来往不多罢了。

“我们俩在孤儿院长大，后来出了点变故，就一直在外流落，是哥哥一直照顾我。”苏沐橙说着。

陈果继续目瞪口呆中，她从来没有想到过，这个璀璨的《荣耀》明星居然会有这么悲惨的过去。她的哥哥苏沐秋，去世时也才不过 18 岁，而这之前就已经开始承担养活两个人的重担，这两个人的日子过得会有多辛苦，陈果简直有些无法想象。

“哈哈。”不想苏沐橙却在这个时候笑了出来，“你不要以为我们那时候过得很辛苦，其实没有啊！哥哥靠着他游戏的本事，我们一直生活得很不错。”

“游戏的本事？”

“是呀！”苏沐橙笑着，“做代练、贩装备、打黑赛，甚至写外挂，游戏方面真是没有这家伙不会的东西。”

“哦，那真不错。”陈果虽然这样说着，心里却更为苦涩。因为她清楚，苏沐橙说是这样说，但事情的真相却未必就如她所说的那般幸福。别忘了陈果就是在网吧里长大的，而后一直经营着网吧，而且是一家规模很不错的网吧。哪怕不是从一开始就接触网游，但是天天守着网吧这样的地方，苏沐橙刚刚所说过的游戏里的这种营生，陈果其实都挺清楚的。

这些事，做出来确实可以让人生活下去，但很难让人生活得大富大贵。陈果不知道当时的苏沐秋做到了什么程度，但是他那时还只是一个少年，要维持两个人的生计，肯定做得非常不容易。而且还有一个很真实的情况就在眼前，苏沐秋的墓，是南山公墓这边规格最低的，可见当时埋葬他时他们手头的财产肯定有限。

苏沐橙会说成这样，陈果觉得倒不是她想安慰自己，或许只是因为当时的她真的很满足。从小开始和哥哥相依为命流落街头的小女孩，对生活的要求就是那么简单，这才会让她对当时其实在别人眼中可能很不好过的日子，觉得十分幸福。

会让陈果有这种确信，还因为那一瞬间她看到了叶修的神情。在苏沐橙很幸福地回忆着那些的时候，这个向来都很平静的家伙脸上也流露出几分苦涩。陈果知道这货可不是什么无家可归的可怜少年，对于生活品质的衡量，他肯定不会和一个无家可归的小女孩在一个层次。很显然，叶修清楚当时苏氏兄妹的生活到底是怎样的，所以苏沐橙说起那时的"幸福"时，他的神情和想穿了这些的陈果的心情有一些同步了。

"后来《荣耀》这个游戏出来以后，哥哥很高兴，他非常看好这个游戏，把全部的精力都放在了这个游戏上。"苏沐橙说着。

"我差不多就是在这个时候，认识了他们兄妹。"叶修说。

"你离家出走之后吧？"陈果问。

"嗯。"叶修点了点头，"遇到他们以后，和沐秋很谈得来，我们都是立志要在《荣耀》这个游戏里弄出点名堂来的，所以就天天一起泡在这个游戏里，研究职业，研究技能，研究装备，研究《荣耀》首创的装备编辑系统。其实就是现在，职业圈里还有他当时研究出来的自制银装。"

"是吗？"陈果惊叹。

"是啊！一叶之秋的战矛却邪就是他的手笔呀！"叶修说。

"还有千机伞也是？"陈果突然想到了这个，在她头回认识到这件银武时，叶修就略略提到过一个朋友，当时陈果就感觉到了些什么，所以没有多问。现在看来，叶修当时所提的朋友，就是苏沐秋。

"是呀，很天才对吧？只是可惜了，那时候55级的更新，一下子抹杀掉了散人和这件武器的意义。"叶修叹息着。

"但是哥哥也没有放弃啊！"苏沐橙说道。

"没错。千机伞的构思，是一开始散人流行时，这家伙就产生的一个设想，从那时候开始他就不断地研究、尝试，不知道经历了多少次失败，始终没有放弃。谁知就在接近最终成功，他甚至已经准备好一个新角色，准备和千机伞一起提升起来的时候，出现了那一次的更新。刚看到那个更新的时候，连我都实在不能接受居然会有这么悲催的事。他当时不言不语的沉默也把我们吓坏了。你知道后来怎样吗？”叶修问。

“怎样？”陈果一惊，心里第一时间想到的是苏沐秋因此抑郁，于是故意撞车自杀，但是很快又一想，如果真是这样，叶修怎么可能还会问什么“你知道后来怎样”这样的话？

“第二天，我们还在为他担心的时候，他随手把一张账号卡丢给了我，笑了笑说：只是从头再来罢了。”叶修说。

“真的好坚强。”陈果顿时对苏沐秋也发自内心地佩服起来。

“后来他真的很从容地放弃了对散人的念头，选了一个职业，重新又练了起来。那个时候，随着新的更新，职业联盟要成立的消息渐渐也放出来了。我们两个当时也都算是《荣耀》里比较有名的高手吧，辗转都被人联系邀请了。虽然散人当然没有实现，但是在《荣耀》中我们终于可以更进一步了，大家都很高兴，只是很可惜……”说到这里，叶修终于也黯然了，低头望向了墓碑。墓碑镶嵌的照片上，一个和苏沐橙很有几分相像的清秀少年，就那样从容自信地微笑着。一瞬间，陈果好像真的听到有一个声音很是洒脱地说着：只是从头再来罢了。

是啊！只有拥有了绝对的自信，才有可能在那种推翻过去一切努力的打击后，轻松从容地说出这样一句话。而说出这话的不过是一个十几岁的少年。

“那时我们已经确定了队伍，就准备签下正式合约了，他遇到了意外。”叶修叹息着。

三个人都沉默了，苏沐橙也微微侧过了头，但是很快又转了过来，眼中虽有泪花在闪，但脸上却顽强地挂着微笑：“但他还是留下了很多东西呀！”

“没错，一叶之秋的却邪，没有这件银武，恐怕我也没可能顺利地拿到三个冠军。嘿嘿，在那个时候，这件银武可有点超前得可怕，回去你可以向老魏打听打听，吓死他！”叶修说。

“还有君莫笑，千机伞，他过去没有实现的，现在真的可以实现了！”陈果也在说着。

“还有他最后准备拿来打职业联赛的账号。”苏沐橙说。

“哦？在哪里啊？”陈果真心想膜拜这位坚强自信的少年最后留下的、本该称神却成为遗憾的角色。

“就是我现在用的沐雨橙风呀！”苏沐橙说。

19
CHAPTER

问心无愧

"啊？"这个答案着实又让陈果狠狠地意外了一下。苏沐橙现在所用的枪炮师沐雨橙风，居然就是当初苏沐秋准备拿来进入联盟当职业选手的号吗？

男玩女号，或者女玩男号，在网游里可能会比较不受待见，但在职业圈里这种现象却算不上什么。毕竟职业圈的每一个角色都是一步一步悉心打造出来的，而角色的性别，这只能由最初的建立者来设定，之后是没有办法更改的。一些角色从前辈往后辈手中传承的时候，由于选手的性别发生了改变，造成男玩女角色或女玩男角色的现象都是存在的。

而当中最有名的，要数烟雨战队的楚云秀和虚空战队的吴羽策。这两位都是全明星级别的选手，而他们手中的角色，楚云秀手中的元素法师风城烟雨和吴羽策用的鬼剑士鬼刻就都和选手性别不符。

风城烟雨是个男号，而鬼刻这个名字完全没有女性化的鬼剑士角色，事实上却是一个女号。

这两位名气大，所以被人议论得也就多。在其他选手当中，这样的现象也有，只是并不太多罢了。毕竟男性玩家无论从整体人数上还是技术水平上，都普遍要强过女性玩家，职业圈中无论选手还是角色，都是以男性居多，所以基本上都是统一的。

以上的这些选手，会这样也基本都是迫于角色的传承。开始这些还会经常被人当做谈资来议论，但是后来大家也都习惯了职业圈里的这种正常现象，在意的人也就不多了。但是如果有人是主动玩人妖号或什么的，那倒还是可以吸引点眼球的。前些年里，也不乏选手希望通过这样的方式吸引眼球来出位。不过很遗憾，这里是竞技圈，并不是娱乐圈。只靠吸引眼球增加话题度是不可能维持住地位的，一切都要靠场上的实力来说话。绣花枕头在竞技圈里，三两下就会被检验出来。到时别说玩人妖号了，就算你自己就是个人妖，也只能留下个笑话罢了。

而这个苏沐秋，居然一开始就想建个女号闯职业圈，这倒让陈果有些意外。这么一个自信的人，似乎完全没理由需要这样标新立异啊！

不过她那一声“啊”后，苏沐橙已经笑着解释上了：“他是无所谓男号女号的，建那样一个号也就是为了逗我玩。”

“哦……”陈果明白了，这只是做哥哥的和妹妹之间的一个玩笑，和职业圈里那些乱七八糟的考量根本没有关系。

女性的角色，还用着妹妹名字里的字眼，陈果可以感受到苏沐秋对妹妹的温柔和疼爱，这样的一个人，居然就这样……

陈果心里又难过起来，只是不想影响到叶修和苏沐橙的情绪，努力没有流露出来。这时她也明白了，为什么那天嘉世老板陶轩过来承诺甚至可以放手一叶之秋时，叶修果断提出想要的却是沐雨橙风。显然在他眼中，这个角色承载了更多的东西，无论是为了苏沐秋，还是苏沐橙，都应该努力把这个角色拿回手中。至于一叶之秋，那承载的大多只是叶修自己的东西，放弃，或许只是因为他也和当初的苏沐秋一样自信而坚强：只是从头再来罢了。

三人随后又陷入了沉默，谁也没有说话，就这么各怀心事呆呆地站了片刻，叶修开口道：“我们回去吧？”

“哦。”陈果没有异议，苏沐橙也点了点头，三人离开。离去前，陈果忍不住又回头看了一眼。以苏沐秋的实力、性格，甚至相貌，如果真加入职业圈的话，那会取得怎样的一番成就呢？

“那个时候，他是准备和你一起加入嘉世的吗？”陈果问叶修。

“是啊！”叶修点点头。

“如果你们可以一起在嘉世并肩战斗……”陈果忍不住幻想起了这种可能性。单一个叶修，就可以带领嘉世横扫职业圈的其他战队三年，如果再有一个实力不在他之下，或许更可怕的苏沐秋……

“那可能职业联盟会因为每年的冠军都太没有悬念而失去存在的意义而倒闭吧？”叶修说。

“好吧……”今天毕竟是个特殊的日子，陈果也就不再吐槽叶修的言论了。

三人沿来路下了山，乘车返回，路上闲聊了一些游戏的事，心情也都渐渐回转过来。不过对于初次听到这故事的陈果而言，情绪可没这么快就淡薄起来。此时的她已更加雄心壮志，她忽然觉得像叶修他们这样有承载着的东西真的也是很幸福的一件事，她很庆幸能有机会遇到这些人，可以和他们共同分担这些承载。奋斗，拼搏！无论最终成功与否，这一段人生总是十分充实，不会充满无聊和寂寞。

“怎么样了怎么样了？收拾得怎么样了？”

回到网吧这边，苏沐橙返回了嘉世俱乐部，陈果扯着嗓子干劲十足地就上二楼检查装修工作去了。气势十足的模样把正在包厢里游戏的魏琛和包子都惊动了。

两人猜疑地出来围观，魏琛嘴上还叼着根烟，被陈果犀利地发现了。

“不许吸烟！”陈果严肃指出。

“开玩笑的吧？网吧里不许抽烟？”魏琛一脸的诧异，让陈果险些穿越回了四个月前。那时候叶修刚来，叼着烟在那儿游戏，被自己说了后，也是这么一番不可思议的模样。

“抽烟去那边包厢。”陈果指了指。网吧里禁烟确实会难为很多人，对生意影响会相当惨烈。所以陈果虽然讨厌，却也不得不开辟吸烟区专供这些家伙。楼下有，楼上包厢也有一些是可以由得客人在里面吞云吐雾的。

“你怎么活下来的？”魏琛这时望着后边上来的叶修，显然他知道叶修的烟瘾也是相当犀利的。

“我有素质，都去能抽的地方抽。”叶修说。

“难道你们职业俱乐部里的训练室都是可以吸烟的吗？”陈果义正词严地说。

“一般人不让。”魏琛说，“但我是队长。”说完魏琛深吸一口，顺手还掏了一根出来丢给了叶修。

叶修接过，娴熟地点上，也是深吸一口后，吐了个圈说：“嗯，我也是队长。”

“渣！你们都是渣！”陈果吼道。这时候她不由得又想到了今天才刚刚了解到的那个苏沐秋，如果他是队长，一定不会有这么乱七八糟的行为。

“你们不考虑自己，也要考虑全队，职业战队不是经常会有些未成年人吗？让他们吸你们的二手烟，好意思吗你们？”陈果教育两个渣。

“老夫未成年的时候就已经吸烟了。”魏琛继续深吸。

“这么巧？我也是。”叶修点头，深吸。

“你们！”陈果怒道。

“说起来，咱们的队伍队长会是谁？”魏琛问叶修。

“你老糊涂了吗？除了我还能是谁？”叶修说。

“那就凑合着吧！”魏琛点点头。

这两个家伙自顾自地聊着，居然就要进包厢了。

“包子抽不抽烟？”魏琛还一边问和他一起出来的包子。

“我不会。”包子说。

“年轻人还有不会抽烟的？”魏琛表示鄙夷。

“那我试一根？”包子问。陈果一边抓狂，这也太容易被带坏了吧？正准备站出来阻止这么恶劣的行为，却听到叶修说道：“不会试什么，浪费。”

“同意。”魏琛点点头。

两人说完就钻进包厢了，陈果那叫一个郁闷。原来就叶修一个，被她吼得还算自觉了。现在又多了魏琛，这两个货狼狈为奸，比着可耻，居然直接无视她的禁烟令。

情不自禁，陈果又想起了苏沐秋，更觉得痛心和惋惜。多好的一个人，为什么偏偏会这样？难道真就是因为那句话，好人不长命，祸害遗千年吗？

拿这两人实在是没办法了，陈果回头检视了一下装修改造工程，对进度还是比较满意的。但是想到那两个祸害，不得不又提出了新的要求：专隔出来的训练室，通风换气必须得强力。

“回来了？”这时，唐柔从房间里出来，和陈果打着招呼。

“唉，要被那两个家伙气死了。”陈果抱怨着。

“怎么了？”唐柔问着。

陈果如此这般说了一下，唐柔也只能笑着安慰：“这也没办法了，我看那个老魏的烟瘾比叶修还要大，你要是真不让他玩游戏的时候抽几口，估计得难受死他。”

“嗯，其实我也知道，老选手里其实有不少都是这样的。”陈果说。

“就让他们按自己习惯的方式来吧！”唐柔说。

“不然还能怎么样，我也就是说说罢了。”陈果叹息。

“今天早上叶修也没在啊，刚和你一起回来的？”唐柔问道。

“对啊！他早上和苏沐橙也去扫墓了。”陈果说着把唐柔拉到了一边，和她讲了讲苏沐橙的哥哥苏沐秋的事。这时不怕影响了叶修、苏沐橙的情绪，陈果叹息伤感的模样完全流露出来了。唐柔听了后，也不住地感到惋惜。

“这更坚定了我要努力做好这支战队的决心呢！”陈果说。

“大家一起努力。”唐柔说。

二层的装修改建工程说大不大，说小也不太小，但在陈果斗志昂扬的每日亲自督促下，进度却是很快，约莫两个星期后，就已经宣布竣工。随后又把张罗好的一些设备布置摆放进去，陈果视察了一番后，觉得甚是满意，这才招呼着几人，正式开始使用他们战队的专门训练室。

“会不会太亮了？”头个进门的叶修，面对朝南几扇亮堂的窗户投进来的扎眼阳光，很是痛苦地说着。

“确实有点。”魏琛进来后也说。

两个没下限的家伙的点评陈果不想理会，只是继续邀请着几人上机感受。电脑配置和网吧相比并没有太大区别，玩《荣耀》绝对已经游刃有余了。至于鼠标和键盘，都是问过众人选择了他们需要的款式，就连包子也在叶修的观察下，给他推荐了一款适合他的配置。

12 台电脑，每 3 台一组，互相背对，在正中排了个正方形出来，倒是很有对战的氛围。由于外接的键盘、鼠标各异，所以此时已经算是有了固定位子。叶修和魏琛两个，被安排到了那强力的通风换气窗正下方，陈果俨然把二人视作油烟了。

四人各坐了位子，开机，进游戏，不一会儿叶修就皱着眉头再提意见：“太亮了。”

“是的。”魏琛说。

这两人的意见陈果正准备无视，不想那边包子也眯了眼睛一副几乎要贴到电脑显示屏上的模样：“太晃了，看不清。”

最后就连唐柔也无奈地说：“确实。”

陈果自己完全没有试过，凑到唐柔的电脑前一看，顿时也傻了眼。她特意选定的朝阳面，打造的大窗，带来明亮的环境和充足阳光的同时，也给显示器带来了强烈的反光，屏幕上的东西真的很难看清。

“得挂个帘子。”叶修望望窗户说着。

陈果不得不采纳了这个建议，最后弄来窗帘一挂，立刻被几人迫不及待地拉了个严严实实。

“好了！”第一个回到电脑前的包子精神一振。

“嗯，就应该是这么个氛围。”魏琛也赞不绝口。

叶修和唐柔没说话，但看得出非常满意，陈果却是非常无语。窗帘的目的是挡光，当然选的是极深色的，她原本心目中亮堂的训练室，此时昏暗得跟杀人现场似的。尤其是趴在电脑前的几位，在如此昏暗的环境里，脸上的光线也随着显示器画面的改变不断波动着。连唐柔这样无死角的美女，此时看着都像鬼一样。

陈果忍无可忍，走到门口开了个灯。

“啊！”就听到屋里一片惨叫，好像一帮吸血鬼被太阳光给照射到了一样。

“关掉，快把灯关掉。”其中尤其以魏琛的声音最为急切和惨烈。他一边叫着一边不住地调整着坐姿，操纵着鼠标和键盘，这灯一亮貌似给他造成了什么超级不良的影响一般。

其他三人倒是没这么大反应，此时都一起抬头望着灯。

灯也是陈果亲自选的，很漂亮的水晶灯，但眼下几位却都拿那种特别不欢迎的目光抬头仰望着，让陈果那叫一个郁闷。

“别都开了，晃屏幕。”叶修说着。

陈果按了下开关，灭了两盏。

“再关点。”叶修说。

陈果再按。

“再关。”叶修还说。

陈果又按。

“再关个。”叶修依然在说。

陈果脸黑黑地又关了一次，于是听到叶修很满意的声音：“嗯，这样最合适了，就保持这样吧！”

此时灯分明是全关着的，陈果郁闷得想撞墙，敢情她是做了这么多多余的事情。训练室里其实还有一些别的布置，但此时陈果已经没勇气给大家展示了，四个家伙在得到满意的环境后，居然已经开始专心游戏了。

陈果正觉得失落，忽然又听到叶修说：“就是这么多吗？我记得你好像还装了个投影是不是？”

“啊，对啊！”陈果一听又精神了些，连忙又到房间东边的角落，拿了遥控一按后，投影的幕布徐徐降了下来，比起平时周六播放比赛时用的要小了些，但对于这么一间不算太大的训练室来说，却也足够使用了。

“哎哟，这个好啊！以后看比赛也可以用这个，省得下去和人挤了。听着那些菜鸟啥也不懂在那胡说八道就生气。”魏琛感慨连连。

众人笑。

兴欣网络会所周六转播《荣耀》比赛的方式，刚开始魏琛也很喜欢，第一周和大家一起看比赛时看得挺投入。

可是好景不长，第二周时抢了好位子去看比赛的魏琛和身旁的玩家发生了争执。当时那位玩家很是高端地对身边他的朋友指点着这一场比赛，魏琛在一边听了，完全都是胡扯嘛！于是就很热心地去参与讨论，纠正那位“高端玩家”的错误。结果人家根本没耐心听魏琛说什么，就已经鄙夷地望着魏琛轻蔑地回了一句：“你懂？”

这魏琛可不是一般的游戏宅男，那是街头出身的小混混，而且这么多年也没啥长进，也就是从小混混变成了老混混，当年什么脾性现在还什么脾性。他是懒得和人家去讲道理的，别人想和他玩秀才遇上兵的时候，魏琛同志早先一步化身大兵踹上去了。

但是这一次魏琛没发作，据他说是因为刚到新网吧，要给老板面子，而且要组新战队，不能制造恶劣影响云云。但后来叶修听了却是鄙夷道：“听他扯，只不过是因为对方人多罢了。”

总之就这第二次后，魏琛就没了和玩家一起围观比赛的兴致，不过却又确实觉得用那个大投影看比赛真是十分过瘾，现在陈果给他们这儿也安置了一个这样的设备，顿时让魏琛十分欢喜。

“这周我们就在这里看比赛好了。”魏琛宣布。

“呃……我还是喜欢下边。”包子说。

“为什么？”魏琛说。

“人多，屏幕大。”包子高兴地说，理由直白得让人很难辩驳。

面对自己的队友，魏琛再奔放也不能直接上去就踹啊！于是语重心长地教育包子：“包子啊！你看，我们可是志在成立职业战队的高水平玩家，和菜鸟们堆在一起看比赛，那像什么话。你说的话他们听不懂，他们说的话，你听了更来气，有什么意思？”

“不会啊，我觉得都挺好啊！”包子说道。

众人又笑。

魏琛也是无奈，都接触两个星期了，包子的脱线他又哪会不了解，于是也就不去做什么无用功了，埋头又继续忙活他的游戏去了。

这两个星期里叶修他们三个依旧各自练级，魏琛则继续拿着他的卧底号在轮回里打拼。凭借实力，魏琛现在虽非轮回公会的核心成员，但至少已经是一名精英打手，已经跻身轮回公会本部精英一团。在这两周的副本活动还有抢夺野图 BOSS 中，屡屡立下汗马功劳。就这样的苦力，哪怕是个卧底，各大公会也是乐于先利用利用的，毕竟高手带来的实惠是实打实的。

魏琛现在在自己赚取信任的同时，开始慢慢把他那票兄弟逐渐地往轮回公会这边安插。

魏琛这些朋友毕竟有他一直以来的教导，水平都不错，至少完全有资格在任何一家大公会里占据一席之地，他们原本就都是蓝溪阁公会的成员，这就已经足够说明问题了。

只是一股脑地就这么推荐一堆人进公会，在普通玩家公会可能不会太被人当回事，会长可能还会很高兴地接纳，但在俱乐部公会可就会引起相当的戒备了。毕竟俱乐部公会之间的竞争掺杂了太多的东西，可不是就图一个乐子这么简单。

所以在魏琛的安排下，他这些朋友都是假装轮回粉自发地向轮回公会投靠着。这战队粉丝不计其数，想要在网游里加入俱乐部公会的粉丝也是不计其数，这样的举动，可就一点疑心都不会引起了，而后就是耐着性子排着队等待能被招入公会的时刻。

魏琛这会儿上线后没什么正事，四下摇晃了一圈后，却收到了公会会长三界六道亲自发来的消息。

堂堂俱乐部公会的会长，多高端的人物，能亲自给公会一名成员发消息，可见魏琛此时在轮回已经是相当地有身份了。

魏琛翻开了消息，和三界六道来往了几句后，情不自禁就骂了一声："靠！"

"怎么了？"叶修瞅过来看。

"已经要让老子带个团了，我这人还没集齐呢！"魏琛骂道。

这正是他和叶修一开始的计划。魏琛在轮回更多表现出的是指挥上的才能，这样的能力，想充分利用，当然就是交一个团让他去指挥。魏琛现在身处轮回精英一团，但这一团是公会最顶尖的实力，肯定是由公会会长三界六道直接挂帅。其他人指挥再牛，却也不方便越俎代庖。指挥，那是很有威望的一件事。结果公会的首席精英团里连同会长都在听从一个人的号令，这算是怎么一回事？这么做显然不太合适。所以两人都料定轮回最后肯定会交给魏琛一个团让他发光发热。只是想不到轮回的动作如此之快，而魏琛集体卧底的兄弟，此时还根本没混进来几个呢！

“这也不太要紧吧？”叶修说着，扫向魏琛屏幕上未关的聊天窗口。三界六道以一副很看重魏琛的模样说着要把轮回公会本部的第五精英团交给他来带。

“是没什么要紧的，我只是感慨我的能力，这么快就上位到了精英团长的地步。”魏琛说着。

“是吗？第五精英团……一个团是 100 人，貌似打一次野图 BOSS，竞争不大的时候也就是上两个团，多不过三个四个，你这第五精英团，替补团中的替补团啊！我看你现在这团长身份，还不如在第一精英团里打酱油的身份呢！至少那样还能知道第一线的情报。现在混个什么第五精英团，你就带着人整天副本里玩去吧！”叶修说。

“你废话，一上来就给我一线精英团带，这会长脑子得是被驴踢了吧！第五精英团已经不差了，等我带出点实力，不愁不把前边的二三四什么的挤下来。”魏琛自信满满地说。

“那你可得管住自己的下限，别下副本的时候刷出来什么稀有物品，克制不住直接揣自己口袋里了，那可就是杀鸡取卵了。”叶修说。

“滚滚滚，老夫还用你教吗？”魏琛挥手赶苍蝇一样驱赶叶修。

结果叶修刚一望回自己的电脑屏幕，就听着魏琛这边吆喝了一声：“哎哟！‘永生之泉’！我刚好在这边有个需求，这团的副本进度居然正好是这里诶！”

叶修回头扫了眼，屏幕上魏琛答应了三界六道的要求后，三界六道指派他的任务果然是带团攻克副本，而这一团主攻的，正是“永生之泉”这个 70 级的副本。

作为轮回这种俱乐部公会本部的第五精英团，虽然在叶修口中被说成是替补的替补，但事实上已经是《荣耀》中第一等的团队了。

“永生之泉”，是目前“神之领域”的七大百人副本之一。

这七大百人副本，可说是目前《荣耀》里副本难度的巅峰。这七个副本处于同一档次，不过由于副本和副本之间又有许多不同，所以这一打起来，团队不同，那对每一个副本的难易感觉就各不相同。所以这七个副本之间哪个难哪个简单，那是一个团队一个说法，基本就没个统一的。

这七大副本是《荣耀》最后一次更新时同期推出的，七个副本共享每周CD。也就是说虽然有七个副本，但是每个玩家每周只能从七个副本中选一个下一次。所以像轮回这样的俱乐部公会，每周都会尽可能普遍地去刷这七大副本。而一个公会一周能刷掉几个七大副本的CD，也是《荣耀》玩家衡量一家公会实力的一个标准。毕竟一个团一周只能刷一个本，所以一周能刷掉几个CD，就意味着这公会拥有几个能打通巅峰副本的精英团。这样的团越多，当然也就意味着这一家公会高手越多，装备好的角色越多。

轮回公会，第五精英团显然也是负责每周一个七大副本CD的团队之一。这七大副本共享CD，可想而知里面的装备、材料产出也相当稀有。虽然从理论上来说和野图BOSS相比还不在一个层面，但是不能忽视的一点是，这七个副本虽然就这么放在那儿，每个人每周都有刷一次的机会，但真能攻克下来的那是少之又少。至于野团这样的存在，想把七大副本给拿下，那还远没够水准呢！

魏琛以前混过蓝溪阁，以他的实力想入精英团肯定不难，这本也未必没有打过。但是打归打，这些副本里出的材料，一般玩家可是很难拿到。或许换个玩家公会，或其他团队还有可能，像俱乐部公会里，材料反倒因为都要供给战队，不是什么特殊原因，很少会流落到普通玩家手中。所以魏琛一见居然要带团去“永生之泉”，立刻就产生了杀鸡取卵的欲望。他现在可是团长！俱乐部公会团队的习惯，装备材料都不是靠摇点决定，而是直接由团长分配的，所以说魏琛现在如果看到了需要的东西，直接卷了就走是完全可以做到的。只是这样一来，他这团长也算是干到头了。

“注意下限。”叶修在一旁提醒。

“切，我就是感慨下罢了，你以为我是你吗？”魏琛不屑地说着。

叶修于是也不再多说什么，但是过了一会儿，忽然就听到魏琛很懊恼地一拍脑袋叹息了一声：“唉，我怎么早没想到啊！”

“没想到什么？”叶修一边疑惑。

“这种弄材料的方式啊！开个马甲，混上位，带团，然后卷了东西直接就跑。”魏琛说。

“这说明你还有点人性。”叶修感慨。

“但今时今日你却想到了。”魏琛斜视。

“智商上的差距？”叶修问。

“下限上的差距才是。”魏琛说。

“都是为了工作。”叶修表示。

“要不要多搞几个马甲号这样试一试啊？我看你那个无敌最俊朗就可惜了，至少也得混上团长，卷了一副本的东西再走才是啊！”魏琛说。

“你得了吧！这得费多大劲啊？还不如直接盯上各公会的团长，等副本出来了直接上去杀了就抢，那多干脆？”叶修说。

“这个方法之前不是已经计划过了吗？等咱们有点人马了就这么干啊！”魏琛说。

“所以说副本里的需求真的不着急，还是赶紧想办法弄野图 BOSS 才是真的。”叶修说。

“慢慢来慢慢来，保持耐心，面包会有的。”魏琛说道。

两人的讨论一旁的陈果听了真是懊悔啊！这两人的聊天内容实在是太少儿不宜了，在游戏里完全就是烧杀抢夺无所不为啊！这战队里万一有点纯洁的小朋友，在这两个家伙的恶劣影响下那会成长成什么样的人生观啊？这要是能分得清游戏和现实还好，要是完全败坏了，直接上街也是又偷又抢那该怎么得了？

那么多的玩家，人家怎么都是正直地想着去刷副本得装备，去从各种交易途径换东西，为什么就这两个家伙能想出“别人刷副本，我们刷刷副本的团长”这么惨无人道的事？这是什么样的游戏观啊？吃什么长大的？

陈果望着二人的眼光满是不可思议，但看这边包子和唐柔，两人都戴着耳机在副本里练级，可能没听见那二人说话，所以一点反应也没有。

就这样最后成型的战队，黑历史简直一片一片啊！到时要是被人挖出来曝光，这战队的形象得烂成什么样啊？陈果想着，觉得两人这样的计划实在是有些过分。可是转念又一想，杀人爆装备，这在“神之领域”本就是很寻常的事啊！谁不知道在“神之领域”玩家是比怪还危险的存在？这两个人，也就是胆子更大，做法更豪迈罢了。

可不管怎样，即便这是网络游戏，即便这在游戏的规则内，陈果却也觉得这样的行为大大的不妥。只是要和这两个人说理，陈果却不由得觉得有点心虚。于是这一瞬间，陈果又想到了苏沐秋！这个未完成理想就去世的少年，陈果其实也就是清明节从叶修和苏沐橙的只言片语中了解到了一点情况，但在她心目中已是完美无缺的一个存在，是陈果近期忙碌的一大动力源泉。

想到这个完美的人，陈果好像一下子也坚强自信了不少，到了那两个没下限的家伙面前，敲了敲桌子："喂！"

"干吗？"两人头都没抬。

"你们刚才说的不是真的吧？"陈果说。

"什么？"两人总算抬头问了下。

"要去直接抢人家副本团队的团长这回事。"陈果无比严肃地说着。

"我们说过吗？"叶修望魏琛。

"没有吧！"魏琛接着望向陈果。

"我是认真的。"陈果没有动摇。

叶修在这一瞬间似乎也感觉到了陈果的坚决，于是笑了笑说："当然不是真的，我们俩说笑的。"

"是吗？"陈果犹豫了一下，却还是说出了自己心中的想法，"我现在很了解你们的理想，也理解你们需要珍惜时间，更清楚我们现在起步的艰难，但是我觉得，这些都不应该成为我们不择手段的理由。靠这样赤裸裸的方式来掠夺别人辛苦的成果，你们真的觉得问心无愧吗？"

魏琛听得眉头皱了皱，正准备说话，一边的叶修却已经微笑着说："我们问心无愧啊！"

叶修依然是他常有的满不在乎的神情，只是这个时候出现，让陈果突然觉得很有些失望，但是她很快就听到叶修说："因为我们确实只是说笑罢了。"

"是吗？那就好！"陈果突然间如释重负，放心地笑了出来。

魏琛没有再说话，直到陈果离开，这才望着叶修："其实我们不是说笑的对吧！"

"我是说笑的，你是没下限的。"叶修说。

"别扯了你，这种事你肯定不会当回事的。"魏琛说。

"但你看现在，我们没有办法了。"叶修说。

"为什么？"魏琛说。

"因为她是老板……"叶修笑了笑。

"靠……女人啊，就是婆婆妈妈的。"魏琛狠狠地揉了下鼻子，却也回到他的游戏中，不再说什么了。

20
CHAPTER

嘉世出局

4月很快就这样过去了。这一月里,职业联盟一共完成了五轮常规赛,仅余最后两轮。很多名次在这时已经尘埃落定。首先是常规赛第一的席位,目前看来被蓝雨拿下问题已经不大。在4月份的五轮比赛里,蓝雨战队表现出了他们一贯的稳定。此时还剩两轮比赛,尚领先排名第二的轮回战队五分。最后两轮的对手更是那种既冲击季后赛无望,也不可能出局,基本处于打酱油状态的战队,在这样的情况下被轮回反超五分,实在不像是蓝雨这支队伍的风格,所以基本上大家已经接受了蓝雨战队会是这次常规赛第一这个事实。

余下的二到四位,在五轮比赛之后分差虽然略有小变,但名次没有任何更改,依然是轮回、微草、霸图这样的排位。在这之后,烟雨战队锁定第五,虚空战队第六,都已经牢牢地锁定了一个季后赛的席位。

再之后第七的是三零一度战队,丢失季后赛的席位还存在一点点理论上的可能。所谓理论上的可能,换个名词就是所谓的奇迹,这当然不是经常会有的,所以三零一度战队会进入本赛季的季后赛,已经被人们视作定局。

最后一个席位,将在呼啸和雷霆两支战队中角逐出来。曾经的竞争者,皇风战队已经完全失去了可能。而百花战队则和三零一度战队类似,拥有的只是一种理论上的机会,当然也就被视作出局者了。

于是在最后两轮比赛中,还会因为比赛而揪心的,也就是呼啸和雷霆两支队伍的支持者。但无论如何,两队终有一支会被踢出季后赛的角逐,这就是职业竞争的残酷性。

相比竞争季后赛的席位,两个出局的位子就不怎么受人待见了,而且这边通常也不会引起粉丝的广泛关注,毕竟在这漫长的一整个赛季,一共38场比赛,满分380分的检验下,会沦落到最后的,那真可称得上是烂队两支。这样的队伍，喜欢的人不说没有，但绝对不会有多少，关注度自然较低。

但是今年却是个例外，嘉世这支曾经创造王朝奇迹的队伍，本赛季看起来是铁了心地要来一出出局奇迹。嘉世出局，从圈里到圈外，从专家到媒体到粉丝，无人不认为仅是一种理论上的可能。但是嘉世好像就是善于创造奇迹，就是要把这种理论弄成现实。

只是这样的奇迹，实在是亲者痛，仇者快。

最后两轮比赛，排名第二十的玄奇战队出局已成定局。但是对于这个从赛季初就一直领跑倒数第一席位的队伍，早就没什么人关心他们的死活了。倒是嘉世继续沦落到了倒数第二占据出局席位，这已经是本赛季养活了无数评论家、无数撰稿人的话题。

不过由于嘉世不像玄奇战队那么稳定，当中还有一些起起伏伏，于是还是有不少发言追忆往昔。据有心者统计，嘉世本赛季虽然一番铁了心要出局的模样，但其实大多数时候还是在出局门外徘徊的，真这么咣叽一下冲进门来，这其实还只是第二次。

那第一次又是什么时候？

嘉世的粉丝很快就能回忆起来。那时候还是冬天，那时候带领他们嘉世七年多的队长叶秋宣布退役离开了嘉世，那时候孙翔这个二年级就已上位大神的超级天才新人来到了他们嘉世，拿过了《荣耀》中最为传奇的角色斗神一叶之秋。

那时候大家失望过，期待过，希望看到奇迹。

而现在，奇迹真的出现了！

但这绝不是他们想看到的奇迹。即便是在冬季嘉世第一次坐到倒数第二，粉丝们的心和天气一样冰冰凉的时候，他们都始终不相信会发生这种事。但这一次，倒数第二的位置，仅余两轮比赛，嘉世和排名 18 的明青战队有五分的分差。

很巧，这个差距就像是现在轮回和蓝雨的差距一样。因为蓝雨战队的稳定，大家已经将蓝雨第一视为定局，而这里呢？大家也同样觉得可能是定局了，因为嘉世也很稳定。所不同的是，蓝雨是稳定地拿分，嘉世是稳定地丢分。这本该是两支齐名的豪门战队，现在却这样迥异地稳定。亏得蓝雨和嘉世之间没什么纠葛，这要是换了霸图这样纠结多年的死敌，突然出现这么亮眼的对比，不知要冒出多少奚落的话题了。

就是现在这样，嘉世所受到的落井下石的嘲笑也只多不少。毕竟这么多年来树大招风，早有不少人盼着它倒霉呢！只是一直以为嘉世出局只能是幻想意淫一下，没想着居然成了现实，这着实就是一个YY的高潮，可把无数人乐坏了。

倒是嘉世的粉丝此时意外地平静。除了嘉世长期的糟糕表现让他们确实有些麻木以外，这一个月以来嘉世的公关也起到了一定的作用。嘉世方面的发言，将这赛季称为“无比让人失望”，并称战队目前处于一个“前所未有的困境”当中，而且表示俱乐部方面其实一直在“不遗余力地努力着”，只是“问题始终没有得到解决”。

在发言中，甚至提到了俱乐部试过联系已经退役的前队长叶秋，希望叶秋可以以顾问的身份帮助一起找找问题的所在，只是很遗憾遭到叶秋的拒绝。

这无疑是一个转移仇恨的小手法，一边表现着自己一直在努力，同时也很委婉地向人说出了为什么问题无法解决的原因之一。这报道出来的时候陈果又是气得大拍桌子骂无耻，但很多粉丝就是很听这套，于是也产生了不少对叶秋的不满言论。倒是叶修自己，看到这消息，只是淡淡地说了一句：“是事实嘛！”

“事的确是真的，但他们这种导向是什么意思？好像嘉世后来一塌糊涂也是你的责任一样！”陈果继续愤怒。

这时一边的魏琛倒是奇怪地抬头望了陈果一眼：“难道不是他的责任？要不是他在网游里把人家一队给灭了，嘉世表现再烂，真不至于这么一塌糊涂，居然栽到要出局的地步。”

“那是他们自作自受。”陈果强调。

“女人啊！懦弱地善良，却又蛮不讲理地护短，天性天性。”魏琛大发感慨。

“别吵别吵。”叶修连忙劝住两人。

“嘉世出局是我的责任。”叶修沉痛地表示，没等着陈果张口反驳，立刻继续说了下去，“但谁知道网游里灭他们一下就会搞成这样啊？发生这种事，大家都不想的。但是成绩的事是不能强求的，他们还年轻，有的是机会，最要紧的是不能轻易放弃。不知道他们今后会有什么打算。唉，最近实在是发生太多事了，我想一个人静一下，要是没事我先出去了。”

叶修说完，掏着烟就出去了，魏琛和陈果两人你望望我，我望望你，半天了陈果才说出一句话：“为什么我听着这么耳熟？”

"……"魏琛。

嘉世出局最终没有因为任何人的议论而发生改变。5 月 13 日,《荣耀》职业联盟第八赛季常规赛的收官之战最终给一切变数划上了休止符。

蓝雨、轮回、微草、霸图、烟雨、虚空、三零一度、雷霆八支战队最终挺进季后赛。其他战队的第八赛季在刚刚立夏后一周就已经结束，其中排名 19 的嘉世和排名 20 的玄奇成为两支出局的队伍。在联盟的历史上,出局,很有可能就是一支队伍走向消失的开始。只是这一次,出局队伍中竟然有嘉世这支曾经最为辉煌的队伍,自然又引发了无数的争论。

有的人开始祭奠一代王朝的彻底陨落,而有些人则信心十足地认为嘉世绝不会就此倒下。

嘉世俱乐部也在排名最终确定以后迅速发表声明,承认本赛季是一个灾难,但是绝不是末日。随后宣布的一系列安抚人心的消息中,战队的王牌选手孙翔绝不会因此而离队显得分量极重。

只是单方面的发言似乎不足以引人信赖,但是随后不久孙翔在接受记者采访时也亲口承认了会和嘉世一起度过这段最艰难的日子。同时描述了一系列他加入嘉世以来受到的俱乐部上上下下各种关怀的温暖事件,由此来证明他虽然只加入嘉世半年，但双方的革命友情并没有因为时间短而浅半分，完全不会因为出局这种事而动摇。

"下赛季的挑战赛,我会率领嘉世重新杀回这个舞台！"采访的最后,孙翔自信地微笑着对记者说道。以上内容成为这篇采访的结尾,让看报纸的陈果情不自禁做起了呕吐状。

孙翔,当然并不只是媒体想要采访的唯一嘉世选手。

嘉世的另一位超人气选手,全明星级别的苏沐橙;还有发挥一直不错,偶有闪光,看起来是在一力支撑全队的副队长刘皓；还有其他一些或一线或二线或酱油的选手。记者们无孔不入地渗透着,想多多挖取一些嘉世方面的信息。

但是很遗憾，这些人不知是出于私人还是俱乐部方面的原因，统统都谢绝了来自媒体的采访。这让敏锐的媒体感觉到,嘉世并不真如他们所表现出的那般平静。只是这平静的掩盖下,究竟会有怎样的动作呢?

此时却不是深挖这个的好时候,毕竟两周的休息后,整个赛季的最高潮,赛季总冠军的争夺就要开始了。无论如何,这种时候这八支队伍才应该是《荣耀》圈中最受关注的焦点。

季后赛的宣传造势如火如荼地展开了。作为每个赛季的最高潮,这可是联盟的一次敛财的巨餐。那些没能进入季后赛的队伍,此时只有艳羡的份。这季后赛的电视转播费、票房、广告等等,他们只能眼睁睁地看着却没有份了。

这些,都是各个俱乐部的老板、经理思考的问题。对于各队的职业选手而言,这是规格更高的舞台,是让他们最终赢取至高无上荣誉的地方。

而对于玩家们来说,这无疑是一次欣赏高水平对抗的盛宴。有关《荣耀》的话题,虽然不至于街头巷尾都在讨论,但在网吧中,《荣耀》论坛上,《荣耀》网游的世界频道、公会频道,在这些《荣耀》玩家聚集的地方,这无疑成了近期的热点话题。大家最热衷于讨论的,当然是哪支队伍会得冠。

从一些网站做出的民意统计来看,目前蓝雨、轮回、微草三家的支持率都挺高,霸图稍逊。至于余下四支战队,微薄的支持率可能都只是己队支持者的一点心意。毕竟要说这四支队伍之一可以夺冠,几乎没有人能说出让人信服的理由。

冠军会花落谁家?兴欣战队的这几位倒是比较淡定。叶修和魏琛两个是圈里出来的,又是老选手了,拿得起放得下,自己都没参与进去,哪里会激动?两人都比较冷静理性地分析着每支队伍的强弱。

至于其他三位,陈果在对嘉世粉转黑后,支持的队伍就改成他们这个还在八字划撇的兴欣战队了,此时哪家夺冠她都没什么感觉。而唐柔和包子呢,他们都还没来得及对哪支队伍喜欢起来,就都已经是自家战队的一分子了,当然也没有什么支持对象。

所以外边吵得热闹,在兴欣这不大的训练室里,作为一帮志在职业圈的人,对此却显得有些过分冷淡了。相比之下,他们对于嘉世的情况倒是讨论得更多,毕竟这才是距离他们更近的现实。只是这个现实也让他们觉得压力好大。

嘉世出局以后,在安抚粉丝方面表现得十分沉稳,显然早有准备安排好了一切。那么出局以后怎么保持竞争力重返联盟,他们肯定也早已经有了细致的规划。叶修他们已知嘉世终于成了他们挑战赛上最狰狞的一只 BOSS,但这 BOSS 到底会长成什么样,就连曾在嘉世担任了七年多队长的叶修也完全说不清楚。因为他明白,从他离开开始,嘉世就将进行大刀阔斧的改变。这支队伍将永远不会再是他曾经为之奋斗的那一支,最后会是什么模样,他当然说不上来。

“你们说，我们不会倒霉到第一回合就抽到嘉世吧？那玩笑可就开大了。”魏琛这两天经常开类似这样的玩笑来恐吓大家。

“你就嘴贱吧！”叶修通常都是如此回答他。大家都看得出来，连一向从容平静的叶修，对于魏琛这种玩笑也觉得有些紧张。这种相遇，同样也是一种存在于理论中的可能，这要真发生了，那挑战赛将不再是他们梦开始的地方，而是梦完结的地方。

遇到一般的玩家队伍，以叶修他们这帮人的强力根本就不用担心太多，但要是和嘉世这样的豪门强队相比，那欠缺的东西就不是一点半点了。选手们的水平，就唐柔和包子现在的程度，和职业选手比还有得差呢！至于角色上面那就更别提了，他们两个十足的新区新号，叶修这边君莫笑手中倒是有银武，但目前还只在 50 级上。魏琛那边术士的死亡之手也还只在 60 级。就算把这两把银武都升满了，和嘉世战队的角色比，两件银武又算得了什么？一叶之秋这样的神级角色，全身上下都没有一件不是银色字样的。

对比嘉世，角色上的差距恐怕比选手的差距更来得可怕。

一起参加挑战赛，挑战赛最终的胜者又只能是一个，那么只要双方都不出局，相遇是肯定的事。如此一来，早遇当然不如晚遇。越晚遇，兴欣这边用来提升完善的时间就越多，无论是选手上，还是角色上。

这还是亏了《荣耀》这种以网游为基础的电子竞技赛事有它自己的独特之处，那就是角色在赛季过程中同样是允许成长的。就比如说这角色在网游中又得到了一本技能书，立刻用了，可以；这角色更换一件或几件装备，也可以。

所以对于叶修而言，原本回到职业圈至少是下一年 8 月份的事，无论人员还是角色的成长时间都还算不错。因为即便是参加着挑战赛，也一样可以一边跑去网游里忙活着弄材料弄装备武装角色。这样在进入职业圈时，队伍肯定又成长出了相当的实力。而在进了职业圈后，还可以一边比赛一边成长，因为常规赛是漫长的，一场比赛的得失不能决定一支队伍最终的命运。或者一开始他们遇到豪门强队会无比艰难，但是他们的优势是拥有巨大的成长空间，也许到了赛季末，冲进了季后赛时，他们的实力就已经不输给任何强队了。

而现在，挑战赛，那是一场决定你所有命运的赛事。如今掺进来了嘉世这么一个顶尖的豪门队伍，这一下就打乱了叶修最初的规划。现在的他，必须在遇到嘉世前就把队伍打造得有和豪门劲旅一较高下的实力。真要如魏琛开玩笑所说的那种极衰的情况，第一轮就撞嘉世的话，那照以往挑战赛的安排，第一轮一般是9月进行，叶修原本计划中所拥有的队伍成长时间一下就被砍去了许多，这让他如何不感到焦虑？

“你说这嘉世会不会暗中使坏啊？我看他们现在对你的仇恨应该挺高的，万一背后搞鬼，走关系影响一下赛事的安排，有意把咱们的队伍和他们在第一轮就抽到一起怎么办？”结果魏琛这家伙越说越狠，原来理论上存在的小概率事件，他非得描述成拥有百分百的概率一样才过瘾。

“如果真是这样，我就去对面砸他们玻璃。”叶修没好气地说着。

“我只是说说这种可能嘛！”魏琛看来也知道自己是哪壶不开提哪壶了，但犹自在努力辩解：“这样做也不至于全是意气用事。作为对手，你肯定会让他们十分顾忌的，他们同样会把你视作挑战赛中的一个劲敌。他们知道你的情况，知道时间对于一支新队的重要性，就算是为了确保自己的最终胜利，要手腕玩弄一下规则，把你的队伍在第一回合还不够成熟时就干掉不也是完全有可能的吗？你在嘉世七年多了，嘉世在圈里有没有这样的能力，你应该比我们都清楚。”

魏琛这话说完，眼神中充满期待地望着叶修，那模样，像是等着叶修给他一个准确的答案似的。看到他这模样，叶修一瞬间就明白了，魏琛，这个时候比自己还要紧张。他故意说着这些可怕的玩笑，也只是为了刺激自己，让自己麻木一些，不要被这些可怕的可能性给弄得心神不定。因为他和叶修一样清楚，嘉世这样的对手，哪怕是最后遇到，对于他们来说也是极难翻过的一道坎。

人家可是八年积累的豪门劲旅，而他们呢？

理解到魏琛的用心，叶修心里也是无比感慨。他没有像平时大多数时候一样在看穿了魏琛的心思后就去嘲笑挖苦，而是很认真地回答了他：“我不知道。”

“你不知道？”魏琛似乎还是心有不甘。

“我当然不知道，这样的勾当，真要是去做的话，当然不会有很多人知道。”叶修说。

“靠，我就是让你预测一下，比如你对嘉世主事人性情的了解啊，对现在职业圈环境的了解啊，来分析一下这种情况的可能性。”魏琛说。

训练室里的几人此时都停下了在忙的事，齐齐望向了叶修。叶修却呆呆地望向了天花板，久久没有说话。

“你也不敢肯定，所以说，还是会有这种可能是吗？”魏琛说。

“好吧，我干脆来帮你问一问！”叶修突然坐直了身子。

“问谁？”魏琛纳闷了一下，就见叶修点开了QQ的名单，在“队伍”的分组中，点开了一个人的对话框。

“这是谁？”魏琛的脑袋早就凑过来了，看了一下这人的QQ名，是个英文，顿时肯定自己应该是不认识的。

“嘉世的老板。”叶修如此说着，却已经敲了消息过去，“没想到我们真的要成为对手相遇了。”

“靠靠靠！你居然直接跑去问他，万一他没有这样的打算，不是要被你提醒了？”魏琛说。

“他如果没有这样的打算，我提醒了他也不会做；如果他有这样的打算，我提不提醒他一样会去做。”叶修说。

魏琛愣愣地把这句话念叨了一遍，无奈骂道：“你说绕口令呢？”

结果对方QQ的头像此时忽然亮起，发回了消息：“而且还是最惨烈的那种。”

“你说我们会不会在第一轮就相遇？”叶修回道。

对面沉默了半晌，魏琛紧张得眼睛都瞪得溜圆，半晌后，看到对方回了一句：“呵呵，你怕了？”

坐在电脑前的陶轩，此时真的笑了出来。他完全可以体会此时叶秋的心情。一个从头搭建的战队，在挑战赛时就要遇到嘉世这种庞然大物，会有多大的压力可想而知。对于陶轩而言，去打挑战赛实在不是会让他感到开心的一件事，但是此时看到能给叶秋带来这么大的困扰，他还是莫名地感到有点兴奋。

不知是从什么时候起，陶轩就越来越讨厌叶秋面对《荣耀》那认真敬业的一套了。这归根结底不就是个游戏吗？有什么比给人带来愉悦更重要？但是这家伙却对胜负充满了激情和执念，做什么都会以此为出发点，对别的都表现得冷漠无情。

如果真只是这样的性格也不算什么，做起商业包装，有点性格比没性格要容易入手得多。奈何这家伙完全拒绝商业方面的合作，由于双方是早期签订的长约，合同显得有些不够远见，对于商业合作方面并无什么约定条款。说来也不能怪老板们太大意,谁能想到会有人直接拒绝这种双赢的合作呢?

随着《荣耀》职业联盟的高速发展,各俱乐部战队中的王牌选手在商业运作下给俱乐部带来了无数好处。陶轩看着这些越来越坐不住了,他手中虽有苏沐橙,一个已是顶尖摇钱树级别的明星,但越是从苏沐橙那儿感觉到商业运作所能带来的好处,他就越对叶秋的不合作无比痛恨。

叶秋才是他们嘉世的王牌,三连冠王朝的缔造者,手中的一叶之秋被誉为斗神,和超人气的苏沐橙连年获得最佳搭档的奖项。这些本是怎样的一座金山?结果自己却丁点儿也挖取不到。而且年复一年,日复一日,看起来是永远不会有那么一天了。陶轩终于坐不住了,既然叶秋不肯合作,自己为什么不抛弃他?

陶轩心中早有这样的念头,一直未下决心,却也是因为一直无法物色到合适的替代者。他所需要的新人,并不止是一个战斗法师的操作者就可以。一叶之秋,那是被誉为斗神的顶尖《荣耀》角色,必须是一个顶尖级别的大神选手,才能和这个角色匹配,才能凝造出最高的商业价值。

只是联盟里战斗法师的选手虽然不少,却完全没有符合陶轩期望的。取代叶秋,这谈何容易?他只好继续等,直至看到孙翔的出现。这样的一个年轻人,有才华,有未来,而且手头并没有匹配的神级角色,对于战斗法师这个职业也有相当的造诣,这无疑是一个非常合适的替代者。

新老交替,这本是任何一支战队都要面对的正常工作,但是没有哪家俱乐部会像陶轩这样迫不及待。他也真是忍了叶秋太多年,而且孙翔这样的年轻人,不快些下手,没准就被另外哪支强队给抢走了。近几年里,嘉世可早就没了当初在联盟中横扫千军的霸气,现在只是顶尖强队之一罢了。

陶轩不仅希望孙翔能来接班,而且是立刻接班,马上接班,他恨不得从下一秒开始叶秋就立即消失。

这是陶轩的真实念头。如果这是他一句话就能决定而不会有什么恶劣后果的事情,他毫不犹豫地就会立即这么做。但是没办法,叶秋在嘉世的声望实在太高,这样一个将战队带向顶尖,还未退役就已经注定要载入《荣耀》史册的传奇选手,真要是被这么粗暴对待的话,俱乐部非得成过街老鼠不可。无比重视商业成绩的陶轩,粉丝的支持是他心目中的重中之重,毕竟再好的商业运作,也是需要靠这些支持者来买单的。得罪粉丝的事,陶轩肯定是要千万小心地去做。

如此考虑，就算是把叶秋温柔地转会送走，也是阻碍重重。一来粉丝们情感上肯定接受不了，二来陶轩自己也不乐意。没人比他更知道叶秋的能耐了，送到哪去，都会给自己制造一个强敌，给对方制造一个噱头。所以最好的结果，是叶秋退出，而且是永远退出。

这一点，陶轩早就明白了，所以，他也一早就有打算。

作为一支战队的老板，他能做的事当然太多了。简单来说，一支战队的完美运作，需要上上下下各部门之间的积极配合。而作为老板，战队最实质性的老大，他和任何一方面的配合，哪怕只是一种态度，都会产生莫大的影响。

比如霸图战队的那个知名事件：韩文清教训队员时，老板手机响了，被一句话就给喷了出去。这真的是韩文清的权力有这么大吗？真的是老板这么害怕韩文清吗？

当然不是，这一方面是韩文清的性格，另一方面，则是老板配合他的性格做出的姿态。立即出去接了电话，这样一个小小的举动，发生在这个特别的场面中，对于韩文清树立队长威信所起的作用是无可估量的。

在很多人看来，这件事体现的好像是韩文清的霸气，但事实上，这是一家老板对于自家队长坚决果断的支持。然而，在老板不支持的情况下，队长想树立威信，很难。

陶轩在打算放弃叶秋后，就已经潜移默化地削弱着叶秋这位队长对队伍的影响。嘉世的成绩，难免会在这样的情况下受到影响，这也是陶轩意料中的事。毕竟好事不能全让他占了，要做出改变，成绩动荡是难免的。而成绩的动摇，也正好可以削弱叶秋在粉丝心目中的地位，这让陶轩就更加容易接受了。

直到孙翔在职业圈中闪亮登场，陶轩终于看到了自己所需要的人，于是心存了许久的念头，终于在第八赛季开始付诸实施。队伍问题各种激化，成绩一塌糊涂，粉丝怨声载道，而陶轩则已经迅速和孙翔签下了冬季转会协议。

只不过队伍成绩一下子衰成这样还是让陶轩大大意外了一下，他还是小瞧了叶秋对嘉世的重要性。但越是这样，他越是厌恶叶秋，在他眼中，这样的叶秋根本不是队伍的核心，简直就是队霸，是毒瘤，必须拔除。

于是一切依然照着他所预想的那样发展，冬季孙翔转会，叶秋退役离开。粉丝们虽然很是怀念，但对于嘉世战队的支持，却没有因为这一番变故有什么太大的改变。

陶轩松了口气，一切可能的不良影响都没有爆发，这让他觉得难关已过。此时还让他觉得惋惜的就是苏沐橙，不过早在决心踢走叶秋的时候，陶轩就已经接受了可能同时也要放弃苏沐橙的事实。毕竟他对叶秋的容忍已经到了极限，苏沐橙的存在，也不能动摇他要踢走叶秋重新打造队伍的决心。

陶轩原以为接下来的一切也会按照他所预想的那样发展，但是最终队伍的成绩居然继续下滑得一溃千里，这也着实让他吃惊。队伍那飘忽的状态，让他完全摸不着头脑。作为老板，知道的事很多，不知道的东西当然也有很多。

他对叶秋的怨念，在把叶秋驱赶后就已经告一终结了，他没想到队伍中像刘皓这样的队员对叶秋的怨念比他还要深。刘皓追打叶秋的行径，是第一次因此影响状态导致嘉世痛失好局。这之后刘皓自己倒是飞快调整，嘉世的队伍渐渐稳定过来。但叶秋在离开后居然没有放弃，还试图重新再来，在新区里搞风搞雨，搅和得各大俱乐部的开荒公会不得安宁，而且渐渐地还牵动到了职业圈中的职业选手。

如果只是像黄少天、王杰希他们这样跑来随便和叶秋过两招，那倒也无伤大雅。奈何嘉世方面对叶秋怨念深啊！刘皓一有机会还想再去敲打，后来更是鼓动着孙翔也来寻衅，再把全队的主力选手一起招呼上，于是前一次是刘皓的状态受影响，而这一次，是全队的状态受了影响。本赛季本就基础打得不好的嘉世，状态一烂成绩就直线倒退。孙翔这样的新人更是着实缓不过劲来，像没牙的老虎一样发挥横竖都不对劲。

已是赛季的末段，队伍火箭般地冲向了出局区，于是选手们慌了。出局，这绝对是一支战队的灾难，没有人想做这沉船上的乘客，于是人心顿时散到收也收不住。陶轩也回天乏术，最后只好抓紧时间预先公关出局这一灾难性的结果，先度过这信任危机再说。

落到出局的下场，这可绝对不在陶轩的意料之中。这个结果他一点也不高兴，而这一切，归根结底，又被他算到了叶秋头上。

要不是因为这个家伙，怎么可能麻烦到这种程度？

君莫笑？你以为你真的可以从头再来吗？望着QQ窗口上这个已经改了名字的号码，陶轩冷笑着。这一瞬间他忽然觉得来参加一下挑战赛也不错，虽然这一年形象上、经济上的损失是肯定有的，但是，亲手灭掉叶秋，这种精神上的愉悦，享受一下倒也不错。而此时，陶轩终于看到了对方的回复："你怕不怕我？"

21
CHAPTER
研究的极限

“你怕不怕我？”这话回得真让陶轩有直接从窗口跳出去，杀到马路对面喷这家伙一脸血的冲动。

“我怕你？？？”陶轩在窗口中敲下了如此字样，但又想着这样回会不会太认真了？这样的问题，自己应该不屑一顾，应该表现出你根本没有资格和我谈这个问题的姿态。

所以应该不回吗？鼠标的光标停在了发送的按键上，陶轩犹豫着，久久无法下决心回还是不回。他现在算是明白职业联赛里那些和叶秋互喷垃圾话的家伙是多么痛苦了。就这么一句话，憋得人一肚子火，回也不是，不回也不是，可想而知如果是比赛场上被这么一句话气着会有什么样的影响。这选手真要像陶轩这样犹豫起来，可能都死八回了。

“看，他不回复，他怕了。”马路对面，兴欣网吧里，叶修对围观聊天的魏琛等人说着。亏得不是语音，这话陶轩听不到，否则他可能不用过马路血就已经喷尽了。

“你滚吧你，人家是被你的不要脸给震惊了吧！”魏琛说着。嘉世会怕他们这个新起步的小战队，开什么玩笑。

“无时无刻我们都应该保持着自信。”叶修说。

“靠，那我们还紧张什么，第一回合就遇嘉世吧，你一个人上，直接灭他，去吧！”魏琛说。几人还在吵闹呢，陶轩那边终于回应了，那句“我怕你”的反问终于被他抹掉了，回复的一句是“给我一个怕你的理由”。

“这还需要理由？全《荣耀》没有人会不怕我，这是常识。”叶修回复道。

“受不了了，大家快来看啊，有人秀下限了！”魏琛大声叫着，包子和唐柔两个因为在游戏，没有过来围观，此时受到了魏琛的召唤。陈果也是一直在看的,看到这句回答的时候,早到一边扶墙去了。

“过去或许是的,现在……”陶轩用留白的文字技法进行回应。

“现在?你不妨去网游里采访一下,第十区或‘神之领域’都可以。”

“在网游里发挥你的才能吗,倒也不错啊!”陶轩满含讥诮地说着。坦白说他都有些不相信他会说出这样的话,这实在不是他平日里的风格。但是说实话,作为俱乐部老板这样的地位,也实在难有人激到说出这种话的地步。而今天,叶修做到了!他勾引了事实上本该比他们这些选手要高端一个层次的俱乐部老板放下身段在QQ上和他互喷垃圾话,这就是天才嘲讽的才能!

“网游才是《荣耀》一切的基础,关了嘉王朝公会,你敢吗?”叶修反问。

“如果你愿意,我可以在嘉王朝公会给你安排一个位置。”陶轩现在也完全放开了,挽了袖子准备和叶秋在这儿喷出个结果来。

“那不用,你还是小心看好嘉王朝,当心别倒闭了。”叶修说。

“凭你吗?”陶轩又来反问。

“你去问陈夜辉,他吓死了。”叶修说。

陶轩这次真有些答不上来了,这边叶修总是一副真凭实据、事实确凿的模样,但陶轩作为老板,没有亲力亲为参加过这些事情啊!这就好像两个人论战的时候,一个人总能举出有力的事例,而另一方却只能苍白地强调观点。虽然现在叶修也并没有举出什么事例,但给人的就是这种感觉,他的话是有根据的,而陶轩所说的,全像是置气的孩子话。

“看,他又不回话了,我赢了!”叶修说。

“滚,你到底是干吗来了!”魏琛怒了,看了半天垃圾话,本来是让叶修来确认一下第一回合会不会遇到嘉世的,结果这货用这么直接果断的方法来确认,半天了还扯不到正题上,一个堂堂大神,一个堂堂老板,像小孩一样在这儿斗嘴,幼稚死了。

“多说无益,一切还是场上说话吧!”陶轩此时如此回道。

“很好,看来有些地方你终究还是没有变,比赛,就是要靠场上说的话才算数。”叶修回道。

“呵呵,你还是多烧烧香,祈祷不要第一轮就遇到我们吧!”陶轩说道。

“嗯,烧起来。”叶修回道,同时还发了个“熊猫烧香”的表情。

叶修的话语,突然之间变得没有攻击性了,陶轩望着这个“熊猫烧香”的憨厚表情,也怔了很久,终于还是回了一句:“场上见。”

“场上见。”叶修回复，关闭了聊天窗。

“完了？”魏琛瞪眼。

“完了。”

“怎么个结果。”

“场上见。”叶修说。

“你滚！我是说你到底试探出了什么。”魏琛说。

“他不会使手段。比赛的胜负，依然只会拿场上的一切来说话。”

“你这么确定？”魏琛说。

“嗯。”叶修点头。

“为什么？”魏琛不解，看得出来这两人相互之间都是颇有怨念的。

“我毕竟认识他这么多年了。虽然大家各自的追求发生了改变，但有些基本的原则，终究没有变。”叶修说。

“我怎么觉得就算是原则没有变，被你这么一通嘲讽，是人也要被气到出格一次了？”魏琛说。

“像你这样没原则的人才会这样。”叶修说。

“真想把这个渣从窗口扔出去啊！”魏琛也真想去挠墙。虽然叶修终于很肯定地给了他答复，但是，围观了聊天全过程的他，终究还是无法相信从这里读出的信息有这么确凿。魏琛的纠结还准备继续，结果这时叶修却又转过来对他说了一句：“赶紧去烧香吧！”

“你说什么？”魏琛一怔。

“就算他不会使手脚，但是，第一回合抽中也是存在可能性的，不赶紧烧烧香可怎么办。”叶修说。

“靠，烧香有毛用？”魏琛说。

“那什么有用呢？”叶修问。魏琛怔住。对啊，什么有用呢？即便嘉世不做手脚，但随机的可能性，那也是无法彻底消除的。如果真就这么衰，上来就抽中嘉世，那终归还是得去面对，无法逃避。

“好，加紧练习吧！”魏琛说了句，坐回了他的位子。

训练室里突然安静了下来，魏琛却又突然问了一句：“老板娘，如果现在我们去抢那些精英团的团长，你还会有异议吗？”

“这也不应该是理由吧？”陈果突然被这样问到，也怔了一下，但也很快就回答了。

“好啊,大家都很有原则,真好。”魏琛说着。

“你这种完全没有下限的家伙被深深触动了吧?”叶修说道。

“切。”魏琛不屑一顾,抓起耳机戴上,很快回到了游戏。

“开工了开工了!今天是新 CD,都给我精神点,再像上次一样连老一的时候都有站不好位送死的,我就把他踢出精英团永远不许回来了!”魏琛吼道,显然已经开始率领他的轮回精英五团开始副本攻关了。这几周“永生之泉”的副本 CD,魏琛的工作也算卓有成效。事实上这七大副本即便是各大俱乐部公会的精英团也没有十足的把握每回都能顺利通关,经常也是几个 BOSS 之后就被灭了个干净。但有魏琛加入后,他们这精英五团的平均水平确实得到了很大提升。但是上周的 CD 表现不佳,整个副本 10 个 BOSS,结果才到第四 BOSS 就已经人死到无法继续,让魏琛很是大发了一通脾气。

“他……没事吧?”这时陈果凑到叶修边上,轻声问了一句。

“放心吧,没事的。老家伙的好处,就是自己可以处理好任何问题,他不会纠结的。”叶修很有信心地说着。

“哦,那就好。”陈果点了点头,而后指了指叶修的屏幕,“有人在 Q 你。”

“嗯?”叶修随手点开,“哦,是昧光啊!”

QQ 上招呼叶修的正是昧光。“在呢,什么事?”叶修回道。

“你发给我的那些东西,我仔细研究了一下,通过数据演算了大量可能性,再通过逆推纠正了部分数据的错误,还有一些无法推演的,后来我找了我的导师求教,根据所有的数据和演算,他指导我建立了最终的一个数学模型,我给你看一下。”昧光消息说道。

“我汗,你等一下,我基本听不懂你在说什么,怎么还会惊动到你的导师?”叶修一头汗水。

“有很多东西我还解决不了啊,只好请教他一下了,你放心吧,我的导师是张以川教授。”昧光说道。

“我有什么不放心的啊!”叶修回道。一边的陈果看到却挺自豪:“太牛了,还有大学教授帮我们的忙啊!”

“大学教授?”其他几人都纳闷了一下。

“对啊,昧光找他的导师帮忙指导我们研究资料,是××大学的张以川教授!”陈果说。

“谁?”其他几人都没什么反应,唐柔却惊讶地又问了一下。

“张以川教授。”陈果又十分尊敬地称呼了一遍，但是显然她也不知道这人是谁。

“你们不知道这人是谁吧？”唐柔有些无奈地望着几位。

“是谁？”几人齐问。

“这可是世界有名的数学家，中国科学院院士，在数学多个领域都有突破性的研究成果。这个昧光是什么学生啊？居然受这种级别数学家的亲自指导？”唐柔一边说着，一边已经走了过来，也是要围观聊天了。

“科学家啊？”一边的魏琛听起来像是喃喃自语，很显然他的大脑一时还不能消化他在有生之年怎么会和这样的人扯上关系。

“有没有文化啊？是数学家。”叶修鄙视他。

“靠，不都差不多吗？”魏琛叫道。

除了包子，余下几人在唐柔说完这张以川教授的身份和地位后，都有点喘不过气的感觉。

“昧光同学你居然是这种数学大神的学生？你到底什么来头？”叶修问出了唐柔表示出的疑惑。

“你问这个有意义吗？大学的事你懂吗？”魏琛问叶修。

“没吃过猪，还没见过猪跑吗？”叶修说。

“你见过大学的猪跑？”魏琛说。

“和你这种没文化的人没法沟通！”叶修说道。

这时QQ上昧光已经有了回复，这昧光倒也没有什么惊天动地的背景，只是本人比较了不起，少年时就得过无数数学竞赛的奖项，17岁就以数学特招生的身份直接被××大学免试录取。现在说是二年级，但这只是一般人类的说法。以昧光本身的知识掌握量，普通学生的本科课程已经学得差不多了，下一年就准备试着申请本校的保送研究生，可以的话顺便硕博就一块儿读了。

“霸气！”除了这个，叶修真的不知道能再说什么了。

结果昧光自己却比较不以为然。他这种情况一路走来，身边时常听到一些20岁就博士学位到手，24岁就受聘为各种名牌大学的正教授，30岁以前各种成绩各种奖章，智商没个200以上都不好意思和人打招呼的主。对比着这些天才妖孽，昧光在QQ里深刻地感慨着：“不行不行，我还差得远呢！”

电脑前的几位面面相觑，都不知道该说些啥了。

“这样的人才弄来打游戏，会不会给国家造成损失？”连魏琛都一脸深沉地好像一个罪人似的说着。

“压力很大。”叶修承认。

“你把那些东西请教你的导师，你的导师就没说点什么？”叶修试探性地问着。照一般的思维，你不好好学习玩游戏，还把游戏里的东西拿来问老师，找抽呢这不是？

“张教授吗？他说这题挺大气的。”昧光回道。

这题挺大气的……

叶修几人真的都有点想跪了。虽然以他们的水平说不清这些东西到底是什么，但总归也清楚这应该是游戏数据方面的逻辑啊规律啊什么什么的，但现在在中国科学院的院士口中，这就是一道题吗？

还好，人家至少还是称赞你这道题大气了，这说明《荣耀》不是渣，《荣耀》还是有两下子的。但是，《荣耀》的设计者们、数值策划们、程序编写们，实在不好意思了，你们的题被人解了。

“我把东西发过来给你们看啊！”昧光说着，点击了传送文件。

叶修神情严肃地点击了接收。这个他们即将收到的东西，说是外挂那都是骂人。这真的不是外挂，这是内核，《荣耀》这个游戏的内核。

但是很快问题就出来了。

拿着角色算生命、算法力消耗、算技能冷却、算攻击距离、算走位幅度、算移动速度、算跳跃高度时，叶修、魏琛那都是一个比一个拿手，结果现在真把游戏解开了，把最最真相的东西还原给他们看了，两人都开始互相对看了。

“咳。”叶修咳嗽了一声。

“这个……”唐柔也念叨了一下。

“嗯？”所有人立刻很期待地望向了她。

“这个绝对不是我们能够看懂的东西。”唐柔说。

“我同意。”叶修说。

“要不我们买本书？”魏琛说。

“买本数学书吗？”叶修问。

“难道买语文？”魏琛鄙视叶修说废话。

“你还是去买本思想品德吧！”叶修说着，已经在QQ上去找昧光了，“昧光同学啊，你觉得这个东西我们能看得懂吗？”

“一点都看不懂吗？”昧光问。

“这熊孩子不是故意嘲讽我们吧？”叶修回身问身后几位。

“你当谁都像你一样吗？” 陈果数落叶修。真当人人都和他一样天生嘲讽吗？

“看不懂，真的一点都看不懂。”叶修回复昧光。

“那怎么弄？”昧光问。

“呃，你就用你写攻略那样的语言，描述一下我们应该怎么做。”叶修说。

“哦，我明白你的意思了。”昧光回道。

“这个就不用再麻烦你的老师了吧？”叶修问道。

“这个不用，他没玩过《荣耀》，哪会这个。”昧光回道。

“那就辛苦你了。”叶修说。

“好，等我的好消息吧！”昧光说。

“还有。”叶修连忙唤住昧光，“职业联赛这赛季就要结束了，我们的话，可能 9 月份的时候就开始参加挑战赛了，你没问题吧？耽不耽误你学习？”

“不忙不忙，我闲得很，9 月是吧！我知道了。”昧光说。

“那你去吧！”

昧光的头像暗下去了，叶修听到自己身后都是长出了一口气的声音。在昧光眼里他自己还“差得远呢”，但在叶修他们这些人眼里，这已经是非一般的家伙了，更不要说他的导师这种级别的数学家。玩《荣耀》都玩到这个层次了，大家顿时觉得肩上的担子好像又重了。

“都散了吧？还站这干吗？”叶修回头把还在这儿发呆的三个人轰走了。看人家包子多淡定，开始也过来凑热闹围观，后来昧光发来那东西后，打开，所有人都因为看不懂而惭愧，包子就坦然地说了一句“什么玩意”，就回他的位子继续去游戏了。

其他几人随即也各自回了座位，训练室里没人说话，但听键盘和鼠标的点击声，除了包子那边，其他几位都很是机械僵硬，显然大家还在消化刚刚这事儿，一时间平复不下来。

而昧光这边呢，显然叶修他们完全看不懂的这东西，对于昧光来说，建立这个模型的过程才是最难的，而要解读出这个模型所能说明的问题，对于他却是不成问题的。不消片刻，昧光就又跑回 QQ 上招呼叶修。

叶修没声张，以免那些不淡定的家伙又来大惊小怪。招呼了一声后，昧光又传来一点东西，一边说着：“你看看这样写行吗？”

叶修接过，一看，熟悉的昧光体回来了！如昧光攻略一样，那叫一个啰嗦，那叫一个事无巨细，但是此时的叶修需要的就是这样的详尽，顿时大加赞赏了一番。“那我继续去了。”昧光说着又潜了。

“来，看看这个。”叶修随即招呼了魏琛。魏琛毕竟是这些东西的研究者，印象更深，了解也更深，此时凑来一看这昧光写的攻略，也不住地稀奇。原来魏琛草稿中讲述的这样那样，现在基本都被昧光给数据化了，更重要的是，各种触发条件之间的逻辑关系，被整理得清清楚楚。

这样的东西，魏琛本来也有，但他那是经验，是直觉。而昧光整理过后的，是科学。“你去试试吧？”魏琛也有些迫不及待地想知道结果了。

“嗯，大家都试试。”叶修说着，招呼了包子和唐柔一声。昧光刚刚整理出来的这份，正巧都是普通区的任务内容。

《荣耀》里有大量的任务，如果只图升级经验，那无论如何是不可能把这些任务都做干净的。更何况《荣耀》现在不是一个新游戏了，有老玩家总结出来的各种快速的升级方式和线路，任务更是被人精挑细选，大家几乎都是一个任务路线。

不过在新区这种情况要好很多，毕竟不是每个人玩游戏前都喜欢去参照攻略。新玩家们自己摸索，各寻任务去做，游戏内容其实是十分丰富的。

唐柔和包子两个新人，却都不是什么任务的热衷者。唐柔根本对任务全无兴趣，要不是一些任务给予的属性奖励或技能点奖励是必做的，可能直接就把所有任务无视了。而包子则是想起一出是一出，没什么规划。可能这会儿正打着怪，你喊一声“包子来任务”，他立刻就来了。也可能他正怎么的搞了个任务，你喊一声“包子来副本”，然后他立刻就扔了任务跑来副本了。

魏琛给的这份材料，是打造账号角色的重要一环，技能点，那可是决定着技能等阶高低，也就意味着角色战斗力强弱的重要东西。所以在发现魏琛居然研究出了这么一份东西后，叶修不管是不是真有用，就先看了一下任务这部分的都是什么内容，如果有那种必要任务的，就都刻意回避掉了。

毕竟，这些任务并不是日常任务，是做过以后就不能重复的，否则魏琛哪里还用研究这么多？研究出来一条，反复去刷不就得了？况且真要是反复刷就有可能出现这种奖励的，那根本不用人去研究，这么多的玩家，一个可以反复的日常任务，有什么内涵恐怕很快就被人海给测试得一点秘密都没有了。

而现在，经过昧光之手，这份材料终于变得更加准确真实。研究游戏到这份上，那也真是到极限了。再更牛的，就只能是直接修改游戏设定为自己服务了，而这个，可就要被称为外挂了。

三个志在杀进职业圈，却到现在还没有练到满级的角色。

唐柔的寒烟柔最高，等级 69 级，这在新区已经算绝对高端了，但还是比不了俱乐部开荒公会的连轴转。第十区第一批满级的角色，在 4 月初的时候就已经出现。而以目前《荣耀》新区开荒练级的极限速度，通常情况下需要 4 个半月。这次第十区第一批角色能提前几天达到这一程度，正是因为他们在圣诞任务的时候有着非一般的收获。

靠着那一阶段积累的领先优势，首批角色最终提前数天完成了升到 70 级的壮举。而这之后，各大公会勤奋练级的角色才相继到了 70 级，倒也正符合升级最猛的 4 个半月 70 级理论。

唐柔这种相比绝大多数玩家来说已算玩得较多了，但毕竟比起俱乐部公会那种 24 小时不间断练级的玩法至少还是差了三分之一的时间，到最后还是被越甩越开。时至今日，才达到冲刺这最后一步的阶段。

至于包子入侵，现在等级 68 级，看起来和寒烟柔的等级只差了一级，但事实上圣诞活动时他被寒烟柔甩下的等级并没有拉近。只不过 60 多级和 30 多级每一级所含的经验完全不同。这虽是一级的差距，但经验却是大量的。包子入侵要达到 70 级，肯定还是会比寒烟柔晚上数天。

叶修的君莫笑则因为刚到“神之领域”时练级艰难，和包子入侵圣诞活动时建立起的优势很快就消磨殆尽。但是一挺到 55 级后，君莫笑的升级速度却又立即升腾起来。一来叶修的水平比包子还是要高很多，再来“神之领域”的经验回报也丰厚，练起级来自然更迅速。所以君莫笑先是拉开包子入侵，然后被包子入侵反超，然后再来反追包子入侵……目前君莫笑的等级是 66 级，差了包子入侵两级，这主要还是因为叶修中途有一段时间拿着无敌最俊朗忙活去了，君莫笑在那段时间没有得到充分的练级。

事实上除了君莫笑，角色的等级从来就不是问题。君莫笑因为是散人，可能无法直接买到，就算买也顶多买到停滞在 50 级的老号。而唐柔包子在练，却是因为他们都是新人，亲自把这职业练一遍，对提高他们的水平只有好处没有坏处。

到了现在，这些干净的新号，配合魏琛这套刷技能书的攻略倒是再合适不过了。这要让陈果的逐烟霞来，可能有些任务曾经做过，此时就算知道有可能刷到这样的奖励，却也没有机会再尝试了。

此时叶修把昧光弄清楚的这一小部分传给唐柔和包子，陈果自然也兴致勃勃讨过来了一份，而后就迫不及待地准备把她的逐烟霞开回普通区。

叶修却不急，反倒先退了游戏，而后跑到包子那边去了。

包子正盯着刚刚收到的文档在看，眉头皱得那叫一个深沉，半晌后才发现叶修到了他旁边。"好复杂。"包子说。

"就是字多了点，其实也不是太复杂。"叶修说。

"昧光小弟的废话就是多呀！"包子感慨连连。对于昧光同学是数学特优生，很有可能年纪轻轻就获得博士学位的成就，包子一点自觉都没有，依然以小弟视之。

"去试试吧！"叶修说着。

"正准备去。"包子操纵着他的包子入侵，朝着攻略上第一个任务发布的地方去了。

叶修却没走开，只是在包子旁边就这样看着。事实证明叶修实在是非常英明，包子操纵角色领了任务，不大一会儿就偏离了健康轨道。

"你这是要去干吗？"叶修开始还有些没看明白，只觉得包子好像迷路了，于是提醒了一下。

"咦，不是去找佛兰克决斗吗？"包子说。

"这就去决斗了？中间还有两个环节没有做呢！"叶修说。

"嗯？"包子连忙又切回攻略，看了好一会儿，"哎哟，我看窜行了。"

"窜了三行？"叶修说。

"字太多了……"包子是有理由的，而且叶修琢磨着，这个理由应该是真实的，不是借口那么简单。包子细读了被他窜了的三行内容，完了却兴致勃勃地提问："如果这些不做，直接就去找佛兰克决斗会怎么样呢？"

"这个下次再试吧，这次先按攻略的步骤走。"叶修连蒙带骗的，这时哪里还敢离开包子半步。果然不出他所料，这种刻板机械的事交给包子必然会悬念迭起，包子的思维可是从来拒绝局限的超级跳脱型。

"好吧！"包子听从了叶修的建议，于是继续按攻略行事。

"怎么样了？"魏琛显然也很关心这边的结果，把手头的事收拾了一下，连忙也凑过来围观了。叶修没吱声，只是看着包子的角色接下来的一举一动。魏琛随即也停在唐柔那边看了起来。

"这边快了！"直至快到最后一步，就是可能发出技能书奖励的环节时，魏琛情不自禁地都紧张上了。

就算是唐柔，在接触了《荣耀》5个多月后，也非常明白技能书的价值。

此时到了最后一个环节，唐柔也深深地停顿了一下，随后，完成了这一步。

奖励闪过，唐柔和魏琛的脸上一同闪过了失望的神色，他们所期待的技能书奖励并没有出现。

"会不会还是有什么不对？"魏琛说着。

"耐心点。这里是肯定有机会出技能书的对不对？昧光整理出来的攻略步骤，其实也是符合你原先那个肤浅的框架的对不对？只要照着做了，出没出都是个几率问题，昧光新归纳的也不是百分百，但至少比你原来的做法提高了17.481%的几率啊，最后34.314%的几率，也不能算是太高，没出还是比出了更正常的。"叶修说。

"有没有直接算出百分百的让我们赶紧试一下啊？"魏琛是真着急。而事实上这还是他对于嘉世出局，会成为他们竞争对手而担忧的延续。因为魏琛不是唐柔不是包子，他们这种初生牛犊可能体会不到和嘉世的差距到底有多可怕，但魏琛不是，他很明白这一切，结果倒是把自己困扰得总是不能放心。关心则乱，就是此时魏琛的状态了。

"目前这份里没有，也许以后会有也说不定。别吵，这也快了。"叶修说着。

包子在叶修的监督下，终于也走到了最后一步。结果这里包子就显示出了他的冷静淡定，很平常地就让角色小跑过去，直接交了任务，弄得刚过来的魏琛都没准备好去看。

"出了吗？"魏琛目光转来时信息早没了，连忙问。

"没有。"叶修也遗憾地摇了摇头。

"怎么这么倒霉！"魏琛一脸郁闷。

"别慌，这不还有吗？"叶修说。

"但这一本20点的技能书，就已经永远地损失掉了。"魏琛连连摇头。

"老魏同志！"叶修叫道。

"嗯？"魏琛还是一脸抑郁。

"我看你真的需要去对面砸嘉世几块玻璃才能冷静下来。"叶修说道。他之前才刚刚和陈果说过魏琛这样的老选手无需别人为他担忧，自己就能调整好情绪。结果魏琛也太不配合自己了，老是着急上火的模样，一点不像一个经历过大风大浪的老选手。看来这么多年的沉寂真是把魏琛压抑得够呛，这一朝忽然有了雄心和壮志，爆发起来连他自己都控制不住了。他越是热情，越是在遇到困境的时候就忧心忡忡，这种情绪可是会非常影响比赛状态的。

"嗯，我去抽根烟。"魏琛居然没有反驳，而是拿了根烟，跑出去抽了，显然就连他自己都知道自己现在有点异常。

"小唐你们继续吧，帮包子看着点。"叶修交待了一句。

"我来吧！"陈果起身，过来担当包子做任务的保姆，这任务包子真得人照顾。叶修点了点头，随即也出了门。出去一张望，就见魏琛正站在那边窗户口吸烟，出神地望着窗外。

叶修走近了一看，窗外正对面，嘉世的字样和队徽可以看得挺清晰，估计在魏琛眼中无比地刺眼。

"怎么办？紧张得停不下来。"魏琛说。

"你太担心了。"叶修说。

"怎么能不担心？那是嘉世啊！"魏琛说。

"对啊，只是嘉世而已，你没见过吗？"叶修说。

"我是见过。而且那时候的嘉世比现在还要风光，但是相比之下，落差更大的是现在的我啊！"魏琛说。

"现在的你怎么了？那也有着当年没有的优势。"叶修说。

"年龄吗？"魏琛自嘲地笑着。

"这只是其中之一。"叶修说。

"哦？还有吗？"魏琛意外了一下，他以为叶修要说他更有经验之类的话来安慰他。

"当年率领嘉世把你打趴下的人，现在可是你的队友。"叶修说。

魏琛扭过头来望着叶修，片刻却又继续望向了窗外："切，这才是我最担心的地方！"

"我从来没有这个样子看过嘉世。"叶修也一起望向了窗外。

"哪样？"

"把它视为一定要打倒的目标。"叶修说。

22
CHAPTER

流水线

“一定要打倒的目标。”

叶修说这话的时候没有什么咬牙切齿的坚决，只是他一贯的平静。

“不错！一定要打倒。”魏琛接过话时，却没有这么平静了，而是狠狠地说了一句，并把手里的烟头用力在窗台上碾灭。

“不管嘉世会出什么招，都一定要打败他！”魏琛更多的或许只是在对自己说。他在帮助自己坚定信念，不要再怕这怕那。

正这时，训练室的房门突然被拉开，陈果激动地冲了出来叫道：“出了！出了！”

“哦？这么快？”叶修和魏琛都很是惊喜。

“是啊，这次的任务不长，他们两个人都很快完成了。”陈果说道。

“谁出了？”叶修问。

“都出了。”陈果说道。

“我靠，那个小子果然厉害呀！”魏琛说着，已经飞快地冲向训练室去了。而叶修呢，却又回头望了一眼窗子对面的嘉世，深吸了一口烟后，轻轻地碾灭了烟头。

回到训练室，气氛自然是一片欢乐。

唐柔和包子第二次尝试的任务比较简短，所以很快就出了结果。两个人一人一本 25 点的技能书。

“我看看我看看。”叶修进来后连忙说着。

“还看什么啊，都用掉了。”陈果说。

“这样谈笑间就刷出一本任务书，说出去不知要羡慕死多少人啊！”叶修感慨着，完了却还不忘问一声陈果，“你那边怎么样啊？”

结果陈果立刻一脸的晦气:“几个任务我以前都刷过了。”

“那还真是可惜了,不过没关系,后面还有,总会有你没做过的。”叶修说。

“希望如此吧!”陈果说着。

叶修随即就又问魏琛:“我记得你当初说过,你们这一帮人的账号,技能点都在4700上下是吗?”

“差不多吧!”魏琛说。

“那还是照你的法子弄出来的,几率可都不如昧光现在做出来的方案高啊!”叶修说。

“不过几率这个东西,总是不太好说。”魏琛说。

“那倒也是,你有没有总体算过你那份材料,如果所有最终完成的都如你所愿,技能书会有多少点?”叶修问。

“当然算过,1650点。”魏琛马上答了出来。这个数字包含了他这么多年的心血,是很让他自豪的。

“哦,那你们的人都达到了4700点上下。4000点是基本点,通过这些收获的技能点就是700点左右。这样算的话,原本照你的肤浅方式去做,整体上来说差不多也有50%的几率了。”叶修说。

“喂喂,你不要总说什么肤浅啊! 4700点已经是很了不起的成果了好吧!除了职业账号,你在网游里能见到多少技能点在4700以上的?就我们这批号,把这技能点报出去,随便就是高价。”魏琛说道。

“那就赶紧卖了吧,反正现在你们都上了各大公会追杀的黑名单了。”叶修说道。

“切,过去这么久了,这事早没影了。”魏琛说着。这还是源于当初那起BOSS之争,魏琛后来带着一帮兄弟玩命地和各大公会捣乱,最后也受到了各大公会的玩命追杀,再到最后叶修给他们那批当初打赌赢来的账号卡,这帮人纷纷披了马甲继续游戏。现在已经过去了好长时间,是一个对网游来说足够忘却仇恨的时间,更何况这还是和各大公会之间的问题。这些俱乐部公会整天的事多着呢,哪会有公会一直和这么一个小团体纠缠不休?

所以像魏琛他们那一批曾经招惹过各大公会的账号重新出山的话,各大公会基本都会睁一只眼闭一只眼。也许有时遇上,想起,顺手杀一杀是有可能的,但肯定不会再像过去那样专门组织这样的活动。

“你还准备用你那个术士号?”叶修问。

“那号不错。”魏琛说。

“除了技能点，每个号还有什么不一样的？”叶修说。

“名字会不一样啊！”包子先抢答。

“模样也会不一样。”陈果接着说，女玩家总是很重视这一点。

“好吧……”叶修点了点头，根本没去辩解，因为他知道魏琛肯定清楚自己所说的不一样不包括这种不影响角色实力的地方。

“嘿嘿。”魏琛很是老奸巨猾地笑了笑。

“你那号技能点多少？”叶修意识到了什么。

“嘿嘿，《荣耀》现在技能点最高的角色是哪个？”魏琛突然问道。

“韩文清的大漠孤烟，4880点。”叶修说道，他已经意识到魏琛要说什么了。

“不错，比你的一叶之秋还要多40点对吗？”魏琛却还在这里不紧不慢的。

“对，你的那角色多少点？”叶修问。

“哈哈，不多，也没有满，不过是4920点而已，比大漠孤烟还要多40点，比一叶之秋多80点，比索尔萨克多90点，所以，我的迎风布阵，现在才是《荣耀》名副其实的技能点第一！”魏琛很是得意地说着。

“你的运气还真是不错。”叶修感慨。魏琛的术士能搞出这么高的技能点，无非也是靠他的那些攻略。毕竟这个不管几率是高是低，只要有几率，那运气才是至关重要的东西。于是在所有角色普遍4700点的情况下，来一个人品大爆发，搞出个4900点来也不是没可能。毕竟魏琛那堆东西一共可提供的技能点是1650点，这要真是一个运气无懈可击的话，那根本就是直接突破《荣耀》技能点的上限还要富余许多了。

“不过还有80点的提升空间，你舍得放弃？”叶修问。

“你们先试，我看看再说。”魏琛淡定。

叶修也不再多劝，那边唐柔和包子继续尝试任务，包子有陈果盯着，叶修也就跑回来试试他自己的了。

君莫笑重返第十区，消息立刻就从兴欣公会里流传出去了，各大公会自然震惊。只是先了解了一下等级，知道君莫笑还没到70级，心下稍安。由于上个月各大公会的玩家就已经相继突破到了70级，所以70级的副本纪录是他们目前的主战场，这种情况持续了一个月，70级以下的哪个副本纪录就算真被碾了，那也不再是玩家关注的大焦点，可以容忍。不过想想君莫笑上次回来可是潇洒地掠走了他们一个野图BOSS，这损失比丢了副本纪录还可气。

各大公会不敢怠慢，纷纷传令给每一个玩家：发现君莫笑的动作，都在公会里吱一声。

接近半年时间，第十区里的各大俱乐部公会都已经发展得无比壮大。初期君莫笑的存在，可把他们打压得不轻。各家都在吃老本，没哪家在第十区的新生代玩家里树立起什么光辉形象。直至君莫笑离开去了“神之领域”，各大俱乐部这才翻身把歌唱，从此彼此竞争，再没这么一个一脚就把他们全都踩趴的存在。

时间一长，君莫笑在第十区的影响也渐渐削弱。各大公会在各方面疯狂发展扩张，而且随着新人玩家接触《荣耀》渐深，也开始关注留意职业圈，有了自己喜欢和支持的队伍或选手。这样一来，俱乐部公会的庞大优势也就体现出来了，吸引粉丝加入，不需要任何理由，单名字就够。

但也是因为这样，战队在职业联赛中的表现，也会直接影响到公会的经营发展，尤其对新人影响深远。新人刚刚开始关注职业圈，那么对队伍过往的辉煌就不会有太多的感同身受，他们看到的更多的是这赛季各战队的表现。

因此引发的影响，是轮回公会在第十区的发展最为迅猛，就如同他们这赛季在联赛中的势头一样。新人开始关注的联赛后半段，正是全明星赛后轮回开始不断发威发力的时段，一路突飞猛进，伴随的就是新区里轮回粉丝急剧增多，轮回公会的规模扩张最快，完全压倒了蓝溪阁、中草堂和霸气雄图这三大公会。

至于悲催的不用说当然就得数嘉王朝了。新人关注联赛时，眼中的嘉世就是一副衰样，最终更是华丽出局。会有人因为这样而喜欢上嘉世那真是见了鬼，嘉王朝公会在十区新人的心目中真是一点影响力都没有。

而陈夜辉，原计划配合俱乐部这赛季的变动，准备在十区花大力气强势崛起的。一开始进驻的高手就多，那是想趁着开始新人对《荣耀》了解的空白，依靠实力在网游中吸引眼球，打好基础。谁想这阶段正遇上他们赶走的叶秋也跑第十区开荒来了，高手多，那有用吗？这来的可是个大神。陈夜辉没办法，连刘皓都拉来帮手了，还不一样被踩？

初始计划因为叶修的介入被破坏了。等叶修带着君莫笑去了“神之领域”，新区玩家基本对《荣耀》已经有一定了解，已经开始关注职业圈子。就嘉世战队那恶心的表现，嘉王朝公会招人时恨不得把自己这招牌藏起来。

但这哪藏得住？就算新人玩家一时间不知道嘉王朝和嘉世就是一家的，

但霸气雄图啊蓝溪阁啊中草堂这些公会多坏啊，他们会自觉地帮新人普及这一知识。嘉王朝公会在第十区的开荒工作，从头到尾都可说是空前的失败。

君莫笑又回第十区，各大公会如临大敌，谁知道这位大神又回来搞什么幺蛾子。一时间都是全会上下发动着搞监视，誓要弄清楚这人的意图。

但叶修其实就是来做点任务，和各大公会的过往，在他脑海中连一秒钟都没停留。只是刚进第十区，在自家兴欣公会里和玩家们打了打招呼。

兴欣公会没有叶修这种强势人物坐镇，自然是无法和各大俱乐部公会抗衡的。尤其是随着职业战队的影响力可能渗透到新区以后，更是没有任何玩家公会有可能与俱乐部公会抗衡。这段时间，兴欣公会也就像个普通玩家公会一样存在发展着，有人去，也有人来。

公会依然是陈果主事，唐柔、包子都只能提供一些战斗力，要说在公会事务上，能给陈果些帮助的，反倒是当初因为粉苏沐橙投奔来的玩家马后炮。当时和他一起来到兴欣的千成，虽然也是老玩家一个，而且混过大公会，但基本也是个独来独去、自由散漫的家伙，在这些事上同样靠不住，最后也就和唐柔、包子一样，当个战斗力还差不多。

这四人，目前就是兴欣公会里等级最高的。比不了俱乐部公会那样疯狂的开荒练级，但在玩家公会中，这么高的等级也算是绝无仅有。从这一角度上来说，兴欣公会绝对是比上不足，比下有余。和俱乐部公会是没得比，但比起寻常玩家的那种公会，还是有声有色的。至少他们连公会仓库都有，制度也很健全。

看到这公会仓库制度，叶修又想到了蓝河，问了下陈果，知道蓝河的角色好久没有上过线了，等级也基本停留在了当初。翻开好友栏一看，这些曾经打过交道，差不多都是敌不是友的家伙都在线呢！

叶修也没去招呼他们。只是一边在公会频道里和本公会的玩家闲聊聊，一边操纵着君莫笑朝要做任务的地点跑去。公会频道包子他们当然也是看得见的，一时间包子的话比叶修还要多些，不住在旁帮腔胡吹，把叶修说得英明神武得不得了，弄得叶修实在不好意思再冒泡了。包子犹自未停，开始大谈他们的战队什么的。冲回职业圈夺冠，这确实是叶修他们真实的念头，但问题是现在一点铺垫都没有就由得包子这样没头没脑地乱说……

此时兴欣公会里还有那种刚接触《荣耀》的新人小白吗？很少！所以听包子这么扯谁能觉得靠谱？不过显然包子在兴欣公会里人缘挺好，而且熟悉公会的人都了解包子的性格，于是不少人跟着在那配合打趣，但包子这边可是一本正经的啊！于是一场看起来荒诞不经、不知天高地厚的吹牛聊天在兴欣公会的频道里火热进行着。

各大俱乐部公会在兴欣都有卧底，只是兴欣公会没了君莫笑，就像普通玩家公会一样发展，没给他们制造什么麻烦。各大公会之间也忙于竞争，就没怎么来打兴欣的主意，时间一久，好些卧底的家伙都不怎么上线了。但今天君莫笑回归，情况非比寻常，各种尘封角色都被呼出来上线，观察着君莫笑在公会的言行。与此同时，遍布第十区各大练级区的玩家，也在把看到的君莫笑的行踪不断报告着。

叶修却想都没想着这些，只是到了地方，领了任务，随即就按照攻略的指示进去下去。

“他在任务！”各大公会发现君莫笑的玩家纷纷回报。

“什么任务？”各大公会上层纷纷问道。

“好像是有志气的佛兰克。”猜出了这任务是什么的玩家回报。

有志气的佛兰克？

听到这任务名的公会领导，有知道是什么的，有不知道的。对于他们这些老玩家而言，凡不属于那种速度升级任务线上的任务，剩下的基本都不会去碰。这样的一个非任务线上的任务，有印象，那也不知是什么时候留下的印象了。

于是所有人都切出网页，开始搜索着这个任务，浏览着无数相关网页，试图从中发现这个任务的神奇之处。

一页、一页、一页……

搜索网页中罗列出的一个个链接，最后指向的都是这任务的介绍和流程，如同一个寻常至极的任务一样，没有散发出任何秘密的气息。

不可能！一定没有这么简单。

各大公会断言。

他们的判断也没有错。叶修跑回普通区来做这任务，当然有着很重要的理由，只是这个理由，只凭他们现在所做的这些，实在难以猜测出来。

“继续监视！”各大公会一边放下话，一边继续去打听这任务有什么奥秘。

就这时间的工夫，叶修的任务一路顺畅地进行着。只是遇到战斗略有些麻烦，因为原本身上的装备，包括在“神之领域”提升过的千机伞都不能再进普通区，都被留在了“神之领域”。裸着回来的君莫笑随意从公会仓库里拿了些装备和武器就过来了。习惯了千机伞，再让叶修用切换武器这种原始的散人玩法，让他有一种身上有劲却使不出来的感觉。

各大公会还在探索这任务的奥秘，叶修已经麻利地进行到了尾声，最后一环节，完成。

任务奖励划过，叶修什么眼神，一眼瞟到，哈哈大笑：“我拿到了。”

在唐柔和包子都一无所获的这个任务中，叶修拿到了一本20点的技能书。

要说这任务34.314%的奖励几率，对于技能书这样的奖品来说真的已经是非常非常高了。

10年《荣耀》，却连一个技能点满5000点的角色都没有产生，可想技能书的获得是多么不易。魏琛经过这么多年很有心思的耐心投入和研究，才能弄出一批技能点4700点的角色。不过以叶修对魏琛的了解，他说是4700点上下，那肯定是上比较少，而下比较多，没准上根本就只有他那个4920点的人品大爆炸一个，其他统统4700点以下。

如果只是这个程度，其实在《荣耀》里也不算特别稀有。真想要一个，使出最强道具人民币，还是可以砸到不少的。

但是在昧光和他的导师一起清晰了魏琛的心血后，得到技能书奖励的几率又一次提高。虽然昧光没说整体提高的几率是多少，但就现在手头的这一小份来看，只会比魏琛原来的高，而绝不会低。

这样一来，出产的一批角色，那才真会剽悍整个《荣耀》圈的。不说5000点满，只要4900点以上，那职业圈的所有大神角色就都要跪了。职业圈里4800至4900点技能点的角色倒也不少，但4900点以上的真是一个都没有。

更要命的是，游戏里目前这样的高技能点角色，可遇不可求，而叶修他们这里呢？经过魏琛多年努力的铺垫，昧光和他的导师高等知识的强力注入，一下子居然搞出了一个流水线。这要是量产出大批高技能点的角色出来，对《荣耀》的账号交易市场都将是一次冲击。

决定一个账号价值的，主要就是职业、装备和技能点。其中职业这个东西造成的价格差异并不大，而装备这个东西是可以单买单卖的，但技能点却和角色捆死，你有就是有，没有就是没有。可想而知当这样技能点狂高的账号角色冲向市场时，必将成为任何想买一个强力账号的玩家的首选。至于其他账号，没装备的技能点是拿不出手的；有装备的那也就是个衣服架，把装备扒下来咱要换给刚买的强力账号。

魏琛费尽这么多年心血研究这个东西，显然不单是为了娱乐或强大自己的角色，他早就考虑到了这方面的问题。只是他的成果并不太稳定，勉强4700点的技能点账号，对于积累了10年的《荣耀》来说可以让他赚得不错，但无法太风骚。

所以这家伙暂没开始拿这东西当自己赚钱的筹码，还在想着进一步研究，打造更稳定的流水线，制造出更强力的技能点账号来。

而现在，这一切似乎就要实现了。只是初衷是为了解决战队角色成长难的问题，是为了帮助战队壮大角色的实力，可现在是不是可以靠这条流水线顺便也来捞捞金呢？

在看到唐柔、包子乃至叶修都已经相继轻松得到技能书后，魏琛提出了这个问题。

陈果怔了怔，她还在为战队可以拥有一批吓死职业圈的角色而兴奋呢，倒没想到这个居然还是赚钱的手段。但毕竟也是资深玩家，魏琛这么一说，陈果立刻也意识到这当中的可行性。

“物以稀为贵，更何况是从来没有出现过的超高技能点账号？真要出售，我看必须要采取竞价的形式。当然随着同类账号的增多，价格肯定会逐渐走低，但别忘了这玩意咱是垄断啊！可以说市场是完全由我们控制和决定的。”魏琛这家伙，显然对这笔买卖早就盘算过了，一口气头头是道地说了一堆。

“你想得美，游戏公司方面肯定不会放任这种情况一直继续的，我觉得他们很容易从这批账号中分析出来是怎么回事，然后只要随便做做更改，咱们这方法可能就要废了。”叶修说。

“你说得没错，所以我才隐忍了这么久，我就是要等这方法大成，等利润可以最高的时候。这一天，终于被我等到了！”魏琛握拳。

“那请问你复出是组战队还是贩卖账号来了？”叶修问。

“嗯，这个问题问得有点深刻。”魏琛也是比较为难。其实对于他来说，出品高技能点账号卖钱，这是他一直计划的事，而复出组战队重返职业圈，这才是意外中的意外。所以突然叶修这样问他，让魏琛真的很为难。

“我的意思，两手都要抓，两手都要硬。”魏琛表示。

“你都这么大年纪了，会不会太辛苦啊？”叶修问。

“赚钱嘛，哪有不苦的。”魏琛说。

“但现在可正是我们最重要的准备期，嘉世这样的对手还在前面等着我们,你确定你可以兼顾过来？”叶修问。

魏琛沉默了半晌:“要不……先放一放？”

“我看你需要清醒地考虑一下这件事。你这个账号生意，前期就要有一定的投入。首先你这批账号必须量身定做。直接从市面上买满级账号,他们的任务成就到底是个什么样，你无法掌握。向卖家打听详细信息来筛选，那肯定相当麻烦，而且不可能找到完全合你心意的。量身定做的话，假如是找工作室代练，老区最快速度 0 到 70 级也需要三个月，而且工作室代练，速度与价钱是直接挂钩的，你要求这种最顶尖的速度，账号成本就会提高……”

“我没必要那么着急嘛！”魏琛说道。

“你不着急？你不要忘了，我们的队伍在 9 月就要开始挑战赛了。虽然技能点不能直接通过查看角色获取信息，但是通过分析装备和技能威力，技能点并不是一个可以藏得住的秘密。关注度越高，我们战队技能点的情况就会越快曝光。到时候《荣耀》方面不可能一点反应没有，随便查一下我们这批角色，就能清楚地知道他们设定的这一系列任务随机奖励被人彻底攻破，你觉得他们还会继续无动于衷下去吗？”叶修说。

“这个……”魏琛愣住了，这才意识到，他这个账号买卖的生意，和战队事业居然还是冲突的。

三个月，那只是定购账号的最快时间。账号到手，还要能通过这大堆的任务来提升技能点。而这提升需要人为操作，而这操作方式正是可以用来赚钱的最大秘密，当然不可能找人代工。

“还有一点。你要买现成账号，大可以在市面上搜集，要多少可能都买得到。但是这种有特别要求的账号，只能现练。你一批准备要多少？ 1000 个？你认为现在有哪家工作室有这么庞大的人力三个月给你练出 1000 个号来？《荣耀》练级那可是全手工劳动。1000 个角色三个月达到 70 级，是 24 小时不停练级的方式，一个角色至少得两个人来负责吧？现在有 2000 人规模的工作室？”叶修问。

“哦，对了，还有……三个月，这是人家按照最快升级路线才能达到的。你这种特殊定购的话，要限定任务上的空白，是不是三个月能达到，我还真不清楚了。”叶修说。

“还有……”

“还你妹啊，你闭嘴一会儿行不行。”魏琛很是痛苦地打断了叶修，显然他终于意识到，这是一个需要抉择的问题。企图两手都抓都硬都不放弃，这不现实。

叶修没有继续说下去。魏琛此时心里的纠结，其实大家都很理解。

这个技能点账号赚钱的方案，很可能是他这几年来一直在努力的一个目标。现在让他做出这样的选择，心里肯定不会好受。

“所以啊……”

“你别吵，你让我想一会儿。”魏琛又打断了叶修。

叶修还想说呢，陈果却果断把他揪住了。这家伙要是这个时候再没人性的还来点嘲讽什么的，那就太天怒人怨了。所以陈果也不管他到底想说什么，以防万一，先拦了再说。

训练室里很安静。就连搞不太清状态的包子也感觉到气氛相当沉重，在那儿默不作声，和大家一样，一脸严肃地望着魏琛。

魏琛却没停下游戏，拍着键盘甩着鼠标，脸上看上去却咬牙切齿，半晌后终于道：“好吧！老子决定了，什么账号生意，让他见鬼去吧！”

最后时刻，魏琛终于还是选择了职业圈！在职业圈，魏琛其实只是混迹了两年，而这技能点，他却研究了达五年之久。头两年魏琛是怀着理想去拼搏的，而这五年，却要算是为了生计在奔波。

当选择摆在眼前的时候，魏琛很迅速、很果断地，还是选择了曾经的、那短暂的两年。虽然他知道这一次再来，也有可能只是昙花一现。

“好，老魏同志果然英明，账号生意我们现在确实做不起！”叶修鼓掌。

“你去死吧！要是夺不了冠军回来，你赔老子损失！”魏琛骂道。

“损失？什么损失？”叶修问。

“这么大的买卖不能做了，不是损失是什么？”魏琛怒道。

“这买卖，周期长，人力物力成本又高，而且还不是什么长久买卖，游戏公司一个更新就能拆台，其实价值真不怎么大。”叶修说。

“你说得轻巧！”魏琛很是不爽。

“我觉得，正确的思路，应该是直接买卖这攻略才对。”叶修说。

“你说什么？”魏琛突然一惊。

“买卖这攻略。”叶修说。

“靠！”魏琛像是猛然间惊醒，一下子跳了起来，来回走了几步后，猛然回头，望向叶修，“禽兽啊！”

“虽然一般来说，掌握技术才算是掌握了长期命脉。但之前就说过了，这生意根本长不了，游戏公司掌握着更狠的命脉呢！所以索性卖技术就得了。”叶修说道。

“你说得对！我早怎么没想到啊！”魏琛叫道。

“这样的话，是不是得和昧光他们那边打声招呼啊？”陈果问道。

“哦，那是当然的。”叶修神情也难得严肃，显然这次数模事件，让这些家伙都领略到了知识的力量，自然也就对知识格外尊重起来。

“再然后怎么卖？你恐怕也已经有想法了吧？”魏琛说道。

“越是需要的人，能出的价钱当然就越高。”叶修淡淡地说。

“卖给俱乐部？”魏琛已经想到。

职业俱乐部当然是最能通过强大的角色获取收益的对象，自然也就是能对这东西拿出最高价钱的。

同样一个满技能点的角色，对于普通玩家来说，事实上也就是个人威风一些罢了。但对于职业战队来说，技能点每多一些，角色的技能每高一阶，那都意味着在场上能多一分胜算。而他们每一场胜利能增加的收益，那和玩家在竞技场里打赢一场两场三四场当然完全就不是一回事了。

“可这样的话，大家就都会拥有这么高技能点的角色了。”陈果很是遗憾地说着。

本来想着他们战队一票 5000 点的角色，然后其他战队最高的也不过是霸图大漠孤烟的 4880 点，简直要多爽有多爽。但现在，所有人一水的 5000 点技能点角色，自己这点优势感还没来得及体检就没有了。

“这样去壮大其他对手，确实很不甘心哪！”魏琛也感慨着。但是这货贪婪的目光已经深深地把他出卖了，虽然不甘，但他对于这样壮大一下对手吸点金的手段还是不抗拒的，因为他很快就说道，“不过也没壮大多少，那些家伙的角色距离满级也就差个一百两百的，差不多差不多。”

这话纯属自我安慰，100、200 的技能点，绝不是魏琛口中所说的这样不值得一提似的。

“也没准他们未必就会用呢，像那些成了名的角色，名气多大啊？考虑到这方面的价值，未必就会随便把原来的那些角色给取代了。”陈果说着。

这话显然也是自我安慰。神级账号名气是大，或许真会因此暂时保留，但是其他账号角色总可以替一替吧？不管怎么说，各大战队的实力会大幅度提升，这绝对是事实。

“嗯，又想卖钱，又不想别人得好处，你们真够可以的。”叶修说道。

“咳，愿望是美好的，但我们要接受残酷的现实。”魏琛表示。

“但我觉得这事还并不如你们想的这么美好。”叶修说。

“怎么？”

“如果我们现在向各家俱乐部去推销这东西，我估计各大俱乐部会很快串通一气，结成同盟，到时弄成我们和整个联盟的一次交易。”叶修说。

“这样的话，价钱可能就会被压下来了。”魏琛说。

“所以说呢，我觉得，不如就只找一家，然后双方约定，直接让他来买断，这样的话，技能点的优势没有扩散到全联盟，我们能得到的利益，也未必就比卖这么多家来得少。”叶修说。

“禽兽，你必须承认你是禽兽，这么禽兽的主意只有禽兽才想得出来。”魏琛不住地说着，貌似在夸赞来着。

“那么你准备找哪家俱乐部呢？蓝雨？霸图？轮回？我看轮回不错，这俱乐部现在野心大，可能能出的价钱最高。”魏琛说。

“轮回是不错，但我觉得吧，他们可能还不是最迫切的。”叶修说。

“那还有谁？”魏琛纳闷。

这时候，陈果竟然突然反应过来，猜出了叶修的意图：“斩楼兰！”

23
CHAPTER

新目标

“斩楼兰？就是那个人民币玩家，组了个义斩战队准备下赛季进军职业联赛的那个斩楼兰？”魏琛混网游的，当然知道斩楼兰的大名。上次义斩天下借题发挥论坛舌战群公会从中吸引玩家支持的事，还让他很是羡慕嫉妒恨了一番。

“对啊，他们真是再合适不过的人选了。”魏琛一想斩楼兰的这一堆子背景，顿时也对叶修的这个主意激动非常。

斩楼兰有钱，但毕竟也是新战队，和其他职业战队多年的积累相比，有些差距他有钱也不是那么容易拉近的。当然你非要不顾一切拿钱去砸，那这些神级账号，在各俱乐部老板心目中也未必就是坚决的非卖品，总有一个可以砸动的价码。但问题是如此不计成本地砸钱，摆明了是要当冤大头。目前斩楼兰他们有没有这样的打算和举动外人当然不可能清楚，但无论如何，技能点攻略叶修相信足够让他们动心，这才是目前《荣耀》圈里真正你砸再多钱也没办法弄到的东西，而现在，叶修给了他一个砸钱可以弄到的机会。

“快联系他！”魏琛早已经迫不及待了。

“先联系昧光才对。”陈果提醒。

“当然。”叶修从容，把斩楼兰和昧光的QQ聊天窗一起打开了。

叶修也没问“在吗”之类，两边都直接留言说正事。昧光这边当然是说目前准备把这套获取技能点的知识套点现，问昧光有什么看法。

昧光是一直在线的，只是保持隐身罢了，收到消息立刻冒泡，一脸纳闷地说：“你随便呗，我能有什么看法。”

“快，我们快随便吧！”魏琛迫不及待。

结果叶修和陈果齐齐鄙视了一眼后，叶修随即回道：“这东西价值可不低，毕竟没有你的话肯定是弄不出来的,你有权利决定啊!”

昧光听后反倒惭愧了:“我其实就是干了点类似打杂的事,关键还是靠张教授,没有他的话那才真的弄不出来。”

“那是不是应该问一下他啊?这东西由于没有过交易纪录,所以价值我也说不太好,但七位数以上肯定不成问题。”叶修担心昧光这个数学宅搞不太清楚这东西的价值,所以给这未来的数学家一个数字让他敏感一下。

结果昧光却回道:“那还是不要去讨骂了吧!”

“怎么?”叶修这边大家都是一怔。

“张教授这种国宝级的数学家,钱对他根本没有意义啊!拿这个去打扰他,那不是找骂吗?”昧光回道。

“那什么有意义?”叶修随手回了一下。

结果答案让几人泪流满面。

“科学发展,人类进步。”昧光回道。

“丢人啊!”魏琛仰天长叹。

“还和人家去谈钱?”陈果也是羞愧满面。

这样的话,你让一般人来说那基本都是当冷笑话了。但现在对象确实不一样,张以川这种级别的数学家,任何一项研究成果,确实可以说推动着人类的进步。所以这不再是个冷笑话,这是一个事实,让叶修几人实实在在风中凌乱了一把的事实。

“那这个……我们就自己处理了。”叶修回道。

“嗯。”昧光答道。

“唉唉唉!”终于收到这样的答案,魏琛不住地叹息着,“大科学家啊,觉悟就是不一样,不是我们升斗小民可以理解得了的,我看我们只好不给他老人家增添困扰了,我们就自己瞎折腾吧!”

典型的得了便宜卖乖,众人鄙视了一下,也就不说什么了,因为斩楼兰那边也已经回消息了。

叶修和斩楼兰倒是没有一上来就开门见山说买卖,而是很关心地问了一句斩楼兰最近在忙什么。

“忙着提高水平,免得到时太丢人。”斩楼兰老实地回道。别看义斩战队在宣传造势上风头无双敢把所有俱乐部齐嘲讽,但真要论技战术实力,斩楼兰他们几个在接触过叶修后可算是知道自己的斤两了。要不是这样,可能还真把战队宣传上的那狂放劲当成自己的实力给带进联赛里去了。

还好，有了这样的插曲后，宣传造势一类的工作虽然一样做，但对于自己水平的衡量，斩楼兰他们却不敢如此嚣张了。很努力地练习着，而且目标现在都降低了许多。刚遇叶修那会儿，这几位还觉得他们会是一支很有竞争力的队伍，但现在，目标都成为不要太丢人了。这话和别人说可能还会被当成是谦虚，但在叶修面前那可就是斩楼兰真实的心理了。

“账号都准备得怎么样了啊？”叶修问。

“还好吧！”斩楼兰模糊地回答着。

“你们的角色，技能点大概都有多少？”叶修开始切向主题。

斩楼兰看到这问题后一怔，自己就先思考上了。他很清楚这位大神是不会无缘无故找他来闲聊的，突然问起技能点的事，肯定是有什么名堂在里面。而技能点也确实是让斩楼兰他们目前比较无力的一个问题，大神突然问到这个，难道是有办法解决？

一想到此，斩楼兰心里激动，却还要不紧不慢地回道：“技能点啊，还可以吧，我们这几个账号运气都不错呢，技能点都非常高。”

“哈哈，你千万别告诉我你这些号都是满技能点的哦！”叶修说。

“那怎么会呢！现在《荣耀》里哪有满技能点的号？”斩楼兰这话也带着试探，但心里已经开始吃惊，因为他已经隐隐感觉到叶修话里的意味了。

“本来一直没有，但现在说不定了哦！”叶修说。

“你有这样的号？”斩楼兰疑惑。

“很可能。”叶修说。

“可能？”

“嗯，因为这是一个有些概率性的问题，所以真不好说得太满。”叶修回道。

“什么概率性的问题？”斩楼兰这下真有些装不住了。这技能点别说满啊，就是 4900 点以上，那就已经在《荣耀》圈里绝无仅有了，4800 点以上那通常都是职业圈里鼎鼎有名的明星角色。这些角色能成名，本来就都不是偶然，技能点多也是它们能打出名堂的重要因素之一。

斩楼兰他们此时手里的角色，技能点是不低，都在 4700 至 4800 点之间，放在职业圈也绝对够看了，但和顶尖相比确实还有距离，更别提现在叶修居然说有概率性的满级号了。

这角色技能点有多少就是多少，概率性又是怎么回事？斩楼兰想不明白，这不，连忙就问上了。

“实不相瞒，我现在掌握了一种可以搞到技能点的方法，第一时间就想到你可能很需要，怎么样，够意思吧？”叶修回道。

“够意思。”斩楼兰回着，心头却在苦笑。他可不傻，叶修这话，基本已经让他明白意图了。第一时间想到他，这哪里是够意思啊，分明就是想来赚他一笔。不过斩楼兰倒也无所谓，他的确正需要这东西，有人能提供，他乐意之至。

此时回了一句“够意思”，斩楼兰就不再搭腔了，他想等着看那边会提出什么样的条件。

结果左等右等，那边干脆直接没音了。斩楼兰郁闷啊！他就是想先摸一下对方的心理价位，也好从中周旋。结果这货真狠哪，直接装死，一副你爱要不要的模样。

斩楼兰泪流满面，这是吃准了他不可能这样无视，肯定非要不可。

无奈，斩楼兰只好自己主动开口：“是什么样的方法？”

“就是刷任务的一些技巧，保证可以高几率获取到技能书的奖励。”叶修消息回得多快啊，明显就是一直在电脑前守着呢！之前的装死摆明了是故意的，斩楼兰那个无奈啊！

“这个新鲜啊，我从来没听说过。”斩楼兰对职业圈有企图，在技能点上当然也是花了大工夫的，却从来没听说过有这样的手段。

“你当然没听过，这是一位老同志牺牲了他的大好青春年华辛苦研究，最近才最终完善的。”叶修说。

“这样啊，那你有什么打算？”斩楼兰问。

“我的打算这不就是来看看你是不是有什么打算！”叶修回道。

“好吧！”斩楼兰无力了，“就不绕圈子了，如果真有高技能点，我当然是很需要的。”

“我想也是。”

“开个价吧，我这大概先需要 10 个。”斩楼兰说。

“10 个？”

“再需要的话再找你嘛！”斩楼兰说。

“那你何不一劳永逸地干脆把这攻略技巧买走得了？”叶修回道。

“这你都肯卖？”斩楼兰大为意外。

“有什么不肯呢？”叶修反问。

结果斩楼兰的回复却是：“但我干吗要买呢？我只需要一组战队账号就够了。”

干吗要买呢？

斩楼兰这边话一问出，轮到叶修他们这边发愣了。

干吗要买，理由叶修他们倒是早帮斩楼兰想好了，但问题是，他们的思路，和斩楼兰貌似没有对上号。

“你真是太客气了……”叶修回道。

确实，在几人此时的心目中斩楼兰真是太客气了。你何必不大手笔直接买攻略，反倒退而求其次地只是买一批账号呢？

“哪里客气了？”斩楼兰干脆听不懂，显然思路确实就不是叶修他们帮着分析出的那一路。

“拿到攻略，你自己愿意弄出多少号来都可以。”叶修回道。

“呵呵，攻略的话，肯定要贵很多不是吗？我又不需要那么多号，我目前只要 10 个就够。”斩楼兰回道。

“只要号的话，那我们可能会比较为难。”叶修说道。

“所以，你们的意思是要买，就必须高价来买这份攻略是吗？”斩楼兰问道。

“大概就是如此。”叶修说。

“这样的话，那我可能需要考虑一下。”斩楼兰回道。

这个考虑一下，明显已经是拒绝的成分占了很大，只是略留一点余地罢了。如果是真心要考虑，这种时候，至少也应该问一个价码。结果斩楼兰却连价钱都没问就要考虑，这着实让叶修他们觉得很是被动。

“这要真换了最初，我们倒是可能毫不犹豫地买下，而且会买断，保证这份东西顶多就掌握在你我的手里，保证我们对其他职业战队的优势。”斩楼兰倒是没有就此潜了，反倒又和叶修说了起来。

“那现在呢？”

“现在多亏接触到了大神你啊！是你让我们认识到了原先我们的想法有多轻浮。我们的水平，上来就以为可以和那些豪门战队一争高低，实在是太坐井观天了，所以我们现在决定踏踏实实地先在职业圈里站稳脚再说。高技能点我们当然需要，但这就像任何一个玩家看到有这样的账号都会想要一样。

现在的我们，并不认为我们有必要做出使劲削弱对手的举动，即使在这上面削弱对手一些，也不会给我们的局面造成太大的改观。提高自身的技战术实力，还是最踏实。过多的东西，我们就先不想了。”斩楼兰的话很诚恳，其中不乏对叶修的感激之情。

叶修看后只能无奈地苦笑回道：“那你们可得加油啊！”

“谢谢。技能点这个如果可以提供账号的话，随时可以再联系我，价钱好说。”斩楼兰说着。

“知道了。”叶修回了一句，随后回过身，朝魏琛、陈果苦笑了一下，很显然，原本计划中的买卖，砸了，变成了倒卖账号。虽然账号的价值依然会不菲，但相比他们的初衷，那绝对是天差地别。

“就这么放弃了？”魏琛不甘心啊，他根本没看到叶修做出努力的劝说。

“没办法，他们和我们所想的不一样。”叶修说。

“这我看出来了，而且我看出他会不一样，完全是因为你这家伙的出现啊！”魏琛说。

“人生啊，多么戏剧你看。”叶修说。

“那现在怎么办？”魏琛说。

“看来只能另找家职业队了。”叶修说。

“轮回吗？”魏琛问。

“有野心的轮回，当然是最合适的。”叶修说。

“轮回现在就要打总决赛了，这个时候赶紧把这东西提供给他们，他们肯出的价码绝对非同一般。”魏琛说。

“还有两个星期，不知道昧光能不能完全整理出来。”叶修想着，又QQ昧光找他确认时间。

“怎么，赶着要吗？”昧光问。

“是啊！”

“一个星期吧，我尽量。”昧光说。

“加油！”

“时间上没问题了。”叶修回过头说着，“只要方案能确定下来，角色提升顶多就是两天的事，轮回当然可以轻松做到。”

“那现在就和轮回联系？”魏琛问道。

“现在联系个什么劲！等昧光弄出来，直接去一趟S市吧！”叶修说着。

“等等,有个问题你们想过没有!”陈果忽然叫了出来。

“什么?”叶修望着她。

“如果轮回突然以一堆满技能点角色夺了冠军，这不是更吸引眼球的一件事吗?这难道不会吸引到游戏公司的注意?如果他们现在就看破内情做出更改了,那我们不是也要跟着麻烦了?你们现在这几个角色倒是来得及提高的,但其他的呢?我们队伍的角色总不可能就只是你们这四个吧?”陈果说。

“哦,这个不用太担心。轮回那也是职业战队,角色都是有基础的,保守估计技能点也都在4700点以上。攻略拿去，也就是帮他们完成一些最终的冲刺。没有大量的任务集中,游戏公司也看不出太多端倪的。”叶修说道。

“万一他们的角色任务都是清掉的,没办法用,他们只好弄新号呢?”陈果想得比较多。

“新号?新号我们说过了啊,最快也得三个月,就是职业战队也超不过这个速度,三个月他们可以弄一批出来,我们也可以弄够我们队伍需要的,所以终归是不会吃亏的。”叶修说道。

陈果听叶修这么一说，这才完全放下心来,最后有的就只是遗憾了:“但这样可就让我们未来的对手狠狠地壮大了一下啊!”

“你这样说实在是太无视斩楼兰他们了,给他们就不是壮大了?”叶修说。

“1加1等于2和9加1等于10的区别。”陈果说。

“这也正是斩楼兰现在不肯出手的原因了。”叶修叹息道。

“还不都是你。”魏琛鄙视。

“反正现在就这么着吧!等昧光这边弄出来了，我去一趟轮回那边。”叶修说。

“这次再卖不出去你就别回来了。”魏琛说。

昧光的勤奋努力自然是不必多说的,他说是一个星期,但在第五天,就已经彻底完成了全部攻略，从头到尾又清清楚楚地做出一份文档，最后发了过来。

收了文档的叶修从头到尾扫了一遍,和昧光这些天陆陆续续送来的又进行了一下核对。

而这些天昧光陆陆续续发来的攻略,叶修包子唐柔三人都一直在照着完成,君莫笑、寒烟柔、包子入侵三个角色的技能点上升得那叫一个突飞猛进。

其中最高的是叶修的君莫笑，原因却只不过是因为寒烟柔和包子入侵的角色现在还没进“神之领域”，当然有大量的任务是做不了的。叶修的君莫笑两头跑，清得干净，技能点火箭一样涨。目前等级未满，有些高级的还没清了，但技能点却已经满了5000点。

最终攻略确实提高了触发几率是一个原因，但叶修的运气也挺不错的。不过他真到了5000点，魏琛可就纠结上了。这些任务他的迎风布阵可是全做过的，没有办法再提高了，想不到被人完善后真能有5000点。

不换号吧，技能点就少了；换号吧，自己的迎风布阵还没以《荣耀》圈技能点第一的名头出过风头呢！这可把魏琛给郁闷坏了。

“我看给轮回根本就没必要给这么多。”叶修在最终检查了一遍攻略后，直接从中抽掉了相当一部分，最后留下了1000个技能点的内容。

“他们现在最需要的，是将现有角色的技能点再提高一个层次，我看给他们这些去撞撞运就可以了，没必要全给他们。”叶修说。

这个决定得到了陈果的大力支持。陈果其实最大的愿望还是就他们自己有，别人一点都没有是再好不过的。现在没办法，那么能让别人少一些也是值得高兴的。

“就这些吧！”叶修最后看了一遍剩下的内容，“轮回就祈祷他们的角色已完成的任务不要和上面撞太多吧！这样足够他们提升了。”

“其实他们基础那么高，真要是没撞上任务的话，一点点就够。”陈果说。

“听你的意思，再给他们删掉500点？”叶修说。

“好啊好啊！”陈果十分同意。

“行了吧……这几天你自己也照着刷了，你的角色刷到了多少点啊？”叶修问。

“280点。”陈果郁闷地说。

“280点的技能点，居然被你以这样不爽的口气说出来，我估计这种事在整个地球上也只可能发生在这个房间里了。”叶修大为叹息，随后又道，“1600多点的技能任务，你最后只得了280点，任务被撞的情况还是比较严重的，还是给人留点希望吧！”

陈果听了也就不再多说什么：“那你什么时候动身？”

“尽快吧！”

“我帮你看看票。”陈果说着，这些支出，自然都由陈大老板来负责。

“去了轮回找谁你知道吗？你别到时候被保安直接轰出来。”魏琛说。

“你这个样子去被轰是肯定的，我能和你一样吗？”叶修反驳着。

“明早的飞机可以吗？”这边陈果查到了票，喊了一句。

“可以。”叶修点点头。

“身份证号。”

叶修把身份证号用QQ发给陈果，陈果很快弄好了一切。

5月的S市气温不高不低，空气湿润润的很是舒服。

不过叶修这样长期窝在屋里的家伙，对于气候一类的反应相当迟钝，根本就没体会到这方面的变化。下了飞机招了个出租车，酒店都没去就直奔轮回俱乐部那边去了。

和斩楼兰那边交易失败，倒是让叶修更加仔细了一些。不过和魏琛等人前前后后反复讨论了一番后，觉得轮回实在没有任何理由拒绝他们。本赛季他们志在夺冠的意图十分明显，这总决赛前的两个休整周，从他们的宣传造势上就可以看得出来。

拒绝这技能点的攻略，绝不可能；唯一可能的，就是拒绝买断。对此问题叶修他们也讨论了好久。如果不买断，摆明了是让叶修他们再去走访其他战队买卖，这样的话，那轮回也就说不上什么提升了。想来想去，大家觉得轮回买断的可能性还是相当高的。

轮回俱乐部很快就到了，叶修当然没准备直闯大门。毕竟他这张脸实在是当不了通行证，魏琛的担心不是多余的，他是很可能被保安直接轰出来的。

俱乐部外的一个公共电话亭，叶修打了个电话，随后就在轮回俱乐部门外徘徊等候。不大会儿，俱乐部里一路小跑冲出来一人，到了门外就东张西望，叶修朝他挥了挥手后，那人连忙迎了过来。

“好久不见。”两人打着招呼。

佟林，前《荣耀》职业选手，效力于轮回俱乐部。三年前退役后，进入了轮回俱乐部的后勤技术部工作。

《荣耀》职业圈又不大，一共就200来人，而且最早期的时候规模还没这么大，队伍没有20支，每队也不是都是10人上下，所以那时人更少些，职业选手之间彼此也都更熟悉些。叶修这种从联盟初年一直混到现在的，当然无人不识，无非也就是关系上的深浅有别。有的人是点头交，有的则比较聊得来。

佟林算是后者。

虽然他不是什么大神，但对《荣耀》的热爱却不会比任何人少一分。退役进入技术部后，也是孜孜不倦。叶修这趟过来，联系一下这老朋友，当然也就是方便带个话进个门，真正交易上的决定权，当然还远远轮不到佟林来做主。

两人一边寒暄着，一边进了轮回的大门。有了佟林相迎，守门保安也就没有丝毫过问。之前叶修徘徊的时候，还被他们好生警惕地打量了一番。毕竟季后赛将近，可不敢有任何事打扰到正在积极备战的职业选手，俱乐部这些天各个方面的事务要求都更加严格了。

"你到底有什么事啊，电话里神神秘秘的。"佟林一边带叶修走着，一边问道。

"对于你们轮回来说，绝对是好事。"叶修说。

"呵呵，你能给我们轮回带来什么好事啊？"佟林笑道。

"一会儿给你演示一下你就知道了。"叶修说。

"好啊！"佟林也没多问，直接带着叶修上了俱乐部三层，技术部他的办公室。

"说吧，你要怎么演示，我等着看呢！"招呼叶修落座后，佟林笑道。

"你这有《荣耀》账号吧？"叶修问。

"我说没有你信吗？"佟林说，"要什么职业的？"

"职业无所谓，最好是任务做得比较少的，越少越好。"叶修说。

"这个真没注意过。"佟林说。

"那就随便拿两个来吧！"叶修说。

佟林把办公桌抽屉一拉，随手在里面一摸就将两张账号卡抽了出来。

"就这儿，还是去实验室那边？"佟林问。

"还实验室？"叶修笑。

"大家都这么叫，习惯了。"佟林说。

"就这儿先让你看看再说吧！"叶修说着起身走来，佟林也立刻让开了电脑，只把两张账号卡留在那。

"这两个号是你私人的还是……"叶修随手拿起一张问道。

"私人的。"佟林说。

"那你拣大便宜了。"叶修笑道。

佟林这还一头雾水呢，叶修已经麻利地登录了游戏。佟林的角色叫什么名字，哪个区，什么职业，什么装备，叶修根本没去关心，只是上来看了一下角色所在的位置,立刻想了个方向跑了出去,一边问了一下佟林:“你的角色,什么任务做了,什么任务没做你还记得吗?”

“这个……大多数可记不太清了。”佟林说。

“那就试吧!”叶修说着。

“你到底要做什么?”佟林问。

“别急啊,一会儿就知道了。”叶修卖关子,就是不说,操纵着佟林的角色,朝着他记住的一个任务地点跑去。

到了领任务 NPC 那儿一对话,还真巧,佟林这个任务正好没做。

佟林一看叶修接了个任务,连忙就凑上来看:“什么任务啊?”

叶修翻开任务面板,给佟林看任务名字。

佟林看着,脑子里反反复复回忆了一遍,实在不记得这个任务到底有什么蹊跷的地方。而后就看叶修一路游戏,也就是接着这任务的步骤,一步一步地完成着。

“你跑我这儿就是帮我的号做任务来啦?”佟林笑道。

“你先别激动,值得你激动的在后边。”叶修说道。

“到底要干吗啊!别卖关子了!”佟林也着急啊!

结果叶修更加不紧不慢了,其实他也怕出了错,毕竟这玩意被昧光师生俩整得机械般精准至极,一点都马虎不得。

“注意了哦!”终于,任务眼看就要到最后的环节了,叶修突然喊了一声佟林。

“一直注意着呢!”佟林在旁说道。

点击角色,完成任务,一排奖励字样闪过,叶修没有失望,技能书的奖励赫然在内。他选来演示的任务,当然是几率相当高的。这串任务,被昧光师生俩精确折腾过后,得出的数据结论是 57.258%的几率。

对于技能书来说,这样的几率简直是高到吓死人。

“技能书!”佟林一直耐着性子认真看着,闪过的奖励没有逃过他的眼神,他很清楚地看到了这三个字,而他也立即意识到这技能书必然就是叶修卖了这一路的关子,除此他没看到有其他了。

“25 点的技能书,怎么样,激动吗?”叶修点开佟林这角色的物品栏,一本 25 点的技能书耀眼地躺在那里。

“这不是巧合?”佟林的大脑已经开始飞快运转了。

“是巧合，又不是巧合。”叶修说。

“又卖关子，到底什么意思你直说了吧！”佟林叫道。

“是巧合，是因为这技能书也不是百分百可以得到的；不是巧合呢，是因为我用了正确的法子，才让它有了可以出现的机会，如果不是我，这个任务我不知道你要刷多少遍才能得到这个奖励。”叶修说。

“你让开我看看！”佟林把叶修轰开，操纵着角色，又看了一遍物品栏，确认是技能书无疑。再翻记录，也确定了这技能书确是刚才那个任务的奖励。

佟林随后又开了网站，把这任务搜索了一番，结果根本就没看到任何把这任务和技能书说到一起的相关信息。

“别浪费时间了，能这样刷出来，也是一位老兄好多年的努力才研究出来的。”叶修说。

“是谁？”佟林忙问。

“魏琛。”叶修说道。

“是那家伙！”佟林也是老一代选手了。蓝雨战队曾经的队长，他不至于不知道。

“你的意思就是说，他研究出来了，做这任务需要特别的方法，才有可能得到技能书的隐藏奖励？”已经是搞后勤技术的佟林，现在倒是对这方面的领悟力更快一筹。

“没错。”叶修点头。

“有多高的几率？”佟林问道。

“50%吧！”叶修说。

“这个数据是怎么得出的？”佟林问。

“说出来怕吓死你，还是不说了。”叶修说。

佟林翻白眼：“你现在不说，一会儿肯定还是有人会问。”

佟林也是资深业内人士了，这名堂一看出来，立刻也把叶修此番的来意猜出来了个七七八八。

“一起玩的有个高才生，用什么数学知识给算出来的，你知道的，这种我们肯定是不懂的，反正就是听他说，然后我们照做。这种概率真要实际检验，我们是没这个能力的，你有兴趣的话以后可以来个大规模的实验，你不是还有什么实验室吗？”叶修说。

“其实几率并不重要，重要的是它真能有效。你明白我的意思吧？”佟林说。

“明白。”叶修不慌不忙地笑道，“我相信会有效的。”

“这只是50%的几率，只要不到百分之百，就有可能是无效的。”佟林说。

“但这只是其中之一，你不会以为我拿着这么一个任务，就兴冲冲地跑到你们轮回来兜售了吧？”叶修说。

“那你有多少？”佟林问道。

“所有的任务加起来，1000技能点吧！”叶修说。

“靠！”佟林眼睛一下子瞪圆了，下一秒已经冲过来一把扯着叶修，好像惟恐他跑掉似的，“走走走，你跟我走。”

“去哪啊？”叶修明知故问。

“你说呢？”佟林当然也就不答了。

佟林拖着叶修出了办公室，下了三楼，来到二楼，就直朝着这一层的尽头走去。

半途路过训练室，一位轮回的选手正端了杯水，好像放松一下似的在训练室门口左右溜达。看到佟林过来自然是认得的，挺有礼貌地叫了一声“前辈”，佟林笑着点了点头，结果后边被他像抓住的贼一样紧紧揪着、走路都被扯得变了样的家伙也微笑着点了点头。

这货是谁？我叫前辈他在那儿瞎答应什么呢？看着好像有点眼熟，是餐厅端菜的师傅吗？

这选手嘴上啥也没说，心下却是一通猜测，但是也只是一个瞬间，立刻想起了这人是谁。这一个失神手一歪，杯里的开水斜了出来，手被立刻烫到不自由主地松手。

“啪”一声脆响，杯子碎了。这选手有些不知所措，却还在望着被佟林揪着离开的背影。

听到身后的响动，叶修和佟林也回头看了一眼，看到的只是杯子打碎了这样的小事，也就继续走他们的。倒是训练室里的其他选手听到门外有这一响，都跑出来看发生了什么，结果就见这选手呆头呆脑地站在门外。

一看只是打了个杯子，众人正准备散了，却见这选手抬起了右手，指着那边已经转了弯的身影：“叶……叶秋！”

“什么？”众选手没听清。

“叶秋，是叶秋！我看到佟前辈刚才扯着叶秋过去了。”

“佟前辈，扯着叶秋？”众选手都有些茫然。对于佟林，他们当然不会觉得有什么稀罕，但是叶秋，这人怎么会在这时候出现在他们轮回？众选手的八卦之魂燃烧了。

“他们去哪边了？”副队长江波涛问道。

“那边。”选手指着。

“经理办公室？”走廊那边转过，除了经理办公室，似乎也没什么可去的地方了。

“去看看？”江波涛回头，却是对周泽楷说的，他们两个是战队的正副队长，这年头，围观八卦也得有点身份才合适。

周泽楷还没说什么呢，训练室里的电话响起，一名新人选手连忙跑去接了一下，嗯嗯了两句后挂掉，跑过来对周泽楷和江波涛说：“队长副队长，经理叫你们过去一下。”

江波涛和周泽楷对望了一眼，所有人都觉得肯定是和叶秋到访有关。两人正准备过去，突然电话又响。又是那位新人跑去接了，连忙冲出来又找周泽楷和江波涛：“经理让你们带着账号去。”

“带着账号？这是要干吗？”所有人都在心里狂琢磨，周泽楷和江波涛两人也是不解，不过还是回到训练室里，把各自的账号卡取过带上。

“请进！”

经理室外敲门后，听到经理的招呼声，两人进门。经理没坐在办公桌后，而在一旁的待客沙发上，和佟林一左一右，把一人让在了当中。

“不用我介绍吧？”经理笑道。

“是小周、小江啊，哈哈，这赛季打得很不错嘛！”叶修笑着和二人打招呼。

24

CHAPTER

造访轮回

“叶神好。”江波涛连忙也开口招呼了一下，周泽楷却只是很友善地笑着，好像要说点什么，但到了最后却终归什么都没有说。

“小周还是不爱说话啊！”叶修说着。

于是在几人齐望之下，周泽楷依然只是笑了笑，还是什么也没有说。

这个十分不善于表达的家伙，说实话真的并不是一个合适的队长人选。连人打招呼问候一声都这么艰难，让他说点什么来鼓舞战队选手们的士气那就更是不可能的事了。但是口头表达虽弱，行动上的表达周泽楷却绝不会输给任何人。

作为目前联盟呼声最高的第一人，周泽楷的技术水平那都是实打实的。他在比赛场上的表现向来充满了爆发力，可以说一操纵起角色来的时候，所散发出的气场就立刻完全不一样了。让人绝对无法想象这样的风格背后的操纵者居然会是这么一个沉默寡言到有些闷的人。

是不是联盟最强的选手，这种问题实在不好给出定论，但要说场上给人的印象和真人之间的反差，那周泽楷却是无人能与他争锋。

靠着这样的场上行动，周泽楷依然让队员对他产生了很深的依赖。他们知道，他们的队长，虽然不太会说话，但是在场上却从来不会让任何人感到失望，大家只要紧随他的步伐就好了。

职业战队，基本都是围绕着自己队内的核心来展开战术的，却没有任何一支战队会像轮回这样彻底。他们对周泽楷的这种依赖，以至于让轮回在联盟中赢得了一个“一人战队”的名号。

直至轮回战队提拔了江波涛这位副队长。

轮回战队的打法，就是全然围绕周泽楷。但因为周泽楷不善表达的问题，常常会发生他的举动队员理解不了，或理解错了的情况，这无疑会很影响他们的成绩。而江波涛，却是一个很了解周泽楷的人，他能准确地读懂周泽楷在场上每一个举动的意图，于是，他最终成了周泽楷和队伍其他人之间沟通的一个桥梁。

轮回“一人战队”的风格，并没有就此摘下，不过因为江波涛的出现，周泽楷和战队其他选手的粘合度却大大提高，轮回终于迎来了爆发，在本赛季拥有很高的夺冠呼声。轮回上下早就憋着一口气，“一人战队”这种称呼，当然多是嘲讽的意味，而现在他们希望可以通过他们的成功，证明“一人战队”也不是不能成事，从而抹去这当中所含的嘲讽。

轮回对冠军是相当渴望的，所以当佟林带着叶修面见了经理，简单介绍了一下叶修手中所掌握的东西后，经理就已经迫不及待地招呼正副两位队长，准备拿战队最强的两个账号亲身尝试一番了。

叶修看到经理打电话叫人，又叫拿账号卡时，就已经猜到了他的意图，他没去阻拦。此时看周泽楷和江波涛进门，打了招呼后，这才笑着对轮回经理说：“你这是想占便宜呀！买卖成不成的，先一人搞一本技能书过去？”

“哈哈哈。”轮回经理笑了笑，“这要真能成，你就是想走也走不了，杀人灭口也得把你这东西给留下。”

这当然是玩笑话，但势在必得的气势却让每个人都感受到了。周泽楷和江波涛都还有些莫名其妙，最后问话的当然是江波涛：“是什么东西？”

“技能书。”叶修亲自回答。

“技能书？”江波涛还是有点没反应过来。

“1000点技能书哦，你的无浪现在有多少技能点？”叶修笑道。

无浪是江波涛手中的职业角色，全明星级别，《荣耀》第一魔剑士，是让嘉世的刘皓非常羡慕嫉妒恨的一个角色。这些角色，拥有多少技能点这种很难发生变化的属性早被人吃透了，所以也不是什么秘密，江波涛怔了下后很快回答：“4820点。”

“如果运气够好，它很快就会变成5000点了，现在知道我带来的是什么了吧？”叶修笑道。

江波涛的眼睛瞪得贼大，一边的周泽楷也露出了惊讶的神色。技能点意味着什么他们当然很清楚，但是同时他们更清楚技能书获取不易。这玩意直接绑定，根本就没法交易。

“就先拿无浪来试试？”叶修回头征询轮回经理的意见。

“可以可以。”经理连忙点头，刚才听着佟林说了经过，心里虽然清楚佟林不可能跑来开这么一个玩笑，但这事毕竟还是有些匪夷所思，所以迫切想要眼见为实一下。

江波涛得到经理授意，随即将无浪的账号卡交给了叶修。叶修随即用办公室里经理的电脑登录了游戏，经理、佟林、周泽楷、江波涛一字排开站在叶修身后。

登录游戏，操纵着角色，叶修同样问了江波涛一个任务是否做过的问题，江波涛自然也是一头雾水。没有任何一个人可以记得自己角色的所有任务细节，更何况职业圈的角色，那任务是不是选手本人清的都未必。

“去看看吧！”叶修只好也像用佟林的角色那样去试。

“所以说，一旦任务是完成过的，那肯定就没办法得到提升了？”经理飞快抓住了一个关键问题。

“那是当然。”叶修说道。

“要真就这样……”

“那只能怪你们运气不好。”叶修感慨。

无浪那可是全明星级别的职业角色，哪是佟林的私人账号可比的。这一进了网游，在街上穿行了一下，飞快就已经上了世界频道，无数玩家在汇报这一重大发现，无浪所挂靠的轮回公会顿时吵翻了天。加过好友也不知认识不认识的人纷纷发来消息，很应景地对这个即将参加季后赛的职业角色进行加油、鼓励、祝福、期待……

“人气很旺啊？”叶修一边操纵角色走路，一边还有心情看私聊来信。

他身后四人哪关心这些啊？几人都心不在焉地打着哈哈，什么话也没接。

片刻后叶修操纵着无浪到了准备接任务的NPC处，结果一对话，没有反应。叶修很遗憾地回头：“悲剧了，你永远失去了一个得到25点技能书的机会。”

江波涛这时候已经差不多明白是怎么回事了。一听叶修这样说，心里也非常遗憾，不过叶修最开始说的，却让他充满了期待：“不是说有1000点吗？”

“祈祷你的角色任务不要清得太干净吧！”叶修说道。

“全都是任务获取吗？”经理发出第二个问题。

“是。”叶修点头。

众人沉默，继续围观叶修操纵无浪去了第二个地方，结果很快，和NPC的对话依然没有任何任务提示。

叶修回头，又十分同情地看了江波涛一眼："20点没了。"

"45点了！"江波涛已经开始算总数了，并用1000点减去45后，换算着自己还剩下多少机会，最终数字让他得到了很大的安慰。自己只差180点满，还有955点，没有问题！

江波涛心里这样想着，叶修已经找到了第三个任务NPC，这一次，对话后终于有任务弹出，看到叶修接受了任务，江波涛立刻知道这一次成了，顿时激动异常。

精心按照步骤一路进行下去，身后四人都看得目不转睛，大气都不敢出。终于任务到了最后一环，围观过一次的佟林已经有些激动了，碰了一下身边的经理，示意他注意看。结果，任务提交，佟林激动期待的字眼却没有出现。经理有些茫然，对佟林方才的举动扭头质疑了一下，结果就见叶修回过头来对江波涛道："你真苦逼啊！这个任务应该有63%的机会得到一本20点技能书的，你居然没有拿到！"

"是……是这样吗？"江波涛一脸抑郁。

"这么说来，即便顺利完成任务，但是不是能拿到技能书也是个未知数喽？"经理又抓住了一个问题的关键。

"那你这1000点技能书，整体来说，几率在多少？"经理问道。

"50%左右，也就是说，如果不是存在任务已经被清的情况，以职业角色的技能点基础来说，我觉得达到满点5000点是不存在太大问题的。"叶修说。

"这个50%的数据是怎么得出来的？"经理问。

"算出来的，但具体怎么算出来的你就不用问了，我说不出来，而且就算说了估计你也听不懂，这是专门人才搞出来的。"叶修说。

"那我们怎么相信你所说的这个数据是靠谱的？"经理说。

"拿无浪继续实验下去，看是不是真能提到5000点？"叶修说。

"那好啊！"经理点头。

"美的你。"叶修却不以为然，说着从口袋里又掏出一张账号卡，朝几人晃了晃说："让你们开开眼哈！"

刷卡登录，角色出现在游戏里，没有做其他动作，叶修直接点开了技能树，而后鼠标往技能树右下角一指。

几人当然都知道这个位置的内容会是什么。他们赫然看到这个角色技能树拥有的技能点是4920点！

4920！虽然没满5000点，但已经足够让人感到震惊了。这随手刷的一个账号，竟然已经打破了目前《荣耀》中技能点无法突破4900点的怪圈。

叶修手里的君莫笑其实已经是5000点了，拿出来展示当然会更夺人眼球，叶修没有这么做，倒不是想隐藏实力，主要是君莫笑的5000点实在不好交待。

完整的任务全套，是1650点，叶修的君莫笑做了远超过1000点技能书的任务，再加上相当不错的运气，这才满了5000的技能点。但现在他给轮回这边一共就带了1000点，这要展示他那5000点的君莫笑来，是没法交待的。

因为君莫笑是在第十区开了以后新练起来的，这谁都知道。新练的号，那肯定没什么积累，结果数月之后就是5000的技能点，显然很有问题。总不能是1000点的任务，君莫笑一次都没错过吧？

君莫笑的5000技能点不好解释，所以叶修索性也就不拿来用了。此时手中拿的是魏琛的术士迎风布阵，4920的技能点，出现在一个非职业的普通角色上，这已经拥有足够的说服力了。

轮回经理还有佟林、周泽楷、江波涛等人互相对望了一眼，虽然没有因为这个4920技能点的角色失态，但终于已经相信叶修手中的这套任务是大有可为了。

"怎么样？你们不至于怀疑我是直接搞到一个技能点很高的角色特意来忽悠你们的吧？其实真金不怕火炼，我这套任务，帮你们这些角色把技能点提高那是肯定的。唯一怕的就是你们这些角色里有任务狂，把任务全清干净了，那就真没办法了。现在看起来，小江的无浪应该不是嘛！小周你的枪王有没有清过任务？"叶修说着。

"没有。"周泽楷摇了摇头说。

"怎么样？"叶修问着，"可别指望拿你们的角色让我整套试一遍，那刷完这角色的技能点可能就上去了，到时候你们又不要了我不是亏大了！"叶修一边说着，一边又同情地望了江波涛一眼，"你运气真差，本来成不成的，你都可以混到20点技能书的，可惜啊，到现在占便宜的居然只是老佟。"

"叶神你多心了！真要有用，你说这东西我们可能不要吗？"轮回经理很是热情地说着。

叶修却听出了他的话外之意，笑了笑："所以你现在就是希望有个明确说服力的证据是吗？毕竟只听我口头说 60%什么的，好像并不太靠谱。这个4920 点的角色，看来在你眼中也不够呀！”

“呵呵呵……”轮回经理笑着不解释，显然就是在说他正是这个意思。概率这种东西，真要没有怎么得出的过程，直接来个结果，那真是完全没有说服力的。至于 4920 点的角色是挺让人惊讶，但是，《荣耀》这么大，又这么多年，真难保就有这样的高技能点角色遗落在凡间呢？那账号轮回经理刚才可是看得清楚，那是二版卡，也就是《荣耀》开第二区的时候发行的账号卡，这样的资历，运气爆棚积累出了一个可怕的技能点却又深藏不露也不是不可能的事嘛！

虽然如他所说，这些真要是靠谱，他们轮回绝对会要，但就是绝对会要，也说明了这东西的价值低不了。这样的一笔大买卖，他也不得不谨慎一些。

“既然这样，那你就多考虑考虑吧，我就走了。”叶修说着，退了角色拿了账号卡就已经起身了。轮回经理一看大惊，这货居然说走就走，一点推销人员的素质都没有？但一转念就很快清楚，人家这东西，根本就不求着他买。这玩意拿去哪个俱乐部，人家不都得把他当大爷一样供起来？一想到这，轮回经理甚至不由得慌忙想起了另一个问题：来轮回，已经是这家伙的第几站了？不会其他俱乐部现在都已经是一水的 5000 技能点角色，而他们还茫然无知吧？

如果真是这样，这东西，那咬着牙也得买下来啊！一想到这点，轮回经理哪里还坐得住，走了还没两步的叶修立刻被他拉住了。经理一有了举动，佟林啊江波涛自然也上来帮忙劝说。周泽楷看得出也是想帮忙的，但这种劝说场面让他来应付实在比让他打总决赛还要艰难，结果就是在那四人边上转圈圈，却一句话也插不进去。

“叶神，有句实话你可一定得给我交底。”轮回经理说道。

“什么？”

“这东西，现在有没有其他俱乐部要？”轮回经理说。

“这我怎么能说？”叶修想也不想地说道。

“这个嘛……有人买过，和没人买过，应该是不一样的价码，你说呢？”轮回经理说道。

“哈哈哈，既然你这么说，那当然是没人买过的。”叶修痛快道。

这顺口就来的回答，顿时让轮回经理一头黑线：“是不是真的啊？”

“不说你要问，说了你又不信，这可怎么弄？要不你就按‘有人买过’来开价好了？”叶修说。

“真没人买过？”轮回经理是真谨慎。

“我走了啊！”叶修恐吓。

“别急别急，慢慢聊嘛！难得来一趟，吃了没有？没吃先吃点？”轮回经理开始糖衣炮弹了。

“呵呵。”叶修却是笑了笑，“愿意吃就吃，吃多少顿都行，我是真不着急。但我说你们不能不急啊！多出来的技能点，每个角色加什么技能要不要研究？新提升过技能等阶的技能树要不要赶紧适应一下？你还有时间和我在这吃饭？季后赛还有几天？”叶修说。

轮回经理一听，还真是这个理。虽然《荣耀》上他不是什么高手，毕竟管理着职业俱乐部，这些常识性的东西还是清楚的。

一想到这，轮回经理一咬牙：“好，我们现在就坐下来好好谈谈。”从头到尾，虽然他很谨慎地想摸清楚状况，但不得不说，他们始终是处于被动的，没办法，谁让叶修手里的筹码是他们完全无法拒绝的呢！

买断！

确定要谈后，轮回经理第一时间想到的就是朝这方向努力。但叶修手中的这筹码价值实在是太高，买断的话价钱绝不可能低，更郁闷的是这东西按什么来衡量呢？

说是高技能点角色吧，没有职业角色这样的底子，他那1000技能点的任务也搞不出什么高技能点角色。可不按高技能点角色论吧，偏偏人家却实打实地能给职业级的角色制造出一次突破。这东西该如何定价，这一点也把轮回经理给难为坏了。

于是他也先不出价，而是想试探叶修这边的口风，顺便也把这情况给轮回的老板交待一下。这笔买卖很大，很重要，所以让老板知道一下也是很有必要的。

周泽楷江波涛在开始正式谈判后，就先一步离开了，佟林也没有参与，显然这事也是需要一定的保密性的。

由于是绝对的卖方市场，叶修从头到尾都占据着主动。再加上人家这是职业竞技选手出身，而且是老鸟，那心理素质还用说？不慌不忙的，让轮回经理觉得很难对付。占便宜？他已经想都不想了，目前对方对“买断”可都表现出了一定的抗拒。

“我忽然觉得我错了。”叶修这时忽然来了一句。

“怎么？”轮回经理正一脑袋糨糊焦头烂额呢，叶修这莫名其妙的一句让他完全找不着北。

“我应该把所有俱乐部都召集起来，拍卖才对！”叶修语出惊人。

“哎哟！”轮回经理吓坏了。谈判现在虽然艰难，但至少他比其他俱乐部还是占着绝对先手啊！这要是真搞公开拍卖，轮回的财力也没比其他几家豪门强到哪去，到时鹿死谁手真说不清。更何况拍卖这种形式，有时候比的未必就是财力，而是比谁更有一掷千金的勇气。要说这一点的话，轮回经理情不自禁地就已经想到了一家强力对手。

霸图！没错，就是霸图。霸图俱乐部绝对是目前所有《荣耀》俱乐部中花钱最有勇气的一家。这真要是公开拍卖，十有八九会被霸图凭借他们一贯的勇气和霸道给拿下。

“叶神你就开个价吧，咱们也好商量啊！”轮回经理都快哭出来了。

其实叶修这会儿也郁闷啊！因为这东西，到底该卖多少钱，他心里也不是很有谱。毕竟他归根结底还是一个职业选手，这套技能点出售给轮回，很有可能就帮他们拿下了今年度的冠军，还有可能影响到今后职业圈的走势。衡量角色的价值方方面面，三言两语根本就算不清楚，怎样的一个价码是自己可以拿到的最高利润，叶修也吃不准。

这要如果真是他自己的东西，叶修倒也不会太计较是不是收益最大化。但问题是，这玩意事实上是魏琛多年的心血，后来也是在昧光的帮忙下得以成型，从头到尾，叶修对这东西并没有做出过什么贡献，真要分钱，他也就是拿个类似跑腿费的经纪人提成。但是一个负责任的经纪人，可不就得努力帮雇主争取到最大利润吗？于是在双方已经基本确定了意向后，谈判却始终没有结果。两人你试探我我试探你的，一直折腾到天黑打起哈欠还是不见结束。

“叶神，是不是先吃点东西啊？”轮回经理一脸疲惫，夸张地坐倒在沙发上，在肚子抗议地咕咕叫了几声后，终于想到了吃饭这回事。

“哦，好啊！”叶修这边却漫不经心地回答着，同时有“啪啪啪”的声音传过来。

咦！这是怎么回事？

轮回经理突然意识到：这明明是自己的办公室来着，怎么自己坐在待客的沙发上，那家伙却一本正经地坐在他的办公桌后，还一直在摆弄着他的电脑。

摆弄电脑？

摆弄电脑！

轮回经理突然跳起来了。他的电脑那是可以随便让外人动的吗？那当中可有不少他们轮回俱乐部的商业秘密啊！轮回经理一个箭步跳起来，蹿到那边办公桌后，结果一看，差点没晕过去。

人家根本就不稀罕看他们轮回的什么商业秘密，拿着他这堂堂经理的电脑在玩《荣耀》呢！这是玩了有多久呢？

"君莫笑……唔……第十区开了以后鼎鼎有名啊！"轮回经理看到角色的名字，有话没话地搭着腔。

"呵呵，还好。"叶修说。

"66级，啧啧，练级不容易吧？"轮回经理说着，君莫笑散人，50级没法升，后来到了"神之领域"才继续升下去的。虽然作为堂堂职业俱乐部的经理不至于关心这么细碎的事情，但人在圈中，这种年度热门八卦还是不会不知道的。

"是啊，真不容易。"叶修感慨着。

"看来又一个神级角色要诞生了。"轮回经理说着。

"呵呵。"叶修笑笑，未置可否。

"你这角色技能点有多少了？"轮回经理忽然问道。

"这可是秘密，可不能这么容易就被你知道。"叶修很自然地说道。

"哈哈，已经把我们视为职业圈的对手了？"轮回经理说。

"已经？一直就是吧？"叶修问。

"好吧……一直就是……"轮回经理说着，突然又扯开一个话题，"看来你和嘉世确实有矛盾啊！有了这样的东西，第一时间竟然没有想到联系嘉世，反而送来给我们。"

"这也不难理解吧？"叶修说。

"是的。"轮回经理点了点头，为什么选择轮回，就像叶修和魏琛心想的理由一样，轮回经理自己同样也想得到。

"咱俩就这样坐下去，感觉真谈不出个什么价来。"轮回经理说。

"果断点，开个价来吧！"叶修说。

"为什么不是你果断？"轮回经理郁闷。

“因为我不着急啊……”叶修说。

“好吧！”轮回经理真无奈了，叶修也没有多的花样，就是把他拥有的几个优势运用得淋漓尽致，不得不说，这是职业大神风范。

“我看要不这样吧！现在也晚了，你也累了，先休息吧！明天我会给你一个明确的答复。”轮回经理说着。

“这样啊……”

“住的地方有吗？没有的话我来安排一下。”轮回经理说着。

“那不用了。那我就明天再过来。”叶修说着起身，僵持了一天的两人，最终也没谈出什么结果就这样告别了。

叶修一离开，轮回经理立刻联系老板汇报了一下这边的具体情况。在得到老板的授意后，立刻联系俱乐部各部门连夜开会。

次日没约什么时间，叶修睡够了起来，收拾一下后，散着步又来到了轮回俱乐部。酒店是订票时陈果一起订好的，知道叶修来轮回，当然是就近了。

轮回俱乐部，轮回经理早在候着叶修的大驾，不过人看着并不是太精神，看来昨天一晚休息得并不好。

“怎么样啊？”叶修来后笑道，他大致也猜到了经理昨天为什么会说今天给他准确答复，肯定是他走以后轮回群策群力，把叶修手中东西的价值彻底衡量了一下。

“两点，任务列表。只是提供任务名称，我想这应该没什么问题吧？其次，最终概率你是怎么得出来的，我们还是希望可以看到有说服力的证明。”一晚上的辛苦果然没有白费，轮回方面已经商讨好了可以出的价码，但是这之前，到底还是需要彻底明确一些东西。

昨天和叶修也不是白耗了一下午。这1000点技能书是怎么得到的，轮回经理现在倒是已经明白。既然方法是任务过程中的很多小细节，那么只是提供任务名称，当然没有任何关系。而轮回方面只要知道了任务名称，当然就可以检验一下战队角色在这1000点可能的技能书中最多能拿到多少点。再通过任务奖励的几率，大致也就可以明确到底是多少技能点的收益了。当然，前提是叶修提供的奖励几率的准确性是有保证的。

“好吧！”叶修却好像早有所料似的。随后一点也不生疏地用起了经理的电脑，很快从邮箱里拿出了两份文档。

一份，是昧光对这1000点技能书任务推导出数据的步骤过程。这些东西叶修他们这些人看不懂，但是只要有昧光这种水平的专门人才，还是可以验明真假的。

另一份，则是得到这1000点技能书大大小小的任务名称列表。

将两份东西整理下来后，叶修也提出了他的要求："既然要这样检验的话，当然我也得在场，没问题吧？"

"当然。"轮回经理没有异议。

随后两份材料直接打印出来，数据那份轮回经理扫了两眼也是头晕，和叶修一起到了后勤技术部后，就直接交给了专门的人去看。至于那份任务列表则被复印了11份，每份写了一个轮回角色的名字，那边11张账号卡，却是轮回战队的11个职业角色，已经备好了。

核对任务是轮回的工作人员一个账号一个账号去进行的。

这导致《荣耀》网游圈沸腾了一整个早上。随后消息也飞快传到了职业战队的耳中，很快各大战队方面都听说了轮回战队在今天一早，每个角色都上网游了一番，足迹包括普通区和"神之领域"，每个角色停留的时间也差不多。

在这季后赛即将开打之际，轮回众选手不抓紧时间练习，居然跑到网游里来？而且还一个一个排着队来，这是什么意思？

网游里的玩家也就是热闹沸腾一下，职业圈里的战队却纠结坏了。轮回战队夺冠呼声高，自然是一个劲敌，没有人敢轻视，这莫名其妙的举动是在干吗？

由于角色只是东走西走，步骤又不一样，点了个NPC对话这种事，旁观也并不容易看出来，所以这11个角色相继上线忙了点啥各大战队最终也没分析出来。但是这举动怎么也不可能是无意义的，尤其是在季后赛没几天就要正式开打的情况下。想来想去，唯一的可能，那就是轮回的角色实力要提升！

这是《荣耀》这一架构在网游基础上的电子竞技的特色。

角色的实力，和任何一个普通玩家手中的角色一样，要提升，都得在这同一片网游天空下进行。这样要紧的时候轮回战队的角色跑来网游，不是要提升实力是什么？

只是，从他们的举动中，却看不出是在搞什么名堂。

只是核对11个角色任务做还是没做，这一早上就已经用掉了。那边对数据的检验进度倒是在一早上后出了结论，表示数据靠谱，没有疑问。

这样一来，根据每个角色未完成的任务，以及每个任务最终的奖励几率，轮回每个角色可以获得的技能点，可就全都能计算出来。

不考虑运气，只以数据而论的话，轮回 11 个角色，将有 5 个可以达到 5000 点的技能值，余下 6 个，也都可以达到 4960 点左右。而把运气考虑进去的话，当然有 5000 点的也可能达不到 5000 点，没 5000 点的也是可能达到 5000 点的。

叶修看着这些结论，未发一言。这绝对是足够剽悍的结果，到这份上了轮回如果还不肯掏钱，除了没钱叶修实在想不出其他解释。

试图通过那些数据就推出任务是怎么完成的？这一点叶修找昧光确认过，知道这是不可能的。昧光可是在魏琛大量的实验结论上才通过数据的检验建模核对纠正的，在完全没有魏琛资料的情况下，就拿着这些数据和一个任务名称，想推导出任务过程完全是抓瞎的举动。要不是这样，叶修哪会大胆地交出数据资料，那不等于直接把任务攻略给人一样了。

结果出来之后，轮回经理就拿着结论，和叶修一起离开了技术部，回到了他的经理办公室。

“1500 万。”轮回经理终于在确认了一切后开出了价码。说实话，刚刚进行的测试也算是双刃剑，如果没有，轮回倒是可以以未知性为由降低对方的价值，但现在，经过这样一番明确的检验后，轮回心里虽然彻底踏实了，但这东西也成了一分钱一分货，再找不出任何毛病来了。

1500 万的价，无疑是一个买断价。如果不是买断，价到不了这么高。《荣耀》竞技毕竟也只是发展了几年的行业，转会期间的选手或是角色转会基本也就是以百万为单位。上千万的交易，如果成交，将是《荣耀》史上的第一次。只是这一笔交易，多半是不会对外公开的。

下卷预告：

《全职高手》第 10 卷《四会联盟》2013 年 8 月出版，敬请关注。